Verein für Psychoanalytische Sozialarbeit (Hg.)

Innere Orte – Äußere Orte

Die Bildung psychischer Strukturen bei ich-strukturell gestörten Menschen

Innere Orte – Äußere Orte

Die Bildung psychischer Strukturen bei ich-strukturell gestörten Menschen

Dokumentation der 6. Fachtagung des Vereins für Psychoanalytische Sozialarbeit im November 1992 in Rottenburg

Herausgeber:
Verein für Psychoanalytische Sozialarbeit

Mit einem Vorwort von
Reinhart Lempp

edition diskord

Die Deutsche Bibliothek – CIP Einheitsaufnahme

Innere Orte – äussere Orte: die Bildung psychischer
Strukturen bei ich-strukturell gestörten Menschen; im
November 1992 in Rottenburg/hrsg. vom Verein für
Psychoanalytische Sozialarbeit. Mit einem Vorw. von Reinhart
Lempp. – Tübingen: Ed. diskord, 1993
(Dokumentation der ... Fachtagung des Vereins für
Psychoanalytische Sozialarbeit; 6)
ISBN 3-89295-559-X
NE: Lempp, Reinhart [Vorr.]; Verein für
Psychoanalytische Sozialarbeit:
Dokumentation der ...

2. Auflage 2000

Satz: multimedia Electronic Publishing, GmbH, Konstanz
Druck: WB-Druck, Rieden

ISBN 3-89295-559-X

Inhalt

Reinhart Lempp

Vorwort

Die Rottenburger Fachtagungen, aus deren sechster der nachfolgende Band hervorgegangen ist, repräsentieren eine bestimmte Richtung, – ich möchte fast sagen, – eine Idee, die auch schon der Gründung ihrer Trägerin, dem Verein für psychoanalytische Sozialarbeit in Tübingen zu Grunde gelegen hat. Es geht dabei um die Herausführung der psychoanalytischen Theorie aus ihrem selbstgewählten Ghetto der „Dualunion“ von Patient und Therapeut, hin zur Auseinandersetzung mit Dritten und ihre Einbeziehung, insbesondere der Wirklichkeit draußen, ihren Zwängen und Möglichkeiten, zur Auseinandersetzung mit der Gesellschaft.

Schon seit Aichhorn datiert der Gedanke, die Psychoanalyse im sozialen Bereich, bei dissozialen Jugendlichen, anzuwenden. Neu war der Versuch, diesen Erfahrungen auch bei psychotischen und autistischen Kindern und Jugendlichen zu folgen. Nicht ganz neu war der Gedanke, daß auch die Psychosen im weitesten Sinne Beziehungsstörungen gegenüber dem Umfeld, und damit eigentlich soziale Störungen sind. Der Versuch war zunächst ganz an der Praxis orientiert und blieb auch ohne gesellschaftspolitische Ideologie einfach an den an diesen Bedingungen leidenden Menschen orientiert, insbesondere den Jugendlichen, neurotischen, psychotischen und autistischen.

Dieser Schritt zur Weiterentwicklung des psychoanalytischen Ansatzes aus der Zweierbeziehung heraus wurde – zweifellos nicht als erster, aber als neuer Versuch schon vorher im klinischen Jugendheim der Abteilung für Kinder- und Jugendpsychiatrie am Tübinger Universitätsklinikum – erfolgreich, das heißt praktikabel, sinnvoll und hilfreich bei der stationären Behandlung psychotischer und autistischer Jugendlicher praktiziert. Es ist das unbestreitbare Verdienst von Stephan Becker, diesen Schritt angeregt, initiiert und in der Folgezeit begleitet und unterstützt zu haben. Aus der Erfahrung in der klinischen Institution war zunächst ein kleiner therapeutischer Ort speziell zur Behandlung schwer gestörter autistischer Jugendlicher hervorgegangen. Der nächste

Schritt war die Gründung des Vereins für psychoanalytische Sozialarbeit gewesen.

Auch die Therapie der Psychosen ist „Sozialarbeit", denn es geht nicht um Heilung, sondern um Hilfe zur Reintegration, bei den Autisten um Integration überhaupt. Dabei geht es zuvörderst darum, den Betroffenen wieder eine tragfähige innere Struktur zu geben oder diese überhaupt erst aufzubauen. Diese Struktur setzt aber voraus, daß zwischen der eigenen Person und ihrem „inneren Ort" und dem Ort draußen, in dem die andern leben, sicher und stabil unterschieden und abgegrenzt werden kann. Dabei benötigen sie Hilfe, die psychotischen und autistischen Jugendlichen ebenso wie die sogenannten Dissozialen. Alle leiden an ihrer sozialen Beziehung, an ihrer Beziehung zum Nächsten, zur Familie, zur Schule, zur Arbeitswelt, zur Gesellschaft.

Der Titel des Buches war das Thema der Rottenburger Fachtagung. Er macht das Ziel, aber auch das Problem dieser Herausführung der Psychoanalyse aus ihrem klassischen Rahmen deutlich: „Innere Orte – Äußere Orte". So subjektiv diese Ortsbestimmung auch ist, so bestimmend und bedeutend für die Mitglieder jeder Gemeinschaft ist ihre Definition und Festlegung durch diese. Die Auseinandersetzung um die Frage, wie kann ich als Individuum diese von allen, mit denen ich zusammenlebe und zusammenleben will und muß, festgelegte Grenze und Unterscheidung akzeptieren, stellt sich gerade als großes Problem für den psychotischen oder autistischen Menschen, ja, letztlich für jeden in seiner seelischen Entwicklung Behinderten oder Instabilen, für jeden freiwilligen und unfreiwilligen psychischen Außenseiter einer Gesellschaft.

Auf der Basis der psychoanalytischen Theorie wird in sehr praktischem Bezug zur Erfahrung der täglichen Arbeit – nicht nur in Tübingen und Rottenburg, sondern an mehreren anderen Institutionen mit ähnlichem Anliegen – der Versuch gemacht, die Ortsbestimmung für den einzelnen seelisch oder auch sozial Behinderten erlebbar und annehmbar werden zu lassen. Dabei geht es auch um die klare und überzeugend vorgelebte Ortsbestimmung des Therapeuten, der Bezugspersonen und der Betreuer und Betreuerinnen.

Am Eingang steht der Beitrag von *Ernst Federn*, gewissermaßen die klassische Personifizierung von Psychoanalyse und Sozialarbeit seit den Tagen Aichhorns, als die notwendige und gar nicht zu trennende Verbindung von Psychoanalyse und Pädagogik als einer Milieutherapie im weitesten Sinne konstituiert worden war.

Martin Feuling sieht in einem einführenden grundsätzlichen Referat das Tagungsthema als Programm, nicht als bereits abgegrenztes und abgrenzbares Thema. Er macht auch die erweiterte Anwendung der psychoanalytischen Theorie daran deutlich, daß er auf die Notwendigkeit des Verzichts auf „gleichschwebende Aufmerksamkeit" und „Enthaltsamkeit" hinweist, übrigens wie bei Kindern, was die Betreuten fast immer auch sind. Man muß ihnen zeigen, ihnen in Begleitung vorleben, was „innen" und was „außen" ist.

Das von Martin Feuling theoretisch Vorgetragene wird sehr konkret im Beitrag von *Michael Maas, Horst Nonnenmann, Karin Fuchs* und *Allique Goudriaan* über ihre Arbeit in einer Wohngruppe junger psychotischer und autistischer Erwachsener. Auch diese Autoren greifen im Grunde auf Aichhorn, aber auch auf Mannoni zurück. Die Schwierigkeit und gleichzeitig die Notwendigkeit, sich auf psychotische Strukturen einzulassen, ohne die eigenen stabilen zu verlassen, wird hier deutlich. Nur in offener Institution können – unter Geleit – die verschiedenen Orte innen und außen erlebt und akzeptiert werden.

Mit dem theoretischen Text von *André Michels*, auf dem Boden Lacanscher Psychoanalyse, werden die folgenden Berichte aus Heim und Schule vorbereitet. Es geht ihm um „den Ödipus", um das „Gesetz", um den „Dritten", der beim psychotischen Menschen nicht störend, wie beim Neurotiker, sondern notwendig ist, zum Schutze dagegen, sich in der Zweierbeziehung zu verlieren und aufzulösen.

Frank Grohmann, Adelinde Gschwender und *Olaf Schmidt* machen das „innen" und „außen" an anschaulichen Fallberichten aus dem Rottenburger Heim am „Fenster", der durchsichtigen, sowohl verbindenden wie trennenden Scheibe dazwischen fest. Die coincidentia oppositorum im „innen" und „außen", ihre Akzeptanz und Überwindung kann das Werden des Subjekts bedeuten, um das es dabei regelmäßig geht.

Die Schule als getrennter „äußerer Ort" ist das Thema bei *Friedel Nielebock* und *Edith Ramminger*. Sie stellt ja auch in der Entwicklungspsychologie einen – nach dem engen Kreis der Familie – ersten „gemeinsamen Ort" dar, eine „gemeinsame Realität" und

Zugang zum „Außen". Bei autistischen Kindern mit ihren Bestrebungen – nicht so sehr prinzipiellen Unfähigkeit –, alles zu internalisieren, zum „inneren Ort" zu machen, ist sie auch ein Ort der Sprache als Brücke zwischen innen und außen.

Die Berliner Gruppe mit *Birgit Baethe*, *Ulrike Harle*, *Florian Hoffman*, *Bernd Schäfer* und *Gaby Stotko* berichtet aus einem Schulhort für autistische Kinder mit ihrem Bemühen um Respekt vor den Kindern und deren Anderssein und von ihrer Arbeit, das Erlebnis der Unterscheidung und Trennung erträglich, erlebbar und schließlich lebbar zu machen.

Stephan Becker setzt sich theoretisch, metapsychologisch mit dem Begriff der Topik auseinander und fordert, die bei Freud im Grunde räumlich gedachte Zuordnung psychischer Instanzen und Funktionen als ein Abbild von frühen und prägenden Beziehungserfahrungen zu sehen.

Michaela Stiepels Bericht kommt aus ihrer Tätigkeit im Jugendgefängnis in Berlin. Auch hier geht es um „innen" und „außen", für die Mitarbeiter um Probleme der stabilen Zuordnung ihrer selbst gegenüber immanenten Spaltungstendenzen der Jugendlichen, für die Häftlinge um einen „Schutz vor dem Außen", der Gesellschaft, gegenüber welcher sie sich nur durch Delinquenz erwehren zu können glauben, um nicht psychotisch zu werden.

Damit korrespondieren die Erfahrungen von *Daniel Helmrich* als Psychotherapeut in einer Schweizer Strafanstalt, die er auch als Ort einer sicheren Abgrenzung vom „Außen" als Voraussetzung zur inneren Strukturbildung ansieht, allerdings offenbar oft nicht genügend stabil und übertragbar auf die Zeit nach der Entlassung. Hier wird die Nähe von Delinquenz und Psychose als soziale Beziehungsstörungen deutlich und damit auch die Rechtfertigung psychoanalytischer Sozialarbeit.

Elfriede Kraft und *Joachim Staigle* schildern, Joachim Staigle zunächst mehr grundsätzlich, Elfriede Kraft dann fallbezogen konkret, die Aufgaben beim betreuten Wohnen ich-strukturell und beziehungsgestörter Jugendlicher und junger Erwachsener für das Betreuerteam, das ein hohes Maß an Flexibilität und Einfühlungsvermögen, aber auch von Selbstkontrolle und Stabilität gegenüber Spaltungstendenzen und eigenem leeren Agieren aufbieten muß.

Das „innen" und „außen" beim eigenen Körper ist schließlich das Thema der letzten Beiträge. *Barbara Pfleiderer* stellt dies anhand der Musik- und Körpertherapie dar. Dabei entspricht das Musikerleben dem frühesten Beziehungsmuster zwischen Mutter und Säugling. Sie dient einem neuen Versuch, daraus eine Objektbeziehung zum eigenen Körper entstehen zu lassen, der bei autistischen und psychotischen Menschen gescheitert war und dazu geführt hat, daß der eigene Körper nicht ein innerer Ort wurde, sondern ein äußerer blieb.

Der Beitrag von Barbara Pfleiderer bereitet theoretisch den Fallbericht von *Reinholf Wolf* über eine mehrjährige Arbeit mit einem Jungen vor.

Christel Geißendörfer und *Barbara Heinzmann*, die über eine große Erfahrung mit der körpertherapeutischen Arbeit mit psychotischen und autistischen Jugendlichen in der Klinik verfügen, machen sichtbar, wie in der theoretischen Begründung und im konkreten Fall eines 16jährigen mittels einer solchen Arbeit die psychischen Strukturen aufgebaut und haltbar gemacht werden können.

So ist dieses Buch mehr als ein Sammelband von Einzelreferaten zu einem anregenden, um nicht zu sagen aufregenden Thema. Es berichtet darüber hinaus von einem mutigen Vorstoß in ein neues Land, in dem die Schizophrenie und der frühkindliche Autismus, wie auch die frühe Dissozialität nicht einfach Krankheiten oder Charakterfehler, sondern Formen des Leidens und damit Alternativen des Menschseins sind, die nicht ausgegrenzt, sondern integriert, d.h. in der Abgrenzung zwischen „innen“ und „außen“ akzeptiert werden müssen und können.

Ernst Federn

Topik und Setting

Die Bedeutung der Freudschen Topik für die klinische Arbeit und der Stellenwert des Settings in der Behandlung psychotischer Patienten

Ich verstehe das Thema dieser Tagung als Frage nach der psychoanalytischen Grundlage dessen, was man Milieutherapie nennt. Die Milieutherapie ist eine Konsequenz der psychoanalytischen Ich-Psychologie, die ungefähr mit Freuds Schriften *Massenpsychologie und Ich-Analyse* und *Das Ich und das Es* in den Jahren um 1920 beginnt. Die psychoanalytische Ich-Psychologie entwickelte rasch ein Eigenleben; aber erst nach dem Ende des II. Weltkrieges wurde sie richtig eigenständig und begann, die Es-Psychologie zu verdrängen. Die wesentliche Grundlage für diese historische Entwicklung kann man in der Betonung der Psychoanalyse als einer Therapie durch die Amerikaner sehen. Die deutsche Psychoanalyse hat ja nach dem Krieg viele Entwicklungen aus Amerika übernommen.

Auf Ich-Psychologie war auch das aufgebaut, was die Amerikaner *social case work* nennen. Im Grunde war es mehr Alfred Adlers Individualpsychologie als die Psychoanalyse Freuds, die hier angewendet wurde. Unterstützende Therapie, *supportive therapy* wurde sie genannt.

Eine andere Wurzel der Milieutherapie geht auf August Aichhorn und seinen Schüler Fritz Redl zurück. Beide versuchten, das Ich und das Über-Ich so zu beeinflussen, daß es Konflikte nicht mehr ausleben, agieren mußte, sondern in die Lage kam, sie in neurotische Symptome umzuwandeln. Mit anderen Worten: Man versuchte, das Ich von der Stufe eines 2jährigen Kindes auf die Stufe eines 4- oder 5 jährigen Kindes zu bringen. Redl war einer der Pioniere der Milieutherapie. Interessanterweise kommt sein Name in dem Buch von Dieter Wyss über die tiefenpsychologischen Schulen überhaupt nicht vor. In seinem Werk *Children who Hate* und *Controls from Within* von 1951 stellt Redl seine Arbeit aus der Zeit des *Pionier-Hauses* dar, das freilich nur ein Jahr bestand.

Was von diesen Ansätzen geblieben ist, ist der Versuch, das Kind in seinem Lebensraum, *life space*, in seinem Milieu zu behandeln. Mit seinem Ansatz bringt Redl die Erkenntnisse von Siegfried Bernfeld über die Wichtigkeit des „Sozialen Ortes" zur praktischen Bedeutung. Eine der bedeutsamsten Anwendungen der Milieutherapie war aber die Arbeit Bruno Bettelheims mit schwerstgestörten Kindern in der *Orthogenic School* in Chicago. Zur selben Zeit arbeiteten Rudolf Ekstein in der *Reiss-Davis Clinic* und Frieda Fromm-Reichmann in *Chestnut Lodge*, South Carolina, nach ähnlichen Prinzipien.

Indem die Arbeit mit einem unentwickelten Ich zur wesentlichen Aufgabe der Therapie gemacht wurde, öffnete sich die Tür für eine Reihe nicht-psychoanalytischer Theorien, die die frühkindliche Entwicklung beobachteten und das soziale Verhalten behandelten. Ein großes Problem der Milieutherapie ist sicherlich, daß sie nicht ausschließlich psychoanalytisch orientiert ist. Für eine Gruppe, die sich zur Psychoanalyse bekennt, ist es deshalb sehr wichtig, genau zu unterscheiden, was in ihrer Arbeit psychoanalytisch und was sozialpsychologisch orientiert ist.

Lange Zeit, bis zu den Jahren um 1915, war die Psychoanalyse *eine* Lehre vom Unbewußten, wir dürfen sagen, *die* Lehre vom Unbewußten. Das Unbewußte wurde als Gegensatz zum Bewußtsein, das dem Ich gleichgesetzt wurde, verstanden. In dem Satz Freuds „Wo Es war, soll Ich werden", steht diese Auffassung noch klar vor uns. Nachdem Freud die Bedeutung des Narzißmus erkannt hatte, war es klar geworden, daß auch Teile des Ich unbewußt sein können. Freud schob seine erste, die sogenannte ‚topische' Auffassung in den Hintergrund und ersetzte sie durch eine andere, die die ‚strukturelle' genannt wurde. Dies ist kein ganz glücklicher Name, denn Es, Ich und Über-Ich sind keine Strukturen, sondern Instanzen. Das ist nicht genau dasselbe.

Wer sich nun zu dieser strukturellen Auffassung der Instanzen Ich, Es und Über-Ich bekennt, darf sich meiner Meinung nach als ‚psychoanalytisch orientiert' bezeichnen. Was bedeutet nun diese Instanzentheorie für die Milieutherapie?

Nach der psychoanalytischen Ich-Psychologie entwickelt sich das Ich von einer sehr primitiven Stufe der Existenz, in der es vor allem der Libido und der Selbsterhaltung dient, zu einer äußerst komplizierten Organisation, die das Über-Ich in sich einschließt. Es war Paul Federn, der die These aufstellte, daß das Über-Ich eine Stufe des Ichs darstellt, die sich relativ spät in der Entwicklung herausbildet, während Freud das Über-Ich noch als eine unabhängige dritte Instanz, die von außen herangetragen wird, betrachtet hat.

Erik Erikson hat geschrieben, daß die Entwicklung des Ich wahrscheinlich vier mal sieben Jahre dauert und sich dann im wesentlichen nicht mehr verändert. Für Freud sind die entscheidenden Entwicklungsjahre des Ich die ersten sechs Lebensjahre. Nach Freud können dann bei unvollständiger Entwicklung in der Pubertät Störungen auftreten. Die Erfahrungen der letzten 50 Jahre scheinen aber Eriksons Auffassung zu bestätigen, und in den zwanziger Jahren kommt die Vorstellung einer langen Adoleszenzphase hinzu. In der Behandlung von Ich-Störungen haben wir die Erfahrung gemacht, daß noch in dieser Periode wesentliche Veränderungen stattfinden können.

Die moderne Photographie hat es ermöglicht, Kleinkinderforschung vorzunehmen, wie sie zur Zeit Freuds noch nicht möglich war. Begonnen wurde die Säuglingsbeobachtung von René Spitz und Donald Winnicott. Diese Autoren haben uns gezeigt, wie verwickelt und vielschichtig das Wachsen des Ichs vor sich geht. Während nun die Verhaltensforscher sich mit der Beobachtung begnügen, sieht der Psychoanalytiker das Ich immer im Zusammenhang mit Es und Über-Ich. Wir dürfen heute sagen, daß nicht das Ich aus dem Es entsteht, wie noch Freud annahm, sondern umgekehrt das Es aus dem Ich. Das Ich ist zuerst da als Gefühl der Existenz, das als eine bleibende Matrix immer da bleibt. Das Ich verdrängt in mühevoller Entwicklung, Stufe für Stufe seines Wachsens, große Teile der Triebwünsche ins Es. Wir verdanken es Anna Freud, daß wir heute die Aufmerksamkeit auf die Notwendigkeit dieser Entwicklung des Ich richten, die an vielen Punkten fehllaufen kann. Anna Freuds Erkenntnise sind heute allgemein anerkannt.

Wir nehmen an, daß normalerweise die Entwicklung bis zum 3. Lebensjahr ‚normal' verläuft, das heißt so, wie es die soziale Ordnung verlangt. Erst mit der Vielfalt der Anforderungen an das Ich nach dem 3. Lebensjahr entstehen immer mehr Konflikte, die ein bereits entwickeltes Ich neurotisch zu lösen versucht. Es gibt daher in der Gesellschaft eine Mehrzahl von neurotischen Menschen, aber man darf sagen, daß etwa 20 bis 25 % der Gesellschaft, und zwar jeder Gesellschaft, das 3. Lebensjahr bereits mit einem in seiner Entwicklung grundlegend gestörten Ich erreicht. Ein solches Ich kann auf neue Probleme nicht neurotisch reagieren, vielmehr agiert es und reagiert passiv leidend mit Depression oder aktiv mit Aggression.

Hier kommt eine Entdeckung Freuds zum Tragen, die von höchster Bedeutung ist: Die Fähigkeit des Ichs, sich zu spalten. Spaltung bedeutet, daß ein Teil des Ichs auf einer primitiven Stufe stehen bleibt, während ein anderer Teil sich normal weiterentwickelt. Die ersten solchen Spaltungen können bereits im 1. Lebensjahr auftreten. Wir wissen nicht, warum sie bei dem einen auftreten und beim anderen nicht. Wir können nur feststellen, daß Ich-Spaltungen nur bei einer Minderheit, zumindest in der westlichen Welt, auftreten. Die Seele des Ostens mag in dieser Beziehung anders gestaltet sein. Der abgespaltene Teil des Ichs wird ins Unbewußte verdrängt und kann beispielsweise zu schweren Konflikten mit dem Über-Ich führen. Spaltungen sind oft Ursachen schweren Fehlverhaltens und können zu kriminellem und psychotischem Reagieren führen. Sie sehen, wie kompliziert eine Konstellation sein kann, bei der wir mit Milieutherapie etwas bewirken wollen.

Milieutherapie beruht auf der Erkenntnis, daß das wichtigste Element in der Entwicklung des Ichs die frühe Mutter-Kind-Beziehung darstellt. Nun kann diese Beziehung aus den verschiedensten Gründen gestört sein. Diese Störungen können in der Mutter liegen, aber auch im Kinde. Sie können soziale Ursachen haben, die Folgen besonderer Ereignisse oder physiologisch bestimmt worden sein. In allen Fällen wirken sich Störungen dieser Beziehung in den ersten drei Lebensjahren entscheidend aus, soweit sie das Existenz-Gefühl des Kleinkindes, sicher zu sein, bedrohen. Dabei kommt es überhaupt nicht auf irgendeinen objektiven Zustand an, sondern ausschließlich auf die subjektive Bedrohung der existenziellen Sicherheit. So können objektiv vergleichbare Umstände für ein Kind noch genügend Sicherheit bieten, für das andere aber schwerste Unsicherheit erzeugen.

Die Englische Schule der Psychoanalyse behandelt diese Zustände vom Standpunkt der Objektbeziehungen her und bezeichnet sie als schizophrenische oder paranoische oder depressive, das heißt, sie nimmt vorweg, was aus bestimmten Ich-Zuständen entstehen könnte. Dagegen ist praktisch nichts einzuwenden, aber diese theoretischen Konstrukte geben keine Auskunft über das, was wirklich vor sich geht. Sie lassen vor allem die Fragen nach dem Subjekt und allem, was in ihm und um es vorgeht, offen. Die Englische Schule der Objektbeziehungspsychoanalyse hat eigentlich keine Psychologie des Ichs.

Wo nun aber die Sicherheit des Ichs in Frage gestellt wird, sie nicht wirklich vorhanden ist, stellt sich die Frage, welcher Teil des Ich eigentlich unsicher ist. Für Freud war das Ich nicht weiter zerlegbar, sondern ein unteilbares Ganzes. Die nachfolgenden Psychoanalytiker gingen nun im wesentlichen zwei Wege. Die einen, Hartmann, Kris und Löwenstein, die im Grunde Anna Freud folgten, beschäftigen sich mit den Funktionen dieses Ichs, mit seinem Janusgesicht. Sie verloren dabei die Seite, die sich gegen das Es richtet, immer mehr aus dem Auge und beschäftigten sich mehr und mehr mit Abwehr- und Adaptionsmechanismen. Als Anna Freud ihr erstes großes Buch schrieb: *Das Ich und seine Abwehrmechanismen*, sagte Paul Federn: Das ist Alfred Adler. Tatsächlich nähert sich diese auf das Soziale gerichtete Ich-Psychologie immer mehr der Adlerschen Schule.

Durch genaue Beobachtung des gestörten Ichs und seiner Zustände bei den Psychosen kam nun Paul Federn auf einen, man darf sagen, entgegengesetzten Standpunkt. Er erkannte, daß das Ich als Gefühl „Ich bin ich selbst“ vom Beginn des Lebens an da ist und daß dieses Gefühl bedroht sein kann. Normalerweise bedeutet jede Bedrohung dieses Gefühls sofortige Hilfe durch die Mutter oder deren Ersatz. Das Kind schreit und die Bezugsperson ist da, um zu helfen. Jedes Kind reagiert dabei auf das Gefühl der Bedrohung anders, hält mehr oder weniger Unsicherheit aus, reagiert aktiv mit Aggression des Selbsterhaltungstriebes oder Passivität des Todestriebes. Es ist nicht unwahrscheinlich, daß bei Schizophrenen und bei autistischen Kindern Gene fehlen, die eine Anpassung an die Erfordernisse des sozialen Lebens bestimmen. Das wissen wir aber heute noch nicht sicher.

Die Möglichkeiten des Ichs, Bedrohungen seiner existenziellen Sicherheit zu bewältigen, sind vielfältig, haben aber fast immer pathologische Konsequenzen. Damit das Ich sich normal entwickeln kann, müßte jedes Gefühl der Unsicherheit sofort von einer Bezugsperson aufgelöst werden. Wo das genügend der Fall ist, entwickeln sich Kinder relativ problemlos.

Wo das aber nicht der Fall ist, werden Objektbeziehungen abgespalten und verdrängt, bis sie später im Leben aus irgendwelchen

Gründen zum Durchbruch kommen. Hier setzt nun die Milieutherapie ein. Durch sie soll in einem späteren Lebensalter die Sicherheit des Ichgefühls, des „Ich bin ich", wiederhergestellt werden. Die Milieutherapie betreut deshalb rund um die Uhr und macht es dem Betreuten so möglich, auf die Ich-Zustände zu regredieren, die beschädigt worden sind. Das zu leisten ist außerordentlich schwer, ja in Vollkommenheit wahrscheinlich gar nicht möglich. Die Beziehung Kleinkind-Mutter völlig wiederherzustellen, ist unmöglich. Die Milieutherapie kann nur versuchen, der Situation des Kleinkindes nahe zu kommen. Ob diese Annäherung genügt, hängt von der Person des Patienten und von dem Ausmaß der Schädigung ab, die ebenso wenig unmittelbar zu beeinflussen ist wie die Persönlichkeit des Kindes. Um aber auch schwer gestörten Menschen helfen zu können, ist eine Kenntnis dessen, was in ihrem Ich vorgeht, sehr wichtig.

Was ist das Ich? Für Freud ist es die seelische Instanz, die das Es von der Außenwelt abgrenzt, für Hartmann und seine Anhänger die Instanz, die sich mit der Außen- und Innenwelt beschäftigt, um beide zu vereinigen, aneinander zu adaptieren. Paul Federn beschrieb das Ich phänomenologisch als das Gefühl: Ich bin Ich. Dieses Gefühl hat unendlich viele Grenzen, aber es ist normalerweise so selbstverständlich, daß man darüber weder redet noch nachdenkt. Sie wissen, daß sich die Existenzialphilosophie erst sehr spät mit diesem Problem des Seins beschäftigt hat. Paul Federn hat entdeckt, daß dieses Gefühl „Ich bin ich selbst" durchaus Strukturen, Grenzen und Stadien hat. Es kann gestört sein, es kann gestört werden, es kann aber auch abwesend oder geringfügig vorhanden sein. Das Ich versucht nun verzweifelt, dieses Gefühl „Ich bin ich selbst" wiederherzustellen, es an das soziale Leben anzupassen. Es benützt dazu alle verfügbaren Triebe, also Liebe, Aggression und Selbsterhaltung. Weil es immer zwei Aspekte des Ich-Gefühls gibt, einen seelischen und einen körperlichen und weil das Körper-Ichgefühl sich an Begrenzungen orientiert, z.B. in den ersten Wochen des Lebens an den Grenzen der Mundzone, später an der analen und schließlich an der genitalen Zone, sind die Möglichkeiten für Störungen außerordentlich groß. Die Zahl der Grenzen des Ichgefühls sind wahrscheinlich unendlich und ein Körper-Ichgefühl könnte sogar in den Zellen vorhanden sein.

Sie können also sehen, daß für die Therapie der Störungen des

Ich-Gefühls das Milieu außerordentlich beweglich sein muß, um in den 24 Stunden immer dort zu sein, wo Hilfe nötig ist, d.h. um dem Ich zu ermöglichen, sich zu erhalten.

Ich las während der Vorbereitung dieses Vortrages von einem 12-jährigen Buben, der neben anderem schwierigen Verhalten auch einkotete. Das war von den Eltern immer verheimlicht worden, bis der Junge in eine Anstalt kam, in eine englische Schule, ähnlich dem Therapeutischen Heim in Rottenburg. Die Therapeutin wusch nun dem Jungen die beschmutzte Hose aus und später belobte sie ihn für gutes Verhalten mit Süßigkeiten. Sie stellte sich also völlig auf den analen und oralen Zustand dieses Ichs ein. Der Junge gab sein Einkoten völlig auf. Seine Therapeutin sieht den Fall mit den Augen Winnicotts. Sie könnte ihn auch mit der Theorie Paul Federns beschreiben und vielleicht auch mit verschiedenen anderen Theorien. Um aber mit Liebe Hosen auswaschen zu können, muß man im Stande sein, sich auf die anale Stufe des Kleinkindes einzulassen. Ich glaube, das kann man nur, wenn man psychoanalysiert ist. An diesem Beispiel läßt sich deutlich machen, wodurch sich psychoanalytische Sozialarbeit von anderen Formen von Sozialarbeit unterscheidet und worauf die Frage nach Topik und Setting abzielt.

Literatur

Bernfeld, Siegfried (1970): Der soziale Ort und seine Bedeutung für Neurose, Verwahrlosung und Pädagogik in: ders., *Antiautoritäre Erziehung und Psychoanalyse*, Ausgewählte Schriften Bd. 1, Frankfurt am Main.

Erikson, Erik (1973): *Kindheit und Gesellschaft*. Klett Stuttgart.

Federn, Paul (1978): *Ich-Psychologie und die Psychosen*. Frankfurt/M.

Freud, Anna (1964): *Das Ich und die Abwehrmechanismen*. München.

Freud, Sigmund (1915): *Das Ich und das Es*. GW XIII.

Freud, Sigmund (1921): *Massenpsychologie und Ich-Analyse*. GW XIII.

Redl, Fritz; Winemann, D.: (1951): *Children who hate*. Glencoe.

Redl, Fritz; Winemann, D.: (1952): *Controls from within*. Glencoe.

Martin Feuling

Überlegungen zum Problem von „innen“ und „außen“

Innere Orte – Äußere Orte: ich verstehe den Titel dieser Tagung eher als ein programmatisches Motto, denn als ein streng eingegrenztes und eingrenzbares Thema. Zugänge, Näherungsweisen an diese Programmatik – die auf der Tagung vorgetragenen Beiträge zeigen es – gibt es sehr verschiedene: es gibt mehr klinisch und mehr theoretisch zentrierte Zugänge; man nähert sich dem Thema von der Seite der sozialen Realität her oder über die Problematik des Körpers; die verschiedenen „psychoanalytischen Schulen“ setzen sehr unterschiedliche Schwerpunkte.

Die Vielzahl möglicher Zugangswege zeigt auch an, daß dieses Thema in der psychoanalytischen Literatur bisher – soweit ich sehe – nicht explizit, allenfalls peripher behandelt wurde. Hat das auch mit einer historisch entstandenen Beschränkung der Psychoanalyse zu tun, sich überwiegend mit Menschen zu befassen, die relativ gut in die soziale Außenwelt integriert sind, weshalb man sich den „Luxus“ erlauben kann, mehr oder weniger ausschließlich auf deren „Innenwelt“ zu fokussieren?

Das, was wir „Psychoanalytische Sozialarbeit“ nennen, hat jedoch in jedem Fall – wenn auch mehr oder weniger ausgeprägt – sehr viel mit den schwierigsten psychosozialen Problemlagen zu tun, in denen wir uns den „Luxus“ einer „gleichschwebenden Aufmerksamkeit“ und einer Suspendierung des Handelns nur in sehr reflektierter Form gestatten können. Wir müssen immer wieder die äußere, soziale Realität aktiv handelnd gestalten. Dies wirft aber grundlegende Probleme auf: ethische und technische.

Die Fragen nach der Ethik und der Technik der Psychoanalytischen Sozialarbeit motivierten neben anderen Fragen unsere Wahl des Tagungsthemas: Wie bestimmt sich – vereinfacht gesagt – psychoanalytische Sozialarbeit im Unterschied zu anderen Modi der „Bearbeitung des Inneren“, beispielsweise zur Technik der klassischen Psychoanalyse oder zur psychoanalytischen Psychotherapie; wie verhält sie sich zu anderen Formen der „Bearbeitung des Äußeren“ in Sozialarbeit, Pädagogik und Sozialtherapie? Wie wird dort das Äußere durch das Innere bearbeitet? Wie wird hier das Innere durch das Äußere zu beeinflussen versucht? Wie überlagern sich beide Zugangswege zum Subjekt in der „Psychoanalytischen Sozialarbeit"?

Im Schnittpunkt all dieser Fragestellungen steht das Tagungsthema, in dem sich mir zwei Äste von Bedeutungen zu gabeln scheinen: man kann zunächst das Problem der Orte, der Topik und des Settings in den Vordergrund stellen oder aber das Problem von „innen" und „außen" vorrangig thematisieren. Ob und wie sich diese beiden Gedankenwege wieder überschneiden können?

Beide Wege zugleich verfolgen zu wollen, scheint mir im Rahmen meines kleinen Exposés unlösbar schwierig, weshalb ich hier nur einige – hoffentlich anregende – Fragen zum Problem des Innen und des Außen aufwerfen will. Die Fragen nach der Topik und der Orte stelle ich zurück. Mit meinem Beitrag will ich nur aufzeigen, daß das Verhältnis von innen und außen für die Psychoanalyse sehr problematisch ist und daß es sich in der Ontogenese mehrfach umordnet.

Was ist innen und was ist außen? Vielleicht kann man zunächst sagen: semantisch sind „innen" und „außen" rein relationale Begriffe. Die Worte „innen" und „außen" bezeichnen nichts Konkretes, nichts Singuläres, nichts Absolutes, sondern ein Verhältnis. Was vom einen Standpunkt aus außen ist, ist von einem anderen Blickwinkel aus oder in einer anderen Konstellation innen. Das ist für uns „Normalneurotiker" so. Wenn für einen Menschen innen und außen absolute, fixe und unbewegliche Termini geworden sind, wenn es da ein ausschließliches Entweder-Oder gibt, dann tangiert er den Bereich des Psychotischen.

Freud hat beschrieben, daß in der Psychose ein grundlegend anderes Außen wirksam ist als beim Neurotiker: ein projiziertes oder halluziniertes, ein ideal gutes oder absolut schlechtes und verfolgendes Außen. In der Psychose sind absolut gut und schlecht mal innen, mal außen, sie tauschen immer wieder die Positionen, werden oft ununterscheidbar. Dies ist so, weil das psychotische Außen nach dem Modell des Innen gebildet ist und zwar aus den Vorstellungen, die das Ich nicht in seinem Innen integrieren kann. Freud schlug 1924, in dem Aufsatz „Neurose und Psychose", die folgende „einfache genetische Formel" vor:

> „Die Übertragungsneurose entspricht dem Konflikt zwischen Ich und Es, die narzißtische Neurose[1] zwischen Ich und Über-Ich, die Psychose zwischen Ich und Außenwelt.“ (1924b, 336).

Wenn man – ich tue es nur mit Vorbehalten – umgangssprachlich sagen kann, das Es sei innen, dann wäre die Neurose nach dieser Formel Freuds ein Konflikt des Ich mit dem „inneren Ausland“, mit der „inneren Außenwelt“ des verdrängten Unbewußten; die narzißtische Neurose, z.B. die Melancholie, wäre ein Konflikt zwischen dem Ich und dem Introjekt eines ehemals Äußeren: der verbietenden und gebietenden Stimme der Eltern (vgl. Freud, 1940a, 85f. et passim). Die Psychose jedoch soll ein Konflikt zwischen Ich und – ich möchte es einmal so nennen – „äußerer Außenwelt“ sein.

Eine Frage schließt sich an diese Überlegungen zwangsläufig an: Sind diese verschiedenen Außenwelten in Neurose und Psychose homolog? Ich lasse diese Frage offen und schlage als eine erste Annäherung an das Problem der Außenwelt folgende These vor: Die „wirkliche“, eigentlich reale Außenwelt ist unerkennbar.[2] Die „Außenwelt“, von der Freud im oben angeführten Zitat spricht, ist vielmehr eine überindividuelle psychische Instanz. Mit ihr steht der Psychotiker in besonderer Weise in Konflikt. Was verstehe ich unter der „Außenwelt als eine Art überindividuelle psychische Instanz“?

- Einerseits ist die „Außenwelt“ sicherlich eine „gesellschaftlich konstruierte Wirklichkeit“, d.h. ein Resultat kollektiver Projektionen.
- Andererseits aber weist die „Außenwelt“ weit über die Projektionen eines aktuellen sozialen Kollektivs hinaus: auf die ganze Menschheitsgeschichte. Der Begriff „Außenwelt“ umfaßt auch das „phylogenetische Erbe“, wie Freud sagt, oder die „Kultur“, die „ererbte Tradition“, wie Winnicott (1971, 115) es formuliert. Die Außenwelt ist ein geschichtliches Produkt, das zu einer „zweiten Natur“ geronnen ist.

Ich schlage folgende Formulierung über Freuds Begriff der „Außenwelt“ zur Diskussion vor: Die „Außenwelt“ ist das System des bewußten und unbewußten Wissens, das sich im Laufe der Menschheitsgeschichte herausgebildet hat und das nur zum Teil bewußt, zum größeren Teil aber unbewußt hinter dem Rücken der Subjekte wirksam bleibt. Die „Außenwelt“ in diesem Sinne ist opak, weil sie nicht der Herrschaft des Ichs und auch nicht der Herrschaft der Gesellschaft untersteht. Ich unterstelle also, daß der Begriff „Außenwelt“ bei Freud auch dieses Außen des Denkens, des Wissens und der Kontrolle umfaßt. Mit dieser Auffassung der „Außenwelt“ geraten so manche Gewißheiten ins Wanken....

Winnicott (1971, 11ff.) schreibt, daß die „Kultur“ in der Ontogenese die Nachfolge des Übergangsobjekts antritt. Das Übergangsobjekt hat ja genau die Funktion, zwischen Ich und Nicht-Ich, zwischen innen und außen zu vermitteln, indem es beide Bereiche zugleich trennt und verbindet. Die „Kultur“ – schreibt Winnicott – ist ein eigenständiges, vermittelndes Drittes jenseits der Differenz von innerer und äußerer Realität. Nur durch diesen dritten Bereich, durch dieses Außen, das sich der Kontrolle des Individuums, aber auch des Kollektivs entzieht, sind Spiel und Kreativität möglich.

Aber sicherlich ist die Kultur auch – wie es im Text von Stephan Becker zitiert ist – der „Alp auf den Gehirnen der Lebenden“, der kollektive Wiederholungszwang, der die Entstehung von radikal Neuem unmöglich macht. Jacques Lacans Theorie des Symbolischen entfaltet genau diesen ambivalenten Charakter der Kultur: zugleich Wiederholungszwang zu sein wie auch Bedingung eines gelingenden Zusammenlebens der Menschen und der Kreativität, der Möglichkeit des Neuen.

Lacan betont wie Winnicott, daß das Symbolische, die Sprache, nicht der Herrschaft des Menschen untersteht, daß er vielmehr der Sprache, diesem Außen seines Denkens und seiner Kontrolle unterworfen, subiectum ist. Ganz ähnliche Denkfiguren formuliert auch Winnicott mit seiner Theorie der Objektverwendung als Voraussetzung des Übergangs zum Realitätsprinzip: erst wenn das Objekt nicht mehr nur aus subjektiven Projektionen gemacht ist, wenn es einen eigenen Wert als „Ding an sich“ (1971, 103) bekommt und sich dadurch der „omnipotenten Kontrolle“ (ebd.) des Subjekts entzieht, gewinnt das Subjekt einen Zugang zur Kultur und zur sozialen Realität und kann sich in die Ordnung der Geschlechter und des Sozialen einreihen, d.h. sich subjektivieren.

Diese logische und faktische Unmöglichkeit omnipotenter Kontrolle muß jedoch vom Subjekt anerkannt, auf sich genommen werden. Die Anerkennung der Unmöglichkeit der Omnipotenz möchte ich – mit Lacan – als „symbolische“ bzw. – mit Françoise Dolto – als „symboligene Kastration“ bezeichnen.

Der Psychotiker verweigert die Anerkennung dieser symbolischen Kastration, er will sie nicht auf sich nehmen. Deshalb sagt Freud, daß der Psychotiker in Konflikt mit der Sprach-Außenwelt und Kultur steht. Mit dieser Verweigerung der Anerkennung dessen, was ich als symbolische Kastration bezeichnet habe, ist verbunden, daß der Psychotiker entweder auf frühere Stufen der Ich-Konstitution topisch regrediert oder aber – wie im Falle der jungen, sehr früh seelisch erkrankten jungen Menschen, mit denen wir arbeiten – bestimmte Stadien der Ich-Entwicklung gar nicht erreicht. Freud beschreibt in seinem Schreber-Aufsatz (1911c, 198f.) die Paranoia als Regression auf die narzißtische Stufe der Ich-Entwicklung, die Schizophrenie aber als Regression auf die autoerotische Stufe des Ichs. Ich ergänze: die autistische Psychose wäre dann als Regression auf eine noch frühere Stufe der Ich-Enwicklung zu verstehen: als Regression auf das „anfängliche Real-Ich".

Um die Genese des Ichs, die eng mit der Konstitution von innen und außen verbunden ist, und ihr Fehlschlagen in der Psychose zu beschreiben, scheint es mir unvermeidbar, einen kleinen Exkurs in Freuds Metapsychologie zu machen. Ich beziehe mich dabei vor allem auf die Texte: *Zur Einführung des Narzißmus* (1914c); *Triebe und Triebschicksale* (1915c); *Massenpsychologie und Ich-Analyse* (1921c); und *Die Verneinung* (1925h).

Um von den komplexen Gedankenfiguren Freuds etwas deutlich machen zu können, verfahre ich bei meiner „Montage" von Bruchstücken aus Freuds Metapsychologie durchaus etwas kontrastierend und vereinfachend. Ich bin mir bei den folgenden Ausführungen bewußt, daß manche Einwände dagegen vorgebracht werden können. Insbesondere die Einsetzung des Ideal-Ich als spezifische Stufe der Ich-Entwicklung und die Unterscheidung des autoerotischen Lust-Ich vom narzißtischen Ideal-Ich verdankt sich didaktischen Erwägungen; die Rücksichtnahme auf Darstellbarkeit in diesem kleinen Exposé veranlaßt mich auch dazu, weder Ich-Ideal noch Über-Ich in meiner Montage zu situieren.

Freud unterscheidet in seinen Texten vier wesentliche Stadien der Ich-Entwicklung: Das „anfängliche Real-Ich", das „purifizierte Lust-Ich" des Autoerotismus, das „Ideal-Ich" des Narzißmus und das „endgültige Real-Ich". Hinsichtlich unserer Frage nach innen und außen zeigt sich in den Stufen der Entwicklung vom

„anfänglichen" zum „endgültigen Real-Ich" eine bemerkenswerte zweifache „Umordnung" (1915c, 98) bei der zunehmenden Differenzierung von innen und außen:

1. Für das „anfängliche Real-Ich" ist das, was von innen kommt, nicht zu bewältigen; deshalb ist es schlecht. Das Außen aber ist indifferent;[3]
2. Erste Umordnung: Für das „purifizierte Lust-Ich" des Autoerotismus ist das Innen lustvoll und gut, das Außen aber schlecht. Das Außen ist schlecht, weil es nur aus dem gemacht ist, was das Lust-Ich als unlustvoll aus sich ausstößt. Das Schlechte, das nach außen Gestoßene, ist dem Ich aber zunächst identisch, weil es nur aus dem gemacht ist, was das Ich aus sich ausstößt.[4]
3. Zweite Umordnung: Für das „Ideal-Ich" des Narzißmus[5] ist das Außen gut. In dem Maße aber, in dem das Gute, Ideale außen gesehen wird, verarmt das Innen und wird schlecht, weil dem Subjekt immer etwas zur vollen Befriedigung fehlt. Dies scheint unmittelbar einleuchtend für den Fall der Verliebtheit, weil das Liebesobjekt qua „Idealisierung" und „Sexualüberschätzung", weil es durch die Umwandlung von narzißtischer Libido in Objektlibido als vollständig und ohne Mangel erlebt wird. Was aber, wenn das Subjekt qua Introversion im sekundären, pathologischen Narzißmus die Objektlibido auf „sich selbst" (Freud 1915c, 56) zurückwendet? Ist dieses „Sich-selbst", das Ideal-Ich, das Bild einer vollständigen Gestalt, innen oder außen?[6]
4. Für das „endgültige Real-Ich" schließlich kann sowohl das Innen wie das Außen gut und schlecht sein.[7] Das „endgültige Real-Ich" prüft in der sog. „Realitätsprüfung", ob seinen inneren Vorstellungen irgendetwas in der äußeren Realität korrespondiert in einer Weise, die ihm das Überleben in der Welt ermöglicht. Die inneren Vorstellungen, denen in der äußeren Realität nichts annähernd korrespondiert, die also dort nicht „wiedergefunden" werden können, bleiben gleichwohl als lustvolle oder unlustvolle im Innen bestehen: als bloß subjektive Vorstellungen, als „Phantasie".

Das spätere, aus dem autoerotischen Lust-Ich und dem narzißtischen Ideal-Ich entstehende „endgültige Real-Ich", ist also nur auf der Basis des ersten Verlusts einer äußeren Realität der Selbsterhaltung zu begreifen, über die das „anfängliche Real-Ich" noch verfügte. Aber auch, wenn das ins Außen verworfene Unlustvolle,

Schlechte des „Lust-Ichs“, das diesem aber zunächst identisch ist, mit diesem Ausstoßen auf Dauer beseitigt wäre, gäbe es keine Notwendigkeit, das „endgültige Real-Ich“ zu entwickeln. Die Entstehung des „endgültigen Real-Ich“ ist also gebunden an einen zweiten Verlust der autoerotischen und narzißtischen Vollständigkeit, also daran, daß für das Subjekt doch etwas auftaucht, das ihm nicht identisch ist, das von ihm nicht im System seines Wissens eingefangen werden kann. Die Entstehung des „endgültigen Real-Ich“ ist – so formuliere ich als These – daran gebunden, daß es ein Außen des Denkens und des Symbolisierbaren gibt, das sich grundsätzlich entzieht.

Nur auf der Basis dieses zweifachen Verlusts der Unterscheidung von außen und innen sowie des Verlusts einer vollständigen Identifizierbarkeit der Welt kann das „endgültige Real-Ich“ entstehen.

Die vom „endgültigen Real-Ich“ wiedergefundene Unterscheidung von innerer und äußerer Realität ist nicht dieselbe wie die ursprüngliche Unterscheidung des „anfänglichen Real-Ich“, die verloren wurde. Diese entsprechend dem Wissens-System innerer Vorstellungen wiedergefundene äußere Realität ist die Welt sozialer und kommunizierbarer Bedeutungen, ist die Welt, die aus sublimierter Sexualität, aus Kultur und aus Sprache gemacht ist.

Freuds Begriff der „Realitätsprüfung“ bringt einige theoretische Aporien mit sich. Diesen Aporien will ich hier nicht weiter nachgehen und sage nur: Das Wiederfinden von etwas, das in der Vorstellung vorhanden ist, zielt nicht auf die Koinzidenz oder Kongruenz von Innerem und Äußerem, von Vorstellung und Realität, sondern auf sozial kommunizierbares Alltags-Wissen und Nützlichkeit. Nach Winnicott beruht die Fähigkeit, Objekte verwenden zu können, gerade darauf, daß die Dinge sich der „omnipotenten Kontrolle“ (1971, 110) des Subjekts entziehen, d.h. darauf, daß man nicht alles über sie wissen kann und muß. Anders gesagt: auf der „symbolischen Kastration“. Die symbolische Kastration besagt: man kann nicht alles wissen und auch nicht alles haben oder sein. Es gibt kein Ganzes, es gibt auch keine letztliche Gewißheit des Wissens. Das System des Wissens schließt sich nicht.

Vielleicht läßt sich sogar der Umkehrschluß ziehen: Jedes sich abschließende Wissen ist wahnhafte Gewißheit.

Ich führe diese Gedanken auch deshalb ein, weil wir als Therapeuten psychotischer Menschen immer wieder Gefahr laufen, vermeintlich zu wissen, was die „Realität" sei, mit der wir in Übereinstimmung oder Kontakt sind, der Psychotiker aber nicht mehr. Das ist gefährlich, weil wir dann Gefahr laufen, selbst die psychotische Position einzunehmen, zuviel zu wissen, mit dem Psychotiker in Clinch darüber geraten, wessen Realität denn nun die „richtigere" sei, und nicht mehr darauf abzielen, im psychotischen Zuviel-Wissen die Lücke zu entdecken oder zu schaffen, die für Zweifel und Fragen Raum schafft, für die es im Zustand der wahnhaften Gewißheit keinen Platz gibt.

Im Gegensatz zur wahnhaften Gewißheit steht also eine Form des sich nicht-abschließenden Wissens, in dem es eine nichtidentifizierbare Leerstelle, in dem es Raum für Zweifel und Fragen gibt. Für diese Leerstelle haben die Philosophen und Psychoanalytiker verschiedene Namen gefunden: das Andere, die Kultur, das Ding, der Name-des-Vaters oder „Glaube an O". All diese Namen bezeichnen ein Außen des Denkens und des Wissens, ein Drittes, das zwischen innerer und äußerer Realität zu vermitteln, sie zu trennen und gleichzeitig zu verbinden vermag, genau deshalb, weil es weder mit dem Außen noch mit dem Innen identisch ist. Das Vorhandensein dieses Außen des Wissens ist Bedingung für die psychische Entwicklung. Die Wege zu diesem Außen in der psychoanalytischen Arbeit mit ich-strukturell gestörten Menschen zu untersuchen, ist das Thema dieser Tagung.

Dieses Außen, das Dritte im Sinne von Lacans Theorie des Symbolischen oder Winnicotts Theorie der Kultur und des Übergangsobjekts ist das Dritte, das vom Psychotiker ausgeschlossen, verworfen wird. Es ist das Andere, das hinter dem konkreten Anderen, hinter „meinesgleichen" wirksam ist. Um mit dem Philosophen Emmanuel Lévinas zu sprechen: Es ist das „Antlitz" des anderen, das mich gefangen nimmt und mich meines Vermögens, den anderen als Objekt beherrschen zu können und zu wollen, beraubt.[8]

Diese Konzeption des Dritten als absolutes Außen, als Anderes, übersteigt das familiäre, ödipale Dreieck Papa-Mama-Ich. In einer individuellen Biographie ist es nur im günstigsten Fall der reale Vater, der Mutter und Kind trennt und verbindet zugleich. Strukturell ist es der symbolische Vater oder – um mit Lacan zu sprechen – der Name-des-Vaters, der dies bewirkt. Der Ödipuskomplex ist nur sekundär eine individuelle Familientragödie, primär aber das universelle Gesetz des Sozialen, das Gesetz des sozialen Tauschs.

Um Ihnen zu belegen, daß Freud hinsichtlich der Frage von Neurose und Psychose dieses Verständnis der „Außenwelt", das ich vorgeschlagen habe, zumindest implizit gemeint hat, will ich noch eine weitere Freud-Stelle anführen. In dem ebenfalls 1924 erschienenen Text über den „Realitätsverlust bei Neurose und Psychose": unterscheidet Freud Neurose und Psychose folgendermaßen:

> „Bei der Psychose folgt auf die anfängliche Flucht eine aktive Phase des Umbaues, bei der Neurose auf den anfänglichen Gehorsam ein nachträglicher Fluchtversuch" (1924e, 359).

Neurose und Psychose unterscheiden sich also von Anfang an und zwar durch den Gegensatz von „Flucht" und „Gehorsam". Freud wiederholt in diesem Zitat von 1924 seine schon 1896 im Text über „Die Abwehrneuropsychosen" geäußerten Gedanken über den Glauben des Neurotikers und den Unglauben des Psychotikers an einen „anfänglichen Vorwurf" (1896b, 400ff). Diesem anfänglichen Vorwurf glaubt der Psychotiker nicht, er verwirft ihn und leistet ihm keinen Gehorsam. Er flieht vor ihm, um später umso mehr für diesen Unglauben zu büßen.

Was ist dieser „anfängliche Vorwurf", an den der Neurotiker glaubt, der Psychotiker aber nicht glaubt? Ist es der Vorwurf, daß die Menschen wie Gott wissen wollten, was gut und böse ist, weswegen sie aus dem Paradies ausgewiesen wurden? Flieht der Psychotiker vor diesem Vorwurf, insofern er versucht, in einem Paradies ohne Differenz von gut und böse und ohne Schuld zu leben? Schwankt er deshalb so sehr zwischen den Positionen, absoluter Herr oder Gott zu sein, oder aber ein Nichts? Muß er für das Vermeiden des Glaubens und der neurotischen Schuld gegenüber einem – wie Freud im Entwurf von 1895 sagt – „prähistorischen unvergeßlichen Anderen, den kein Späterer mehr erreicht" (1895, 156) mit dem Preis der psychotischen Angst bezahlen?

Seit dem Verlust des Paradieses sind wir in diesem Sinne immer schon schuldig. Es ist unaushaltbar, nicht in diesem Sinne schuldig zu sein. Es ist Terror, in einer Welt zu leben, in der es nicht einen prähistorischen unvergeßlichen Anderen, ein absolut Anderes, das „Antlitz" des Anderen gibt; es ist unerträglich, in einer Welt zu leben, in der das Objekt nicht sein eigenes, unzerstörbares Recht hat, sondern nur aus meinen eigenen Projektionen gemacht ist.

Ich schließe meine einstimmenden Gedanken mit einigen Thesen für die klinische Arbeit mit ich-strukturell gestörten Menschen:

1. Bei der Psychose, die das unverarbeitbar Traumatische ins projizierte, halluzinatorische Außen verworfen und damit quasi im Innen ausgelöscht hat, muß oft in einer ganz spezifischen Form im Außen gehandelt werden. Es muß durch dieses Handeln etwas so im Außen repräsentiert werden, daß es auch zu etwas Innerem werden kann.
2. Dieses Handeln mag im Einzelfall das eine Mal bedürfnisbefriedigend und versorgend sein, das andere Mal grenzsetzend-erzieherisch oder wissensvermittelnd-pädagogisch. Das ist aber sekundär. Strukturbildend wirksam wird solches Handeln nur, soweit es ein Sprechen ist, das z.B. sagt: „Ich kann Dir zwar diese Milch hier geben, und ich tue das gerne. Aber ich weiß, daß das nicht alles ist, was Du willst. Das Alles, das Du von mir willst, kann ich Dir aber unmöglich geben."
3. Ich meine darüber hinaus, daß das Handeln in der Psychoanalytischen Sozialarbeit mit ich-strukturell gestörten Menschen wesentlich nicht nur in der gelebten Begegnung mit dem psychotischen Menschen als Sprechen im soeben angeführten Sinne wirksam wird, sondern auch in der Setzung eines Settings. Das Setting ist ein Netz von Orten, von Instanzen. Die Setzung eines Settings zielt darauf ab, nicht-verinnerlichte psychische Instanzen quasi im konkreten Außen zu materialisieren, damit sie in der Folge vom Psychotiker introjiziert werden können. Das setzende Handeln muß jedoch – kontrafaktisch und antizipierend – immer im symbolisierbaren, sozialen Außen stattfinden und nicht im halluzinatorischen Außen der projektiv identifizierten Doppelgänger des psychotischen Subjekts.
4. Die Variationen des Settings in der institutionellen Behandlung der Psychose haben eine vergleichbare Funktion wie die verbalen Deutungen im klassischen Setting: sie sind das „deutende Sprechen der Institution". Das so verstandene „Sprechen der Institution" soll dem Psychotiker ermöglichen, die Kastration nicht als halluzinierte oder gar reale erleben zu müssen, sondern sie als symbolische Kastration anerkennen zu können, die besagt: „Du kannst nicht alles haben!" Das Setting zielt also

darauf ab, einen spezifischen Mangel im Sinne einer Leerstelle einzuführen und nicht etwa darauf, den Mangel einer lebensgeschichtlich versäumten Befriedigung durch Nachholen zu beseitigen.

5. Der erste Schritt auf dem Wege zur Anerkennung der symbolischen Kastration ist der, daß der Psychotiker erlebt, daß auch wir, seine Betreuer oder Analytiker, selbst der Kastration unterworfen sind. Dies geschieht z.B. dadurch, daß wir nicht das Setting, das Gesetz sind, sondern es vertreten.

Worauf es primär in der Arbeit mit psychotischen Menschen ankommt, ist, eine Leerstelle im zu sehr geschlossenen System des psychotischen Wissens zu eröffnen, um dadurch einen – um mit Winnicott zu sprechen – „potentiellen Raum" zu schaffen, in dem Spiel und Kreativität, in dem das Andere Platz hat.

Anmerkungen

1 Unter „narzißtischer Psychoneurose" (= Psychose) versteht Freud zu diesem Zeitpunkt z.B. die Melancholie (ebd. 336).

2 „Das Unbewußte ist das eigentlich reale Psychische, uns nach seiner inneren Natur ebenso unbekannt wie das Reale der Außenwelt und uns durch die Daten des Bewußtseins ebenso unvollständig gegeben, wie die Außenwelt durch die Angaben unserer Sinnesorgane" (Freud 1900a, S. 580).

3 In „Triebe und Triebschicksale" schreibt Freud über die Entwicklung des Ich: Das Ich „...wandelt sich ... aus dem anfänglichen Real-Ich, welches Innen und Außen nach einem guten objektiven Kennzeichen unterschieden hat, in ein purifiziertes Lust-Ich, welches den Lustcharakter über jeden anderen stellt. Die Außenwelt zerfällt ihm in einen Lustanteil, den es sich einverleibt hat, und einen Rest, der ihm fremd ist. Aus dem eigenen Ich hat es einen Bestandteil ausgesondert, den es in die Außenwelt wirft und als feindlich empfindet... Das Äußere, das Objekt, das Gehaßte wären [ihm aber – MF] zu allem Anfang identisch" (1915c, 98). Das „anfängliche Real-Ich" vermag eine „erste Unterscheidung" (a.a.O. 83) zwischen innen und außen zu treffen. Es unterscheidet zwischen Reizen, denen es sich durch eine Muskelaktion, durch Flucht entziehen kann – „Diese Reize rechnet es zur Außenwelt", schreibt Freud – und Reizen, gegen welche eine solche Aktion nutzlos bleibt: die von innen kommenden, konstant drängenden Triebe. Diese Reize, denen man nicht entfliehen kann, konstituieren eine erste Art von Innenwelt. In dieser allerersten Phase der Ich-Entwicklung, die

Freud mit dem Begriff des „anfänglichen Real-Ich" benennt, ist also das Innen schlecht, das Außen aber ist – nein, nicht gut, sondern indifferent, weil man es durch eine motorische Aktion bewältigen, es sozusagen als Problem beseitigen kann.

4 Das aus dem „anfänglichen Real-Ich" sich entwickelnde „purifizierte Lust-Ich" verliert das „gute, objektive Kennzeichen" für die Unterscheidung von Innen und Außen. Das Lustvolle, Gute ist für das Lust-Ich innen, insofern es das ist, was das Subjekt sich einverleibt hat. Aber das Unlustvolle, Schlechte, das ins Außen Ausgestoßene, Verworfene ist ihm zunächst – sagt Freud – „identisch". Das purifizierte Lust-Ich ist das Subjekt auf dem Niveau des Autoerotismus und der Schizophrenie, für das es nichts gibt, was ihm nicht identisch ist: Wenn es nichts gibt, was dem Subjekt nicht identisch ist, wenn es kein sich dem Wissen entziehendes unidentifizierbares Anderes gibt, ist das ebenso unerträglich wie das von innen kommende Schlechte des anfänglichen Real-Ichs.
In dem Begriff „Autoerotismus" ist angedeutet, daß in dieser Phase die ursprüngliche Dichotomie von Selbsterhaltungs- oder Ichtrieben und Sexualtrieben ihr Gewicht verliert und durch die Ambivalenz von Lieben und Hassen innerhalb der Sexualtriebe abgelöst wird. Das Zurücktreten der Ichtriebe aus ihrer Funktion als entwicklungsbestimmende Kräfte, die sie im „anfänglichen Real-Ich" noch innehatte, impliziert die totale Sexualisierung der Welt und in gewisser Weise den Verlust der äußeren Realität der Selbsterhaltung. Freud führte das Entstehen der Kultur auf verdrängte oder sublimierte Sexualität zurück (1940a, 81) und nicht auf die „Not des Lebens" und die Selbsterhaltung.

5 Vgl. dazu Freud 1921c, 105ff. Zum Problem der Unterscheidung von Autoerotismus und Narzißmus schreibt Freud in „Zur Einführung des Narzißmus" (1915c): „Es muß [...] irgendetwas zum Autoerotismus hinzukommen, eine neue psychische Aktion, um den Narzißmus zu gestalten" (44). Leider beschreibt Freud an dieser Stelle diese „neue psychische Aktion" nicht weiter. Es ist zu unterstellen, daß Freud damit ein entscheidendes Moment des Übergangs von Partialobjekten zu Totalobjekten anvisiert hat. Totalobjekte, ganze Gestalten, ganze Personen sind aber nur im Register des Sehens und nur qua Verleugnung des Mangels des Anderen möglich: als inneres Bild eines Äußeren, als Veräußerung an das Ideal-Ich, als Entfremdung.„Diesem Ideal-Ich gilt nun die Selbstliebe, welche in der Kindheit das wirkliche Ich genoß. Der Narzißmus erscheint auf dieses neue ideale Ich verschoben, welches sich wie das infantile im Besitz aller wertvollen Vollkommenheiten befindet" (ebd. 61).

6 Freud jedenfalls sagt, das narzißtische Ideal-Ich wird dem Kind von den Eltern, also von außen implantiert: „Wenn man die Einstellung zärtlicher Eltern gegen ihre Kinder ins Auge faßt, muß man sie [i.e. die Kinder – d.A.] als Wiederaufleben und Reproduktion des eigenen, längst aufgegebenen Narzißmus erkennen" (Freud, 1915c, 57).

7 In seinem Aufsatz über „Die Verneinung" von 1925 konzeptualisiert Freud das „endgültige Real-Ich", indem er die grundlegenden Formen des Urteilens beschreibt, die zur Konstitution der inneren und der äußeren Realität notwendig sind: das Attributionsurteil und das Existenzurteil, die sogenannte „Realitätsprüfung". Er schreibt: „Für das endgültige Real-Ich handelt es sich nicht mehr darum, ob etwas Wahrgenommenes (ein Ding) ins Ich aufgenommen werden soll oder nicht, sondern ob etwas im Ich als Vorstellung Vorhandenes auch in der Wahrnehmung (Realität) wiedergefunden werden kann. Es ist, wie man sieht, wieder eine Frage des Innen und Außen. Das Nichtreale, bloß Vorgestellte, Subjektive ist nur innen; das andere, Reale, auch im Draußen vorhanden. ... Um diesen Fortschritt zu verstehen, muß man sich daran erinnern, daß alle Vorstellungen von Wahrnehmungen stammen, Wiederholungen derselben sind. Ursprünglich [i.e. schon auf der zweiten Ebene des Lust-Ich – MF] ist also schon die Existenz der Vorstellung eine Bürgschaft für die Realität des Vorgestellten. Der Gegensatz zwischen Subjektivem und Objektivem besteht nicht von Anfang an. Er stellt sich erst dadurch her, daß das Denken die Fähigkeit besitzt, etwas einmal Wahrgenommenes durch Reproduktion in der Vorstellung wieder gegenwärtig zu machen, während das Objekt draußen nicht mehr vorhanden zu sein braucht. ... Ein weiterer Beitrag zur Entfremdung zwischen dem Subjektiven und dem Objektiven rührt von einer anderen Fähigkeit des Denkvermögens her. Die Reproduktion der Wahrnehmung in der Vorstellung ist nicht immer deren getreue Wiederholung; sie kann durch Weglassungen modifiziert, durch Verschmelzungen verschiedener Elemente verändert sein. Die Realitätsprüfung hat dann zu kontrollieren, wie weit diese Entstellungen reichen. Man erkennt aber als Bedingung für die Einsetzung der Realitätsprüfung, daß Objekte verlorengegangen sind, die einst reale Befriedigung brachten" (1925, 375 ff.).

8 „Die Idee des Unendlichen ist die soziale Beziehung. Diese Beziehung besteht in der Annäherung an ein absolut äußeres Wesen. Das Unendliche dieses Wesens, das man eben darum nicht enthalten kann, gewährleistet und konstituiert dieses Außerhalb. Sie entspricht nicht der Distanz zwischen Subjekt und Objekt. Das Objekt integriert sich, wie wir wissen, der Identität des Selben. Das Ich macht es zu seinem Thema und danach zu seinem Eigentum, seiner Beute, seinem Raub oder seinem Opfer. Das Außensein des unendlichen Wesens wird manifest in dem absoluten Widerstand, den es durch seine Erscheinung selbst – durch seine Epiphanie – allen meinen Vermögen entgegensetzt. Seine Epiphanie ist nicht nur Erscheinung einer sinnlichen oder intelligiblen Form im Licht, sondern schon dieses Nein, das den Vermögen entgegengeschleudert wird. Sein Logos ist: ‚Du sollst nicht töten'. Gewiß, der Andere bietet sich all meinen Vermögen dar, unterliegt all meinen Listen, allen meinen Verbrechen; oder widersteht mir mit seiner ganzen Kraft und allen unvorhersehbaren

Ressourcen seiner eigenen Freiheit. Ich messe mich mit ihm. Aber er kann sich mir auch jenseits allen Maßes entgegenstellen – und dann zeigt er mir sein Antlitz – mit dem vollkommen Ungedeckten und der Blöße seiner schutzlosen Augen, mit der Geradheit, der unbedingten Offenheit seines Blicks. Die solipsistische Unruhe des Bewußtseins, das sich bei all seinen Abenteuern als Gefangener des Selbst sieht, kommt hier zu ihrem Ende: Das wahre Außen ist in diesem Blick, der mir alle Eroberung untersagt. Nicht, daß die Eroberung meine zu schwachen Kräfte überstiege; nein, ich kann nicht mehr können: Die Struktur meiner Freiheit – wir werden das noch sehen – kehrt sich vollkommen um. Hier entsteht nicht eine Beziehung zu einem sehr großen Widerstand, sondern eine Relation zum absolut Anderen, zum Widerstand dessen, was nicht widersteht, eine Relation zum ethischen Widerstand. Der ethische Widerstand ist es, der die Dimension des Unendlichen eröffnet, den Bereich dessen, was dem unwiderstehlichen Imperalismus des Selben und des Ich Einhalt tut. Wir nennen Antlitz die Epiphanie dessen, was sich so direkt und eben dadurch von Außen kommend einem Ich darstellen kann. ... Die Epiphanie des Gesichts ist ganz Sprache.“ (Lévinas 1983, 198 ff.).

Literatur

Freud, Sigmund (1895): Entwurf einer Psychologie; in: *Aus den Anfängen der Psychoanalyse*. Frankfurt/Main. 1950.

Freud, Sigmund (1896b): *Weitere Bemerkungen über die Abwehrneuropsychose*. GW I.

Freud, Sigmund (1900a): *Die Traumdeutung*. Frankfurt/Main. SA II.

Freud, Sigmund (1911c): *Psychoanalytische Bemerkungen über einen autobiographisch beschriebenen Fall von Paranoia*. SA VII.

Freud, Simgund (1914c): *Zur Einführung des Narzißmus*. SA III.

Freud, Sigmund (1915c): *Triebe und Triebschicksale*. SA III.

Freud, Sigmund (1921c): *Massenpsychologie und Ich-Analyse*. SA IX.

Freud, Sigmund (1924e): *Der Realitätsverlust bei Neurose und Psychose*. SA III.

Freud, Sigmund (1925h): *Die Verneinung*. SA III.

Freud, Sigmund (1940a): *Abriß der Psychoanalyse*. GW XVII.

Lévinas, Emmanuel (1983): Die Philosophie und die Idee des Unendlichen. In: ders. *Die Spur des Anderen*. Freiburg-München.

Winnicott, D.W. (1971): *Vom Spiel zur Kreativität*. Stuttgart 1987 (4).

Karin Fuchs, Allique Gouudriaan, Michael Maas, Horst Nonnenmann

Von der Konstruktion äußerer Orte zur Bildung innerer Strukturen

Anmerkungen zum Aufbau einer „Gesprengten Institution" – Die Wohngruppe „Hagenwört" für junge Erwachsene

Michael Maas und Horst Nonnenmann

„Jeden Tag sieht man anders aus!" so meint es Karl, der eigentliche Initiator und Mitbegründer unseres „Modellprojektes Hagenwört", der ehedem Sprachlose, von dem wir später noch ausführlicher berichten werden. Er betrachtet sich während dieser Aussage möglicherweise von außen, fühlt es aber gleichsam von innen. Er verbindet mit dieser Aussage zugleich Schrecken und Ungewißheit wie auch Hoffnung und Stolz. Was Karl in dieser Aussage für sich leistet, sozusagen intraindividuell, das hoffen wir ein Stück weit in und mit unserem „Projekt Hagenwört" zu provozieren, nämlich die Entwicklung innerer Strukturen über die Bildung äußerer Orte zu fördern. Karl kann diesen Satz erst nach über zwei Jahren Leben in und um Hagenwört formulieren. Wir haben uns nachfolgend zur Aufgabe gemacht, diese zwei Jahre einmal etwas gründlicher zu reflektieren.

Der Titel unseres Vortrags lehnt sich nahe an das diesjährige Fachtagungsthema an; allerdings können wir auf den nächsten Seiten nicht hinreichend Antwort auf dieses komplexe Thema geben, weshalb wir unseren Beitrag ausschließlich als Versuch einer Annäherung an das Fachtagungsthema verstanden wissen möchten.

Diese Annäherung soll wie folgt aussehen: Wir möchten zunächst mit einem kurzen historisch-theoretischen Exkurs auf unser Thema einstimmen. Alsdann werden wir die konzeptionellen Rahmenbedingungen unseres Projektes vorstellen, in welches wir als „Psychoanalytische Sozialarbeiter" eingebunden sind. Als drittes haben wir uns vorgenommen, eine kasuistische Annäherung an unseren Themenschwerpunkt „Äußere Orte/Innere Strukturen“ zu wagen, um diese schließlich und endlich viertens nochmals rückzubinden an ein paar theoretische Grundgedanken zu unserer Arbeit. Im Anschluß daran folgt als fünfter Abschnitt der Beitrag von *Karin Fuchs* und *Allique Goudriaan*, der nochmals anhand von zwei Falldarstellungen detailliert den Wohngruppenalltag des „Hagenwört-Projektes" schildert.

I.

Seit September 1990 arbeiten wir *an* und *in* dem „Projekt Hagenwört“, das seinen Namen aus dem Standort des zu diesem Projekt gehörenden Wohnhauses in der Hagenwörtstraße hier in Rottenburg herleitet. Wir möchten mit diesem Projekt in einer möglichst beispielhaften Form eine Verbindung von Pädagogik und Psychoanalyse eingehen. Unsere diesbezüglichen theoretischen wie auch praktischen Bezugspunkte können an dieser Stelle natürlich nicht alle genannt werden, jedoch ist es unabdingbar, auf zwei richtungsweisende Modelle einzugehen, die als ein Konstitutiv unserer Arbeit angesehen werden können.

Zum einen ist aus historischer Sicht August Aichhorn zu nennen. In seiner Publikation „Verwahrloste Jugend“ stellt er in besonderer Weise heraus, was ihm ein Hauptinteresse psychoanalytisch-pädagogischer Arbeit ist, nämlich das fortwährende Anerkennen der „subjektiven Persönlichkeit“ der ihm anvertrauten Jugendlichen, die seiner Ansicht nach häufig Grenzfälle zwischen neurotischer und psychotischer Persönlichkeitsstruktur sind (vgl. Aichhorn 1977, 135). Aichhorn betont in diesem Zusammenhang den persönlichen Bezug bzw. Umgang, in dem sich Erzieher und „Zöglinge“ miteinander befinden und der notwendigerweise zu Übertragungsdynamismen führt, deren Erkennen erst über das Einbeziehen der Psychoanalyse in diese doch jeweils sehr individuellen Settings ermöglicht wird. Es ist Sigmund Freud, der im Vorwort zu Aichhorns berühmter Publikation zum Ausdruck bringt, daß überall dort, wo jene psychischen Strukturen fehlen, die eine Voraussetzung für das klassische analytische Setting darstellen, etwas anderes gemacht werden müsse als Analyse. Freud spricht hier von einer „Erziehung des Unfertigen“. Er meint, daß jene Persönlichkeiten, über die Aichhorn berichtet, eben noch keine Neurotiker seien – und damit einem klassischen Setting noch nicht zugänglich gemacht werden könnten. Er schließt sein Vorwort mit der Feststellung: „Wenn der Erzieher die Analyse durch Erfahrung an der eigenen Person erlernt hat und in die Lage kommen kann, sie bei Grenz- und Mischfällen zur Unterstützung seiner Arbeit zu verwenden, so muß man ihm offenbar die Ausübung der Analyse freigeben und darf ihn nicht aus engherzigen Motiven daran hindern" (Aichhorn 1977, 8).

Freuds Vorwort und Aichhorns Beitrag nehmen wir in vielen Bereichen unserer Arbeit auf; denn wir konstruieren hier ein Lebensfeld für ich-strukturell schwerst gestörte Menschen, für autistisch-psychotische Jugendliche und junge Erwachsene, denen, anders als eben Neurotikern, die Abgrenzung zwischen Selbst- und Objektrepräsentanzen immer wieder verlorengeht. So beschränkt sich unsere Arbeit nicht auf ein klassisches analytisches Setting, sondern sie „bewegt" sich, im Sinne eines psychoanalytisch-pädagogischen Settings, in der Hauptsache im realen Außen. Hier konstruieren wir Lebens- bzw. Spielräume, die von den Jugendlichen und jungen Erwachsenen verinnerlicht, das heißt zu psychischen Lokalitäten geformt werden sollen. Im realen Außen, im alltäglichen Vollzug, begleiten wir die Jugendlichen bzw. jungen Erwachsenen, wir stellen uns ihnen zur Verfügung, fungieren als eine Art „Hilfs-Ich", sehen uns in diesem pädagogisch-psychoanalytischen Bezug mit ihren Projektionen bzw. projektiven Identifikationen konfrontiert, die über die psychoanalytische Supervision in ihrer Bedeutung verstanden und zum gegebenen Zeitpunkt bei den einzelnen Betroffenen wieder rekonstruiert bzw. reintegriert werden sollten. In diesem Sinne dürfen wir unser Überflüssigwerden nicht aus den Augen verlieren. Die Ritualisierungen im alltäglichen Vollzug können uns diesem hochgesteckten Anspruch ein kleines Stück näher bringen, daß sich nämlich im bzw. beim autistisch-psychotischen Menschen eine Ahnung und im günstigen Fall eine gewisse Anerkennung dessen entwickelt, daß er Subjekt seiner *Selbst* ist und sich getrennt vom *Anderen* erlebt.

Aufgrund dieser letztgenannten Überlegung verfolgen wir mit dem „Projekt Hagenwört" eine weitgehende Binnendifferenzierung verschiedener Orte bzw. Lebensvollzüge, um mit unterschiedlichen Personen und Gesetzmäßigkeiten bei den autistisch-psychotischen Jugendlichen und jungen Erwachsenen Möglichkeiten einer allmählichen Ausdifferenzierung und Verinnerlichung äußerer Realitäten in intrapsychische Strukturen heranzubilden.

An dieser Stelle ist es unausweichlich, nach August Aichhorn noch die französische Analytikerin Maud Mannoni zu nennen, deren „Ecole expérimentale“ in Bonneuil-sur-Marne Einfluß auf unsere Rahmenkonzeption ausübte. Dort nämlich setzt man sich für eine sehr intensive Begleitung Jugendlicher und junger Erwachsener mit Schwierigkeiten ein, für eine Begleitung von der Abhängigkeit zur Unabhängigkeit. Einzige Möglichkeit, wie eine Institution diesbezüglich sozusagen heilend bzw. heilsam wirken könne, sei die, so Mannoni, den Menschen, die jeweils „Gast“ in dieser Einrichtung seien, einzuräumen, das zu zerstören, was eben noch dazu beigetragen habe, sie zu entfremden. Eine „totale Institution“ könne diesbezüglich keinen Beitrag leisten. Vielmehr müsse diese eine „Sprengung“, ein „Zerbersten“ auf sich nehmen, um den in ihr lebenden Menschen die Möglichkeit einzuräumen, nur die Teile wieder aufzunehmen, die für sie augenblicklich wichtig seien (vgl. Mannoni 1982). (Der Begriff des „Zerberstens“ scheint uns hinsichtlich einer Übersetzung ins Deutsche sicherlich naheliegender als der der „Sprengung“. Nimmt man zum Beispiel das Bild einer geborstenen Autoscheibe, so gibt es wohl manche Bruchstücke, dennoch wird sie noch von einem Rahmen zusammengehalten, einem Rahmen, der bei uns durch die äußeren Realitäten und Gesetzmäßigkeiten, die jeweils an verschiedene Personen gebunden sind, repräsentiert wird).

Anstelle also irgendwelcher institutioneller Zwänge will Mannoni Raum für die „subjektive Persönlichkeit“ (vgl. Aichhorn 1976, 119), um noch einmal mit Aichhorns Worten zu sprechen, schaffen. Prinzip dieser „Gesprengten Institution“ ist letztlich die Fokussierung auf einen bestimmten Bewegungsablauf: das Hin-und-Her-, Fort-und-Da-Spiel. Dieses „Dis-currere“ entspricht einem „Dis-kursus in seiner rudimentärsten Form“, und dieses oft stereotype Hin-und-Her, das wir bei autistischen Menschen beobachten können, kann in diesem Sinne als eine Art Vorform des Diskurses angesehen werden, „der von einem Anderen aufgegriffen werden muß, damit sich eine Entwicklung des Gebens und Nehmens“ herausbilden kann, vielleicht sogar ein gesprochener Diskurs (vgl. Feuling 1991, 148f.). In unserem „Projekt Hagenwört“ versuchen wir, dieses Prinzip aufzunehmen und umzusetzen (siehe Abbildung 1).

II.

Wie bereits erwähnt, starteten wir das „Projekt Hagenwört“ im September 1990, nach etwa einjähriger intensiver Vorbereitungszeit. Zielgruppe der Einrichtung sind in erster Linie Jugendliche und junge Erwachsene mit schweren autistisch-psychotischen Störungen. Menschen also, bei denen wir davon auszugehen haben, daß sie in einer Welt ständiger Bedrohung leben, in der sie von unsagbaren Ängsten überschwemmt werden. Der Rückbezug auf autistische Objekte, auf „tote Gegenstände“, die von den Autisten in immer gleichbleibender, stereotyper Form benutzt werden, schützt sie vor einer als bedrohlich erlebten Welt. Funktioniert dieser Rückbezug, der als Abwehrmechanismus zu verstehen ist, nicht mehr allumfassend, verflüssigt er sich ein Stück weit, gerät der Autist in eine psychotische Krise, die für ihn aber gleichsam eine Entwicklungschance sein kann. Dieses „krisenhafte Entwicklungsprocedere“ erfordert in besonderem Maße unsere „Hilfs-Ich“- und auch „Containment“-Funktion, weil ein psychotischer Mensch all das, was er an sich selbst nicht mehr aushält, beim anderen, in diesem Fall uns Mitarbeiter(inne)n, unterbringt, um sich auf diese Weise mittels Spaltung und Fragmentierung authentisch erleben zu können. Wir werden vorübergehend zum Container für Teile seiner selbst. Nur unter diesem Schutzmantel des Containers und unseres „Hilfs-Ich“-Angebotes ist unseres Erachtens die Rekonstruktion bzw. Reintegration der fragmentierten Ich-Anteile bei den Jugendlichen bzw. jungen Erwachsenen möglich.

Die „Gesprengte Institution Hagenwört“ hat in ihrem Zentrum die *Wohngruppe*. Dieser Wohnort, der Platz für fünf junge Erwachsene bietet, ist ein schöner Einfamilienbungalow mit großem Garten in Stadtrandlage in Rottenburg, der durch nichts an ein Heim bzw. eine heimähnliche Einrichtung erinnert. Die jungen Menschen, die in der Wohngruppe Hagenwört einen neuen Lebensort bzw. -mittelpunkt finden sollen, blicken allesamt auf eine mehrjährige psychiatrische Karriere zurück. Sie gelten gemeinhin als „schwer vermittelbar”, oder, wie es Reinhart Lempp einmal krasser ausdrückte, sie laufen wegen ihrer vielschichtigen psychischen Problematik Gefahr, den „gesellschaftlichen Siphon” hinuntergespült zu werden. Karl, der erste Bewohner in Hagenwört, wurde zum Beispiel zuvor von 56 Einrichtungen als *zu schwierig* abgelehnt! Zu schwierig auch deshalb, weil autistisch-psychotische

Menschen, also „schwerst seelisch Behinderte“, kaum für das bekannte Psychotherapieangebot, worunter natürlich zunächst auch die Psychoanalyse fällt, als „geeignet“ erscheinen. Außerdem wären die von uns betreuten Jugendlichen und jungen Erwachsenen ohne ein spezifisch angepaßtes Betreuungsangebot wohl kaum in irgendeiner Form ins Arbeitsleben integrierbar.

Auf diesen Erfahrungshintergrund, nämlich die weitgehende gesellschaftliche Ausgrenzung des von uns angesprochenen Personenkreises, versucht sich die Konzeption des „Projekts Hagenwört“ zu beziehen. Hier entscheiden wir nach einem mehrtägigen bis mehrwöchigen Probewohnen, ob der anfragende Jugendliche bzw. junge Erwachsene in die „Wohngruppe Hagenwört“ einziehen kann. Wir machen uns zusammen mit den Arbeitsbegleiter(inne)n unseres Vereins Gedanken über einen passenden *Arbeitsplatz*, der bisher immer außerhalb von Rottenburg liegt, und schließlich ist es ein Kollege oder eine Kollegin unserer „Ambulanten Dienste“, der oder die in einem regelmäßigen Rhythmus die *psychoanalytisch-sozialtherapeutischen Einzelstunden* anbietet. Die oben erwähnte „Entscheidung“ findet in einer Teamsupervision statt; es ist eher *unsere* Entscheidung als die des anfragenden jungen Erwachsenen, der aufgrund seiner Ich-Beschaffenheit zu einer tatsächlichen Entscheidung kaum imstande wäre: bevor bei ihm also eine Entscheidung überhaupt stattfinden kann, findet sie bei uns statt.

Wir befassen uns mit der jeweils individuellen Konstruktion und Entwicklung von Lebens-, Arbeits- und Therapie-Spiel-Räumen. Die Zeit bzw. die Zeitstrukturierung an den verschiedenen Orten soll den jungen Erwachsenen den Aufbau eines inneren zeitlichen Strukturgefüges ermöglichen. Sie verlassen morgens gegen 7.30 Uhr die Wohngruppe, um mit einem Arbeitsbegleiter aus dem „Arbeitsprojekt“ unseres Vereins, der *nicht* zum Betreuungsteam der Wohngruppe gehört, an ihren jeweiligen Arbeitsplatz zu fahren. Der ist entweder in Nagold, Gomaringen oder in Reutlingen, wo sie jeweils individuell begleitet werden. Die anvisierte Integration der jungen Erwachsenen in das Arbeitsleben bewegt sich aber – trotz noch so intensiver Arbeitsbegleitung – immer auf dem schmalen Grat zwischen Wollen und Nicht-Wollen, zwischen Können und Nicht-Können. Ohne diese individuell jeweils zu konstruierende Arbeitsbegleitung wären die jungen Erwachsenen wohl kaum in das Arbeitsleben integrierbar. Die erfahrenen Arbeitsbegleiter(innen) werden wiederholt in diese Ohnmacht des Nicht-Wollens oder Nicht-Könnens verwickelt, was oft erst in der psychoanalytischen Reflexion transparent und begreifbar wird. Prinzipiell verstehen wir die immensen Schwierigkeiten der jungen Erwachsenen an ihrem Arbeitsplatz nicht im Sinne eines persönlichen Defizits, sondern als Ausdruck großer Angst in einem sie überwältigenden sozialen Kontext. Dieser angstmachende Rahmen wird dann auch immer wieder attackiert, weshalb die Arbeitsbegleiter(innen) durchaus realen, personifizierten Schutz am Arbeitsplatz gewährleisten. Die Angst wird für uns nachvollziehbar, wenn wir uns vergegenwärtigen, daß es sich bei der Arbeitsintegration im eigentlichen Sinne um eine Arbeitshabilitation handelt. Die entwicklungspsychologisch betrachtet früh gestörten jungen Erwachsenen haben sich in den meisten Fällen ja noch nie in einem so komplexen sozialen Kontext, wie das Arbeit oder auch Regelschule darstellen, bewegt. Es geht im Grunde genommen zunächst um ein Praktizieren von Arbeit, später erst um ein annäherndes Verstehen. Die intensive Arbeitsbegleitung ist hier gerade bei den ersten Schritten ins Arbeitsleben unumgänglich.

Zwischen 14.00 und 16.00 Uhr kehren die jungen Erwachsenen von der Arbeit in die Wohngruppe zurück. Oft fahren sie dann noch allein oder – falls nötig – in Begleitung eines Wohngruppenbetreuers mit dem Zug nach Tübingen, um dort ihre regelmäßigen Einzeltermine wahrzunehmen. Diese Termine, die wir als psychoanalytisch-sozialtherapeutische Einzelstunden bezeichnen, sind keine Therapiestunden im herkömmlichen Sinne, wo es also um das Einsichtigwerden in die das „Leiden" verursachenden psychischen Konflikte geht. Die autistisch-psychotischen jungen Erwachsenen verfügen kaum über die reflexive Position, nämlich „sich selbst mit den Augen des Anderen zu sehen". Grundidee dieser Einzelstunden ist es, über einen relativ spontanen Prozeß eine Beziehungsmodalität zwischen den jungen Erwachsenen und ihren jeweiligen „Therapeut(inn)en" zu entwickeln, in welcher den jungen Erwachsenen Raum und Zeit gelassen wird, Subjekt *ihres* Begehrens zu werden, das heißt, daß sie in den Einzelstunden *ihre* Geschichte und das, was *sie* sind, rekonstruieren können. Sie sollen darin unterstützt werden, eine Trennung zwischen Ich und Nicht-Ich zu erkennen und im günstigsten Falle anzuerkennen. In diesen Einzelstunden nimmt die Skurrilität und Verrücktheit nochmals einen ganz anderen Platz ein, hat sie eine ganz andere Bedeutung als am Arbeitsplatz oder in der Wohngruppe. So sind diese Stunden inhaltlich nicht vorbestimmt. Es bleibt den jungen Erwachsenen überlassen, wie sie Zeit und Raum mit ihrem subjektiven Begehren anfüllen. Das sind oft sehr langwierige, zäh wirkende Prozesse, aus denen heraus sich, zunächst entlang der autistischen Abwehr, komplexe Beziehungsdynamismen ergeben.

Nochmals zurück in die Wohngruppe: Neben dem Frühstück ist das Abendessen in der Wohngruppe um 18.00 Uhr die einzige Tagesaktivität, die an den Arbeitstagen auf jeden Fall gemeinsam begangen wird. Den jungen Erwachsenen bleibt es darüber hinaus weitgehend selbst überlassen, wie sie die Zeit in der Wohngruppe gestalten wollen. Von unserer Seite versuchen wir, so wenig wie möglich und dennoch so haltgebend und schützend wie nötig präsent zu sein. In der Wohngruppe arbeiten im Tagdienst ein Mann und eine Frau, die jeweils im Ein-Wochen-Rhythmus mit einem weiteren „Mitarbeiter-Tandem" im Wechsel stehen. Die Nachtbereitschaft wird von sechs, zum Teil psychiatrieerfahrenen Student(inn)en abgedeckt.

Das „Setting" in unserer „Gesprengten Institution " Hagenwört ist von Anfang an begreifbar als ein Zusammenspiel unterschiedlicher Orte mit unterschiedlichen Regeln und Gesetzen. Die Jugendlichen und jungen Erwachsenen sehen sich tagtäglich mit der Tatsache konfrontiert, pendeln zu müssen, sich auf jenes Spiel einzulassen, das ihnen so viel Mühe bereitet: das Spiel der Bewegung, das „Hin-und-Her", „Fort-und-Da", „Kommen-und-Gehen", ein Spiel, das sie bei uns von Anfang an mit den unterschiedlichsten Personen in immer wiederkehrender Form konfrontiert und sie möglicherweise zu einer ersten Differenzierungsfähigkeit führt, nämlich unterscheiden zu lernen zwischen „Ich" und „Nicht-Ich", zwischen „Ich" und „Anderen".

Trennungen von einem bestimmten Ort bzw. Übergänge von einem Ort zum anderen stehen im Mittelpunkt unseres spezifischen Settings, von dem wir uns erhoffen, daß es bei den jungen Erwachsenen letztlich neue Entwicklungsschritte provoziert. Allerdings erfolgen diese Schritte in kleinsten Einheiten. Individuelle Fortschritte laufen immer wieder auch Gefahr, sich in schweren Krisen zu verlieren, weshalb viel Wert auf eine enge individuelle Begleitung insbesondere in den Trennungs- bzw. Übergangsphasen gelegt wird. Mit den jeweiligen Orten sollen die jungen Erwachsenen ihnen vertraute Gesichter verbinden, wobei eine „Vermischung" der Mitarbeiter(innen) möglichst vermieden wird. Das heißt, daß die Wohngruppenmitarbeiter(innen) nicht auch Arbeitsbegleiter(innen) sind oder die psychoanalytisch-sozialtherapeutischen Einzelstunden anbieten. Den jungen Erwachsenen soll hiermit deutlich und tagtäglich die Trennung vorgeführt werden, eben das „Spiel vom Trennen", vom „Hin-und-Her": nur über diese Form der Begegnung kann es gelingen, den autistisch-psychotischen Menschen eine Art von Einsicht zu vermitteln, daß das jeweilige Gegenüber ein von ihm getrenntes Subjekt ist, das nicht über eine vollkommene und unendliche Verschmelzung immerfort kontrollierbar bleibt.

Solcherart konstruktiv-provokante Begegnungen erfordern gleichzeitig die Notwendigkeit eines Rückzugsangebotes für diese Menschen, einen Ort der zeitweiligen Regression, eine Insel der „(un-)glückseligen Verrücktheit". In den jeweils eigenen Zimmern in der Wohngruppe haben die jungen Erwachsenen die Möglichkeit, in ihre autistischen Welten mit all den autistischen Objekten, die wir ihnen belassen, einzutauchen. Das Eintauchen in jene Nebenrealität wollen und können wir nicht begleiten. Allerdings garantiert die Übersichtlichkeit einer 5er-Wohngruppe, daß dabei niemand verlorengeht. Darüber hinaus sind wir der Meinung, daß diese Differenzierung zwischen persönlichem Raum und Gemeinschaftsräumen ein fruchtbares Spiel von Regression und Progression, von Verrücktheit einerseits und sozialen Erfordernissen andererseits darstellt. Hier kann zudem im überschaubaren Raum der Wohngruppe etwas geübt werden, was auch für das Zusammenwirken der verschiedenen Orte von Bedeutung ist, nämlich das Moment des *Übergangs* und der *Trennung*.

In der Wohngruppe steht die Unterstützung bzw. Förderung bei der Alltagsbewältigung im Vordergrund. Dabei geht es zunächst um nichts anderes als ums Leben und Überleben. Haushaltsorganisation, soziale Fertigkeiten – u.a. Nachbarschaftskontakte, Freizeitaktivitäten – aber auch die Organisation von Arztbesuchen, z.B. bei einem niedergelassenen Psychiater, für diejenigen jungen Erwachsenen, die eine Medikation erhalten, müssen von den Betreuer(inne)n immer und immer wieder in „Hilfs-Ich-Funktion" übernommen werden. Wir sind gewissermaßen über einen unsichtbaren Faden mit den jungen Erwachsenen verbunden, um in entsprechend schwierigen Situationen eingreifen zu können. Dennoch dürfen wir dabei nicht übersehen, daß der Alltag ein Ort des Handelns und Spechens über das ist, was zum Überleben der Gemeinschaft notwendig ist; der Alltag ist ein Ort des Teilens und Austausches und nicht der Ort exklusiver Ansprüche.

Dies vor Augen zu haben und sich abzugrenzen gegenüber dem Bedürfnis nach symbiotischen Beziehungen, zu denen die Bewohner(innen) einen immer wieder zu verführen suchen, ist die wesentliche Kunst des Betreuens im Wohngruppenalltag. Dementsprechend dienen auch die wöchentlich stattfindenden psychoanalytisch ausgerichteten Supervisionen dazu, daß wir Betreuer(innen) über die „innere Dynamik" der Wohngruppe reflektieren können. Die jeweiligen Beziehungen zwischen den jungen Erwachsenen und den Betreuer(inne)n leben in diesen Sitzungen nochmals auf: es geht u.a. um Übertragungs- und Gegenübertragungsphänomene, um „Wiederholungskonstellationen" und projektive Identifikation. Wir machen hier immer wieder neue Erfahrungen, wir finden zu Interpretationsmöglichkeiten unseres alltäglichen Umgangs mit den Jugendlichen und jungen Erwachsenen. Die so neu gewonnenen Erkenntnisse fließen zurück in die Wohngruppe, nicht im Sinne von irgendwelchen übereilten Deutungen, sondern vielmehr im Sinne von haltgebenden, rahmensichernden Beziehungen zwischen den jungen Erwachsenen und den Betreuer(inne)n.

Nach diesen skizzenhaften Überlegungen zu Theorie und Rahmen des Projekts Hagenwört möchten wir im nun folgenden Teil mit Hilfe einer Fallstudie noch ein wenig plastischer die „Gesprengte Institution Hagenwört" darstellen.

III.

Karl ist ein inzwischen 23jähriger junger Mann, der die letzten sechs Jahre vor seinem Einzug in die Hagenwörtstraße fast ausschließlich in Psychiatrien verbrachte. Die Kinder- und Jugendpsychiatrie Tübingen, in der er sich zuletzt aufhielt, hatte – wie schon erwähnt – in über 50 verschiedenen Einrichtungen angefragt. Dies ohne Erfolg. In Zusammenarbeit mit unserem Arbeitsprojekt wurde eine Integration ins Arbeitsleben angestrebt. Obwohl Karl sich auf seiner Station als „Trottel" darstellte, der zu mehr oder weniger nichts zu gebrauchen schien, gelang es, ihn in enger Begleitung in eine Werkstatt für Behinderte einzugliedern (vgl. Zimmermann et al. 1989).

Besonderes Kennzeichen von Karl ist, daß er, obwohl der Sprache mächtig, nicht spricht und sich eher dadurch ausdrückt, daß er einkotet.

Im September 1990 zieht Karl in das Wohnhaus in der Hagenwörtstraße ein, mit einem von ihm und seiner Bezugsperson selber gebastelten Bett und seinen Siebensachen, die in zwei großen Plastiktüten Platz finden. Die ersten Wochen seines Aufenthaltes sind davon geprägt, daß Karl ständig alle Lampen des Hauses aus- und einschaltet; immer und immer wieder „Licht da – Licht fort" spielt. Dasselbe macht er mit Flüssigkeiten aller Art, wobei in diesem Spiel eher das „Fort" im Vordergrund steht, und es scheint uns, als wolle er sich damit vergewissern, daß etwas außerhalb von ihm verschwinden kann, ohne daß *er* gewissermaßen mit den Spülstein runtergezogen wird.

Die für alle Beteiligten unangenehmsten Trennungsszenarien finden statt im Zusammenhang mit seinem Kot. Ängste werden hier bei Karl hervorgerufen, die ihn anscheinend glauben lassen, beim Ausscheiden einen Körperteil von sich zu verlieren. Er macht sich fast täglich in die Hosen, und es scheint ihn nicht zu kümmern. Vielleicht verschafft es ihm im Gegenteil Sicherheit, daß sich seine Ausscheidung an seinem „Hintern" zu einer festen, harten, vielleicht dichten Masse formt, so daß nichts mehr rein- oder rauskann. Allein Karls Gestank sorgt dafür, daß wir nicht lange zugucken können, wie er verzweifelt versucht, sich nicht von seiner Scheiße trennen zu müssen.

Unsere Versuche, ihn dabei zu unterstützen, aufs Klo zu gehen, führen zu überschwemmten Toiletten, weil Karl beim Versuch, seinen Kot vor dem Verschwinden zu retten, das Klo mit Papier verstopft. Und es gibt ab und zu eine grausige Überraschung, wenn wir eine „Kotstange" von ihm in der Toilette finden, die so groß und hart ist, daß sie kaum mehr zum Verschwinden zu bringen ist.

Die Palette der Gegenübertragungsgefühle, denen wir in den notwendigen Säuberungsversuchen ausgesetzt sind, reicht von hilfloser Ohnmacht bis zu mörderischer Aggression, was, wie wir wissen, gar nicht so weit auseinanderzuliegen braucht.

Wir werden mit Karl in Situationen hineingezogen, die uns allzu oft als nicht enden wollende „Ewigkeiten" vorkommen. Es geht um Nähe und Distanz, um mühselige Abgrenzungsversuche gegenüber einer Tendenz zur Verschmelzung, die immer wieder auch, gekennzeichnet von Zerstörung und Auslöschung, in unseren Gegenübertragungswahrnehmungen auftaucht. Oft ist in dieser Anfangsphase das Gefühl in uns, daß es nur noch ums Überleben geht.

Aber es gibt auch einen Karl außerhalb seines Wohnortes. Er geht jeden Tag zur Arbeit in die Werkstatt für psychisch Kranke und schafft es dort mit seinem stummen Charme und mit Hilfe seiner männlichen Arbeitsbegleiter, die immer wieder dafür sorgen, daß der sehr klare Rahmen unbeirrbar eingehalten wird, sich dort einen Platz zu schaffen.

Und er begibt sich einmal die Woche auf den Weg nach Tübingen, zu seiner Einzelstunde. Was diese psychoanalytisch-sozialtherapeutische Stunde für ihn bedeutet, weiß in der Anfangsphase wohl niemand so recht zu beurteilen. Für uns Betreuer ist das einfache, vorrangige Ziel, diese Stunde nicht zu vergessen und Karl behilflich zu sein, daß er es schafft, mit dem Zug nach Tübingen zu gelangen, wo er dann auf dem Bahnhof abgeholt wird. Insgeheim wünschen wir uns, daß Karl in seinen Stunden von seinem „Therapeuten" handanlegend von seiner „Scheiße" befreit wird, um dann wieder für eine Woche im Alltag der Wohngruppe leben zu können, ohne uns täglich in die explosiv-regressiven Säuberungsgeschichten zu verwickeln.

Dieser, wie wir finden, nicht ganz unberechtigte Wunsch erfüllt sich allerdings nicht so schnell. Karl geht mit seinem „Therapeuten" Kaffee trinken. Sie machen irgendwelche Spiele, die sich dadurch auszeichnen, daß sie ohne Regeln und Gesetze gespielt werden. Und sie beginnen miteinander einen schriftlichen Dialog, der zwischenzeitlich wohl einen Ordner füllt. Eine von Karls bemerkenswertesten schriftlichen Äußerungen liegt knapp 2 Jahre zurück. Auf die Frage von einem Mitarbeiter, warum er so bedrückt sei, kritzelt Karl wie wild aufs Papier: „So gut hat Gott die Welt gelenkt, daß er seinen ungeborenen Sohn hingab." Karl formuliert diesen Satz, kurz nachdem er von uns erfahren hat, daß er das folgende Wochenende bei seinen Eltern verbringen soll und sich zum ersten Mal für drei Tage von Hagenwört *trennen* muß.

Karl kommt von dem Wochenende wieder und zieht uns mehr denn je in seine Trennungsschwierigkeiten hinein. Um die schwierigen Badesituationen etwas zu entspannen, werden die täglichen

Säuberungszeremonien ritualisiert. Über dieses rituelle tägliche Bad gelingt es, daß er einerseits mit uns seine tiefen regressiven „Geschichten“ abhandeln kann, er aber andererseits in vielen Alltagsgeschäften nicht zu erwartende Fortschritte macht. Er fängt mit sichtbarem Wohlbefinden an, sich im Rahmen der Hagenwörtstraße einzurichten, und wir sind ganz zufrieden mit unserem „Stinker“. Ob mit diesem Sich-Einrichten in Hagenwört auch eine Auseinandersetzung mit der endgültigen Trennung von der Kinder- und Jugendpsychiatrie und damit auch der „Therapeutischen Mutter“ beginnt, oder ob er sich erhofft, auch die Wohngruppe zu einer „allversorgenden Mutter“ machen zu können, um das einmal etwas klischeehaft auszudrücken, ist schwierig zu beurteilen. Jedenfalls beginnt Karl damit, die Gesetze der Arbeit systematisch zu torpedieren, was schließlich trotz mehrfacher strenger Verwarnungen und einem vertraglichen Ultimatum mit ihm dazu führt, daß die Werkstatt ihn rausschmeißt und sich keine Weiterarbeit mit ihm vorstellen kann.

Karl hat nun keine Arbeit mehr und hat damit auch seine Daseinsberechtigung in der Wohngruppe in Frage gestellt. Wir teilen ihm das mit, geben ihm allerdings die Chance, in Hagenwört zu bleiben, bis er einen neuen Arbeitsplatz mit Hilfe seiner Arbeitsbegleiter findet. Dabei betonen wir sehr deutlich, daß wir auch nicht wissen, wie es mit ihm beruflich weitergehen kann. Außerdem kann er die Vormittage nicht in Hagenwört verbringen, sondern muß morgens selbständig nach Tübingen fahren, wo er im Wartezimmer der Ambulanz unseres Vereins darüber nachdenken kann, was und wo er arbeiten möchte. Wir verschließen ihm sehr klar das Tor zum allversorgenden Hagenwört-Paradies.

Karl gerät in der Folge in eine tiefe Depression und kommt eines Tages auch nicht mehr in unserer Ambulanz an, sondern geht uns auf dem Weg zwischen den Orten im wahrsten Sinne des Wortes verloren. Er verläßt den Zug, der auf der Strecke Rottenburg-Tübingen verkehrt, scheinbar völlig willkürlich bei irgendwelchen Zwischenstops oder steigt auf dem Tübinger Bahnhof in einen Schnellzug nach Stuttgart oder auch Karlsruhe, anstatt den Weg in Richtung Ambulanz anzutreten. Dies ist eine Zeit, in der uns manch‘ nächtliche Odyssee bevorsteht, in der wir Karl z. B. aus dem Arrestraum der Bahnpolizei in Karlsruhe nach Hagenwört zurückholen. Doch trotz großer Sorgen, daß Karl uns völlig verlorengehen könnte, ändern wir nichts am Setting, und er kann auch weiterhin vormittags nicht in der Wohngruppe sein.

Man kann die Setzung dieses Settings als Versuch verstehen, nicht verinnerlichte psychische Instanzen im konkreten Außen zu materialisieren, damit sie in der Folge vom Psychotiker introjiziert werden können. Variationen des Settings sind dann gewissermaßen das „deutende Sprechen der Institution". Wir zeigen Karl, daß wir, obwohl er im Moment keine Arbeit hat, bereit sind, ihm Hagenwört weiterhin zu erhalten. Wir zeigen ihm aber auch, daß wir nicht alles können, daß wir nicht allmächtig, sondern als Institution mangelhaft sind und ihn beispielsweise nicht auch noch vormittags betreuen können. Wir haben nicht alles, was er braucht oder zu brauchen meint und geben ihm vielleicht dadurch die Chance, zu erkennen, daß auch er nicht alles haben kann. Erst dadurch kann er erleben bzw. erfahren, was es heißt, keine Arbeit mehr zu haben. Und erst über solche realen Verlusterfahrungen ist es möglich, zu erkennen, welcher Gewinn zum Beispiel aus der Arbeit gezogen werden kann.

Karls geschilderte Anfangszeit in Hagenwört macht einige seiner Schwierigkeiten mit dem Rahmen deutlich. Er ist nicht in der Lage, Verantwortung für sich und sein Tun zu übernehmen. Er ist alles andere als Subjekt seiner selbst und tut vieles dafür, das auch nicht werden zu müssen. Die Differenz von Innen und Außen, von Ich und Nicht-Ich wird immer wieder aufgelöst und zunichte gemacht. Aber Karl versucht, sich Hagenwört zu erhalten! Er zerstört weder unser Haus und die für ihn auch Sicherheit stiftenden toten Objekte, noch verletzt er die mit ihm lebenden Menschen so sehr, daß kein Miteinander mehr möglich wäre.

Nach einem halben Jahr gibt es eine gravierende Änderung im Hagenwört-Setting durch den Einstieg einer Frau in den Tagdienst. Karl hat eine Form gefunden, mit uns Männern ein Beziehungsgeschehen einzurichten, in dem seine regressiv verschmelzenden Anteile ihren Raum finden, in dem aber auch immer wieder genügend Distanz und Entfernung hergestellt werden kann.

Mit der neuen Mitarbeiterin verändert sich das Übertragungsgeschehen, was uns (männlichen Betreuern) verständlicherweise Mühe bereitet und von Karl immer wieder katastrophisch erlebt wird. Nach kurzer Zeit kommt es zu explosiven Situationen zwischen der Betreuerin und Karl, und sie fühlt sich massiv von ihm bedroht. Sie hat das Gefühl, Karl, egal was sie tut, zu nahe zu kommen. Wir ermöglichen ihr daraufhin, keinerlei Alltagsgeschäfte mit Karl mehr übernehmen zu müssen, um die Nähe und Distanz mit ihm vorsichtig ausloten zu können. Und wir arbeiten einen Dienstplan aus, in dem sie möglichst wenig allein mit Karl im Hause ist, um von uns geschützt werden zu können. Die Mitarbeiterin ist fortan darauf bedacht, sich deutlich von ihm zu distanzieren und ihn gewissermaßen zum Spielgestalter von Nähe und Distanz werden zu lassen.

Man muß an dieser Stelle kurz anmerken, daß Karls Mutter nie in der Lage war, Karl als Subjekt seiner selbst zu betrachten und bis heute eine sehr eindringende Art hat, mit ihrem Sohn umzugehen. Das hat u.a. auch dazu geführt, daß Karl einmal seine Mutter mit einem schweren Brieföffner verfolgte, um sie zu erstechen. In dieser für die Mutter lebensbedrohlichen Situation war Karls Vater nicht in der Lage, seine Frau zu beschützen und seinen Sohn zu begrenzen. In unserer Phantasie findet auch immer wieder der Gedanke Raum, daß der Sohn unbewußt zum Werkzeug des Vaters wurde, um sich seiner Frau zu entledigen.

Die Zurückhaltung der Betreuerin gegenüber Karl führt zu einer Atmosphäre, in der sich ihm die Möglichkeit öffnet, sich ihr vorsichtig anzunähern. Dabei überrascht er mit all dem, was er ihr zuliebe tut und kann. Für sie beginnt er freiwillig, Hausputz zu machen, schwingt den Kochlöffel, mäht selbständig den Rasen und vermittelt ihr auf charmante Weise Einblicke in seine Wahrnehmungen. Er weist sie bei Spaziergängen auf die Schönheit der Feldblumen hin, auf die Vögel, die über ihren Köpfen kreisen und zeigt sich auf die eine oder andere Weise als angenehmer Begleiter. Wir Männer hören mit ungläubigem Erstaunen zu, wenn sie uns von einem Karl erzählt, den wir so einfach nicht kennen. Mit dem Einstieg einer Frau wird im Binnenraum des Hagenwört-Settings der bzw. die Dritte installiert. Dadurch verändert sich auch ganz entschieden das Übertragungs- und Gegenübertragungsgeschehen, was Karl trotz oder gerade wegen des eben beschriebenen Verhaltens tief verunsichert.

Zu dem Einstieg der neuen Mitarbeiterin kommen noch die Aufnahmen zweier junger Frauen, die in relativ kurzen Abständen in Hagenwört einziehen. Karl fühlt sich durch diese Rahmenveränderungen mehr oder weniger existentiell bedroht. Er reagiert zunächst mit zunehmender autistischer Abkapselung auf diese bedrohlichen Veränderungen. Allerdings funktionieren seine Abwehrmechanismen nicht mehr in gewohnter Weise.

Bei einem Abendessen – uns ist schon Tage davor mit gewisser Beunruhigung aufgefallen, daß Karls autistische Abwehr instabiler wird – gerät er in Panik. Er springt plötzlich voller Angst auf und greift nach einer Flasche. Der stumme Karl keucht dabei laut und deutlich, er kriege keine Luft mehr, und sein Herz würde versagen. Er müsse sterben!

Alle Mitarbeiter(innen) sind voller Angst. Der Versuch eines Betreuers, beruhigend auf Karl einzuwirken, führt dazu, daß dieser wild auf das Geländer, an dem er steht, einschlägt. Der Betreuer spürt, daß, wenn er Karl zu nahe kommt, dies zu einer körperlichen Auseinandersetzung führen würde. Wir entschließen uns schließlich, ihn hinaus auf die Straße zu schicken mit der Bemerkung, daß er da vielleicht leichter atmen und wieder Luft kriegen könnte: Karl geht, und wir bleiben voller Angst zurück und erwarten seine Rückkehr. Nach einiger Zeit kommt er, noch immer sehr angespannt, aber doch deutlich erleichtert, wieder.

Sprache kann ja als die gedankenbildende Anerkennung der Differenz zwischen dem Selbst und den Objekten verstanden werden. Und wahrscheinlich wird sich Karl in dieser Situation am Essenstisch dieser Differenz bewußt; allerdings mit der für ihn riesengroßen Angst, daß er sie nicht ertragen kann bzw. sie zu seinem Tod führt, womit die Differenz wieder aufgehoben wäre. Wir glauben, jeder Versuch, ihn festzuhalten und zu beruhigen, hätte dazu geführt, diese Differenz wieder zu verwischen. Unsere Fähigkeit, in dieser psychotischen Atmosphäre auf den Gedanken zu kommen, ihn rauszuschicken, ihn als Subjekt ernst zu nehmen, ermöglicht die Entwicklung, die herausführt aus der Wiederholung des immer Gleichen im psychotischen Erleben.

In diesem Zusammenhang kann noch darauf hingewiesen werden, daß die eben erwähnte Episode, wie manch' andere faszinierende Geschichte, die wir mit Karl erleben konnten, an einem Donnerstag stattfindet. Es ist unser „Übergabetag", der Tag, an dem wir zwar alle da sind, aber für Karl ist es vermutlich in erster Linie ein Tag, der Veränderungen einläutet: Team- bzw. Personenwechsel, Vorstellungsgespräche! Neue, für Karl unbekannte Menschen, die in die ihm vertraute Welt eindringen und sie dadurch potentiell verändern können. Sein unbewußter Wunsch nach dem immer Gleichen wird sicht- und spürbar an diesen

Donnerstagen getrübt und manchmal wohl auch schmerzhaft regelrecht gekappt.

Freilich hat dieser Tag häufig auch eine entlastende Funktion für ihn, und er reagiert mit Erleichterung auf das Gewahrwerden einer Andersheit, die etwa eine unendlich zu werden drohende Welt aufreißt und Neues als Möglichkeit aufscheinen läßt.

An diesen Donnerstagen wird eine wesentliche Struktur unseres Settings deutlich, wo es um An- und Abwesenheit, um Fort und Da, um Weggehen und Kommen, um das Zurücklassen und Zurückgelassenwerden geht. Und ohne dieses immer wieder aufs neue schmerzhafte Verlieren und das verläßliche Wiederfinden der Betreuer(innen) könnte keine Entwicklung auf eine Verselbständigung hin stattfinden, sondern es würden immer wieder die unendlichen, autistisch-psychotischen Ängste hervorgerufen, in denen Fort und Da gedanklich nicht miteinander zu verknüpfen sind.

Wir schilderten oben, daß Karl mit seinen Sabotage-Akten dafür gesorgt hat, daß man ihn aus der Werkstatt für psychisch Kranke in Nagold hinausschmiß. Im Anschluß daran geriet er in eine tiefe depressive Krise, in der wir befürchteten, er könne uns verlorengehen. Wir dürfen heute behaupten, daß Karl in dieser Zeit zumindest ein Stück weit erkennen konnte, daß er derjenige ist, der mitverantwortlich für diesen Ausschluß war.

Den Arbeitsbegleitern von Karl ist es schließlich gelungen, einen Platz für ihn in der Werkstatt für geistig Behinderte in Gomaringen zu finden. Für alle Beteiligten, die mit Karl zu tun haben, stellte sich die Frage, ob es ihm gelingen kann, an diesem wesentlich weniger strukturierten Arbeitsort, wo er ständig mit der für ihn schwer erträglichen Distanzlosigkeit seiner Mitarbeiter konfrontiert ist, einen Platz für sich zu finden, an dem er sich aushalten kann.

Karl hat diesen Platz gefunden und schafft es nun, nach anfänglichen enormen Schwierigkeiten, in denen er auf ständige Arbeitsbegleitung angewiesen war, überraschend schnell, sich relativ sicher und selbständig im sozialen Leben der Werkstatt zu bewegen. Nach den ersten zwei bis drei Monaten können die Arbeitsbegleiter immer mehr mit ihrer An- und Abwesenheit spielen und sich nach und nach aus der Werkstatt zurückziehen, wodurch mit dem paranoiden Moment, das durch ihre konkrete Anwesenheit ins Spiel kam, besser umzugehen ist.

Karl ist inzwischen nur noch in Krisenzeiten auf seine Arbeitsbegleiter angewiesen. Er schafft es nun auch auf seinen eigenen Wunsch hin, selbständig und ohne fremde Hilfe den fahrtechnisch nicht unkomplizierten Weg von Rottenburg nach Gomaringen zu bewältigen. Dadurch dokumentiert er sichtbar, daß er sich in doppeltem Sinne fortbewegt. Einerseits von Hagenwört zur Arbeit und zurück, aber auch fort von seinem subjektlosen und autistischen Zustand völliger Gleichgültigkeit und Abhängigkeit hin zu einem Subjekt, das Wünsche formulieren kann und Verantwortung übernimmt.

Es kommt immer mal wieder vor, daß Karl seinen Bus verpaßt und dann in Hagenwört anruft und bittet, abgeholt zu werden. Diese Situation nützt er dazu, seinen Betreuer(inne)n voller Stolz die Werkstatt zu zeigen, seinen Arbeitsplatz, seinen Chef, aber auch seine Mitarbeiter und Mitarbeiterinnen. Er weiht uns ein in diesen Ort seines Geheimnisses, von dem wir nur wenig wissen. Dies alles geschieht zu einem Zeitpunkt, an dem es ihm nicht mehr darum geht, diese Orte und die dazugehörigen Menschen gewissermaßen zu vermischen, vielmehr scheint er sich in diesem Augenblick der Verschiedenartigkeit dieser Orte gewiß zu sein und schafft es gar, diese Differenz zu ertragen.

Karl lernt im Laufe der Zeit, die unterschiedlichen Orte mit ihren unterschiedlichen Gesetzmäßigkeiten und Regeln zu unterscheiden. Dies bietet ihm die Chance, zu erfahren, daß es nicht nur das eine, schrecklich grausame Gesetz seiner autistischen Welt gibt, sondern mehrere und ganz unterschiedliche „Welten".

In einer anderen, zeitlich später liegenden psychotischen Krise Karls, die mehrere Tage dauert und uns an die Grenze bringt, ihm einen genügend sicheren Rahmen bieten zu können, attackiert er abends in seiner Verzweiflung die weibliche Nachtbereitschaft. Daraufhin verlegen wir Karl auf eine geschlossene Station der Nervenklinik. Er wehrt sich in keiner Weise gegen diese Entscheidung, sondern packt eher erleichtert seinen Koffer. Bei unseren Besuchen auf der Station schlägt uns die ersten Tage eine enorme unterschwellige Aggression von Karl entgegen, und wir sind in der Regel froh, wenn sich hinter uns der Schlüssel dreht und wir wieder draußen sind, ohne daß uns Karl an die Gurgel gesprungen ist. Innerhalb einer Woche beruhigt sich unser Sorgenkind so weit, daß wir ihn wieder mit nach Hagenwört nehmen, und bei der Verabschiedung von dem Stationsteam gewinnen wir den Eindruck, daß Karl neue Menschen kennengelernt hat, die ihn ins Herz geschlossen haben.

Diese Verlegung auf die Geschlossene ist für uns kein Ausschluß, sondern kann eher als eine Öffnung verstanden werden. Dieser andere Ort, der kurzzeitig zwischen Karl und Hagenwört eingerichtet wird, verhindert ein psychotisches Beziehungsgeflecht mit der „mörderischen“ Atmosphäre, in der es nur noch um Karl oder uns geht. Über diesen dritten Ort wird wieder ein *Sowohl-als-Auch* möglich.

Wir machen immer wieder die Erfahrung, daß sich oft nur durch eine räumliche Distanzierung, wie z. B. die Krisenintervention in der Psychiatrie oder einen kurzfristigen Hotelaufenthalt, eine Entspannung in der Beziehungsdynamik erreichen läßt: diese Distanz macht es nämlich unseres Erachtens erst möglich, nach einer schmerzhaften Phase des Nicht-mehr-Weiterwissens wieder einen potentiellen Raum zu schaffen, in dem gedacht werden kann und in dem Spiel und Kreativität und das *Andere* Platz haben.

Nach etwa einem Jahr Aufenthalt in Hagenwört beginnt Karl zu sprechen, ohne daß dies mit psychotischen Ängsten, die ihn zu überwältigen drohen, einhergeht. Und er beginnt vorsichtig, aber zielbewußt, die Sprache auch dazu zu benützen, Wünsche zu formulieren. Egal, wohin wir gehen – Karl möchte mit. Er will Auto fahren, er möchte Pommes frites essen, möchte wissen, ob unser Wagen einen Katalysator eingebaut hat oder möchte einen Besuch im „Therapeutischen Heim“ unseres Vereins machen. Karl wäre auch liebend gern bei Besprechungen dabei, die wir z.B. mit dem Landeswohlfahrtsverband führen. In jüngster Zeit ist es ihm wichtig, daß wir mit ihm in die Disco gehen. Dieser Schritt hin zur Sprache und hin zum Wunsch hilft ihm entscheidend dabei, sich nicht mehr mit seinem Kot ausdrücken zu müssen. Schon kurz nachdem er uns, übrigens auf einer Freizeit auf der Schwäbischen Alb und nicht etwa im wohlbekannten Haus in Hagenwört, mit seinen ersten Worten überrascht hat, kommt seine Enkopresis zum Stillstand: die unendlich anstrengenden Badezeremonien sind nicht mehr erforderlich. Karl übernimmt fortan die Verantwortung für seine Reinlichkeit selbst. Allerdings ist es ihm auch heute noch wichtig, daß wir ihm das Wasser in die Wanne einlassen und den Hahn dann auch wieder abdrehen. Danach können wir das Badezimmer verlassen und ihm freudig „viel Spaß“ wünschen.

Karl braucht aber noch einen anderen Ort, an welchem er sich, bei aller Entwicklung des Altbekannten und Vertrauten sicher sein kann – die Einzelstunden in der Ambulanz. Diese werden Karl immer wichtiger, und er übernimmt auch mehr und mehr Verantwortung dafür, die Termine einzuhalten. Obwohl er von Hagenwört aus selbständig auf den Bahnhof geht, ist es ihm wichtig, von seinem „Therapeuten" abgeholt und zurück zum Bahnhof gebracht zu werden.

Während er sich in der Wohngruppe und bei der Arbeit immer eifriger im Sprechen übt und uns mit seinen Wünschen überhäuft, bleibt er in den Stunden meist stumm und kommuniziert in altbekannter schriftlicher Form. Es findet ein stummes Ringen statt, in dem Karl immer wieder versucht, nicht sprechen und nichts wollen zu müssen, in dem alle Aktivität dem „Therapeuten" zugeschrieben wird und er sich in einer Position weitgehender Passivität verliert, wobei er sich zum Objekt der Wünsche des Anderen macht.

Als sich der Urlaub des „Therapeuten" ankündigt, reagiert Karl mit spürbarer Trauer, und zu unserem Erstaunen fragt er in seiner Abwesenheit auch immer wieder nach ihm. Nach der ersten Stunde nach seiner Rückkehr kommt Karl in die Wohngruppe zurück und erzählt ganz aufgeregt: „Ich habe gar nicht gewußt, daß der Herr F. so viele graue Haare hat." Danach interessiert er sich noch für unser Alter. Von seinem „Therapeuten" erfahren wir im nachhinein, daß er mit Karl in seiner Stunde in der Uni-Bibliothek war, um eine Zeitschrift, „Das Neue Zeitalter", zu besorgen, und Karl erklärte der Bibliothekarin, daß er sich hauptsächlich für das Heft über Wahrsagerei interessiere.

In der eben geschilderten Sequenz wird deutlich, wie Karl an verschiedenen Orten mit Regression und Progression umzugehen lernt. Seine unvorhersehbare Entwicklung, sein Gebrauch der Sprache, die Frage nach dem Altwerden seines „Therapeuten", die sich in Karl erst durch dessen Abwesenheit bilden kann, und die Frage nach Endlichkeit und Sterblichkeit müssen ihm enorme Angst machen. Aber er schafft es, sie einigermaßen zu binden, indem er sich regressiv zu bestimmten Zeiten auf alte Beziehungsmodi besinnt, die ihm Sicherheit vermitteln.

In der Suche nach der Zeitschrift „Das Neue Zeitalter" und in seinem Interesse für Wahrsagerei taucht auch die Frage nach seiner Zukunft auf, und diese Fragen nach Sterblichkeit, Endlichkeit und Zukunft weisen darauf hin, daß Karl in die Geschichte eintritt. Und er braucht notwendig Orte der Regression, um sich seiner eigenen Geschichte in der Geschichte zu vergewissern.

IV.

Zum Abschluß möchten wir noch einmal kurz zusammenfassen, warum Karl, aber auch seine Mitbewohner und Mitbewohnerinnen, sich in Hagenwört und all den anderen dazugehörigen Orten aushalten und vor allem auch Entwicklungen hin zu mehr Selbständigkeit durchleben, die nicht unbedingt zu erwarten waren.

Die jungen Erwachsenen finden in dem Haus in der Hagenwörtstraße mit seinem dazugehörigen Setting einen sicheren, übersichtlichen Rahmen vor, in dem mit einem kleinen, überschaubaren Stamm von Betreuern und Betreuerinnen sichere und haltgebende Beziehungen stattfinden können. Wir übernehmen Hilfs-Ich-Funktionen für sie, werden Container für ihre unaushaltbaren Gefühle, versuchen, ihnen Problemlösungsstrategien zu vermitteln, setzen ihnen Grenzen, um sie vor ihren entgrenzenden, angstmachenden Wünschen zu schützen, bieten ihnen auch immer wieder verbale Deutungsangebote an.

Die psychoanalytisch orientierte Supervision dient uns Mitarbeiter(inne)n dazu, daß wir uns auf die schwierigen Beziehungen zu unseren Bewohner(inne)n einlassen können und in der Lage bleiben, die Nähe und die Distanz herzustellen, die notwendig ist, um den einzelnen zu „halten", ohne die Sicherung des Rahmens zu vergessen.

Aber am wirksamsten ist unseres Erachtens die Tatsache, daß Hagenwört eine *„Gesprengte Institution"* ist, die sich gegenüber der Außenwelt öffnet und dadurch verhindert, daß sie als Institution allmächtig wird, von der das Subjekt sich nicht trennen kann, ohne sein eigenes Zersprengen zu riskieren. Wir wollen keine allmächtige Institution sein bzw. werden, sondern lebendig und offen für das Unvorhersehbare bleiben, das immer wieder auftreten wird in und zwischen den verschiedenen Orten, die wir unseren Betreuten anbieten.

Durch die Setzung unseres differenzierten Gesamtsettings verschiedener Orte, Zeiten und Begegnungsräume und durch die Trennung der drei Lebensbereiche antizipieren wir eine differenziertere Lebenswelt als dies dem Objektbeziehungsniveau unserer Bewohner(innen) entspricht. Wir konstruieren äußere Orte und Instanzen in der Hoffnung, daß die jungen Erwachsenen sie sich mit unserer Hilfe aneignen können und dadurch eine Herausbildung ihrer inneren psychischen Struktur stattfinden kann.

Wir leben mit den jungen Erwachsenen, handeln für sie, wenn sie es noch nicht selber können, und wir sprechen mit ihnen. Wir setzen uns mit ihnen über das „deutende Sprechen der Institution" auseinander; und in beidem Sprechen sollte immer wieder deutlich werden, daß wir gerne mit ihnen reden, leben, zusammen sind, aber daß wir nicht alles können und haben, was sie vielleicht gerne hätten und daß auch sie nicht alles haben können!

Die „Gesprengte Institution" kann außerdem nur dann als eine solche angesehen werden, wenn wir den Anspruch aufgeben, alles wissen zu müssen. Das ist aber unglaublich schwer. Wir stehen ja in Verantwortung, ohne sie wirklich für den anderen je ganz und gar übernehmen zu können und zu wollen. Das müssen wir uns jeden Tag von neuem in Erinnerung rufen. Wir müssen uns eingestehen, daß unser Erkenntnisvermögen nur dazu ausreicht, einzelne Zipfel der Lebenswirklichkeit der Jugendlichen und jungen Erwachsenen zu erfahren. Die „Gesprengte Institution" wird immer ein Ort des Mangels, des Verzichts und der Unvollständigkeit sein bzw. bleiben müssen, sonst würde sie ihrem Namen nicht mehr gerecht, sie geriete zur „Totalen Institution": Die Sprengung im Gegensatz zur völligen Umschließung. Martin Feuling stellt hierzu sehr prägnant fest: „Die unterschiedlichen Orte und Regeln verhindern, daß alle Bedeutungs-Aspekte in einer nicht-differenzierten, diffusen ‚Lebensweltlichkeit' des Alltags aufgehen. Sie sind künstliche Setzungen zwecks Herstellung des Mangels. Diese Differenzierungen haben auch zum Ziel, keinen Aspekt des ‚Verhaltens' total zu unterdrücken, vielmehr ein aushaltbares Nebeneinander von Progression und Regression, eine Gleichzeitigkeit von unterschiedlichen Strukturniveaus in verschiedenen Bereichen zu ermöglichen" (Feuling 1992, 168).

Die Wahrung des „Geheimnisses des anderen Ortes" anerkennen wir als eine herausragende Grundlage unserer Arbeit, unser „Nicht-Wissen" wird hier zum Prinzip erklärt, ohne daß dies einen Austausch zwischen den Orten verhindern würde, der ja auf einer anderen Ebene, nämlich der der Supervision, durchaus institutionalisiert ist. Die Jugendlichen und jungen Erwachsenen wirken an diesem „Spiel mit den Geheimnissen“ aktiv mit. Sie sind es nämlich, die zu einem wesentlichen Teil bestimmen, was denn Geheimnis ist und bleiben soll. Und so wird auch immer wieder Unvorhergesehenes zwischen und innerhalb der verschiedenen Orte auftauchen; die Sprengung läßt keine Erstarrung zu!

„Jeden Tag verändern auch *wir* uns!“ können wir Karl auf seine erstaunte Feststellung nurmehr entgegnen.

V.

Karin Fuchs und Allique Goudriaan

Hanna und Clara

Vorbemerkungen:

Die Wohngruppe Hagenwört ist ein Ort zum Leben und, provokant formuliert, kein Ort der Therapie: die autistischen, autistisch-psychotischen und psychotischen Jugendlichen und jungen Erwachsenen, die hier leben, haben in unterschiedlichem Maße Schwierigkeiten, sich als von ihrer Umwelt getrennte, eigenständige Individuen zu empfinden. In den folgenden beiden Falldarstellungen aus der Wohngruppe Hagenwört spiegeln sich die unterschiedlichen „Lebensbewältigungsstrategien“ zweier Bewohnerinnen mit all ihren Stärken und Schwächen wider.

Natürlich können die äußeren Orte *Arbeit* und *psychoanalytisch-sozialtherapeutische Einzelstunden* nur soweit aufgegriffen werden, wie sie für uns Mitarbeiter(innen) der Wohngruppe erlebbar werden. Durch die räumliche und personelle Trennung dieser Orte sind sie für uns weitgehend „Orte des Geheimnisses“; für die Bewohner(innen) ermöglichen sich durch diese Trennung erste Differenzierungen, die jedoch zunächst als solche nicht unbedingt erfahrbar werden können.

Hanna

Hanna ist eine 20jährige junge Frau, die seit April 1991 in unserer Wohngruppe lebt. Davor war sie über einen Zeitraum von zwei Jahren in stationärer Behandlung in der Tübinger Kinder- und Jugendpsychiatrie gewesen. Hanna zog nach einem mehrtägigen Probewohnen, bei dem sie sich sehr angepaßt und „normal" gezeigt hatte, bei uns ein. Zu diesem Zeitpunkt lebten Karl (siehe Beitrag Maas/Nonnenmann), Clara, die wir im Anschluß vorstellen möchten, und eine andere junge Frau in der „Villa Hagenwört".

In der Anfangszeit verhielt sich Hanna sehr selbständig und strukturiert, wirkte brav und angepaßt. Zwar beschwerte sie sich immer wieder über das geringe Betreuungsangebot in der Wohngruppe und drückte etwa ihren Unmut darüber aus, alleine rausgehen zu müssen, schien aber insgesamt doch recht gut mit dem Rahmen zurechtzukommen. Wir Betreuer(innen) spürten in unserer Gegenübertragungsreaktion aber oft eine eigenartige Leere; es war schwierig, mit Hanna in Beziehung zu treten, und in Übergaben und Besprechungen wußten wir oft nicht viel über sie zu sagen. Häufig stellten wir uns die Frage, ob sie bei uns am richtigen Ort sei.

Nach einigen Wochen wurden Hannas Anklammerungswünsche spürbarer, sie wurde unselbständiger und legte immer häufiger ihr angepaßtes Verhalten ab. Sie schwankte hin und her zwischen Extremen: entweder verhielt sie sich „superbrav" und angepaßt, hatte keine Wünsche und keine eigene Meinung, oder sie zeigte sich aggressiv, bockig, trotzig und läppisch – eine Mitte schien es für sie nicht zu geben.

Die Beziehungen zu den männlichen Betreuern wurden von ihr auf ausgeprägteste Weise sexualisiert – schon ein Händedruck konnte für sie einen Vergewaltigungsversuch bedeuten. Teambesprechungen im Büro, bei denen Männer und Frauen in einem Raum saßen, konnte Hanna kaum aushalten und mußte immer wieder unter einem Vorwand stören. Den Betreuer*innen* gegenüber zeigte sie sich vor allem von ihrer bedürftigen und kleinkindhaften Seite, so stand sie etwa oft stumm und starr, mit herabhängenden Schultern und unbewegtem Gesicht im Flur. Fragten wir sie, was denn los sei, so entstanden oft lange Gespräche, in denen ihr Wunsch nach Nähe und Ungetrenntheit sehr spürbar wurde.

Wir Mitarbeiter(innen) mußten uns immer wieder darauf besinnen, daß die Wohngruppe keine Therapiestation ist, sondern zuallererst ein Ort der Förderung und der Alltagsbewältigung. Distanz zu ihren symbiotischen Wünschen herzustellen, gelang uns z.B., indem wir Hanna immer wieder auf ihre Einzelstunden hinwiesen. Sie schien dann oft keineswegs enttäuscht, sondern geradezu erleichtert. Ihr Verhalten kam uns oft vor wie die agierte Frage „Gibt es etwas zwischen Alles oder Nichts? Traut Ihr mir etwas zu?“

Dieses Ihr-etwas-Zutrauen und -Zumuten war immer wieder Thema, zumal sie uns oft durch unerwartete Fähigkeiten überraschte – Fremden etwa, denen sie in der Regel ängstlich und steif gegenübertrat, konnte sie ein andermal sicher, bestimmt und mit Bemerkungen, die den „Nagel auf den Kopf“ trafen, begegnen. Danach klappte Hanna aber regelmäßig förmlich zusammen, sie war dann von Schuldgefühlen geplagt und mußte sich völlig kleinmachen.

Ein halbes Jahr nach ihrem Einzug in die Wohngruppe geriet Hanna in eine heftige Krise. Vorausgegangen war ein dreiwöchiger Urlaub mit ihren Eltern und ihrer Schwester. Hanna war bei ihrer Rückkehr sehr durcheinander und erzählte, sie habe immer gedacht, alle würden mit allen schlafen, der Vater habe die Schwester vergewaltigen wollen usw.; sie selbst habe sich gewünscht zu sterben. Hanna war in dieser Zeit sehr apathisch und depressiv, vernachlässigte ihren Körper, aß kaum etwas und äußerte Todeswünsche. Die Betreuer(innen) der Wohngruppe und auch Hannas Arbeitsbegleiter(innen) mußten stärker als zuvor Hilfs-Ich-Funktionen übernehmen, sie enger begleiten, auch für sie Entscheidungen treffen. Sie schien sich langsam zu erholen und zu stabilisieren: eines sonntagmorgens jedoch wurde sie ohne vorherige Absprache von ihren Eltern besucht und für einige Stunden mit nach Hause genommen. Als sie am Abend zurückkam, beschimpfte sie ihre Eltern aufs heftigste; zu ihrer Mutter sagte sie: „Ich bemitleide dich, daß du mit so einem (gemeint war der Vater) zusammenlebst“, zum Vater: „Du tust mir auch leid, du hast ja Angst vor mir!“ Daraufhin geriet Hanna erneut in eine Krise – sie verweigerte die Arbeit, traute sich nicht mehr aus dem Haus, war von Phantasien überschwemmt und zeigte autoaggressive Tendenzen. Wir konnten Hanna so nicht mehr halten und traten in Kontakt mit einer psychiatrischen Klinik, in der Hanna dann zur Krisenintervention aufgenommen wurde.

Während ihres dortigen Aufenthalts „deponierte" Hanna scheinbar wahllos ihre unterschiedlichen Persönlichkeitsanteile bei den dortigen Betreuungspersonen. Auch wir erlebten bei unseren regelmäßigen Besuchen ihre Ambivalenz und Fragmentiertheit in einem solchen Maße, daß wir zeitweilig befürchteten, ihre verschiedenen Persönlichkeitsanteile wären nicht mehr zusammenzubringen. Dies spiegelte sich in den Besprechungen mit dem Stationsteam der Klinik wider; es gab die unterschiedlichsten Meinungen und unzählige Widersprüche. Dennoch entschlossen wir uns nach etwa zwei Wochen, Hanna zu einem Wochenendaufenthalt in die Wohngruppe zu holen, bei dem sich zeigte, daß sie sich trotz aller Schwierigkeiten hier wieder „aushalten" konnte. So kehrte sie nach etwa dreiwöchiger Krisenintervention in der psychiatrischen Klinik nach Rottenburg zurück.

In der darauffolgenden Zeit war Hannas Zustand zunächst sehr labil, aber sie zeigte die Bereitschaft, sich mit unserer Hilfe wieder in der Wohngruppe und an ihrer Arbeitsstelle einzurichten. Den Kontakt zu ihren Eltern unterbrach sie zu diesem Zeitpunkt völlig, und auch von deren Seite kamen keine Signale des Interesses. Hanna schien ihre Vergangenheit völlig abzuspalten und die Tatsache, daß sie eine eigene Geschichte hat, geradezu ausradieren zu wollen, um hierüber zu einer Stabilisierung ihrer persönlichen Situation zu gelangen.

Tatsächlich gelang es ihr allmählich, im Alltag der Wohngruppe und in der Arbeit wieder Fuß zu fassen. Auch ihre therapeutischen Einzelstunden konnte sie wieder besser nutzen. Es folgte eine Zeit der – wenn auch immer wieder mit Einbrüchen verbundenen – langsamen Stabilisierung; Hanna ist es im Laufe des letzten Jahres gelungen, die sicheren Beziehungsangebote und den haltgebenden Rahmen des Wohnens, der Arbeit und der Einzelstunden so zu nutzen und zu verinnerlichen, daß sie zunehmend mehr in der Lage ist, Verantwortung für sich zu übernehmen. Ihre Situation kann sie jetzt realistischer einschätzen und „ertragen" und muß nicht mehr so oft auf ihr „Alles oder Nichts"-Denken zurückgreifen. Dies zeigt sich auch in bezug auf ihre Arbeit in der Werkstatt für psychisch Kranke: auf der einen Seite erkennt Hanna, wie wichtig die überschaubare Struktur des Arbeitsalltags für sie ist, auf der anderen Seite kann sie aber auch ihre Unzufriedenheit über bestimmte Arbeitsinhalte zum Ausdruck bringen, ohne in ihrer Phantasie durch eine solche Kritik alles zu zerstören.

Auch in der Wohngruppe macht Hanna deutliche Schritte hin zu mehr Selbständigkeit und Ich-Integration. Aber nach wie vor löst sie immer wieder eine lebhafte, ja geradezu verwirrende Dynamik aus, und es erstaunt uns häufig, auf welch verschiedenen Entwicklungsniveaus sie sich bewegt und wie schnell ihre Ich-Zustände wechseln können. Es ist unsere oft nicht leichte Aufgabe, ihre verschiedenen Facetten – ihre Hochstrukturiertheit, ihren Charme und Witz, ihre Schlagfertigkeit, aber auch ihre Unfähigkeitsgefühle, ihre Verzweiflung und ihre Aggressivität – als alle zu ihr gehörend anzuerkennen.

Es zeigt sich bei Hanna deutlich, wie wichtig es ist, ihr Zeit und Raum zu geben, um ihre eigenen Ziele zu entdecken. Denn wenn sie zu Entscheidungen und Entwicklungsschritten gedrängt wird, so muß sie diese häufig in einem unbewußt-autoaggressiven Akt attackieren. Dieser Weg, sie zu fördern und dabei nicht zu überfordern, muß immer wieder neu ausgelotet werden.

Die Wohngruppe ist für Hanna inzwischen so etwas wie ein Zuhause geworden, von dem aus sie zunehmend mehr den Wunsch nach Selbständigkeit entwickeln kann; so beschäftigt sie sich zur Zeit sehr mit dem Thema „Freunde finden“ und besucht seit einigen Monaten einmal wöchentlich eine Kontaktgruppe, worauf sie recht stolz ist. Auch mit dem Thema Sexualität und Verliebtheit kann sie angstfreier umgehen. Während noch vor kurzer Zeit die männlichen Betreuer und ihre männliche Bezugsperson in den psychoanalytisch-sozialtherapeutischen Einzelstunden in Hannas Phantasie die einzig denkbaren, heiß ersehnten und zugleich gefürchteten Partner waren, kann sie sich jetzt schon mal in einen jungen Mann ihres Alters verlieben, den sie auf der Straße oder im Zug gesehen hat.

Sehr wohltuend für das „WG-Leben“ ist immer wieder Hannas Lebendigkeit und ihr Managerinnen-Talent. In Alltagsdingen überrascht sie uns oft, so etwa, wenn sie Behördenkontakte selbständig übernimmt oder mit den andern Bewohner(inne)n den Haushalt „schmeißt“. Was ihre Beziehung zu Clara betrifft, so scheinen beide einiges voneinander lernen zu können; z.B. wird die oft so grenzenlose und ihr Gegenüber förmlich überrollende Clara von Hanna hin und wieder sehr bestimmt in ihre Schranken verwiesen, wenn es sein muß auch durch eine Ohrfeige. Gleichzeitig ist Clara mit ihrer unerschütterlichen autistischen Abwehr für Hanna auf den Busfahrten, die die beiden zum Teil gemeinsam bewältigen, eine beruhigende und haltgebende Begleiterin.

Clara

Clara ist 24 Jahre alt und wurde mit 12 Jahren in das Therapeutische Heim unseres Vereins aufgenommen. Im Alter von 21 Jahren war die Betreuung von Clara so weit fortgeschritten, daß eine vorsichtige Eingliederung sowohl in eine Werkstatt für psychisch Kranke als auch in einen altersadäquateren Lebensort als sinnvoll erachtet wurde. Clara „pendelte“ fast ein 3/4 Jahr zwischen dem Therapeutischen Heim und der Wohngruppe Hagenwört, bevor sie endgültig in letzterer aufgenommen wurde. Die Wohngruppe liegt nur ca. 400m vom Therapeutischen Heim entfernt, in dem Clara neun Jahre verbrachte.

Seit nunmehr zwei Jahren wohnt Clara in unserer Wohngruppe. Größte Schwierigkeiten begleiteten sie insbesondere während der anfänglichen Integrationphase sowohl im Wohnbereich als auch im Arbeitsbereich. Viermal wöchentlich hat Clara bei einer festen „Bezugsperson“, die sie bereits aus der Zeit im Therapeutischen Heim kennt, psychoanalytisch-sozialtherapeutische Einzelstunden.

Nachdem sich Clara in den ersten Wochen und Monaten nach ihrem Einzug in der Hagenwörtstraße nur unter allergrößten Anstrengungen damit abfinden konnte, daß ihre schier unendliche Gier nach Einrichtungsgegenständen für ihr Zimmer eine Grenze finden mußte – wir setzten mit ihr Verträge auf, die bestimmte Einkaufsmodalitäten regelten –, konzentrierte sie sich fortan darauf, ihr Zimmer nach außen hin „abzusichern“. Sie verlangte nach einem Zimmerschlüssel (ein eigener Hausschlüssel interessierte sie zunächst überhaupt nicht), um daraufhin schon bei einem Gang ins benachbarte Badezimmer ihre Zimmertür gewissenhaft vor vermeintlichen Eindringlingen zu verschließen, die sie ausschließlich unter ihren Mitbewohner(inne)n ausmachte. So wurde ihr Zimmer eine Art „Bastion“, in die sie sich oft über Stunden zurückzog, Musik lauschte und dabei ein Album betrachtete, in welchem sie unzählige, aus diversen Programmzeitschriften ausgeschnittene „ARD-Einsen“ sorgfältig eingeklebt hatte. Dieses Signet der ARD ist für Clara *das* autistische Objekt. Sie sieht in ihm ein lachendes Gesicht, was sie auf Anfrage auch ganz genau, beinahe zärtlich, zu beschreiben weiß. Bezogen auf dieses autistische Objekt weiß sie Emotionen zum Ausdruck zu bringen, die sie ihren Mitbewohner(inne)n und Betreuer(inne)n vergleichsweise „vorzuenthalten“ weiß.

Allerdings ergeben sich über ihr autistisches Objekt mit den Betreuer(inne)n der Hagenwörtstraße je spezifische Beziehungsmodalitäten. So ist es beispielsweise einer ihrer größten Träume, einmal in ihrem Leben die Lotteriesendung „Die Goldene Eins“, die regelmäßig in der ARD gesendet wird, zu besuchen. Sie verspricht sich hiervon eine direkte Begegnung mit der „(Be-)Ziehungsmaschine“, welche aussieht wie das ARD-Signet. Sie möchte dieses Gerät unbedingt waschen. Durchaus realistisch weiß sie einzuschätzen, wie sie diesem Gerät am nächsten kommt, nämlich als Assistentin des Moderators der Fernsehsendung. So begibt sie sich in diversen Schreiben, die sie mit Unterstützung eines Betreuers der Wohngruppe selbständig zu entwerfen weiß, auf Suche nach dem Standort der Ziehungsmaschine. Sie schreibt zu diesem Zwecke beinahe sämtliche Sendeanstalten der ARD an, macht den entsprechenden Sender ausfindig, vermeidet jedoch daraufhin, einer Einladung zur Senderbesichtigung Folge zu leisten: „Erst dann kann ich den Südwestfunk besuchen, wenn ich ...!“ Sie listet in diesem Zusammenhang Alltagsbegebenheiten in der Wohngruppe auf, die sie ihrer – und vor allem unserer – Ansicht nach noch überfordern. Das sind vor allem soziale Anforderungen, denen sie sich immer wieder zu entziehen weiß. Das Betreuungssetting ist hier gefordert; und zwar gilt es sorgfältig abzuwägen, inwieweit Clara, mit ihrer grundlegenden autistischen Störung, tatsächlich zum Beispiel beim gemeinsamen Einkaufen oder Kochen (um einige typische Alltagsaktivitäten der Wohngruppe zu nennen) überfordert ist. Sehr schnell kann es bei ihr nämlich zu panikhaften Ausbrüchen kommen, insbesondere in solchen Momenten, in denen sie offenbar ihr soziales Umfeld nicht mehr überblickt (oder man könnte vielleicht auch sagen „kontrolliert“). Ihre Panik und Verzweiflung führen im Nu zu mehr oder weniger psychotischen Episoden, die einen zeitweiligen Realitätsverlust zur Folge haben. Clara versucht im Sinne regressiver Manifestationen die Trennung zwischen „Ich“ und „Anderem“, also zwischen sich und ihrem Gegenüber, aufzuheben. Sie begegnet uns mitunter auf einem frühkindlichen Entwicklungsniveau, das uns an die Aufgehobenheit der Trennung zwischen Mutter und Säugling erinnert.

Unsere Bemühungen in der Wohngruppe konzentrieren sich darauf, Clara einerseits diese regressiven Komponenten ihrer Persönlichkeit nicht völlig zu nehmen, das heißt, daß sie die bedingte Möglichkeit eingeräumt bekommt, sich auf ihre autistischen Objekte zurückzuziehen, sie andererseits aber den doch sehr progressiven Anforderungen des Alltags ausgesetzt bleibt, indem sie aufgefordert wird, alleine oder zusammen mit anderen Bewohner(inne)n, insbesondere Hanna, den Haushalt zu organisieren. Natürlich finden solche Aktivitäten eine gezielte Unterstützung seitens der Mitarbeiter(innen). Dabei ist auffallend, daß Clara allem insbesondere dann ein Verständnis entgegenzubringen vermag, wenn man sozusagen eine Vermittlung zwischen ihrem autistischen Wunsch, einmal Assistentin bei der „Goldenen Eins" zu sein und der Notwendigkeit, mit beinahe 24 Jahren ein ganzes Stück erwachsen sein zu müssen, einzurichten versteht: „Nur erwachsene Menschen haben die Möglichkeit, sich als Assistentin bei der ‚Goldenen Eins' zu bewerben," so lautet häufig unser Hinweis bzw. unsere Erinnerung an Clara hinsichtlich ihrer Grenzen und Möglichkeiten.

Es ist beachtlich, wie sicher sich Clara mittlerweile in ihrem sozialen Bezugsfeld zu bewegen weiß, wie sehr sie die Fähigkeit entwickeln konnte, verschiedene Orte (Wohn-/Arbeits- und Einzelstunden-Ort) in ihrem Bewußtsein zu integrieren, das heißt, daß sie die ständige, sozusagen ritualisierte Trennung von diesen Orten kaum mehr als persönliche Auslöschung erlebt.

Zweifelsohne wirkt manche Verhaltensweise von Clara gerade für eine(n) Außenstehende(n) recht skurril, mit ihrer charmanten Hartnäckigkeit weiß sie sich aber Gehör zu verschaffen bzw. sich gegebenenfalls durchzufragen. Ihr fehlendes soziales Differenzierungsvermögen provoziert natürlich immer wieder Schwierigkeiten im Alltag. Dennoch haben wir den Eindruck, daß Clara sehr um Eingliederung bemüht ist, was sich in ihren oft echolalisch wirkenden Aussagen widerspiegelt: „Oh, das muß ich noch üben! – Oh, da müßt Ihr noch ein bißchen Geduld haben!"

Sehr wichtig war für Clara die Erfahrung, die Entwicklung, das Größerwerden der Wohngruppe zu erleben. Sie war die zweite Bewohnerin in der Hagenwörtstraße. Den Einzug der anderen, besonders den von Hanna, verfolgte sie aufmerksam, zunehmend nährten sich in ihr jedoch Ängste, die Abläufe der Wohngruppe nicht mehr in vollem Umfang kontrollieren zu können. Auch war sie sehr neidisch auf ihre „Mitkonkurrentin" Hanna bzgl. der Gunst der Betreuer(innen). Das permanente Abschließen ihres Zimmers war eine Folgeerscheinung ihrer Ängste, man könnte auch sagen ihres Urmißtrauens. Unentwegt wurde mit Clara daran gearbeitet, daß die anderen Bewohner(innen) ihr nichts wegnehmen, weder im gegenständlichen Sinne noch im emotionalen Beziehungsgefüge der Wohngruppe.

Bis heute schafft es Clara nur zögerlich, sich auf die Mitbewohner(innen) der Wohngruppe einzulassen. Meistens geschieht eine Beziehungsaufnahme über ihr autistisches Objekt, das ARD-Signet, das sie, lauthals „verrückt" lachend, den darüber oft etwas irritierten „WG'lern" erklärt. In einem solchen sozialen Bezug bezeichnet sie ihr autistisches Objekt als „Hobby". Ihr Hobby „ARD 1" wandelte sie interessanterweise in den letzten Wochen und Monaten zugunsten einer "Schwarzwälder Kuckucksuhr" um, deren Seitenanblick Clara von den Winkeln her an die ARD-Eins erinnert. Seither kommt sie mit den anderen Bewohner(inne)n häufiger ins Gespräch.

Ein regelmäßiges, „institutionalisiertes" Gespräch führt sie viermal wöchentlich nach Tübingen. Seit beinahe zwei Jahren fährt Clara selbständig mit öffentlichen Verkehrsmitteln zu ihren Einzelstunden in unsere Ambulanz nach Tübingen. Diese Stunden hat sie bei ihrer langjährigen Bezugsperson. Gerade am Beispiel der Einzelstunden kann aufgezeigt werden, wie bedeutend, das heißt strukturbildend die unterschiedlichen Orte mit ihren unterschiedlichen Gesetzmäßigkeiten sind. Es ist nämlich so, daß Clara die Einzelstunden im Unterschied zum Wohngruppen- und Arbeitsalltag sehr emotional besetzt. Hier zeigt sie sich am wenigsten autistisch, ist sie also besonders verletzbar. Obwohl die Stunden von Beginn an in fixen Zeitstrukturen festgelegt sind, notiert sich Clara jeden Termin in einem kleinen Taschenkalender, in dem ansonsten nur noch die Termine der „Goldenen Eins" zu finden sind. Hieran läßt sich schon die Bedeutung der Einzeltermine erahnen. Solange, wie es nun bereits die Termine in der Ambulanz gibt, mäkelt sie an diesen herum. Allerdings will Clara von ihrer Bezugsperson wohl ausschließlich hören, daß sie diese Stunden auch zukünftig nicht verlieren wird, sie sie also mit *Sicherheit* einplanen kann. Immer wieder wird in den Stunden das Thema des

Erwachsenwerdens, ihre Trauer und Ängste bezüglich des Sich-Getrennt-Fühlens von den anderen behandelt. Zugleich erfüllen die Termine viele ihrer regressiven Wünsche und Bedürfnisse.

Ganz anders hingegen stellen sich die Erfordernisse im Arbeitsbereich dar: In zunächst noch relativ enger Begleitung seitens einer Arbeitsbegleiterin unseres Vereins erfolgte eine allmähliche Integration Claras an ihrem Arbeitsplatz und eine sukzessive Ausdehnung ihrer Anwesenheitszeiten. Einen sehr engen Bezug und eine wichtige Anlaufstelle war zu diesem Zeitpunkt auch der Abteilungsleiter ihres Arbeitsbereiches. Ausgesprochen geschickt wußte sie die meist seriellen Arbeitsschritte zu meistern. Außerdem schützten sie diese permanent sich wiederholenden Arbeitsschritte mit „toten" Objekten vor „äußeren" Einflüssen durch „lebende" Objekte, also durch Menschen. Beispielsweise empfand sie die Installierung neuer Maschinen in der Werkstatt, die ja durch *Menschen* vorgenommen wurde, als derart bedrohlich, daß sie sich in einem unbeobachteten Moment auf diese stürzte, um sie nach Winkeln, die sie an eine ARD-Eins erinnerten, zu untersuchen.

Anmerkung

Wir wollten mittels der beiden Falldarstellungen aufzeigen, wie wir um die Schwierigkeiten der jungen Erwachsenen herum ein förderndes und gleichzeitig haltgebendes und schützendes psychosoziales Umfeld konstruiert haben. Dies führt zu immer wieder neuen Arrangements bzw. Settings. Wir haben zum Beispiel bei Clara zu berücksichtigen, daß sie die Differenz der Orte nur ansatzweise erlebt. Mit der ARD-Eins weiß sie sich zu schützen. Hanna hingegen verfügt nicht über solchen autistischen Schutz. Sie kommt nicht umhin, die Differenz der Orte zu erkennen, sie versucht sie jedoch immer wieder zu verleugnen. Die verschiedenen Persönlichkeitsstrukturen der Bewohner(innen) in Hagenwört machen es mitunter nicht leicht, immer gleich den hilfreichsten Weg einzuschlagen. Oftmals sind auch wir auf der Suche: Scheitern und Gelingen stehen in unserer Arbeit nahe beieinander, und es ist vor allem die psychoanalytische Supervision, die uns den vielfältigen Alltag in und um Hagenwört herum verstehen läßt!

Literatur

Aichhorn, August (1977): *Verwahrloste Jugend.* Bern, Stuttgart, Wien (7.Auflage).

Aichhorn, August (1976).: Ergebnisse eines Gesprächs. In: Wiener Psychoanalytische Vereinigung (Hrsg.): *Wer war August Aichhorn?* Wien.

Feuling, Martin (1991): Einbrüche in die Unendlichkeit. Einige Probleme psychoanalytischer Arbeit mit autistisch-psychotischen Menschen. In: *Arbeitshefte Kinderanalyse*, Bd. 14. Kassel.

Feuling, Martin (1992): Be-Mangeln. Der Mangel als wirksames Moment in der institutionellen Betreuung/Behandlung psychotischer Menschen. In: *Fragmente.* Bd. 37. Kassel.

Mannoni, Maud (1982): *D'un impossible à l'autre.* Paris.

Zimmermann, B., Kleefeld, H., Nonnenmann, H., Geissendörfer, C. (1989): Aus der Behandlung eines autistischen Jugendlichen. In: *Psychosozial*, 12. Jg., Bd. 39. München.

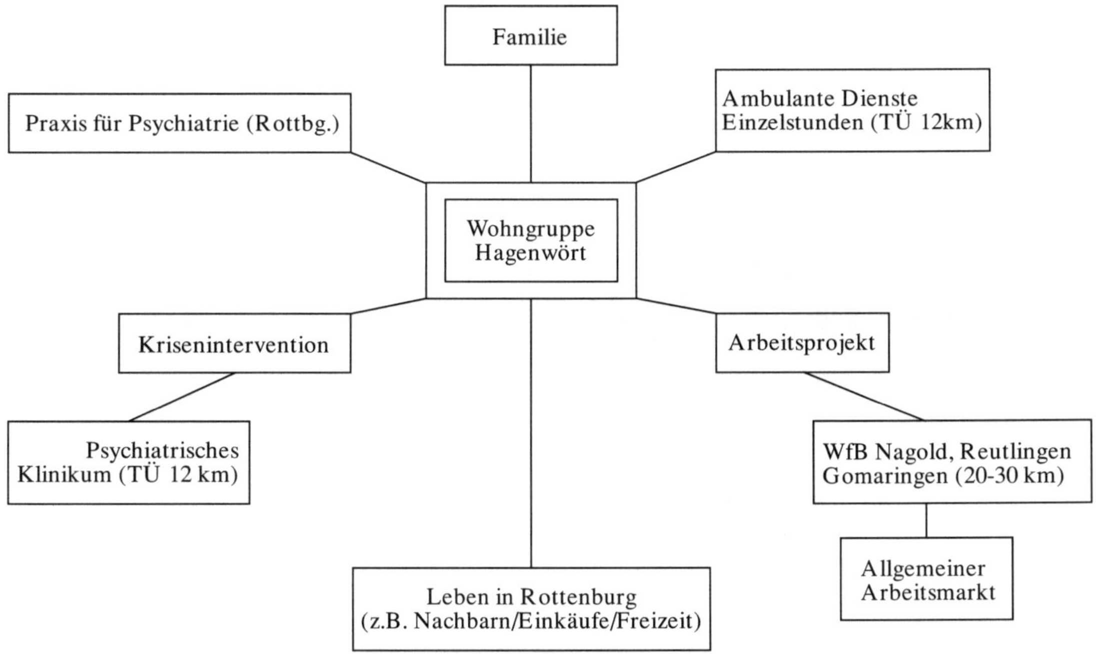

Abbildung 1: „Gesprengte Institution Hagenwört“

André Michels

Der Ort des Anderen

Die Psychosen und die Bedeutung des Dritten

Mit Psychotikern zu arbeiten ist immer ein schwieriges Unterfangen. Dazu bedarf es einer guten Dosis Mut, aber das würde nicht ausreichen, um eine wertvolle Arbeit zu leisten. Etwas anderes ist unbedingt notwendig, bei jeder klinischen Arbeit sowieso und besonders, wenn es sich um die Psychose handelt, nämlich neben dem Ausstausch mit Kollegen die Auseinandersetzung mit der Theorie. Eine Tagung wie diese kann vielleicht für beides hilfreich sein. Ich will meinen bescheidenen Teil dazu beitragen. Ich muß Sie wahrscheinlich in einem Punkt enttäuschen, weil ich anders als die meisten Vortragenden keine Erfahrung mit spezifischer Milieutherapie habe, obschon ich während mehreren Jahren in der psychotherapeutischen Abteilung für Kinder und Jugendliche in Straßburg gearbeitet habe. Mehr kann ich über meine Erfahrung als Psychiater und Analytiker mit Psychotikern, besonders mit Jugendlichen und Erwachsenen, sagen. Ich will das in bezug und in der Auseinandersetzung mit den Theorien Freuds und Lacans tun. Dazu möchte ich zuerst drei Vorbemerkungen machen.

Hat die Psychose einen Sinn?

In der Arbeit mit Psychotikern stellt man sich zuerst einmal praktische Fragen: Wie mit ihnen umgehen? Wie in einer bestimmten Situation reagieren? Diese und ähnliche Fragen tauchten mehrmals im Verlauf dieser Tagung auf. Aber zugleich reiht sich eine andere an: Hat das, wie der Psychotiker sich benimmt, hat das, was er uns erzählt, insbesondere hat sein Wahn einen Sinn oder nicht? Sie wissen, daß es darauf sehr unterschiedliche Antworten gibt. Für den Laien, *l'homme de la rue*, ist der Wahn ein guter Witz, über den sich gut und auch leicht lachen läßt, besonders wenn jemand sich für Napoleon hält. Für die organische oder biologische Psychatrie – es gibt keine andere – hat sich die Frage des Sinns nie gestellt. Es geht ihr eher um die Einreihung, die Einordnung in eine Nosographie, aber nicht um den spezifischen Sinn des Symptoms. Will man aber Psychotherapie oder Psychoanalyse ausüben, kommt man nicht an der Problematik des Sinns vorbei. Für den Wahn, wenn wir ihn mal vorübergehend als stellvertretend für die Psychose behandeln wollen, besteht die gleiche Frage, die Freud für den Traum gestellt hat und von seinem Standpunkt aus auch eindeutig beantwortet hat. Hat er einen Sinn oder nicht? Wie so oft lautet seine Antwort, sehr differenziert und rigoros Stellung beziehend: für die Wissenschaft Nein, für die Wissenschaft hat der Traum keinen Sinn, für das populäre Wissen aber Ja. Er hat dann etwas mehr als ein Jahrzehnt nach seinem Traumbuch einen Aufsatz über den Fall Schreber veröffentlicht, in dem ein erster eingehender Versuch unternommen wird, dem Sinn des Wahns auf die Spur zu kommen. Jede psychoanalytische Betrachtungsweise geht von der Frage des Sinns aus, auch wenn es in diesem Zusammenhang die unterschiedlichsten Auffassungen in Theorie und Praxis gibt. Davon möchte ich heute etwas erzählen, und ich meine, daß es unbedingt notwendig ist, dieser Frage nachzugehen, wenn man mit Psychotikern arbeitet.

Gibt es eine Lacansche Psychoanalyse?

Eine zweite einleitende Bemerkung, die mir sehr wichtig erscheint, damit Sie das hier Vorgetragene richtig verstehen, ist folgende: Ich will etwas vom Standpunkt Lacans aus sagen, aber wie ist er zu verstehen? Ehe ich etwas über seinen theoretischen Ansatz, über seine Auffassung der Psychose oder der Psychosen – er spricht davon immer in der Mehrzahl – sagen kann, komme ich nicht umhin, nach der Stellung zu fragen, die er in der Geschichte der Psychoanalyse einnimmt. Vor allem stellt sich die Frage: Gibt es eine spezifische Lacansche Psychoanalyse, so wie man annehmen könnte, daß es eine Jungsche, Adlersche, Kleinsche usw. Psychoanalyse geben würde? Ich möchte darauf sehr entschieden antworten, daß es nur eine Psychoanalyse gibt und das ist die Freudsche. Das ist ganz im Sinne Lacans, und ich denke auch, daß es die allgemein verbreitete Meinung der meisten Analytiker ist. Lacan selbst hat sich immer nur als Leser Freuds verstanden und auch ausdrücklich betont, daß es ihm nicht darum ging, eine eigene Theorie zu schaffen. Darin scheint eine gewisse Demut oder Bescheidenheit zu liegen, ist aber genau das Gegenteil. Denn es gibt für den Analytiker keinen höheren Anspruch, als die Freudsche Methode, nämlich die Deutung, auf den Meister selbst anzuwenden. Es ist aber nicht nur ein Anspruch, es liegt vor allem eine Notwendigkeit darin, welche gestern Herr Lempp und Herr Federn gleichermaßen unterstrichen haben, nämlich die Psychoanalyse neu zu verstehen und dadurch auch neu zu gestalten. Einerseits im Austausch mit der Zeit, der Aktualität also, die einem ständigen Wandel unterworfen ist, andererseits aber auch in bezug auf die klinische Arbeit, die sich seit Freud kaum weniger geändert hat und der sich vor allem ganz neue Gebiete erschlossen haben, wozu auch die Psychosen gehören.

Die Bedeutung der Psychosen für Lacan

Dritte Vorbemerkung: Welche Bedeutung hat die Beschäftigung mit Psychosen für Lacans theoretischen Weg und für seine klinische Arbeit? Wenn man einen Vergleich aufstellen möchte, könnte man sagen, daß sie ungefähr dieselbe paradigmatische Bedeutung für ihn haben wie die Hysterie für Freud. Wir kennen die Bedeutung der Hysterie für die Erfindung der Psychoanalyse. Will man etwas über ihren Anfang ausmachen, so muß man wohl auf Anna O. zurückgreifen. Man liegt aber richtiger, wenn man ihn mit dem Erscheinungsdatum der „Studien über Hysterie", 1895, ansetzt. Die Angstneurose, auch Aktualneurose genannt, steht im besonderen Verhältnis zur Hysterie. Die Phobie wird als Hysterophobie bezeichnet, die Zwangsneurose als Dialekt der Hysterie verstanden. Ich könnte diesen Gedankengang noch weiter verfolgen, aber da mein Thema nicht die Hysterie ist, möchte ich mich auf einen Punkt beschränken, der auch für die Psychose von zentraler Bedeutung ist: nämlich auf den sogenannten Ödipuskomplex und den dazugehörenden Kastrationskomplex. Freud entwickelte seine Konzeption des *Ödipus'* aufgrund seiner Analyse hysterischer Frauen. Wenn man annimmt, daß die Deutungsarbeit vor allem auf Seiten des Analysanden vor sich geht, ist es nicht übertrieben zu behaupten, daß die Frauen am Anfang der Analyse stehen. Wenn man weiter ausführt, daß eine Analyse auf eine Hysterisierung des Diskurses hinausläuft, so kann man hinzufügen, daß es für den Mann auch zum Teil – ich hoffe, daß ich Sie nicht schockiere – eine Frauwerdung bedeutet. Man kann das natürlich auch gemäßigter formulieren, indem man sagt, daß es eben für ihn darum geht, mit der Angst vor dem Frausein oder vor der Frau überhaupt, umgehen zu lernen. Aber darüber ein andermal.

Ich will das hier nur andeuten im Zusammenhang mit der Frage der Bedeutung des *Ödipus'* und der Kastration für die Psychose. Freud hat nach seiner Labortätigkeit bei Brücke vor allem eine neurologische Ausbildung genossen. Lacan dagegen war Psychiater und war von Anfang an mit der Problematik der Psychosen konfrontiert. Er hat darüber seine Dissertation geschrieben, aber im besonderen erlaubte ihm diese Arbeit und seine Beschäftigung mit den Psychotikern, wesentliche Schritte auf dem Gebiet der Theorie zu machen. Seine Auffassung des *Ödipus'* und der Kastration – das ist der wichtige Punkt – ist im wesentlichen die Frucht seiner Auseinandersetzung mit den Psychosen. Darauf möchte ich jetzt etwas näher eingehen.

Ödipus und Psychose

Dieser weite Umweg hat sich nur gelohnt, um auf das zu sprechen zu kommen, was ich als den Kern der Psychosenfrage bezeichnen möchte. Wie steht es mit dem *Ödipus* in der Psychose? Gestern hat Ernst Federn mehrmals und vollkommen zu Recht von verschiedenen Auffassungen der Psychose gesagt, daß sie nicht analytisch, sondern bestenfalls mehr oder weniger gelungene oder wertvolle Spekulationen seien. Damit ist nichts gegen Spekulationen gesagt, aber die Frage stellt sich, ab wann und in welchem Fall eine Betrachtungsweise als psychoanalytisch anzusehen ist. Das ist nur der Fall, wenn sie dem Kern des psychoanalytischen Diskurses Rechnung trägt, nämlich der Ödipusfrage. Ob es sich nun um Neurose, Perversion, Psychose oder psychosomatische Krankheit handelt, um nur diese großen Kapitel der Psychopathologie hervorzuheben. Das bedeutet auch, daß man von ihnen ausgehend die ödipale Konstellation neu angehen und anders formulieren muß. Und eben das hat Lacan mit den Psychosen versucht. Der *Ödipus* ist so zentral, weil er vom analytischen Standpunkt aus die Genese des Symptoms bestimmt und ihm seinen eigentlichen Sinn gibt. Darüber wäre natürlich sehr viel zu sagen, ich beschränke mich jetzt aber auf diese provisorische Formulierung: Wenn wir von *Ödipus* sprechen, ist der singuläre Bezug zum Gesetz gemeint. Dieser ist ja besonders bei der Psychose so problematisch. Sofort reiht sich aber eine andere Frage an: Um welches Gesetz handelt es sich?

Man kann das Symptom ganz im Sinne Freuds, aber auch nach einer Lacanschen Lesart, als den Teil des Gesetzes definieren, von dem das Subjekt ausgeschlossen ist. Das ist der Fall sowohl für die Neurose als auch für die Psychose, nur daß die Ausgeschlossenheit für letztere eine andere, eine radikalere ist. Die psychoanalytische Betrachtungsweise hat immer mit der Genese des Symptoms zu tun.

Theorie und Praxis

Dazu müßte man vielleicht folgende Bemerkung hinzufügen. Man kann sich berechtigterweise fragen: Was hilft es mir, die ausgeklügelteste Theorie von der Psychose zu haben, wenn ich nichts damit anfangen kann, oder wenn dabei praktisch nichts herauskommt. Ich zitiere diesen Einwand, weil er zu jenen Vorwürfen gehört, die manchmal an Lacans Adresse gehen, der in dem Ruf steht, komplizierte und fast unlesbare Texte geschrieben zu haben. Man kann darauf sehr leicht erwidern, daß die theoretische Auseinandersetzung mit einer Frage auch die eigene Arbeitsweise und den Umgang mit einer gewissen Pathologie bestimmt. Nur kann man von der psychoanalytischen Theorie nicht erwarten – damit stoßen wir auf eine andere Schwierigkeit –, daß man sie einfach nur anzuwenden bräuchte oder daß sie direkte Gebrauchsanweisungen gäbe.

Ich habe in der Hinsicht nicht unbedingt eine weniger optimistische Einstellung, aber ich sehe die Problemlage etwas anders als Herr Federn. Ich kann vielleicht hier trotzdem einen praktischen Hinweis geben, obschon ich anfangs dachte, daß ich dazu nicht imstande wäre. Es ist leider nur ein indirekter und demjenigen, der eine schnelle Antwort haben möchte, wenig hilfreich. Er lautet nämlich, daß die theoretische Auseinandersetzung mit der Psychose eine unbedingte Voraussetzung, wenn nicht eine absolute Notwendigkeit ist, wenn man mit psychotischen Kindern und Jugendlichen und auch Erwachsenen zusammenarbeitet. Das heißt, es ist der wesentliche Punkt, daß man sonst die ärgsten Schwierigkeiten hat, aus der vom Psychotiker gestalteten Zweierbeziehung herauszukommen. Die theoretische Arbeit erlaubt dem Therapeuten den Ort zu finden, von dem aus er arbeiten kann.

Dazu kommt die Besonderheit der psychoanalytischen Theorie. Wie schon gesagt, kann man sie nicht anwenden, sondern bestenfalls nur deuten. Es muß dem Therapeuten gelingen, das ist, denke ich, auch für den psychoanalytisch geschulten Sozialarbeiter notwendig, die Theorie in einer bestimmten klinischen Situation neu zu beleben und zu erfahren. Dadurch hat er seinen Patienten nicht geheilt, sondern ihm vielleicht über eine Klippe hinweggeholfen, bis die nächste kommt. Die Psychoanalyse unterscheidet sich von den meisten anderen therapeutischen Richtungen vor allem darin, daß sie überhaupt eine Theorie hat, ich will nicht sagen, die sich bewährt hat, aber die in einem Jahrhundert zu den vielfältigsten Deutungen und sogenannten Weiterentwicklungen Anlaß gegeben hat.

Wenn ich hier versuche, die psychoanalytische Theorie zu rehabilitieren, sie in ihrer Notwendigkeit hervorzuheben, so darf das nicht zu dem führen, was zum Bild des klassischen Psychiaters gehört, nämlich seine Patienten zu vernachlässigen, um sich ausschließlich in die Theorie zu flüchten. Man erzählt von dem großen Jean Delay, dem langjährigen Direktor von Sainte-Anne in Paris, daß er einmal ausländische Kollegen durch die Klinik begleitete und als er sie in die nächste Abteilung führen wollte, eine Tür öffnete, hinter der sich leider nur das Geschirr der Putzfrauen befand. Ob diese Anekdote nun stimmt oder nicht, ist nicht wichtig. Sie sollte nur seine sprichwörtliche Angst vor den Patienten und vielleicht auch sein Desinteresse an ihnen darstellen. Er war aber ein sehr bedeutender Schriftsteller und Mitglied der *Académie Française.*

Welcher Dritte?

Jede psychopathologische Struktur gestaltet sich durch einen besonderen Bezug zum Dritten. Dies ist auch die zentrale Frage bei der Psychose, der wir jetzt etwas mehr Aufmerksamkeit schenken.

An diesem Punkt überschneiden sich die theoretischen mit den praktischen Fragen. Die besondere Schwierigkeit für jeden Therapeuten – auf welcher Ebene auch immer er arbeitet – ist es, besonders mit Psychotikern, diesen Platz des Dritten zu finden. Dieser wird ja von jenem nicht einmal in Frage gestellt, sondern er wird überhaupt nicht zur Kenntnis genommen und nicht anerkannt. Eine Therapie mit einem Psychotiker hat nur die Chance, etwas zu bewirken, wenn – ich formuliere das mal sehr abgeschwächt – etwas vom Dritten vermittelt werden oder zum Tragen kommen kann. Von der Arbeit mit Neurotikern lernen wird ja, daß eine Deutung nur vom Ort des Dritten ausgehen kann. In der Psychose kommt dieser auf eine ganz andere Art und Weise ins Spiel. Deshalb möchte ich jetzt etwas mehr über seine Funktion und Genese sagen.

Wenn vom Dritten die Rede ist, handelt es sich um die Grundlage dessen, was wir vorhin das Gesetz genannt haben. Ich habe hinzugefügt, daß der singuläre, subjektive Bezug zum Gesetz den Kern des *Ödipus'* ausmacht. Das Besondere daran ist, daß der Dritte und damit auch das Gesetz unbewußt sind. Dieser Terminus ist bis jetzt kaum gefallen. Man kann sogar so weit gehen und behaupten, daß das Gesetz das Unbewußte überhaupt ist. Dies ist nur eine Variation auf Lacans Definition des Unbewußten, das – wie er sagt – wie eine Sprache strukturiert ist. Das Gesetz also, in der hier vorgeschlagenen Verstehensweise oder Lesart, kann ich nicht kennen, zumindest nicht in seinem ganzen Ausmaß, sondern ich kann es nur deuten.

Es stellt sich die praktische Frage: Wie steht es mit der Deutung beim Psychotiker? Ist mit ihm dieselbe Deutungsarbeit möglich wie mit dem Neurotiker? Ich will darauf nicht ausschließlich verneinend antworten. Ich denke, daß sie vielleicht mit Augenblicken und dann auch nur sehr beschränkt möglich ist, aus den jetzt auszuführenden Gründen. Die große Schwierigkeit liegt darin, daß die Deutung immer nur vom Ort des Andern ausgeht, daß oft zur großen Überraschung des Analytikers etwas von ihm völlig Unbeabsichtigtes – sei es ein Mienenspiel, eine Geste, ein Wort oder der Tonfall seiner Stimme – eine deutende Wirkung hatte. Worüber der Neurotiker stolpert, darüber fällt der Psychotiker, und er kann sich dabei sehr weh tun. Wir kommen zu dem Punkt, an dem Sie feststellen können, daß der Weg, den ich Ihnen vorgeschlagen habe – das hoffe ich zumindest –, nicht umsonst war.

Der Grund, weshalb der Psychotiker hier ins Schwanken gerät, liegt daran, daß für ihn der Ort des Dritten so inkonsistent, um nicht zu sagen inexistent ist. Deshalb bekommt in gewissen Grenzsituationen, die Grenzen sind für ihn oft sehr nah, die Außenwelt eine bestimmte, z.B. bedrohende oder verfolgende Bedeutung. Will man bei der topologischen Auffassung Freuds von Innen und Außen stehenbleiben, so muß man vor allem klarstellen, woher diese Unterscheidung kommt und wodurch sie begründet werden kann. Bei Freud ist dabei das Dritte, das Vermittelnde zwischen Innen und Außen, das man z.B. als das Sprachliche oder Symbolische bezeichnen kann, nicht ausgeführt. Lacan greift mit dem Möbius-Band auf ein mathematisches Modell zurück, das ihm eine andere Artikulierung der beiden Dimensionen darzustellen erlaubt. Diese topologische Struktur ermöglicht einen Übergang von innen nach außen oder von außen nach innen, ohne daß dazu ein Rand oder eine Grenze überschritten werden müßten.

Der Psychotiker lehrt uns, daß es so etwas wie das Reale gibt, das an sich völlig unsinnig ist, aber in seinem Wahn etwas bedeutet. Wenn ein Auto langsam an ihm vorbeifährt oder eine Frau auf dem gegenüberliegenden Bürgersteig mit einem schwarzen Schirm vorbeigeht, dann hat das dieses und jenes zu bedeuten. Das Wort Bedeutung liegt dem Wort Deutung sehr nahe, hat aber einen fast diametral entgegengesetzten Sinn. Im ersten Fall geht es meist um die Bedeutung von etwas Realem, die man diesem beimißt oder beifügt. Im zweiten Fall geht es um die Deutung des Sprachlichen oder Symbolischen, die nicht so sehr – entgegen einer vielverbreiteten Meinung – in der Auffindung eines neuen Sinns, als vielmehr in der Aufdeckung des Unsinns besteht, der sich hinter dem, was bis dahin Sinn hatte, versteckt. Das ist genau der Mechanismus, den Freud für den Witz dargelegt hat. Sicherlich kann man das auch von einer gelungenen Deutung sagen, daß sie hauptsächlich darin besteht, einen witzigen Unsinn aufzudecken hinter dem, was bis dahin vielleicht allzu viel Sinn hatte. Bei einem Psychotiker ist so etwas kaum zu erreichen, und es ist auch nicht zu versuchen, weil man die Folgen nicht voraussehen kann. Mit ihm ist die Deutung, im analytischen Sinn, kaum oder nur sehr beschränkt möglich. Das bedeutet nicht, daß man hier überhaupt nichts sagen soll oder darf – ganz im Gegenteil, aber wer mit Psychotikern arbeitet, soll das nicht alleine tun. Der Austausch mit Kollegen, sowie die Auseinandersetzung mit der Theorie gehören zu den unbedingten Voraussetzungen, um mit sogenannten Geisteskranken zu arbeiten.

Der erste Andere

Das sind aber nicht die alleinigen Gründe. Es kommt noch etwas anderes hinzu. Ein Subjekt konstituiert sich in der Beziehung zu dem ersten Andern, dem es begegnet, der meist die Mutter ist. Es stimmt, was gestern gesagt wurde, daß die ersten Lebensjahre von so ungeheurer Bedeutung sind, weil während dieser Zeit quasi von Null angefangen wird, um das Kleinkind in den menschlichen Kulturbereich einzuführen. Es geht immer wieder um eine Menschwerdung bei jedem Kind. Das kann man auch in einem ethischen Sinn verstehen, weshalb die psychotherapeutische und die analytische Arbeit oft solch hohe Ansprüche an denjenigen stellen, der sie ausübt, und denen kaum jemand sich gewachsen fühlt.

Die ersten Eindrücke, besonders im vorsprachlichen Stadium, prägen sich so tief ein, daß sie für das spätere Leben bestimmend sind und jemandem zum Beispiel ein tiefes Selbstvertrauen oder ein genauso tiefes Unsicherheitsgefühl geben können. Sehr frühe, nicht sprachlich vermittelte Trennungen haben oft im späteren Leben zur Folge, daß jemand ohne sichtbaren Grund sehr verstimmt, tief traurig oder depressiv wird. Es bedarf dann oft sehr vieler Zeit und Geduld, um jemandem wieder auf die Beine zu helfen.

Ich möchte hier, zwischen Klammern, hinzufügen, daß die Psychiater oft sehr schnell mit der Diagnose „endogene" Depression zur Stelle sind. Das ist oft ein großer Unfug. Meistens kommt man auf diese Diagnose, weil man sich nicht die Zeit genommen hat, sich mit jemandem wirklich auseinanderzusetzen. Es gibt „endogene" Depressionen, aber ich denke, daß dieser Begriff etwas beschränkter aufgefaßt werden müßte. Wenn nämlich nichts von den Auslösefaktoren bekannt ist und ausgemacht wurde, ist man sich sicher, daß ähnliche Zustände immer wieder auftreten. Man kann ruhig hinzufügen, daß die Psychoanalyse in einer „endogenen" Depression absolut nichts bewirkt, daß sie aber in anderen Fällen viel Zeit braucht, um an die sehr frühe Kindheit heranzukommen. Die Schwierigkeit liegt darin, daß der Analysant sich dessen über sein Erinnerungsvermögen allein nicht bewußt werden kann. Das Zurückgreifen auf andere Informationsquellen, z.B. die Eltern, hilft ihm manchmal weiter.

Aber genügt das, was ich hier über die frühe Kindheit gesagt habe, damit es zu einer Psychose kommt? Sicherlich nicht. Die Folge von frühen Trennungen kann eine Verwahrlosung sein, die man leicht mit der Psychose verwechselt. Damit eine Psychose entsteht, muß es am Ort des Andern zu etwas anderem gekommen sein, nämlich zu dem, was man als die Nichtanerkennung oder die „Verwerfung" – um diesen Terminus in der Lacanschen Lesart zu verwenden – der Position des Dritten bezeichnet. Dazu gehört – um das sehr plastisch auszudrücken –, daß die Mutter die Autorität des Vaters nicht anerkennt. Gestern hat man uns gesagt, daß das mit dem Vater ein „großes soziales Problem" ist. Es ist aber nicht das, was ich meine, wenn ich von der Anerkennung seiner Autorität spreche. Die Mutter muß die Worte des Vaters zur Kenntnis nehmen und ihnen Rechnung tragen. Das will nicht bedeuten, daß sie damit einverstanden sein muß, aber sie hat sie für ihr Kind anzuerkennen. Dadurch wird ihm so etwas wie eine Normativität oder – um auf das hier Angesprochene zurückzugreifen – ein Gesetz vermittelt.

Symbolische und reale Kastration

Aber was ich Ihnen hier als Grundkonstellation vorgestellt habe, ist natürlich in allen möglichen Variationen denkbar. Dem Dritten Rechnung tragen, heißt konkret: nicht im Besitz der Wahrheit sein. Wir wissen alle, daß es sich gut mit jemandem leben läßt, der sich nicht im Besitz der Wahrheit dünkt, sich nicht zum Moralapostel erhebt und seine eigenen Schwächen nicht zu verdecken braucht. Das wichtigste, das dem Kind am Ort des Andern begegnen kann, ist diese Öffnung auf den Dritten, diese Unabgeschlossenheit und manchmal auch das, was man in der Mathematik das Unentscheidbare nennt. Das sind nur verschiedene Ausdrucksarten und -weisen, um etwas über die symbolische Kastration zu sagen. Symbolisch bedeutet eben, daß sie nicht real zu sein braucht. Und darin liegt die große Schwierigkeit des Psychotikers.

Man hat gestern zu Recht behauptet, daß die Psychose ein Versuch ist, etwas in Ordnung zu bringen. Freud spricht von ihr als

Heilungsversuch. Wir haben das unbedingt zu berücksichtigen, wenn wir mit einem Psychotiker arbeiten: das Material nämlich, das er uns zur Verfügung stellt, ist schon eine Antwort auf eine Frage, die zu stellen er nicht imstande ist. Sie zu formulieren, können wir ihm behilflich sein.

In diesem Punkt liegt eigentlich kein Unterschied zur Neurose. Er liegt vielmehr in dem Umgang mit der Kastration. Was der Neurotiker symbolisiert, vermag der Psychotiker nur im Realen nachzuvollziehen. Und das sowohl in seinem Leben als auch, was seinen Körper anbelangt. Dazu möchte ich zum Schluß noch ein Wort sagen. Aus eben diesem Grunde kommt es bei ihm so oft zu Verstümmelungen, besonders häufig bei psychotischen Jugendlichen. Dies ist der Versuch, die Kastration real auf den Körper einzuschreiben. Die grundlegende Störung des Psychotikers betrifft sein Körperbild, das – man muß das unbedingt hinzufügen – auch bei ihm unbewußt ist. Deshalb sind die hypochondrischen Erscheinungen bei ihm so verbreitet, die in dem sogenannten *„syndrome de Cotard"* bis zur Organverneinung gehen können.

Freud sprach der Hypochondrie die Bedeutung einer „Aktualneurose" zu, aus der sich die verschiedensten Formen von Psychosen entwickeln können. Die Hypochondrie hat denselben Stellenwert für die Psychose wie die Angstneurose für die Neurose. In seinem Schrebertext schreibt er u.a., daß wir erst mit der Aufdeckung der Bedeutung der Hypochondrie in der Lage sind, in der Psychosefrage weiterzukommen. Die Hypochondrie erlaubt ihm auch, eine Brücke zwischen Schizophrenie, Melancholie und Paranoia zu schlagen. Ich will das hier nur andeuten, es bedürfte eigentlich eines anderen Vortrages, um diesen Punkt zu entwickeln.

Der reale Dritte

Die Hypochondrie im weiten Sinn besteht darin, daß jemand sich z.B. auf ein Körperteil konzentriert und nicht mehr davon loskommt. Er muß sich immer wieder im Spiegel davon überzeugen , daß damit noch alles in Ordnung ist und besonders, daß die Einheit seines Körpers nicht in Frage gestellt ist. Es ist hier nicht möglich, diesen Gedanken weiter zu entwickeln, aber es handelt sich um eine Kernfrage der Psychose überhaupt. Jeder, der diesem Gebiet arbeitet, kennt dieses sehr bestimmte Benehmen des Psychotikers vor dem Spiegel.

Ich möchte hier nur den einen Punkt hinzufügen, daß dies die Folge des – wenn Sie so wollen – ausgeschlossenen Dritten ist. In der Therapie mit dem Psychotiker ist es deshalb so wichtig, einen realen Dritten einzuführen, sei es in der Individualtherapie oder in der Milieutherapie. Das heißt, daß man darauf zu achten hat, sich nicht mit ihm in einer Zweierbeziehung einzusperren. Der reale Dritte kann z.B. dadurch eingeführt werden, daß auf reale Grenzen geachtet wird. Was nicht bedeutet, daß man hier irgendetwas erzwingen kann – wie man das manchmal hört –, aber die Grenzen stellen sich nur als wirksam heraus, wenn auch etwas dazu formuliert werden kann. Durch die Einführung des realen Dritten, der nicht immer derselbe zu sein hat, über den aber unbedingt gesprochen werden soll, gelingt es ab und zu, dem Psychotiker ein Standbein zu geben, um ihn vor einem weiteren Umkippen zu bewahren.

Diskussion

Frage:
Es ist ja gestern oft von der Beziehung zwischen zwei Personen gesprochen worden – sei es Mutter-Kind, sei es Therapeut/ Sozialarbeiter und Patient/Psychotiker – und es wurde irgendwann gestern auch darauf hingewiesen, während des Vortrages von Herrn Federn, daß eigentlich jemand fehlt, nämlich der Vater. Mit Ihrem Vortrag haben Sie uns den Hinweis auf den Referenzpunkt, auf jemand Drittes gegeben. Kann eigentlich die Theorie an den Punkt dieses fehlenden Dritten treten, denn, wie Sie gesagt haben, zeichnet sich die Psychoanalyse dadurch aus, daß ihre Theorie gerade diesen Platz einnehmen kann, den eines Referenzpunktes oder eines Dritten.
Zweite Frage:
Auch ich würde gern noch einmal fragen nach der Einführung eines realen Dritten. Der Dritte kann ja im Grund genommen nur wirksam werden, wenn in einer bestimmten Form gesprochen wird. Die ausschließliche duale Zweierbeziehung hat immer eine Tendenz, aggressive, tödliche Spannungen, Handlungen ohne Sprache zu produzieren. Wie kann ein Sprechen funktionieren, das den Dritten in das Beziehungsgeschehen einführt?

Antwort:
Wenn man von dem realen Dritten spricht, ist es natürlich nur ein Versuch, etwas von den therapeutischen Schwierigkeiten mit Psychotikern zu formulieren. Nehmen wir den Fall der Individualtherapie eines Psychotikers. Es gibt ja relativ viele, die nicht in Heimen oder in Anstalten sitzen, die sogar zum Teil im Berufsleben, zum Teil auch arbeitslos sind, die aber eine minimale Autonomie haben und einen Therapeuten in eigener Praxis aufsuchen. Es sind hauptsächlich diese Patienten, mit denen ich Erfahrung habe. Deshalb fällt es mir auch leichter, an diesem Punkt anzuknüpfen.

Sehr oft scheitert eine solche Therapie, wenn sie auf eine zu ausschließliche Bindung an einen Therapeuten hinausläuft, entweder dadurch, daß sie unterbrochen wird oder daß der Patient nicht mehr loskommt und dann fast ein ganzes Leben diese Therapie braucht. Es gibt Versuche mit mehr oder weniger unterschiedlichen Erfolgen, die dem Psychotiker erlauben oder nahelegen, ohne ihn natürlich zu massiv daraufhinzustoßen, sich einen zweiten Therapeuten zu suchen. In Wirklichkeit aber verläuft das etwas anders. Das, was ich bis jetzt dargelegt habe, ist schon ein Konstrukt aus der Erfahrung. Meistens geht das so vor sich, daß der Patient z.B. auch einen Allgemeinarzt hat, mit dem er eine gute Beziehung hat und dann zugleich einen Therapeuten aufsucht, oder daß auf irgendeine andere Art und Weise ein realer Dritter mit ins Spiel kommt.

Ich kann Ihnen z.B. die Geschichte einer Patientin erzählen, die einer gewissen Beständigkeit nicht entbehrte und über 10 Jahre zu demselben Therapeuten ging. Während derselben Zeit suchte sie eine Unmenge von Ärzten auf – es waren Gynäkologen, Dermatologen usw., alle möglichen Spezialisten –, mit denen sie fast immer in sehr große Schwierigkeiten geriet. Aber sie hatte ihren Therapeuten, mit dem sie dann über die Unmöglichkeit des Dritten sprechen konnte. Nachdem sie diesen Therapeuten aus beruflichen Gründen verlassen mußte, zog sie in ein anderes Land, ging zu einem anderen Therapeuten, hielt aber die Beziehung zu dem ersten aufrecht. Jede Ferien ging sie zu ihm zurück. So gelang es ihr, immer wieder eine reale Dreierbeziehung herzustellen. Es gibt eine Unmenge solcher Beispiele. Ich habe dieses erzählt, weil ich mich damit in einer theoretischen Arbeit auseinandergesetzt habe. Ich glaube, daß etwas Ähnliches auch in einem Heim oder in einer Milieutherapie vor sich gehen kann. Es ist ein Punkt, auf den man zu achten hat, daß zum Beispiel neben einer Hauptbezugsperson, die unbedingt funktionieren muß, man versuchen soll, auch einen realen Dritten einzuführen. Wenn der Patient nämlich zu sehr an die Bezugsperson gebunden ist, sind seine Reaktionen manchmal weder vorauszusehen, noch zu kontrollieren.

Ich kann Ihnen auch dazu ein Beispiel erzählen, mit dem ich am Anfang meiner Tätigkeit als Psychiater konfrontiert wurde, als ich öfters Gerichtsgutachten machte. Es handelte sich um einen jugendlichen Mörder, der keine ausgesprochene Psychose mit Wahnideen, aber trotzdem eine der Psychose ähnliche Struktur hatte. Man kann sagen, daß der Mord einem massiven psychotischen Schub gleichkam. Wie kam es zu dieser Situation? Von klein an wuchs er in einem Heim auf und hatte zu den Eltern fast keinen Bezug. In dem Heim hatte man sich so „gut“ um ihn gekümmert, daß er mit 15 Jahren weder lesen, noch schreiben konnte. Eine Sozialarbeiterin ist auf ihn aufmerksam geworden, weil er mit 15 Jahren das Heim verlassen mußte. Sie war völlig darüber erstaunt, daß mit diesem intelligenten Jungen überhaupt nichts geschehen war und fing an, für ihn Kurse zu organisieren, damit er schreiben, lesen und rechnen lerne. Nach und nach entwickelte sich eine Beziehung zwischen den beiden, die auch auf die Privatsphäre übergriff. Durch die Problematik dieses Jugendlichen fühlte sie sich besonders angesprochen und in ihrer Tätigkeit herausgefordert, so daß sie ihm erlaubte, sie auch manchmal privat aufzusuchen. Für ihn war das viel zu viel, besonders in Anbetracht der Tatsache, daß die Sozialarbeiterin ledig war. Die Schwierigkeit ergab sich für sie, daß sie aus dieser Zweierbeziehung nicht mehr herauskam. Wahrscheinlich hat sie auch nicht darauf geachtet, andere Leute mit hineinzubeziehen oder gewisse reale Grenzen zu berücksichtigen. Das ist dann so weit gegangen, daß dieser Jugendliche die Sozialarbeiterin, die sich als einzige je wirklich um ihn gekümmert hat, umgebracht hat.

Anstatt eines unauffindbaren realen Dritten kann man auch eine reale Grenze einführen. Manchmal hat man sehr sorgsam darauf zu achten und zu pochen, daß sie eingehalten wird, ohne daß man etwas erzwingen kann. Aber man hat mit aller Klarheit zu sagen: hier ist eine Grenze und erst im nachhinein ergibt sich die Möglichkeit, darüber zu sprechen.

Frage:

Ich hätte noch eine Frage zu dem, was Sie am Anfang gebracht haben. Mir war das sehr wichtig mit der Zweierbeziehung und der Einführung des Dritten, die z.B. darin bestehen, daß die Mutter den Vater in ihren Worten in seiner Autorität anerkennt. Ich bin bisher davon ausgegangen, daß bei so frühen Störungen schon dieses Verständnis zwischen zwei Menschen nicht stimmt, also daß Signale, die Kinder senden, falsch interpretiert oder nicht aufgenommen oder zurückgewiesen werden, daß sie also nicht ankommen. Es gibt da eigentlich keine Interaktion. Wenn bei einem Säugling schon der Zweite nicht funktioniert, wenn diese Verwirrung schon ganz früh einsetzt, wie kann man da überhaupt schon an den Dritten denken?

Antwort:

Es ist gut, daß Sie darauf zurückkommen, denn ich habe das nur angedeutet. Es gibt ja sehr viele Punkte, die man nur in der Diskussion weiterentwickeln kann. Sie haben vollkommen Recht, daß es sich um zwei verschiedene Sachen handelt. Die Schwierigkeit besteht sowohl in praktischer als auch in theoretischer Hinsicht, hauptsächlich im Hinblick auf die Kinderpsychosen. Also sieht man auch hier, wie wichtig die theoretische Arbeit ist. Denn je nach der Auffassung, die man von etwas hat, je nachdem gestaltet sich auch die Arbeit. Die Unterschiede, die hier zu machen sind, entbehren nicht einer gewissen Spekulation. Ich würde vorschlagen, einen Unterschied zwischen den Kinderpsychosen und den sehr früh auftretenden Beziehungsschwierigkeiten zu machen, die oft darin bestehen, daß überhaupt kein Kontakt zwischen Mutter und Kind oder zwischen Erzieher und Kind zustande kommt, ohne daß man immer genau weiß, aus welchem Grunde es so ist. Man kann annehmen, daß einige Kinder, gar Kleinkinder, eine so ausgeprägte Sensibilität haben, daß sie eigentlich alles mit der Haut aufnehmen, ohne es bewußt zu konzipieren. Vielleicht liegt darin eine Erklärungsmöglichkeit des sogenannten plötzlichen Kindstodes (*mort subite*).

Es gibt viele seelische Faktoren, die hier eine Rolle spielen, obschon man heute immer wieder nach organischen Ursachen sucht. Aber bis jetzt wurde kaum irgendetwas dergleichen ausfindig gemacht. Daß ein Kind extrem sensibel auf die Umgebung reagieren kann, trägt in einem gewissen Maß zu den frühkindlich auftretenden Beziehungsstörungen bei. Ich glaube nicht, daß man in dem Fall von Psychose sprechen soll. Es sind Beziehungsstörungen, die sich nach der Art des Autismus' weiterentwickeln, ohne mit diesem identisch zu sein. Man sieht, daß das Kind sich ganz auf sich zurückzieht auf Grund des Scheiterns der ersten Beziehung überhaupt zum Andern. Wenn man sich aber wirklich um es kümmert und wenn es in einem guten Milieu aufgehoben ist, ist ungeheuer viel aus ihm herauszuholen, sowohl sprachlich als auch beziehungsmäßig. Die Psychose, im engeren Sinne des Wortes, setzt erst in einem späteren Stadium ein. Natürlich sieht man oft, daß eine Psychose auf einer solchen unexistenten Zweierbeziehung aufbaut, sie hat aber immer mit der Frage des Dritten zu tun. Sie ist von der frühen Beziehungsstörung zu unterscheiden und benötigt deshalb auch einen anderen therapeutischen Ansatz.

Frage:

Ich denke bei der Frage des Dritten in der Behandlung von Schwergestörten an einen jungen Mann, der seit vielen vielen Jahren mit einer schweren Zwangsneurose in kinder- und jugendpsychiatrischer Behandlung war. Dieser junge Mann hat interessanterweise ganz intensiv jahrelang Bodybuilding betrieben. Ich möchte das auf dem Hintergrund Ihres Vortrages so verstehen, daß er einerseits damit sich eine Möglichkeit geschaffen hat, mit seinem defekten Körperselbst umzugehen und eine Besetzung zu erfahren. Er war immer sehr belebt und wieder ein Stück lebendig nach solchen Exerzitien. Andererseits hat er damit einen Teil seiner mörderischen Wut, die sonst vielleicht in die Übertragung reingekommen wäre und da nicht bewältigbar gewesen wäre, auf diese Weise abführen können. Diese Kombination, irgendwo außerhalb der therapeutischen Zweierbeziehung nach etwas zu suchen, wo Haß und wo beschädigende Tendenzen untergebracht werden können, hat es vielleicht möglich gemacht, daß die therapeutische Arbeit im Zweiersetting vorangehen konnte.

Antwort:

Was Sie über das Bodybuilding, die Besetzung des Körpers gesagt haben, scheint mir besonders wichtig bei sogenannten Borderline-Patienten zu sein. Und möglicherweise ist eine schwere Zwangsneurose – das haben Sie selbst angedeutet – nicht sehr weit von einer psychotischen Struktur entfernt. Diese Patienten versuchen sich manchmal zu strukturieren, im Sinne eines Heilungsversuches, dadurch, daß sie den Körper auf eine bestimmte Art und Weise besetzen. Bodybuilding entspricht oft dem Versuch, das Bild des perfekten Körpers aufzubauen, weil er von sich aus nicht genug Bestand hat: der Patient ist sich dessen nicht sicher, ob die

Einheit seines Körperbildes garantiert ist. Das ist die große Frage, die ihn beängstigt. Ist diese Einheit bedroht, muß er sie immer wieder herstellen dadurch, daß er den Körper auf diese oder jene Art und Weise besetzt. Aber nicht jeder findet einen Platz in einem Bodybuilding-Club. Viel eher noch sieht man, daß jemand ein Substitut für einen beschädigten oder in seiner Einheit bedrohten Körper sucht. Er findet diesen Ersatz z.B. in einem autoritären Diskurs, der ihm Konsistenz geben soll, besonders wenn er an eine straffe Organisation gebunden ist. Die Gruppe – man spricht auch in der Mathematik von Körper und Gruppe, das sind mathematische Gebilde – ist oft ein Ersatz für den Körper, der keinen Bestand in sich selbst findet.

Frage:

Ich wollte fragen, ob Sie etwas zu der Arbeit mit 2- bis 5jährigen Kindern sagen können, die entweder autistisch sind oder psychotisch oder Borderline. Ich frage mich, wie Sie die Frage des Dritten, des Ödipuskomplex so früh sehen.

Was mich interessiert, sind die verschiedenen Konzeptionen des Ödipus, wo Sie ja z.B. sagen, daß die Psychose – wenn ich es richtig verstanden habe – erst später anfängt, ich aber Kinder habe, bei denen eine Zweierbeziehung überhaupt zum ersten Mal hergestellt werden zu müssen scheint. Es ist dann mit diesen Kindern, die nie gesprochen haben, so, daß – ich arbeite in London – das erste Wort, wenn wir aus dem Zimmer gehen, das Wort „bye-bye" ist. Das ist fast immer das erste Wort. Mir scheint, als ob der Dritte da durch die geschlossene oder geöffnete Tür erscheint, wovor aber fast noch gar keine Zweierbeziehung dagewesen zu sein scheint.

Antwort:

Sie führen einen anderen Aspekt ein, den man versuchen kann, auf einen Begriff zu bringen. Es ist die Frage, wie es überhaupt erst zu einer Zweierbeziehung kommt. Diese kann man in Zusammenhang mit der Frage nach der primären Symbolisierung bringen. Wie wird überhaupt dem Kind die Sprache vermittelt? Das Beispiel, das Sie eben angegeben haben, ist in dieser Hinsicht sehr interessant. Vielleicht ist mit dem Kind nicht sehr viel geschehen im Zimmer, wo der Therapeut oder die Therapeutin mit ihm zusammen waren, aber im Augenblick der Trennung konnte etwas gesagt werden. Es ist das einzige Wort, von dem Sie berichten: bye-bye. Irgendwie fand das Kind erstmals ein Wort, um über die

Anwesenheit und Abwesenheit des Anderen etwas zu sagen. Es handelt sich dabei meist um den ersten Zugang zur Sprache. Jedes Kleinkind hat dieses Stadium zu durchlaufen, in dem der Andere noch austauschbar zu sein scheint. Aber trotzdem liegt noch mehr darin. Es geht nicht nur um die Zweierbeziehung, denn zugleich fragt sich das Kind: Wo geht der Andere hin? Was ist sein Leben? Was bedeute ich ihm? Es beschäftigt sich an erster Stelle mit dem Wunsch oder dem Begehren des Anderen. Es liegt also sehr vieles in der ersten Zweierbeziehung und wenn man sie von der Dreierbeziehung unterscheidet, ist das nur ein Versuch der – sagen wir – Darstellung aus „Rücksicht auf Darstellbarkeit“.

Es scheint im Moment ein Schwerpunkt der Diskussion zu sein: Was ist der Unterschied zwischen Zweier- und Dreierbeziehung? Ich würde das folgendermaßen formulieren: Eine eigentliche Zweierbeziehung, im Sinne einer Interaktion zwischen Mutter und Kind, ist nur dann möglich, wenn jene zumindest eine Idee von einer Dreierbeziehung hat. Andernfalls hat das Kind der Mutter gegenüber keine eigene Existenz, sondern es ist mehr oder weniger ein Abbild von ihr. Man kann das auch anders ausdrücken: Es wird zu einem narzißtischen Bild, das sich die Mutter von ihrem / einem Kind macht und das sich der Anerkennung seiner Andersheit widersetzt. Es gibt dann diesen Wendepunkt nicht, wo ein Dritter eingeführt werden könnte. Es liegt hier nicht unbedingt ein Widerspruch vor. Auf der einen Seite gibt es eine fehlgelaufene Interaktion zwischen Mutter und Kind, auf der anderen Seite fehlt ein Dritter. Beide Aspekte hängen sehr eng miteinander zusammen.

Antwort:

Man kann trotz allem versuchen, eine Unterscheidung zu treffen, besonders in Abhängigkeit vom Alter. Gestern wurde viel auf die beiden ersten Jahre gepocht. Man sieht immer wieder, daß schon in dieser kurzen Zeit das Kind sehr vieles mitbekommt und wohl die 3 von der 2 unterscheiden kann. Es ist also keine reine Abstraktion des Geistes, wenn man diese beiden Beziehungen voneinander trennen möchte.

Frage:

Sie sprachen davon, daß die Einführung des Dritten wesentlich ist und setzen das auch ein Stück gleich mit der Einführung des Gesetzes. Wir erleben sehr häufig, daß das nicht so konform geht, sondern daß häufig dann, wenn der Dritte das Gesetz verletzt, z.B.

in Fällen von sexuellem Mißbrauch, Jugendliche psychotisch darauf reagieren. Könnten Sie sagen, wie Sie das theoretisch sehen, wenn der Dritte zwar da ist, aber das Gesetz bricht. Wieso führt das dann häufig zu solchen psychotischen Reaktionen?
Antwort:
Ich möchte einen Gedanken aufgreifen, den Sie in Ihrem Beispiel angedeutet haben und der es mir erlaubt, auf einen ganz anderen Aspekt der Sache einzugehen, der bis jetzt nicht angesprochen wurde. Besonders die Frage des Gesetzes wurde kaum aufgegriffen. Ich habe dazu nur einige Anhaltspunkte gegeben, die einer weiteren Ausarbeitung bedürfen. In Ihrem Beispiel stellen Sie die Schwierigkeiten des Dritten, seinen Platz einzunehmen und seine Funktion auszuüben, sehr anschaulich dar. In der herkömmlichen Auffassung der Psychoanalyse – Herr Federn hat gestern darauf hingewiesen – wurde oft gesagt, Bruno Bettelheim ist am weitesten in der Richtung gegangen: Es ist der Fehler der Eltern. Meistens wurde das noch präziser gesagt: Es ist der Fehler der Mutter. Es ist die klassische, beschuldigende Art und Weise, wie mit pseudopsychoanalytischen Mitteln zu einer gewissen Zeit umgegangen wurde. Nicht selten wurde den Müttern gesagt: Sie kastrieren den Vater usw.

Ihr Beispiel weist auf eine bestimmte Konstellation hin. Oft entsteht eine Psychose dadurch – für die Therapie ist die Frage ihrer Genese ja so wichtig –, daß derjenige, der sich an der Stelle des Dritten befindet, es ist meistens der Vater, überhaupt nicht in der Lage ist, diese einzunehmen. Worauf Sie hinweisen, ist die zentrale Frage des Inzests. Der Unterschied zwischen Neurose und Psychose liegt darin, daß der Inzest auch für den Neurotiker eine große Rolle spielt, aber vor allem in der Phantasie. Die Inzestphantasie beherrscht die Ödipusproblematik und hat vor allem eine Schutzfunktion. Bei der Psychose besteht dieser Schutz nicht, und die Grenze kann nur real erlebt werden. Die Psychose ist oft die Folge einer massiven und wiederholten Überschreitung dieser Grenze.

Wenn man von Inzest spricht, muß man trotzdem eines hinzufügen, und das gehört sicherlich zu den ungelösten Problemen, über die wir nur Hypothesen aufstellen können: Inzest ist nämlich nicht gleich Inzest. Ein großer struktureller Unterschied besteht auf dieser Ebene zwischen Vater und Mutter. Das heißt, daß der Inzest Vater-Mädchen und Vater-Junge – das gibt es auch – meist eine

Perversion nach sich zieht, daß aber der Inzest Mutter-Sohn fast unweigerlich die Psychose, die Schizophrenie zur Folge hat. Das bedeutet, daß die strukturelle Position der Mutter eine ganz andere ist als die des Vaters. Man bräuchte mehr Zeit, um das weiter auszuführen. Erst über diesen Umweg über den Inzest wäre mehr Aufschluß über die Bedeutung des Ödipuskomplexes in der Psychose und somit über die Genese des Wahns zu erwarten. Dazu bedarf es aber einer eigenen theoretischen Ausarbeitung, die sowohl bei Freud als auch bei Lacan nur andeutungsweise vorliegt.

Ich will dazu nur ein Wort sagen: Der Unterschied zwischen Vater und Mutter liegt vor allem in ihrer Position gegenüber dem Gesetz. Um welches Gesetz handelt es sich aber? Dieses Gesetz kann weder im juristischen noch im politischen Sinn aufgefaßt werden. In dieser Hinsicht gibt es immer wieder die größten Vermischungen und begrifflichen Verwechslungen. Wenn hier von Gesetz die Rede ist, so ist damit die Normativierung des Begehrens, d.h. des sexuellen Begehrens gemeint. Dies trifft für den Neurotiker zu, wenn ihm von seiten des Anderen ein „Triebverzicht“ begegnet. Er stolpert einen guten Teil seines Lebens über die Schwierigkeiten des Anderen, damit umzugehen.

Frank Grohmann, Adelinde Gschwender, Olaf Schmidt

Fenster zum Rahmen

Begegnungen auf-einander-zu imTherapeutischen Heim Rottenburg

Olaf Schmidt

Einführung

Ausgehend von der Fragestellung der Tagung, wie Psychoanalytische Sozialarbeit die Bildung psychischer Strukturen bei ichstrukturell gestörten Menschen, insbesondere die Differenzierung „innerer" und „äußerer" „Orte" bewirkt, haben wir Mitarbeiter des Therapeutischen Heims versucht, einen Zugang zum Thema zu finden.

Die eher abstrakt formulierte Fragestellung nach der Bildung psychischer Strukturen und die topologische Metapher von Innen und Außen, von inneren und äußeren „Orten", haben wir noch einmal übertragen auf die Metaphern vom Fenster und vom Rahmen unter der Perspektive von Begegnungen auf-einander-zu. Unsere Gedanken zu diesen Metaphern wollen wir in einem zweiten Teil erläutern. In einem ersten Teil wollen wir grob etwas über den Rahmen und die konkreten Rahmenbedingungen (I.) des Therapeutischen Heimes sagen. Nach der Hinführung zum metaphorischen Titel (II.) entlang der gewählten Metaphern folgen einige theoretische Überlegungen (III.), die darauf abzielen, den Untertitel der Tagung über die „Bildung psychischer Strukturen" mit dem Begriff der „Subjektwerdung" zu präzisieren: Welche psychischen Strukturen sind notwendig, um als Subjekt (und nicht als Objekt) in der Welt sein zu können?

Im dritten Teil wollen wir anhand von zwei Fallsequenzen/Szenen (IV.) aus unserer konkreten Arbeit berichten und dem theoretischen Knochen-Gerüst Fleisch beigeben.

I. Beschreibung des Rahmens

Das Therapeutische Heim für Kinder und Jugendliche besteht seit 1978 und ist seit 1981 als Heim mit 5 Plätzen anerkannt. Gegenwärtig betreuen wir 5 autistische und psychotische Kinder, Jugendliche und junge Erwachsene zwischen 10 und 24 Jahren, wobei die beiden ältesten Bewohner zu Beginn des nächsten Jahres in andere Einrichtungen entlassen werden sollen. Wir begreifen das Heim als eine Übergangseinrichtung, wenn auch die stationären Betreuungen über eine Zeit von 2 bis 10 Jahren dauern können. Die Kinder und Jugendlichen kommen aus ihren Familien, aus anderen Einrichtungen oder aus Kinder- und Jugendpsychiatrien zu uns.

Das Therapeutische Heim befindet sich in Rottenburg in der Nähe des Bahnhofs, direkt an einer Hauptstraße, nicht weit von der Innenstadt entfernt. Das *Haus* hat vier Etagen. Im Erdgeschoß befindet sich der Wohnbereich (Wohnzimmer, Eßzimmer, Küche und Büro der Mitarbeiter). In den darüberliegenden Stockwerken liegen die Einzelzimmer der Kinder und Jugendlichen. Im obersten Stockwerk befinden sich noch drei Schulräume und das Therapiezimmer für die Einzelstunden.

Das Mitarbeiter-Team besteht aus 5 hauptamtlichen Mitarbeitern mit den unterschiedlichsten Qualifikationen. Dieses Kernteam bestreitet in einem Rhythmus von An- und Abwesenheit den *Tagdienst* von 7.30-20.30 Uhr. Wir arbeiten meist zu zweit im Dienst, in Kernzeiten des Alltags überlappend auch zu dritt. Hinzu kommen externe Kräfte, die sich den *Nachtdienst* untereinander aufteilen. Der Nachtdienst ist von jeweils 20.00 Uhr abends bis 8.00 Uhr am nächsten Morgen im Haus. Jeweils ein Festangestellter hält sich in diesen Zeiten in Rufbereitschaft.

Im Dachgeschoß befindet sich die *Schule*. Formal ist sie eine Außenstelle der Klinikumsschule der Universitätskliniken Tübingen. Vormittags erhalten dort die Kinder und Jugendlichen Unterricht von unseren 2 Lehrerinnen, sofern sie nicht schon mit oder ohne Begleitung außer Haus zur Schule oder zur Arbeit gehen können.

Zwei Mal die Woche finden zu festen Terminen fallzentrierte *Gruppensupervisionen* mit externen Supervisoren statt. Des weiteren haben die Hauptbezugspersonen der Kinder und Jugendlichen eine wöchentliche Einzelsupervision.

Eine Hauptbezugsperson bietet drei oder vier Einzelstunden pro Woche an. Die Settings dieser Einzelstunden sind sehr flexibel.

Die „zweite“ Hauptbezugsperson ist mit bei den Elterngesprächen dabei, die, wenn möglich, alle zwei Wochen stattfinden. Sie ist zumeist auch die Hauptansprechperson während längerer Abwesenheiten der „ersten“ Bezugsperson, d.h. in Urlaubszeiten oder in längeren Krankheitszeiten. Des weiteren geben alle Personen des Teams Bezugspersonen ab, an die das Kind oder der Jugendliche jeweils unterschiedliche Teile seiner selbst binden und verschiedene Modi der Begegnung erleben kann.

Kurz ein paar Sätze zur *Tagesstruktur*. Die meisten Arbeiten im Heim wie Einkaufen, Waschen, Kochen, Verwaltung etc. fallen in den Aufgabenbereich des Teams. Wenn möglich werden die Kinder und Jugendlichen miteinbezogen, was aber nur in einem sehr beschränkten Rahmen möglich ist. Der Heimalltag ist durch feste Rituale, vor allem durch die festen Essenszeiten strukturiert.

Eine wesentliche konzeptionelle Rahmung für das Heim bedeutet *die strukturelle Differenzierung verschiedener „Orte“*, d.h. verschiedene Erlebnis- und Begegnungsfelder: der Alltag des Überlebens und des Lebens, die Schule bzw. die Arbeit, die Einzelstunden sowie alle „sonstigen“ Begegnungen, geplant oder ungeplant, innerhalb und außerhalb des Heims. Diese (mindestens) vier verschiedenen „Orte“ unterscheiden sich strukturell dadurch, daß in ihnen verschiedene Regeln und Ort-nungen gelten, die vielleicht zunächst nur in den Betreuern und durch sie repräsentiert sind.

Eine Basisregel für alle „Orte“ gilt: Keiner darf sich oder einen anderen am Leben hindern, sprich körperlich verletzen, und keiner hat einen ausschließlichen Anspruch auf einen anderen.

Des weiteren gehen die Kinder und Jugendlichen, sofern möglich und vertretbar, an Wochenenden und in den Ferien nach Hause zu den Eltern.

II. Metaphern

Die jetzt folgenden Gedanken sollen eher einer einstimmenden Hinführung als einer breiten theoretischen Ausführung dienen. Wir haben zunächst versucht, einen Titel, einen Vor-Satz zu finden, an den wir unsere Gedanken assoziativ anknüpfen könnten.

Wir haben uns dabei von unseren Kindern und Jugendlichen inspirieren lassen und sind schließlich auf den Titel *Fenster zum Rahmen* gekommen, der seine Herkunft zunächst einem 15jährigen psychotischen Jugendlichen verdankt, in dessen Phantasien, Handeln und Sprechen, Fenster und Rahmen einen scheinbar zentralen Wert einnehmen, wie noch zu erläutern sein wird.

Uns sind zudem noch viele konkrete Bilder von anderen Kindern eingefallen – *Jochen*, der sehnsüchtig am offenen Fenster auf seinen „Papa" wartet, der ihn zum Wochenende abholen soll, *Nino*, der des öfteren ein auf Pappe geklebtes Photo seiner Eltern aus dem Fenster geschmissen hat, *Clara*, die zumeist auf ebener Erde durchs Haus rutscht, sich aufrichten und zum Fenster gehen will, um die von uns dort hinausgeworfenen „Bändel", die für sie zeitweise ein autistisches Objekt darstellen, wieder hereinzuholen.

Wir verstehen die Metapher „Fenster zum Rahmen" als Metapher des Subjekts und der Subjektwerdung. In diesem Sinne könnte das Fenster für die Bedingung der Möglichkeit einer Öffnung zu einem Außen, einem Anderen und zugleich damit auch zu einem „inneren Ausland" stehen. Die Metapher könnte veranschaulicht werden am Beispiel des Hauses und seiner Öffnungen (Fenster, Türen) oder des Körpers und seiner Öffnungen (Mund, Nase, Auge, Ohr, Anus). Der Körper kann verstanden werden als Wohnstätte des Subjekts und seiner Öffnungen als Schnittstellen der Begegnung und des sozialen Austauschs. Sofern das Fenster ein Auf-Riß einer Fläche oder Körper ist, bleibt der Riß ohne Umrandung ein Loch ohne Ende/Grenze und möglicher Ort für Überschwemmungen. Um diesen Überflutungen Einhalt zu gebieten, ihnen eine Richtung zu ermöglichen, bedarf es einer Grenze, eines Rahmens.

Es stellt sich die Frage, ob Fenster nicht erst entstehen durch einen Rahmen als einer konturierten Einschneidung in eine „ursprüngliche" Behausung. Vielleicht eröffnen erst gewisse einschneidende Ereignisse Fenster zur Welt, zum Anderen und zum eigenen Subjekt-Sein. Daß Subjekt-Werdung vielleicht erst und nur begriffen werden kann im Rahmen von intersubjektiv und dialektisch/dialogisch zu denkenden Beziehungsprozessen, soll unser Untertitel andeuten: Begegnungen auf-einander-zu. Auf der Folie dieser Betrachtungen kann man vielleicht ermessen, was entstehen kann, wenn diese notwendigen Begegnungen mißlungen sind, wenn der Rahmen bricht, bzw. wenn ein solcher nie errichtet werden konnte. Der Rahmen als Grenze hat existentielle Bedeutung in ganz besonderem Maße für die autistisch/psychotischen Menschen und deshalb auch für unsere alltägliche Arbeit mit diesen Menschen.

Uns gefiel dieses auf den ersten Blick zunächst einfache Bild vom *Fenster*, welches, eingebettet in einen festgefügten *Rahmen* und eine sichere Halterung, demjenigen, welcher „vor“ bzw. „hinter“ dem Fenster steht („innen“ oder „außen“), einen Ein- bzw. Aus-Blick in Innen- bzw. Außenwelten gewährt. Wir haben die Metapher aber nicht nur als eine des Blicks gesehen. Ein-gefugt in die Wände und Mauern der Behausung, bilden Fenster *Löcher* mit einer fragilen Membran. Diese *Membran* bietet optimalerweise einerseits einen Reizschutz, ist andererseits durchlässig zur „Umwelt“. Fenster bilden in Löchern einer Behausung eine Glas-Haut in Spalten, welche es überhaupt erst ermöglicht, etwas von Draußen/Drinnen bzw. einem Außen oder einem „inneren Ausland“ vernehmen zu lassen, seien es nun Lichteinflutungen, Geräusche, Gerüche, Blicke, Stimmen und andere „Dinge“ und „Objekte“.

So ist die Metapher erstens von der nur optischen Perspektive auf andere Sinnes-Medien (Akustik, Taktiles, Gerüche...) übertragbar und kann zweitens auch sinnbildlich für Öffnungen und Grenz- und Nahtstellen stehen. Zu denken wäre hier z. B. auch an das „Bläschen-Modell“ von Freud bzw. letztendlich auch an seinen „Ich“-Begriff (vgl. Das Ich und das Es).

Dabei steht das „Fenster“ schon für eine Grenze, deren „Ort“ nicht genau angebbar, im günstigsten Fall auch einen beweglichen Ein- bzw. Austausch zwischen Drinnen und Draußen, zwischen Innen und Außen und zwischen lebendigen Subjekten ermöglichen kann.

Um es weiter auszumalen:

Leben in einem Mauerwerk ohne Öffnungen und Fenster bedeutet totalen Ein- und Ausschluß. Erst wenn das Mauerwerk aufgebrochen wird, Risse bekommt, kann etwas nach innen oder nach außen durchdringen. Dies kann durch äußere Einbrüche geschehen wie auch durch innere Ausbrüche. Beides erleben wir im buchstäblichen Sinne im Heim oft. Findet tatsächlich eine Sprengung des geschlossenen Mauerwerks statt, so kann das sehr unterschiedliche Ausgänge nehmen. Werden alle schützenden Mauern eingerissen, so bleibt keine *Widerstand*smöglichkeit, keine *Ab-*

*wehr*chance gegen Bedrohliches jedweder Art. So erscheinen auch manche Widerstandsbewegungen unserer Kinder und Jugendlichen sehr verständlich, ja überlebensnotwendig. Sie machen Sinn. Sie zeugen von Angst, manchmal auch von gesunder Eigenwilligkeit. Noch komplizierter wird es, wenn es sich nicht nur um Bedrohungen von außen handelt, sondern chaotisch bedrohliche Zustände im Inneren lauern. Die undurchdringlichen Bastionen gegen Eindringlinge von außen sind gleichzeitig Festungen, die auch eigenes Leben im Keim ersticken lassen können. Von jeglicher Nahrungszufuhr abgeschnitten, droht der Hungertod. Das Mauerwerk kann so zu einem Grabmal werden.

Immer geht es um schutzgebende Grenzziehungen, die durchlässig genug, aber auch dicht genug sind. Manche Kinder bei uns erleben wir zeitweise wirklich wie eingemauert, zumindest aber als sehr dickhäutig. Das andere Extrem ist auch erlebbar – zu große Dünnhäutigkeit, zu große Durchlässigkeit –, sie erscheinen wirklich als „nicht ganz dicht" im tragischen Sinne. Das macht sich zum Beispiel bemerkbar, wenn man ihnen zu dicht auf die Pelle rückt, sei es, daß man ihnen konkret körperlich zu nahe kommt oder daß die Beziehungen zu dicht werden. Der Riß, den *der Andere* durch seinen Einfall erzeugt, und sei er auch nur sprachlicher Natur, kann zu einem abgrundtiefen *Loch* werden, in das man hineinzustürzen droht, wenn das verlorene Stück keinen Ersatz finden kann und wenn es zunächst auch nur ein Schutzschirm, ein imaginäres Pflaster ist. Ohne Ersatz bleibt eine klaffende Wunde, die nicht vernarben kann. Verheilen tut diese Wunde nicht. Jeder Mensch trägt dieses Wund-Mal einer Spur der Ab-Nabelung am Körper.

Diese Metaphern erscheinen z.T. sehr kriegerisch. In der Tat scheinen manche Kinder wie im Kriegszustand mit Notstandsgesetzen zu leben und von Vernichtungsängsten getrieben zu sein. Immer wieder erleben wir Einbrüche aber auch Ausbrüche der Kinder und Jugendlichen, die bis zu realen körperlichen Attacken auf Leib und Leben des Körpers des Kindes oder Jugendlichen selbst und/oder eines Anderen führen können. So begegnen wir „Stinkbomben", „Mottenkugeln", erleben „Rülps- und Furzattacken", treffen auf „Spuckgeschosse", sind konfrontiert mit Haareißen, Beißen, Kratzen, Fußtritten und anderem mehr. Andere Angriffe auf den Rahmen gibt es z.B. in Form von Zerstörung des Inventars des Hauses.

Wir betreuen im Heim Kinder und Jugendliche, die in extremen Grenzsituationen leben – in Betonmauern oder in Glaskörpern –, wie Fenster *ohne* Rahmen. Und oft gibt es Scherbenhaufen und Ruinen.

Fenster können auch stehen für Schnittstellen und Öffnungen überhaupt, insbesondere an der Grenze von einem „Selben" zu einem wie auch immer registrierten „Anderen". Dies haben wir in unserem Untertitel zu bedeuten versucht: *Begegnungen auf-einander-zu.*

Dies verweist darauf, daß unsere Metapher letztendlich auf *Begegnungen* zwischen Menschen, auf intersubjektive Beziehungen übertragen werden muß. „Ich-strukturelle Störungen" erscheinen in diesem Licht als *massive Kontakt- und Beziehungsstörungen.* Diese Verschiebung der Perspektive erfordert eine Übertragung der Metapher von unbelebten Gegenständen auf lebendige Gegenüber. Autistische Objekte (wie „Bändel" und „Käscher") und autistische Abwehrformen scheinen mehr Sicherheit zu geben als lebendige Gegenüber, die nicht immer verfügbar, kontrollierbar und präsent sind, wenn das Kind sie braucht. So werden wir oft auch behandelt wie Luft, tote Dinge oder verlängerte Teile der Kinder. Oder sie spalten uns, wie auch sie gespalten und fragmentiert erscheinen.

Um haltgebende, gerahmte Öffnungen entwickeln zu können, ist das Kind auf einen sicheren Rahmen angewiesen, auf die *Hilfe* vom anderen Menschen, vom *„Nebenmenschen"*, wie Freud schreibt: „Nehmen wir an, das Objekt welches die Wahrnehmung liefert, sei dem Subjekt ähnlich, ein *Nebenmensch.* Das theoretische Interesse erklärt sich auch dadurch, daß ein *solches* Objekt gleichzeitig das erste Befriedigungsobjekt, im ferneren das erste feindliche Objekt ist, wie die erste helfende Macht. Am Nebenmenschen lernt darum der Mensch erkennen" (Freud: „Aus den Anfängen der Psychoanalyse"; Frankfurt/Main, S. 337).

„Der Mensch wird am Du zum Ich" (M. Buber). Mit Emmanuel Lévinas könnte man auch schreiben: Der Mensch wird am Er, an der Spur des vorübergegangenen Anderen zum Menschen, zum Du.

In unserem Untertitel scheinen uns auch die Binde-/Verbindestriche bzw. Trennbalken zwischen *„auf"*, *„einander"* und *„zu"* wichtig zu sein. Durch sie ist eine Dialektik zwischen zwei Bewegungen angedeutet, einer alternierenden Bewegung des „Auf" und einer Bewegung des „Zu“, des „Hin“ und „Her“, des *„Fort“* und *„Da“*. In der Mitte dieses bedeutenden Spiels steht das eingerahmte „-einander-“ (ein-Anderer).

Das „Fort“ und das „Da“ geschieht in eine Öffnung auf einen anderen hin. Das Fort-Da, das die Abwesenheit und Anwesenheit des signifikanten Anderen zum Thema hat, ermöglicht die Eröffnung anderer Dimensionen, einen Bezug zum Raum und zur Zeit, einem Phantasie- und Spielraum, einem Zwischen- und Übergangsraum, der Platz schafft, einen *Zugang zum Symbolischen* ermöglicht, eine schutzgebende und vermittelnde Grenze zwischen einem Ich und einem Nicht-Ich errichtet. Es eröffnet den Zugang zu einer symbolischen Ordnung, dem Rahmen einer Gemeinschaft, der Platz schaffen kann, Platz sowohl für den einen als auch den anderen, in der die Figur des Hegelschen Mordes, die Logik des Ich oder Du, ein- oder ausgeklammert wird, in einer Ordnung der *gegenseitigen Anerkennung* der wünschenden Subjekte, wo die Sprache des einen gleichzeitig auch die Sprache des anderen sein kann. Dies ist die maßgebliche Bedeutung des Dritten.

Erst wenn die immanente, imaginäre Logik des Selben gesprengt werden kann, kann ein sowohl-Du-als auch-Ich stattfinden.

Das, was am anderen „stört“, sein unverstehbarer „Rest“, das „Ding“ an-sich oder am-andern, das, was sich als nicht zum Selben machen läßt, ein un-ver-fügbares „Außen“, bleibt un-symbolisierbar.

„Etwas“ muß verloren werden, bevor es auf einer anderen Ebene wiedergewonnen werden kann. Dies erfordert eine basale Trauerarbeit.

Diese Metapher steht so vielleicht auch stellvertretend, als „Ersatz“ oder Supplement für ein anderes, was wohl bedacht, aber nicht vor- oder dargestellt werden kann, vielleicht, weil dieses „etwas“ verloren wurde, obwohl es nie „existiert“ hat, nie nur „da“ war, sondern immer schon „nur“ nachträglich vorgestellt wurde, aus der Not (Ananke) geboren, not-wendig und nie mehr, weil noch nie, gegenwärtig sein wird, sondern nur in dem Spielraum und der Zwischenzeit von Abwesenheit und Anwesenheit erfahrbar gemacht worden sein wird, immer erst „nachträglich“.[1]

Erst ein Bezug auf das ganz Andere, den *vermittelnden Dritten*, das Symbolische, das Gesetz der Sprachordnung, erst am Anderen und in der Öffnung zum Anderen hin kann eine Menschwerdung möglich werden, eine psychische Strukturbildung ihren Anker finden, eine Differenzierung zwischen Innen und Außen, einem „inneren Außen“ und „äußeren Innen“ sich entwickeln und der Mensch Subjekt werden. *Subjekt-Werdung* und *psychische Strukturbildung* können als Synonyma gelesen werden.

Die Mehrdeutigkeit des Titels läßt auch andere Lesarten offen. Man kann einerseits versuchen, ihn metaphorisch zu lesen, wie wir dies zu tun beabsichtigen, andererseits bekommt er im alltäglichen Umgang mit unseren Kindern und Jugendlichen einen „materialen“ Gehalt. Oft bewahrheitet sich der Satz, daß alles was nicht symbolisiert werden kann, in einem psychotischen, halluzinatorischen oder realen Außen wiederkehrt. Konkret kann das so aussehen wie bei dem schon erwähnten 15jährigen, dem „Vater“ unserer Metapher, daß, nachdem er Fenster samt Rahmen aushob und beides auf der Straße zerbrach, wir das „Fenster zum Rahmen“ zum Glaser bringen mußten, damit ein neuer Rahmen mit Fenster hergestellt werden konnte. Das „zum“ kann wiederum verschiedene Bedeutungen bekommen. Es zeigt zunächst wiederum eine Unterscheidung zwischen Fenster und Rahmen an. Diese Trennung läßt in der Verbindung durch das „zum“ verschiedene Bezüge zwischen Fenster und Rahmen offen. Es läßt sich z.B. verstehen als: ein Fenster braucht einen (passenden) Rahmen, um ein Fenster bilden zu können; oder: ein Rahmen bedarf eines Loches, um ein Fenster ausmachen zu können. Kein Fenster ohne Rahmen, kein Rahmen ohne Öffnung. Kein Subjekt ohne eine psychische Struktur, ohne einen passenden Rahmen des Ein-gefügt-seins. Die Frage, wer sich wem und wann wie anzupassen hat, beschäftigt uns immer wieder. Wie läßt sich ein Fenster ohne Rahmen denken, wie ein Rahmen ohne Fenster? Es bedarf einer Verbindung beider, um eine Öffnung zu ermöglichen.

Frei nach Kant also: *Fenster ohne Rahmen sind blind, Rahmen ohne Fenster sind leer!*

Wenn manches auch wie ein Wortspiel erscheinen mag, so wurde uns durch die gefundene Metapher doch ein Raum im Nachdenken er-öffnet.

Der mehrdeutige Begriff des *Rahmens* stellt wiederum einen Bezug zu unserer Arbeit und dem Behandlungsrahmen her. Wo finden wir uns in der Metapher wieder? Wie behandeln wir die Kinder und Jugendlichen, die zu uns kommen, welche Rahmen setzen, (de-)konstruieren und stellen wir den Kindern zur Verfügung?

Behandlung sei hier vor allem im alltagssprachlichen Sinn verstanden, d.h. wie behandeln wir sie, wie behandeln sie uns? Wie sieht ihr Rahmen aus, was spricht durch ihre Fenster? Wie stellen wir uns ihren Fragen ver-antwortlich gegenüber oder auch entgegen, wie begegnen wir ihnen und sie uns, was entgegnen, sagen und ver-sagen wir ihnen und sie uns, in wessen Namen sprechen wir mit ihnen, wo situieren wir uns innerhalb und außerhalb der Institution und innerhalb der jeweiligen Settings, an welche Regeln halten wir uns, welchen Gesetzen unterwerfen wir uns? Wo finden wir uns in dem Spiel der Metaphern, den Übertragungen wieder?

Frank Grohmann

Zur Frage der Subjektwerdung

> „Einerseits haben wir *Objekte*, die im Verhältnis der Individuen untereinander als Vermittlung eintreten und andererseits das *Subjekt,* das nach der Lehre Lacans ein leeres Subjekt ist und nur als Ort von Beziehungen definiert ist. Wir wissen nicht, wer das Subjekt ist, ebenso wenig wie wir wissen, was ein Elektron ist, aber wir wissen, wie es sich in bestimmten Relationen verhält. Damit wir überhaupt begreifen können, was geschieht, müssen wir ein bestimmtes Feld abgrenzen und in diesem Feld ein *Neinsagen* mit seinen überschaubaren Wirkungen ablaufen lassen."[2]

> „Die Spaltung des Subjekts führt uns direkt auf den Ort, den das Objekt in der Analyse einnimmt."[3]

Ich will im folgenden versuchen, jenen Gedankengang zu entwickeln, in dem sich die Frage nach der *Bildung psychischer Strukturen* an die psychoanalytische Frage der *Subjektwerdung* knüpfen läßt. Beiden Fragen – oder ihrer Verknüpfung – kann meines Erachtens nicht nachgegangen werden, ohne Rückgriff auf wenigstens die Eckpunkte jenes Feldes, das Freud selbst abgesteckt hat: die Untersuchung der „Konfliktbeziehung des Menschen zum Wunsch" und – damit im Zusammenhang – die „Rolle, die das Lustempfinden in der Organisation der Neurosen und Psychosen spielt."[4] Zur Entfaltung dieses Gedankens will ich mich an den Arbeiten Maud Mannonis und Rosine und Robert Leforts orientieren, in denen diese versucht haben, die Lacansche Lektüre der Psychoanalyse Freuds zu verbinden mit dem Beitrag Winnicotts und sie für die Arbeit mit autistisch-psychotischen Kindern und Jugendlichen fruchtbar zu machen.

Unter dieser Perspektive lassen sich Autismus und Psychose[5] als „Reaktionen der gesamten Persönlichkeit auf eine außerordentlich konflikthafte Lebenssituation"[6] begreifen, einer Lebenssituation, in der der gegenseitige Austausch zwischen dem Erwachsenen und dem Kind gestört ist oder mißlingt. Der Konflikt entsteht, wo die Antworten des Erwachsenen den Rufen des Kindes nicht oder nur ungenügend angepaßt sind. Es sei an dieser Stelle darauf hingewiesen, daß sich diese Antwort des Erwachsenen auf mindestens zwei Ebenen[7] situieren läßt. Den Schrei des Kindes nach Nahrung z.B. beantwortet die Mutter zum einen mit einem Befriedigungsobjekt, zum anderen mit ihren Worten, mit denen sie die Anwesenheit – und ebenso die Abwesenheit! – des Objektes begleitet.

Das Scheitern des Austausches zwischen dem Erwachsenen und dem Kind kann unter ungünstigen Umständen dazu führen, daß sich das Kind „von einer als feindlich erlebten Außenwelt überschwemmt und verfolgt" fühlt. In diesem Fall antwortet das Kind auf diese Bedrohung „mit seinem ganzen *Körper*[8], seiner ganzen Person. Der Körper wird von Panik überwältigt(...)." Angesichts eines solchen Zustandes muß das Kind versuchen, „sich gegen die Rückkehr dieser Angst zu verteidigen."[9] Die *Symptome*, die es entwickeln wird, sind nichts anderes als die Verhärtungen dieser Versuche, nicht von einer unglaublichen *Angst*, einem namenlosen *Schrecken*, überwältigt zu werden.

Diese Situation behindert das Kind auf seinem Weg der Subjektwerdung. Da dieser Weg für jedes Kind notwendigerweise über die verschiedenen *Komplexe der Entwöhnung*[10] führt, läßt sich sagen, daß die oben beschriebene Situation des mißlingenden Austausches zwischen Kind und Erwachsenem das Kind bei der Bewältigung und der Anerkennung der notwendigen Entwöhnungen behindert. Von Subjektwerdung läßt sich in diesem Zusammenhang dann sprechen, wenn das Kind die – ihm gebotene – Möglichkeit der Anerkennung der Notwendigkeit der Entwöhnung ergreift. Da es dabei um einen zu ertragenden *Verlust* – eines Objektes oder eines bestimmten Beziehungsmodus' mit dem Anderen – geht, kann man diese Komplexe der Entwöhnung als *Krisen des Psychismus*[11], als Krisen der Beziehung des Kindes zum Erwachsenen begreifen. Verloren wird in diesen Krisen jeweils – und je auf einer anderen Ebene – die Vorstellung, vom Anderen nicht-getrennt zu sein. Verloren wird das (imaginäre) Objekt, welches in der Vorstellung des Kindes, für die Nicht-Trennung vom Erwachsenen einsteht. Der Weg der Subjektwerdung führt demnach von einer Vorstellung des Kindes einer „ursprünglichen Undifferenziertheit"[12] bzw. einer ursprünglichen Nicht-Trennung vom Anderen, zur Anerkennung eines ursprünglich verlorenen Objekts, an dem Subjekt und Anderer ununterscheidbar bzw. nicht voneinander zu trennen gewesen wären. Bei der Anerkennung des verlorenen Objekts geht es in erster Linie um die Anerkennung der eigenen Unvollkommenheit aufgrund des Getrennt-Seins vom Anderen. Man könnte auch sagen, daß es bei den Komplexen der Entwöhnung darum geht, das Objekt nicht länger als Binde-Glied von Subjekt zu Anderem zu sehen, – als ein paradoxes Bindeglied allerdings, denn in dieser Funktion bindet es (imaginäre) Körper in Ununterscheidbarkeit aneinander, hilft es, die ursprüngliche Trennung zu leugnen und nährt es das Phantasma der Unmittelbarkeit von bzw. des unmittelbaren Austausches zwischen Subjekt und Anderem. Bei der Subjektwerdung geht es darum, auf dem Weg von Krisen, die durch die Komplexe der Entwöhnung führen, die Mittelbarkeit zwischen sich und dem Anderen anzuerkennen und zu ertragen.

Der mißlingende Austausch zwischen Erwachsenem und Kind als Unangepaßtheit der Antwort des Erwachsenen auf den Ruf des Kindes, kann somit die Anerkennung des Getrennt-Seins vom Anderen verzögern oder verunmöglichen. Unter diesen Umständen kann es zur *Verwerfung*[13] eines trennenden Prinzips überhaupt kommen. Die Verwerfung der Möglichkeit, sich auf einen Anderen (Dritten) oder auf etwas anderes (Drittes) – ein Wort etwa oder die Worte eines Anderen – jenseits der Beziehung zum ersten Anderen zu beziehen. Aus diesem Grund findet man als gemeinsames Moment von Autismus und Psychose regelmäßig das symbiotische, duale Verhältnis zum ersten Anderen, ohne Intervention des untersagenden oder ver-sagenden zweiten Anderen.

Subjekt

Subjekt zu werden hat unter psychoanalytischer Perspektive eine grundsätzliche Voraussetzung: Man muß es fertigbringen, die Trennung vom Anderen anzuerkennen. Daß dieser Weg kein einfacher ist, zeigen insbesondere gerade jene Kinder, deren autistische und psychotische Abwehren sie gegen die Erfahrung dieses Getrennt-Seins schützen sollen. Doch von wo aus nimmt dieser Weg seinen Ausgang? Zwangsläufig wird man zu der Aussage geführt, daß das Subjekt zugleich älter und jünger ist als der Mensch, der damit bezeichnet ist. Die Geburt des Subjekts hat vor der Geburt des Menschenkindes statt; und doch kann das Kind erst Subjekt werden, nachdem es geboren worden ist. Es ist also eine *zweite Geburt* notwendig, eine Geburt *zum* Subjekt. In diesem Sinne kann man sagen, daß die Frage der Subjektwerdung mit der Frage der Beziehung des Kindes zum gesprochenen Wort seiner Eltern[14] beginnt.

Vom Anfang her gesehen ist das Subjekt also älter. Das Kind hat bereits vor seiner Geburt einen Platz im Sprechen der Eltern.[15] Günstigenfalls bietet dieses Sprechen neben dem *Namen* des Kindes, an dem immer auch die Phantasien der Eltern über jenes Kind hängen, das sie erwarten und der somit einen Platz bezeichnet, der bereits von den Eltern besetzt ist, – auch noch genügend Platz für das Subjekt, das zu werden dieses Kind geboren ist. Jenes Subjekt, das nie ganz in den Buchstaben seines Namens angekommen und immer schon aus dem Namen, den man ihm gegeben hat, ausgebrochen sein wird. Günstigenfalls also ist dieser dem Kind von den Eltern in ihrem Sprechen eingeräumte Platz nicht zu sehr besetzt und läßt Platz für all das, dem nicht im voraus ein Name zu geben ist.

Das Subjekt ist zugleich jünger, weil, um sich als Subjekt konstituieren zu können, das Kind notwendigerweise auf die Vorstellung, vom Anderen nicht-getrennt zu sein, verzichtet haben muß. Erst die Anerkennung dieses Getrennt-Seins erlaubt es dem Kind, sich als *wünschendes Subjekt* zu konstituieren, als ein Subjekt, das wünscht, weil es 'nicht ganz' (mit dem Anderen) ist, weil der Andere ihm mangelt. Dem *Wunsch*[16] kommt somit ein zentraler Stellenwert in der Konstituierung des Subjekts – und des Objekts, nämlich bei seiner „Wiederfindung" – zu. Treibende Kraft dieses Wunsches ist die Anerkennung der Trennung vom Anderen durch das Kind. Das Kind, das sich nicht als *Ort des Mangels* begreift, ist nicht fähig, zum Wunsch vorzudringen.[17]

So sieht sich das autistisch-psychotische Kind, das das Getrennt-Sein leugnet, im Verhältnis zum Anderen als Objekt oder Teilobjekt, bleibt ein „Attribut des Seins" des ersten Anderen. Für dieses Kind „kann es forthin kein verlorenes Objekt geben, denn in seinem Fall ist das verlorene Objekt das Subjekt selbst."[18]

Objekt

Die Annahme eines ursprünglich verlorenen Objekts wirft den Gedanken auf, daß „das Subjekt nicht so sehr in Beziehung zu einem Objekt" steht, „sondern zu dem Zeichen seines Verlustes, zu der Spur, die es hinterlassen hat."[19] Anders gesagt: Das Kind wird in den Ersatz-Objekten niemals einen adäquaten Ersatz für das ursprünglich verlorene Objekt finden. Die Spur, die dieses hinterlassen hat, führt entlang der von Freud und Lacan eingeführten fünf Objekte *Brust, Kot, Penis, Stimme, Blick*[20] und über die Begegnung mit dem Anderen. Man kann hier sogar von einer *Spur des Anderen* sprechen, denn es ist dieser Andere, der mit seinen Worten dem Kind gegenüber diesen Objektverlust (die Abwesenheit des Objekts) als Trennung vom Anderen begleitet. Diese Spur des Anderen ist der *Signifikant* (das Wort) anstelle (an der Stelle) des (verlorenen) Objekts.[21] Unter anderem weil diese Ersetzung es dem Kind ermöglichen kann, den Objektverlust zu ertragen, ist es notwendig, daß die Behandlung sich zumindest ebenso sehr auf diesen Signifikanten des Wunsches richtet, wie auf das (imaginäre) Wunschobjekt.[22]

Diesen Signifikanten aufzunehmen (ich denke hier an das von Freud beschriebene Fort-Da-Spiel) ist dem autistisch-psychotischen Kind nicht möglich, weshalb für es seine Realität nicht symbolisierbar ist.[23] Es findet sich dem Unerträglichen eines Verlusts gegenüber, dessen Symbolisierung ihm nicht gelingt.[24] Dem Kind ist es somit nicht möglich, das Objekt wieder-zu-finden. Es hat das Objekt niemals verloren, sondern klammert sich an dieses *autistische Objekt*, „als wolle es von ihm eine Unterstützung verlangen (eine Unterstützung im Sinne des mütterlichen ‘holding‘ bei Winnicott, das der Säugling braucht, um sich in Sicherheit zu fühlen).“ Das autistische Objekt, welches das Kind mit sich herumschleppt, „hat die Funktion, seine Trennung vom anderen zu leugnen. Genau genommen ist es der Mangel, der hier geleugnet wird.“[25] Für das autistisch- psychotische Kind sind die Objekte der Außenwelt Teil seiner selbst.[26] Zwischen sich und dem Anderen gibt es keine Leere und keinen Raum und somit keine Möglichkeit der Vermittlung dieses „Körper an Körper“. Für das Sprechen, für den Signifikanten des Anderen als trennendes – und verbindendes! – Moment ist kein Platz.

Begegnung

In der Arbeit mit autistisch-psychotischen Kindern und Jugendlichen ist es deshalb entscheidend, von Anfang an zu versuchen, dem Sprechen des Anderen oder der Sprache überhaupt einen

Platz einzuräumen. Dies läßt sich auch als der Versuch beschreiben, „zwischen das Kind und den Erwachsenen ein drittes, als Vermittlung funktionierendes Element zu stellen.“ Die Einführung dieses gegenwärtig-abwesenden dritten Elements soll verhindern, daß die *Ver-rücktheit* des Kindes „die Führung in einer zwanghaft dualen Situation“ übernimmt.[27] Die *Begegnung* zwischen den Kindern und den Erwachsenen in der Arbeit wird daher immer wieder von der Schwierigkeit, aus einer imaginären, Spiegel- oder Zwei-Kampf-Situation herauszutreten, gekennzeichnet sein.

Die Geburt, so wurde oben angedeutet, bezeichnet den Eintritt des kleinen Menschen in eine symbolische Ordnung.[28] Die Vermittlung und Übersetzung dieser Ordnung obliegt den ersten Anderen des Kindes. Ob diese gelingen, gestört sind oder scheitern, hängt unter anderem davon ab, ob diese ersten Anderen ihr Unterworfensein unter die Gesetze dieser *symbolischen Ordnung*[29] (Inzestverbot, Verbot, als Parasit zu leben) anerkannt haben und wie sich diese Anerkennung oder Nicht-Anerkennung durch die Worte, die sie an das Kind richten, diesem vermittelt. Der oben angesprochene Austausch zwischen Kind und Erwachsenen bzw. die Frage seines Gelingens oder Scheiterns, hat in dieser Vermittlung und Übersetzung der symbolischen Ordnung von einer Generation in die nächstfolgende sein Zentrum. Das Scheitern dieser Vermittlung könnte man als gleichbedeutend mit dem weiter oben erwähnten Scheitern der notwendigen Angepaßtheit der Antwort des Erwachsenen auf das Rufen des Kindes bezeichnen. In der Behandlung von autistisch-psychotischen Kindern und Jugendlichen ist es daher notwendig, das Augenmerk zumindest ebenso auf „die Begleiterscheinungen der Reden“ zu legen, die das kleine Kind umgeben, als auf „das Ausbleiben der Fürsorge.“[30] Das Verhalten des Kindes kann in diesem Zuammenhang begriffen werden als eine Antwort auf das sprachliche Verhalten seiner Umwelt. Das Augenmerk liegt, so könnte man sagen, auf der Bedeutung der *Umwelt* für die Geschichte des autistisch-psychotischen Kindes, eine Umwelt, die „in ihrem Verhältnis zur Sprache“, „in Termini von Orten und Beziehungen“ untersucht werden kann.[31]

Was dem autistisch-psychotischen Kind oder Jugendlichen fehlt, sind Gelegenheiten der Begegnung mit dem Anderen, denn seine Geschichte ist geprägt von „verlorengegangenen Gelegenheiten“, die Notwendigkeit seines Eintritts in die symbolische Ordnung nicht länger verleugnen zu müssen, sondern diese Notwendigkeit anerkennen und diesen Eintritt aktiv übernehmen zu können.[32] Der Ort einer solchen Begegnung wäre für das Kind ein Ort zum Leben und zum Sprechen, der Ort einer gewissen Gastlichkeit und Verfügbarkeit von Erwachsenen-Anderen, die grundsätzlich vom Kind nicht verlangen, daß es sich verändert.[33] Das Kind braucht diese Begegnung mit Erwachsenen, „die ihre eigenen Bezugspunkte haben und zugleich bereit sind, sich dem Kind auszusetzen." Erwachsene, „die es aus dem Zusammenhang ihrer eigenen Bezugspunkte verstehen, die Worte zu finden, welche der Angst, der Furcht und dem Haß eine Antwort geben."[34] Entscheidend ist, inwieweit es dem Anderen gelingt, sich von dem Kind „ansprechen" zu lassen, ihm zuzuhören und sich ihm anzupassen. Es ist dies die Frage, ob der Andere fähig sein wird, sich mit dem Kind zu identifizieren, „das heißt, sich von dem Unglück des anderen so sehr betroffen zu fühlen, daß aus diesem Unglück ein gemeinsames Drama gemacht werden kann."[35] Ohne daß dabei jene Angst ins Spiel kommt, von der weiter oben die Rede gewesen ist, wird es dieses *gemeinsame Drama* nicht geben können. Die Begegnung zwischen dem Kind und dem Erwachsenen wird vom Auftauchen dieser Angst und der Auseinandersetzung mit ihr gekennzeichnet sein. Die notwendige Anpassung des Anderen an das Kind heißt auch, daß jener an der Stelle der ersten Anderen von der Angst sich treffen lassen muß. Er „ist für alle Beteiligten der *Ort des Anderen*, aus dem die Angst entstehen kann." „Diese Angst gewinnt in ihrer Beziehung zum Anderen einen wichtigen Platz: in der Tat dreht sich ihre Frage um das, was ihrer Vorstellung nach der Andere von ihnen erwartet und ertragen kann."[36] Diese Frage haben wir weiter oben bereits aufgeworfen: Ist der *Andere* fähig, den Objektverlust, die Trennung vom Kind zu ertragen? Es zeigt sich hier, wie sehr die Frage, ob dem Kind die Anerkennung des Getrennt-Seins, des Objektverlusts gelingt, von der Antwort des Erwachsenen abhängt, die er auf die gleiche Frage wird geben können.[37] Erträgt dieser Andere seinerseits den Verlust, so kann unter Umständen die Begegnung zwischen ihm und dem Kind für dieses zu einer Gelegenheit, sich zu identifizieren werden, zu einer Gelegenheit letztlich, sich als Subjekt zu konstituieren.[38]

In der Begegnung, zu der Anwesenheit und Abwesenheit gleichermaßen gehören, kommt letzterer, der Abwesenheit, eine besondere Bedeutung zu. Wenn es gutgeht, spannt sich in der Begegnung zwischen dem Erwachsenen und dem Kind jener 'potentielle Raum' (Winnicott) auf, in dem es dem Kind während der Trennung, d.h. während der Abwesenheit des Erwachsenen gelingen kann, Signifikanten aufzugreifen und Möglichkeiten der Symbolisierung zu erarbeiten.[39] Ebensowenig wie sich eine solche Begegnung erzwingen läßt, wird der Erwachsene in die Welt des autistisch-psychotischen Kindes eintreten können, wenn er diese Welt nicht respektiert und neben der Not den Wert seiner Symptome als *Heilungsversuche* nicht anerkennt. Die Symptome, die Gesten, die Lautmalereien und der Rhythmus dieser Kinder sind wie eine stumme Sprache, die aber doch gehört und gelesen werden kann. „Bevor das kleine Subjekt redet, 'redet es im Anderen'"[40], und es ist dieses Sprechen des Anderen, über das sich enthüllen kann, was z.B. in der Sprache eines autistischen Kindes ohne gesprochenes Wort gesagt wird.

Die Begegnung zwischen dem Kind und dem Erwachsenen wird somit zum Ort einer *Hilfe gegen*: *Hilfe* für das in der Erstarrung seines Rückzugs gefangene Subjekt, Hilfe aber zugleich *gegen* das an der Erstarrung seines Rückzugs festhaltende Subjekt.[41] In dieser Auseinandersetzung, in dieser Bewegung eines *Hin* und *Her* kann die Begegnung somit zu einer „Neubestimmung der Lage des Subjekts" werden. Das Kind wird zum Subjekt, wo es erstmals auf den Ruf eines Anderen antwortet, wo es sich selbst und dem Anderen einen Platz zuweist, wo es mit dem Anderen über ein drittes, abwesend-gegenwärtiges, weil benanntes, Wesen sprechen kann.[42] Es war Freud, der zuerst dieser Momentaufnahme der Subjektwerdung im Rahmen des von ihm beschriebenen *Fort-Da-Spiels*[43] Aufmerksamkeit geschenkt hat: Der Zugang zum Symbolischen, den das Kind hier findet, ermöglicht es ihm nicht nur, die Substitute des verlorenen Objekts zu benennen, sie also als gegenwärtig-abwesende ansprechbar zu machen. Das Fort-Da-Spiel ermöglicht dem Kind in erster Linie auch, das, was es bislang nur passiv hinnehmen mußte, aktiv zu übernehmen, einen „eigenen" Rhythmus von Anwesenheit und Abwesenheit aufzunehmen und damit: *sich selbst* als abwesendes Objekt dem Erwachsenen gegenüber zu konstituieren. Das *Neinsagen*[44] hätte eine weitere, entscheidende Wirkung gehabt: Das Kind, das sich selbst dabei überrascht, diese neu gefundene Möglichkeit der Verweigerung gegenüber dem Anspruch des Anderen aufzugreifen, „Nein" zu sagen und damit an einem anderen Ort als Subjekt aufzutauchen.

Frank Grohmann

Meike

Eine Szene

Seit einiger Zeit finde ich mich in den Einzelstunden mit einem zwölfjährigen Mädchen bei offenem Fenster auf der Fensterbank sitzend wieder. Fast könnte ich sagen: Ich sitze im Fensterrahmen oder einfach im Rahmen, auf dem schmalen Grat, der das Draußen vom Drinnen, den einen vom anderen Ort trennt. Dieser Grat befindet sich für uns in einem den Einzelstunden vorbehaltenen Zimmer im dritten Stockwerk des Hauses. Diese meine Position ist die Erfindung des Mädchens, das ich im folgenden Meike nennen möchte, eine Erfindung, die sich im Verlauf von mehreren jeweils halbstündigen Einzelstunden entwickelt hat. Zu Beginn unserer gemeinsamen Zeit am Fenster steht ein Fingerzeig Meikes in Richtung des Fensters, dem sie sich genähert hat, ein Fingerzeig, dem ich, nachdem er sich wiederholt hat und drängender, vielleicht eindeutiger, geworden ist, unterstelle, daß er mir bedeuten soll, das Fenster zu öffnen. Meike lächelt, nähert sich dem nun geöffneten Fenster noch mehr und bleibt zwei Schritte vor der Fensterbank stehen. Anscheinend fasziniert und angelockt von dieser Öffnung, zugleich aber auch ängstlich und zunehmend unruhig, beginnt Meike dort, wo sie nun steht, ein wenig auf den Füßen hin und her zu schaukeln, einen Arm hat sie über ihr Gesicht quergelegt, verdeckt mit ihm beide Ohren und beide Augen. Nur wenn ich mich zu ihr herunterbücke, kann ich wenigstens ihren Mund sehen, der sich in einem Moment zu einem schwachen Lächeln formt, im nächsten aber sogleich sich verformen kann, und – neben ihrer Haltung – die Anspannung ausdrückt, die Meike in dieser Situation in ihrem (für ihr Alter) kleinen Körper trägt.

Es braucht mehrere Anläufe in den folgenden Einzelstunden, bis sich, nach dem die Situation einleitenden Fingerzeig, auf den Meike irgendwann ganz verzichtet und beim Eintritt in das Zimmer schnurstracks auf das Fenster zuläuft, vor dem von mir geöffneten Fenster die gleiche Szene aufbaut, Meike aber zunehmend weniger lange oder überhaupt weniger angespannt und ängstlich in ihrer Faszination auf mich wirkt. Sie kommt dem offenen Fenster jedesmal ein kleines Stück näher und damit auch mir, denn zuvor hat sie mir meinen Platz zugewiesen, der zuerst der an ihrer Seite am Fenster stehend gewesen ist und der bald, nach einem sachten aber entschiedenen Schubs von Meike zum Platz auf der Fensterbank bzw. auf dem Nachtspeicherofen direkt vor der eigentlichen Fensterbank wurde.

Dies also ist die Ausgangsszene für einen jetzt statthabenden zweiten Fingerzeig von Meike. Sie ist in der Zwischenzeit ein weiteres Stück auf das Fenster zugekommen und berührt mein linkes Bein, das langgestreckt auf dem Ofen liegt und zusammen mit dem rechten jetzt gewissermaßen eine Art Schwelle auf der Höhe der eigentlichen Fensterbank bildet. Meike streckt den Arm aus, zeigt mit dem Finger in Richtung des geöffneten Fensters und beeilt sich, den anderen Arm wieder über ihr Gesicht zu legen, als wolle sie sich Ohren und Augen verschließen. Sobald das Fenster geöffnet ist, dringen von draußen die verschiedenen Geräusche, mitunter auch der Lärm nach drinnen; Geräusche der vorbeifahrenden Autos, eine Kirchturmglocke, die die Zeit schlägt, die Stimmen der Menschen, ohne daß sich das, was sie sagen, auf diese Entfernung verstehen läßt. Mit der Zeit ist dieser zweite Fingerzeig, der den ersten gewissermaßen abgelöst und fortgesetzt hat, immer drängender geworden, und immer folgt ihm, ein kleines Stückchen hintendrein, Meikes Körper, der, so will es mir scheinen, nach draußen drängt.

Vielleicht schon um diesem Drängen Einhalt zu gebieten, habe ich irgendwann begonnen, zu erzählen, was dort draußen vor sich geht, was sich abspielt auf der Straße unter uns. Doch gleichzeitig bleibt bei mir der Eindruck, daß ich an dem, worauf der Fingerzeig Meikes zielen mag, vorbeirede. Je mehr ich in meinem Sprechen das Geschehen unten auf der Straße oder sogar die Witterungsverhältnisse kommentiere (und dies nicht ohne Grund, denn Meike zeigt sich immer sehr berührt von der Luft, die durchs geöffnete Fenster an uns vorbei in das Zimmer kommt), desto eher habe ich den Eindruck, daß Meikes Fingerzeig ganz woanders hin deutet, vielleicht hinter das Bild zeigen will, das sich uns im Blick aus dem Fenster bietet, vielleicht auf den Horizont dessen, was offen sichtbar ist, zielt, und dies vielleicht nur, um diesen Horizont auf das hin zu befragen, was ihm jenseitig ist, was sein Jenseits wäre.

Einmal, als wir uns erneut am offenen Fenster befinden, wird Meike, nachdem ihre Anspannung die letzten Male immer geringer geworden ist, immer aufgeregter. Sie schaukelt, verschließt

Augen und Ohren, zeigt mit dem Finger nach draußen, faßt und schaut mich sogar an, macht Töne, ein wenig wie ein auf dem Wickeltisch liegender Säugling. Unter diesen Tönen taucht für einen Moment ein – eher hingehauchtes – „Mamamamam" auf, dem kurz darauf ein weiterer Fingerzeig nach draußen folgt. Dort hinten, am Horizont oder etwa schon über diesen hinaus, läßt sich das Zuhause von Meike ahnen, der Ort, an dem Mutter und Großmutter leben, die Meike seit sie in Rottenburg lebt, nur selten sieht. Ich muß daran denken, daß wir vor etwa einem Dreivierteljahr zusammen vom einen Ort zum anderen und wieder zurückgeflogen sind.

Es ist keineswegs das erste Mal, daß dieses „Mamamamam" auftaucht, auch außerhalb der Einzelstunden hat es bereits, bald nachdem Meike in Rottenburg angekommen war, sich einen Platz gesucht und ist gehört worden. Ich möchte anschließend darauf zurückkommen. Zurück zu der Szene, die ich gerade zu beschreiben begonnen habe: Ihr ganzer Körper ist jetzt von einer großen Unruhe gepackt, es ist, als wenn diese Öffnung sie anzieht, sie packen und in sich hineinreißen könnte. Ich versuche, beruhigende Worte zu finden, meine Hand, die Meikes Schulter berührt, schlägt sie aus, – stattdessen, sehr plötzlich, schwingt Meike sich zu mir auf den Ofen, sitzt auf einmal vor mir, ihren Rücken an meinen Oberkörper gelehnt. Für einen Augenblick scheint es, als habe ihre Aufregung lediglich jenem Anlauf gegolten, den es braucht, um sich in eine solche Nähe dem Anderen gegenüber zu begeben. Doch schon bald, nachdem Meike auf ihrem neuen Platz zum Sitzen gekommen ist, dreht sie ihren Kopf, ihr Blick nach draußen begleitet oder folgt einem erneuten Fingerzeig, der jetzt umso bestimmter, umso fordernder zu sein scheint. Ich muß unwillkürlich daran denken, daß Meikes zwei Jahre jüngere Schwester vor vier Jahren bei einem Sturz vom Balkon ums Leben gekommen ist.

In der nächsten Zeit verbringen wir einige Einzelstunden an diesem Platz. Es kommt nun vor, daß Meike sich schon gleich zu Beginn der Stunde zu mir auf den Ofen setzt. Auch ist sie nicht mehr so aufgeregt und unruhig, wiewohl diese Aufregung und diese Unruhe auftauchen können und dies dann regelmäßig in Begleitung jenes Fingerzeigs, der immer noch nach draußen und aus dem Fenster zeigt.

In einer der ruhigsten Einzelstunden, die wir zusammen an diesem Ort verbringen, läßt Meike es zu, daß ich meine Arme um ihren Bauch lege, um sie zu halten, wenn sie ihren Arm ausstreckt und nach draußen zeigt. Neben vielen anderen Tönen, die sie von sich läßt, höre ich ein artikulierteres „Mamam“, das sie immer noch mehr *ein*saugt, als daß sie es *aus*spricht, – und doch ist es bestimmter, gerichteter geworden. Zwar schluckt Meike dieses „Mamam“ mehr, als daß ihre Stimme es in den Raum tragen würde, und doch *wendet* sie sich jetzt damit eher an einen Adressaten. Dessen Aufgabe ist es nun geworden, dieses „Mamam“ *zu hören*.

Die Szene im Zusammenhang

Die Entwicklung dieser Szene, wie ich sie zu beschreiben versucht habe, ist meines Erachtens nicht möglich gewesen ohne das, was ihr vorausgegangen ist. Über wenigstens ein viertel Jahr waren die Einzelstunden mit Meike – übrigens nicht nur diese, sondern auch der restliche Alltag – immer wieder geprägt von ihren Attacken gegen die sich im Zimmer befindenden Objekte und meinen bzw. unseren Versuchen, diese Attacken zu begrenzen. Meike ist insbesondere fasziniert von Dingen, die sie in die Hand nehmen und in ihren Fingern wandern und wenden lassen kann: Spielsteine, Kugeln, Würfel, das Mobiliar eines Puppenhauses. Dazu kommt eine zweite Reihe von Dingen, in die man etwas hineintun kann oder die in ihrer Form einem Behälter zumindest ähneln. Die Objekte aus der ersten Reihe steckt Meike in den Behälter oder gleich in den Mund. Dort können sie regelrecht gespalten werden, sie beißt, nagt, knirscht, und am Ende spuckt sie sie aus und wirft sie weg. In ihrer Hand bleiben oft die – leeren – Behälter, die sie an ihren Mund führt, um an ihnen zu nippen, aus ihnen zu trinken. Insbesondere alle sich in der Nähe befindenden Stifte versucht Meike in ihre Finger und über diese in ihren Mund zu bekommen, meist nur, um diesen die Spitze abzubeißen oder auf ihnen herumzukauen. Unterbrochen wurden diese Szenen zu Beginn unserer gemeinsamen Zeit dort oben im Zimmer nur von Meikes Läufen zum Waschbecken. Dort hat sie den Wasserhahn aufgedreht und ihre Finger in das fließende Wasser gehalten. Dann hat sie sich umgedreht, hat den Wasserhahn laufen lassen und ist zurückgekehrt, meist, um den beschriebenen Dingen erneut die Aufmerksamkeit ihres Mundes und ihrer Zähne zu schenken.

Ich habe mich bemüht, Alternativen einzuführen, einen anderen Umgang vorzuschlagen, und wir haben eine Zeitlang dieses ganze Zimmer abgegrast, ich habe für Meike die meisten Schubladen geöffnet (und oft habe ich bereut, es getan zu haben), auf der Suche nach etwas, das sie letztlich nicht zerbeißen wird. Doch es zeigte sich, daß ich keine andere Wahl haben sollte, als die Dinge vor Meike zu schützen, ihr diesen Umgang mit den Dingen zu verbieten, was letztlich darauf hinauslief, ihr diese Dinge überhaupt zu verbieten, sie ihr wegzunehmen.

Im Verlauf der nun folgenden Einzelstunden führten wir einen manchmal unerbittlichen Kampf, sind Meikes Attacken heftiger, meine Grenzsetzungen allmählich unnachgiebiger geworden, und am vorläufigen Ende dieser Auseinandersetzungen war unser Beisammensein auf den ersten Blick ärmer als es jemals gewesen ist: arm an Dingen, die sich zwar alle noch im Zimmer befanden, die alle aber weggeräumt, eingeschlossen, verboten waren.

Einmal in dieser Zeit ist Meike wieder zum Waschbecken gelaufen, hat den Wasserhahn aufgedreht und ist lange dort stehengeblieben, hat das Wasser wieder einmal über ihre Finger laufen lassen. Beinahe hätte ich gar nicht bemerkt, daß Meike, bevor sie dann schließlich doch sich vom Waschbecken getrennt hat und in meine Richtung gelaufen kommt, zum ersten Mal den Wasserhahn auch abgedreht hat.

Die Trostlosigkeit dieser Stunden haben wir einmal besser, einmal weniger gut ausgehalten und ertragen. Vielleicht war sie ebenso notwendig wie der ihr vorausgehende Kampf, der, das möchte ich an dieser Stelle ausdrücklich anmerken, im übrigen nun nicht einfach verschwunden ist, sondern immer wieder auflebt. Wahrscheinlich auch eine Notwendigkeit.

Zu Meike möchte ich, bevor ich dann abschließend meine Fragen an die oben beschriebene Szene stelle, noch einige kurze Bemerkungen machen, die mir wichtig erscheinen.

Meike hat zusammen mit ihrer Mutter und ihrer Großmutter in deren Wohnung gelebt. Meikes Vater hat sich früh schon von Meikes Mutter getrennt, ein gemeinsames Leben war beiden nicht möglich. In den ersten Jahren gab es noch den Großvater, von dem die Großmutter sich aber getrennt hat und der anschließend ausgezogen ist. Dieser gelähmte Mann hat sowohl seine Frau als auch seine Tochter, Meikes Mutter, tyrannisiert, Meike war „sein Liebling", von der zwei Jahre nach Meike geborenen Schwester hat er nichts wissen wollen. Alkoholprobleme haben in dieser Familie immer schon eine große Rolle gespielt. Der Großvater hat getrunken, Meikes Mutter hat – übrigens auch während der Schwangerschaft – viel getrunken und tut es noch immer.

Daß Meike Gelegenheit gehabt hat, die Mutter bei ihren Trinkgewohnheiten zu beobachten, stellt sie immer wieder, und dies sehr anschaulich, unter Beweis. Es kommt vor, daß Meike bei Tisch sitzt und ihr gerade ausgetrunkenes Glas – ein wenig auf ihrem Stuhl schwankend, mit bierseligem Gesichtsausdruck und rollenden Augen – auf den Tisch haut: Sie spielt die Besoffene.

Meikes Mutter ist oftmals nicht fähig gewesen, die basalen pflegerischen Aufgaben Meike gegenüber zu übernehmen. Es war die Großmutter, die hier eingesprungen ist. Man hat heute noch den Eindruck, daß Meikes Mutter Meike gegenüber die Bedürftigere ist, sich von ihr halten läßt. Meikes Handeln mit Behälter- und Inhaltsobjekten muß auf diesem Hintergrund gelesen werden: es ist eine ihrer Funktionen zuhause, Lebensquell für Großmutter und Mutter zu sein; ihr Körper, so ließe sich dieser Gedanke fortsetzen, wird in dieser Konstellation zum Behälter für die Bedürftigkeit der beiden erwachsenen Frauen.

Meikes Schwester hat sich im weitesten Sinn „normal" entwickelt, während Meike niemals zu sprechen begonnen hat, lange Zeit nicht laufen wollte und sehr früh schon „verstopfte", d.h. den Stuhl eingehalten hat, der zuhause dann regelmäßig über die Vergabe von Zäpfchen abgeführt worden ist. Noch heute schwankt Meike zwischen Verstopfung und Durchfall. Allerdings hat sich diese Symptomatik ohne Medikamentenvergabe von den Extremen wegentwickelt, so daß die Auseinandersetzungen mit der jetzt oft kotverschmierten Meike sich unter nicht unbedingt besorgniserregenden Bedingungen abspielen können.

Fragen, die die Szene aufwirft und mögliche Antworten

Welchen Stellenwert hat das aus dem Unendlichen eines „Mamamamam" auftauchende, von Zeit und Endlichkeit gezeichnete „Mamam"? Nimmt dieses „Mamam" tatsächlich, an der Stelle, an der es auftaucht, den Wert eines Signifikanten an, der fortan *das Subjekt für einen anderen Signifikanten repräsentieren wird?*[45]

Welcher Übergang ist mit diesem Auftauchen des Signifikanten bezeichnet?

Mir scheint, als spiele sich diese Szene in genau jenem Zwischenraum ab, den Rosine und Robert Lefort in ihrem Bericht von zwei Kinderanalysen („Nadja" und „Robert") eingrenzen: *Von der einen Seite her* grenzt an diesen Zwischenraum jener Bereich, in dem sich die Dialektik des Objekts für das Subjekt vollkommen im Realen bewegt. Zwar ist der Andere bereits Träger des Objekts, doch scheint dieses mit dem Anderen verwachsen zu sein. Es ist dem Subjekt nicht möglich, das Objekt vom Anderen abzutrennen, es sich zu nehmen, es wiederzufinden, denn es gehört zu ihm. Alles scheint dem Anderen zu gehören, einschließlich und vor allem die Produkte des Körpers des Subjekts. Für das Subjekt gibt es hier nur das Objekt im Realen. Das Objekt zeigt dem Subjekt nur seine Kehrseite. Zum Anderen gehörend, ist es noch nicht verloren oder war es niemals. Erst wenn es von diesem abfällt, zeigt es sich nachträglich als ursprünglich verloren und kann in der langen Reihe der Ersatz-Objekte wiedergefunden werden. Erst wenn sich das Objekt vom Anderen abtrennen läßt, kann das Subjekt zu dem gelangen, was den Mangel ausmacht. Als abtrennbares Objekt kann es fehlen, dem Anderen wie dem Subjekt. Da es fortan fehlt und mangelt, muß es nicht länger dem Anderen zurückgegeben und kann es gesucht werden.

An diesem Punkt befindet sich das Subjekt schon beinahe auf der anderen Seite, hat es seine Lage beinahe schon verändert. Das, was fehlt, was abwesend ist und gesucht wird, braucht einen Namen, muß zuallererst benannt werden. Dies also ist der Zwischenraum, von dem oben die Rede war. Der Ort des Auftauchens des Signifikanten ist eine Grenze. *Auf der einen Seite* dieser Grenze fehlt der Signifikant, das Objekt ist im Realen und dort so wenig verloren, daß das Subjekt keinen anderen Zugang zu ihm findet als den, es dem Anderen zurückzugeben. Das Subjekt stößt, dort, wo es das Objekt verloren hat und den Signifikanten aufnehmen muß, auf ein Loch. *Auf der anderen Seite* dieser Grenze ist es das Reale, das ein Loch bekommen hat. Der aufgenommene Signifikant reißt dieses Loch und nicht länger der Signifikant fehlt, sondern etwas im Realen. Dies eröffnet dem Subjekt einen anderen Zugang zum Objekt, das zwar durch das Loch im Realen gefallen ist, an dessen Rändern aber der aufgenommene Signifikant genügend Spuren hinterlassen hat. Das Objekt hinterläßt – *einmal* verloren – *unzählige* Spuren und Zugänge. Auch der Status des Objekts bleibt – auf der anderen Seite der Grenze – von diesen Veränderungen nicht unberührt: das reale Objekt des ersten (mütterlichen) Anderen verwandelt sich in seinen Signifikanten („Mama"), ist nicht länger ausschließlich Objekt der Bedürfnisbefriedigung, sondern wird in einer neuen Dimension Objekt des Anspruchs des Subjekts, mit dem es sich an den Anderen wendet.

Es bleibt darauf hinzuweisen, daß, anders als das Objekt im Realen, das als zum Anderen gehörend gesehen wird, der an die Stelle dieses Objekts tretende Signifikant *nicht* dem Anderen gehört. Mit diesem Signifikanten, den der Andere dem Subjekt bringt, hat (auch) dieser Andere Gelegenheit, Abstand zu nehmen vom Phantasma der Vollkommenheit, das ihm sein Objekt verspricht. Der Signifikant wird, entgegen diesem Phantasma, zum dritten, zum trennenden Terminus.[46] Er trennt, jenseits der Grenze, die er bezeichnet, das Objekt vom Anderen, das Subjekt vom ersten Anderen und das Subjekt von seinem Objekt.

Die oben beschriebene Wendung an den Anderen mit dem Signifikanten „Mamam" bekäme, so gehört, eine andere Implikation. Sein Stellenwert ginge über seine mögliche Bedeutung, sein Signifikat – die Anrufung eines mütterlichen Ersatzes – hinaus. Anders gesagt, die Frage der Bedeutung, der Wirkung auf der Ebene des Signifikats, träte gegenüber der Wirkung auf der Ebene des Signifikanten zurück. Es ginge bei diesem „Mamam" in erster Linie nicht so sehr um die Bedeutung, sondern um eine signifikante Funktion. Es ginge um „den Einschnitt des Signifikanten", der das Subjekt vom Anderen, den einen Körper vom anderen, trennte.[47] Der Signifikant würde zum Träger einer Befreiung: der Ruf, mit dem sich hier das Subjekt an den Anderen wendet, würde beide, sowohl das Subjekt als auch den Anderen, auf ein *Jenseits* des realen Körpers dieses ersten (mütterlichen) *Anderen* verweisen.

Adelinde Gschwender und Olaf Schmidt

Nino

Passagen

Unter Bändeln

Ich bin ein Clown am Rande der Welt" (Nino)

Ich bin mit Nino zur Einzelstunde im „Spielzimmer". Er ist voller Unruhe, trippelt auf den Zehenspitzen im Zimmer hin und her, vogelähnliche Laute ausstoßend oder einsaugend, und sucht den gesamten Raum nach etwas ab, was sich als „Bändel" anbietet oder sich zum „Bändeln" eignet. Zumeist sind es einfach Schnüre oder Fäden. So zieht Nino zum Beispiel aus Stoffresten oder den Schnüren einer Puppenschaukel Bändel heraus. Die jeweiligen Bändel scheinen austauschbar, keiner scheint wesentlich mehr Wert und Bedeutung für Nino zu haben als ein anderer. So schnell, wie er neue aufgreift, verliert er sie auch – scheinbar ohne Interesse –, läßt sie einfach „links liegen" und zeigt auch keine sonderliche Freude, wenn er einen „alten" Bändel wiederfindet. *Es ist so, als hätte er sie nie verloren oder vermißt.*

Es scheint ihm um ein Bändeln zu gehen, welches ihn in eine Erregung versetzt und bei dem es vor allem um die hervorgerufene Empfindung und den damit verbundenen Gefühlszustand geht und um anderes nicht spüren zu müssen. Nino hält es ohne seine Bändel, seine autistischen Objekte, nicht lange aus.

Meine Anwesenheit scheint Nino überhaupt nicht wahrzunehmen, geschweige denn, daß er mich als ein lebendiges Gegenüber anerkennt. Nino nimmt keinen Blickkontakt zu mir auf. *Ich bin ein Ding – ein Bändel – unter anderen.* Sobald Nino einen neuen Bändel aufgegriffen hat, setzt er sich hin, hält diesen ganz nah an sein Gesicht – fast wie wenn er mit ihm schmust – und bewegt diesen über den Daumen hängenden Bändel ständig hin und her, rauf und runter. Dabei stößt er diffuse Laute aus, die von großer Unruhe und Erregung zeugen. Ich bin wie Luft für Nino und mir kommt der Gedanke: „Was soll ich eigentlich hier dabei?", „Kann er eigentlich auch alleine machen!" *Nino registriert weder mein Erscheinen noch mein Verschwinden, kann weder meine Anwesenheit noch meine Abwesenheit erfassen.* Er dreht weiter seine Kreise im Raum und bewegt dabei wild seinen Bändel.

So vergehen die Spielstunden einige Zeit lang vorwiegend mit Bändeln. Nino läßt zwar auf mein Verlangen hin seine Bändel im Zimmer zurück, hält es aber im Spielzimmer selber zunächst nicht längere Zeit ohne etwas zum Bändeln aus.

Manchmal versuche ich, mich ihm anzunähern, was eher einem Angleichen nahekommt, indem ich verschiedene Laute, solche, die seinen ähnlich klingen, mit meinem Mund forme. Ich habe zwar das Gefühl, sie dringen bis zu ihm vor, er nehme sie in sich auf, er zeigt aber keine sichtbaren Reaktionen. Ich bemerke, daß er mich „aus den Augenwinkeln heraus" beobachtet und meinen Tönen lauscht, er aber scheinbar selbstvergessen und mit anderen „Dingen" beschäftigt bleibt. Es ist, als müsse Nino seine vorsichtige Aufmerksamkeit und Offenheit für meine lautlichen Offerten – mein Versuch, ihn anzusprechen – vor mir verbergen.

Als einziges Angebot von mir nimmt Nino in dieser Zeit in den Spielstunden die Hängematte an. Er legt sich in diese hinein und meist erlaubt er, daß ich ihn mit einer Wolldecke zudecke und ihn hin und her wiege. So wie er sich mit den Bändeln in einen Erregungszustand schaukelt, schaukele ich ihn in der Hängematte. Was er nicht erträgt ist, daß ich außerhalb seiner Kontrolle stehe und nicht jederzeit verfügbar bin wie seine Bändel. Manchmal berührt er die weggehängte Hängematte. Ich verstehe es als Zeichen, als Aufforderung, daß ich sie aufhängen und ihn schaukeln soll. Dies aber auch nur – so ist mein Eindruck –, wenn er mein Tun, dessen Ort und Zeitpunkt, bestimmen kann, wenn er die „Fäden" weiterhin in der Hand behalten kann – wie bei seinen Bändeln –, mit dem Unterschied, daß ich aber dieses Mal an ihnen hänge und zu seiner Marionette oder zu seinem Bändel werde. Sobald er das Gefühl bekommt, daß ich ihn zudecken will, schmeißt er die Wolldecke hinaus. Meinen Wunsch, meine Fürsorge für ihn, scheint er nicht leiden zu können und nicht dulden zu wollen.

Nino scheint im wahrsten Sinne des Wortes unter dem „Deckmantel" der Fürsorge, im konkreten Fall unter der „Woll-Decke", die Angst zu bekommen, ich könne ihn – sein Wollen – zudecken und er könne unter meinem Wunsch zum Objekt, zum Ding unter anderen werden und als Subjekt verschwinden.

In dieser Zeit nimmt er einige Laute, Worte, Wort-Fetzen und Redewendungen von uns Betreuern auf, die er in verschiedenen

Situationen regelrecht aus sich herausstößt, sie fast schreiend, mehrmals wiederholend wieder von sich gibt. Nachträglich erscheint es, Nino habe diese Situationen ungewußt aufgesucht.

Die Wortfetzen sind wie *Spuren*, die wir bei ihm hinterlassen haben, wenn bestimmte Erregungs- und Gefühlszustände diese Worte bei uns hervor-gerufen und ausgelöst haben.

Dies insbesondere in Situationen des Übergangs, dies durchaus auch im konkreten Sinne, zum Beispiel bei dem für ihn in dieser Zeit schwierigen Treppensteigen oder beim Überschreiten wechselnder Bodenbeläge, Türschwellen oder Absätze. Diese bilden eine panikmachende und scheinbar unüberwindbare Hürde für ihn. So kniet er sich vor diesen sichtbaren „Übergängen" nieder, und es wirkt, als sei er jetzt fest verklebt mit dem Boden. Es wirkt so, als komme er ohne fremde Hilfe nicht von ihm los und weiter vorwärts. Wie in einem Zwang liegt der in höchster Verzweiflung abgeknickte Fuß auf der Holztreppe und alles an Nino ist jetzt ganz steif und voller Angst verkrampft. In solchen Situationen ruft er zum Beispiel „Immer mit der Ruhe!", „Achtung, Achtung!" oder wie ein Papagei schreiend: „Ballisto! Ballisto!", wobei er das i und o so betont, daß es in den Ohren schmerzt, ähnlich wie auch bei seinem ganz verzweifelten, dabei Luft einsaugenden „AUA!" Die Laute und Worte bedeuten eine erste Verbindung zu gewissen Erregungszuständen, die bei Nino in Angst auslösenden Situationen auftauchen und für ihn eine Überbrückungsfunktion haben.

Was seine Bändel betrifft, so bin ich in meinen Gefühlen ganz gespalten. Am liebsten würde ich alle Bändel wegschmeißen und verschwinden lassen, um endlich zu ihm vorzustoßen, ihn zu Gesicht zu bekommen, voller Ungeduld, von ihm nichts „Eigenes" zu spüren und das Gefühl zu haben, daß er zwischen seinen Bändeln und mir keinen Unterschied macht und mir mein „Eigenes" nimmt. Ich spüre aber auch meine Angst, was – wenn ich ihm seine Bändel versage oder besser entziehe – dann an Wut, Ohnmacht und Traurigkeit herausplatzen könnte und frage mich, ob ich, ob wir, diese auch ohne Bändel binden und halten können, und ob Nino den Verlust seiner autistischen Objekte verwinden kann. Die Bändel scheinen ein Teil seiner selbst geworden zu sein, so wie er mich höchstens als einen verlängerten Teil seiner selbst ansehen kann.

Inzwischen erlebe ich einen Nino, der sich schon – zu meiner Freude – an die Regel hält, daß in den Spielstunden nicht längere Zeit gebändelt oder nur alles nach Bändeln abgesucht wird. Er versichert sich immer wieder dieser Regel, indem er als erstes zu Beginn der Spielstunde zur Schublade mit den Stoffresten geht, den Stoffetzen über den Daumen hängt, ihn bewegt und dabei Schreie von sich stößt, die für mich als Laute unterscheidbarer werden und darüber differenziertere Gefühlszustände erkennbar machen. Es gibt erste Anflüge von einem „Kichern", wenn ich ihm zurufe „Du alter Bändelfritze!" oder kopfschüttelnd „Nein!" rufe. Er wirft sogleich den Stoffrest auf den Boden, als wäre er total unwichtig für ihn, dreht eine Runde durch das Zimmer, meist auf den Zehenspitzen gehend, bückt sich wieder zum Bändel, zu mir herschauend, kichernd, manchmal sogar dabei den Kopf schüttelnd und sagt mit voller und laut erregter Stimme: „Ich habe gesagt, *Nein!*"

Stattdessen sucht er sich im Raum Dinge, die er in den Mund steckt, wie eine Kasperlefigur aus Gummi, die Prinzessin, auf deren Krone er voller Genuß herumkaut. *An der Stelle, wo zuvor die Bändel den Raum versperrt haben, erscheint jetzt vermehrt Ninos Mund.* Eine andere Dimension eröffnet sich.

Auch das Essen nimmt größeren Stellenwert ein. So rast Nino zum Sandkasten, greift blitzschnell hinein und ißt Sand. Höchst amüsiert, wenn ich sofort „Nein!" oder „Die Linde sagt: Nein!" rufe und ihm erkläre, daß ich es inzwischen nicht mehr zulasse, daß er „Dreck" in sich hineinsteckt. Das kann ein Spiel werden, das er ständig wiederholen möchte.

In dieser Zeit überkommt mich oft das Gefühl von einer Unendlichkeit, der kaum aushaltbare Gedanke, unaufhörlich dasselbe wiederholen zu müssen und dies vielleicht noch eine unendliche Zeit lang.

Inzwischen sucht Nino nach etwas „Bändelhaftem" an *mir.* So nimmt er meine Haare zwischen die Finger, bewegt diese hin und her, rauf und runter, oder meinen Ohrring, so daß ich ihn irgendwann ausziehe oder gar keinen mehr anziehe. Oder er spielt an meiner Armbanduhr, klopft dagegen oder reißt daran herum. Empört sage ich erst einmal: „Hejo, Nino, ich bin doch nicht Dein Bändel!", voller Ärger, von ihm zu seinem toten Gegenstand, mit dem er spielen will, gemacht worden zu sein.

Nino prüft, ob ein Teil an mir auch von mir abtrennbar für ihn zur Verfügung steht. Der größte Ärger und Widerstand in mir entsteht, wenn Nino mir an der Stirn die Haare aus dem Gesicht nach hinten streicht, seine Stirn oder seine Lippen daran preßt und dann lustvoll erregte, voller Wohlgefühl erfüllte Laute von sich gibt. Sein Genießen ist nicht meine Lust. Mein Gesicht, die Grenze zwischen Nino und mir, verschwindet durch dieses zu nahe „Körper an Körper". Er (miß-)braucht mich für sein Genießen. Andererseits spüre ich diesseits seines Genießens „seine Freude" und zweifle, ob ich ihn nicht einfach machen lassen soll.

Ich frage mich, bin ich da der Bändel, oder gibt es da den Bändel als etwas Abtrennbares an mir, wo er mich übergangsweise als Ersatz für seine Bändel gebrauchen kann.

„Du bist (nicht) ganz!"

Wiederum einige Zeit später kommt es inzwischen oft vor, daß Nino mir an den Mund faßt und sagt: „Jetzt singen wir beide". Nino spielt vermehrt mit Lauten, nimmt Blickkontakt auf und betrachtet mich des öfteren, mein Gesicht, meine Mimik, und vor allem lauscht er den neuen Lauten, die ich oder ein anderer mit dem Mund produzieren kann und versucht sie nachzuahmen. Mit seinen Fingern untersucht er meine Mundhöhle, insbesondere die Zähne. Er hat auch Spaß gewonnen an Körper-Spielen mit Widerstand. Ich drücke meine Hände gegen seine oder wir ziehen „aneinander" hin und her. Wo er früher so gut wie keinen Körperkontakt zugelassen hat, sich zum Teil am ganzen Körper versteift hat, wenn man ihn angefaßt hat, sucht er nun diesen Kontakt sogar des öfteren von sich aus. Meine Widerständigkeit und Grenzziehung scheint er nicht mehr nur als Penetranz zu erleben, sondern auch als haltgebend genießen zu können.

Nachdem ich von ein paar Tagen Urlaub zurückgekommen bin, steigt er wiederholt die Steigleiter im Spielzimmer ein Stockwerk höher. So wie ich mich von ihm räumlich und zeitlich entfernt habe, entfernt er sich räumlich von mir. Da oben, auf der schmalen Dachgeschoßfläche steht er, kniet sich voller Angst hin – über diesen Abgrund blickend –, die Höhe zwar selbst überwunden, aber scheinbar nicht mehr wissend, wie er da je wieder herunterkommen solle und schleudert mir verzweifelt schreiend den Satz „Du bist ganz“ entgegen.

Diesen Satz habe ich des öfteren gebraucht, wenn er verzweifelt schien und innerlich auseinanderzufallen oder sich aufzulösen drohte.

Nino scheint zum wiederholten Male zu spüren, daß ich nicht so bestimmbar bin, wie er es sich wünscht. So wie ich ihn verließ, scheint er sich sich jetzt von mir entfernen zu wollen, begibt sich dabei aber in eine ohnmächtige Situation, aus der er selber nicht mehr herausfindet, in der er merkt, daß er auch von mir „abhängt“ und angesichts dieses Kontrollverlusts auch wütend reagiert.

Der Satz „Du bist ganz“ erscheint wie ein Paradox. Er beinhaltet, daß er „ganz“ ist, daß ihm nichts fehlt. Wäre er jedoch „ganz“ bzw. würde er sich ganz fühlen, so bräuchte er sich mit diesem Satz nicht an jemanden anderen zu wenden. Der Satz „Du bist ganz“ verweist somit darauf, daß er sich eben nicht vollständig fühlt, daß ihm etwas, etwas anderes, ein anderer, fehlt. Seine Bändel hat er immer wieder als (vom Betrachter aus) Objekte gebraucht, um diesen dunkel gespürten Mangel zuzudecken, dieses gespürte Loch zu verstopfen, bis dahin, daß sie ihm nicht mehr halfen, an dem Punkt, als er sich auf die Hilfe vom anderen eingelassen hatte.

In dieser Zeit gerät Nino öfters in Verzweiflungszustände. Er schlägt sich, beißt sich in die Arme oder in die Schuhe, kratzt sich an Armen und Beinen, bohrt mit seinem Kopf und seinen Fingern Löcher in die Wand, beißt oder reißt Löcher in Kleidung, Bettlaken und andere Dinge. Nicht einmal seine Bändel scheinen ihm mehr zu helfen, diese Zustände zu überbrücken und auszuhalten.

Zu dieser Zeit erlebe ich aber auch zum erstenmal, daß Nino weinen und sich durch meine Anwesenheit trösten lassen kann.

Während einer anderen Spielstunde verschwindet Nino aus dem Spielzimmer. Er muß angeblich dringend auf die Toilette nebenan.

Ich versuche zu hören, was er sagt, was er dort lustvoll an einzelnen Lauten und Worten ausstößt und welche er betont. Es klingt wie „anander wieder lieb haben“. Daß er „wieder lieb“ sagt, kenne ich von ihm, er hat es schon öfters leise gesagt. Früher habe ich dies öfters gesagt, wenn er nach Situationen, in denen ich ihm etwas versagt oder verboten habe, mit autoaggressiven Attacken reagiert hat, als Beruhigung für sich und mich, fast wie eine Beschwichtigung. Aber heute höre ich, wie er vor allem mit dem ersten Wort spielt. Bis ich, er immer noch auf dem Klo sitzend, verstehe, daß es „einander" heißen soll. Als er dann in das Zimmer zurückkehrt, verstehe ich ganz deutlich „einander wieder lieb haben!"

Und ich habe das Gefühl, daß er mir sagen will „sei doch wieder lieb mit mir!, insbesondere in dieser Zeit der Einzelstunde". Und ich verstehe, daß die vielen Grenzziehungen und Kämpfe, die er in den letzten Tagen im Alltag ständig als „frecher Bursche" provoziert, ihn mir jetzt sagen lassen, daß er jetzt wolle, daß sich der eine und der andere wieder lieb haben sollen.

Tatsächlich ist in dieser Zeit im Alltag immer deutlicher geworden, was er will und nicht will. Nino ist dabei, immer mehr zu „erscheinen", mit seinen Wünschen, mit seinem „Selbst".

Zuletzt hat Nino dieses in die Form gebracht, indem er, die Treppe zu seinem Zimmer hochsteigend – en passage – sagte: „Das bin ich".

Anmerkungen

1 „Der Weg der Realität ist mit verlorenen Objekten gesäumt." (P. Ricoeur). Dazu Freud: „Man erkennt aber als Bedingung für die Realitätsprüfung, daß Objekte verlorengegangen sind, die einst reale Befriedigung gebracht hatten." (Die Verneinung) „Die Objektfindung ist eigentlich eine Wiederfindung." (Drei Abhandlungen...) „Ein Objekt, das jeder endogenen Exzitation die zukommende Sättigung verschaffen könnte, eine Mutter, die stets präsent wäre, wäre nie Objekt im menschlichen Sinne" (H. Lang, 1973, S. 222). „Was Freud hier von allen Autoren unterscheidet, die über dasselbe Thema geschrieben haben..., ist die Idee, daß das Objekt des menschlichen Strebens niemals ein wiedergefundenes Objekt im Sinne der Wiedererinnerung ist. Das Subjekt findet nicht die vorab verlegten Schienen seiner natürlichen Beziehung zur Außenwelt wieder. Das menschliche Objekt konstituiert sich immer durch die Vermittlung eines primären Verlusts. Nichts Fruchtbares hat statt für den Menschen, wenn nicht durch die Vermittlung eines Verlusts des Objekts" (Lacan, Seminar II, S. 176).

2 Mannoni 1973, 240.

3 Lefort/Lefort 1986, 276. Der nachfolgende Text ist ein Versuch der Herausarbeitung von Begriffen, die meiner Meinung nach für die Entfaltung des Themas wesentlich sind. Diese im fortlaufenden Text kur-

sivgedruckten Begriffe, die in den Fußnoten angegebenen Nachweise und die weiterführenden Hinweise auf die Texte von Mannoni und Lefort/Lefort sollen dem interessierten Leser Gelegenheit geben, den hier aufgeworfenen Fragen weiter nachzugehen.

4 Mannoni 1973, 129. Es heißt dort weiter: Freud „führt uns vor Augen, daß in uns selbst eine fundamentale Spaltung existiert, nach der sich unsere Beziehung zur Welt des Wunsches strukturiert." Und in einer Anmerkung zu dieser Stelle: „Lacan nimmt das wieder auf, wenn er 'das Objekt, insofern es durch die narzißtische Beziehung strukturiert ist, und das *Ding*, insofern es vom Netz der Triebe eingesponnen ist', untersucht. Das *Ding* ist das *verlorene Objekt*. Lacan betont die Tragweite der Theorie Melanie Kleins 'nach der die Sublimation eine imaginäre Lösung eines symbolischen Wiedergutmachungsbedürfnisses hinsichtlich des mütterlichen Körpers ist' (nach dieser Auffassung tritt der mystische Körper der Mutter an die Stelle des Dings)." Vgl. dazu auch Mannoni 1973, 33.

5 Der Schwerpunkt liegt im folgenden auf den Gemeinsamkeiten (Fehlen der Urverdrängung, Mißlingen einer ersten Trennung von Selbsterhaltungs- und Sexualobjekt), nicht auf den aufzeigbaren strukturellen Unterschieden zwischen beiden.

6 Mannoni 1978, 283.

7 Eintragen wird sie sich allerdings in jene drei Register jeder menschlichen Erfahrung, wie sie Lacan eingeführt und benannt hat: im *realen*, im *imaginären* und im *symbolischen Register*. Noch eine Bemerkung zum Austausch zwischen Erwachsenem und Kind bzw. zu der Anpassung der Antwort des Erwachsenen an den Ruf des Kindes: Dieser Austausch und diese Anpassung sind notwendig, weil sie einen Reizschutz gewährleisten, der ausreichend sein muß, damit es in der Folge überhaupt zu psychischer Strukturbildung kommen kann.

8 Dieser „sprechende" Körper ist keinesfalls gleichzusetzen mit einem *symbolischen Körper*, der *benannt* werden könnte. Vgl. dazu die Ausführungen von Lefort/Lefort 1986, 278, die in diesem Zusammenhang versuchen, die Struktur des Körpers in Form eines Möbiusbandes zu begreifen: „Die Topologie des Körpers besteht in der klinischen Erfahrung, in dem, was die klinische Erfahrung am sichersten vermittelt, nämlich die Erfahrung des Struktur bildenden Signifikanten, des wie eine Sprache strukturierten Unbewußten, und ebenfalls die Erfahrung der Geometrie des Loches, das in der Oberfläche des Körpers vorhanden ist, denn ein Loch gibt es nur in einer Oberfläche." Vgl. dazu weiterführend Lefort/Lefort 1986, 284.

9 Mannoni 1972, 153. Mannoni 1978, 257.

10 Nach Lacan 1938: Komplex der Entwöhnung, Komplex des Eindringlings, Ödipuskomplex, Kastrationskomplex. In gewissem Sinne sind es *Komplexe der Entwöhnung vom Anderen*, weshalb sie oben auch unter diesem Begriff genannt werden.

11 Vgl. Lacan 1938, „Die Familie“, in: Schriften III, Weinheim, Berlin 1986, S. 48. Vgl. dazu auch Lefort/Lefort 1986, 276.

12 Mannoni 1973, 138.

13 Lacan hat den von Freud als Verdrängung bezeichneten neurotischen Abwehrmechanismus und die Verwerfung als psychotischen Abwehrmechanismus strukturell unterschieden. Vgl. dazu auch Lefort/Lefort 1986, 285: „Die Psychose beweist es uns; sie steht nicht nur außerhalb des Symbolischen, sondern zwangsläufig auch außerhalb des Metaphorischen. Das psychotische Subjekt selbst ist an Stelle des Namens-des-Vaters von einem Loch im Signifikanten gekennzeichnet, was Lacan im Anschluß an Freud unter dem Begriff der Verwerfung wiederaufgenommen und weiterentwickelt hat, um die Pathognomie der Psychose umfassend darzustellen. Dort, wo der Signifikant den Körper konstituiert, befindet sich der Psychotiker im Leeren, denn sein Körper existiert nicht, weil er nicht über den Signifikanten des großen Anderen seinen Weg genommen hat.“

14 Vgl. dazu etwa Mannoni 1973, 181. Dort heißt es: „Die Sprache existiert vor dem Erscheinen des Subjekts, ja sie bringt es, wie man sagen könnte, hervor. Das Kind hat z.B. bereits vor seiner Geburt seinen Platz im Reden der Eltern, so hat es schon einen Namen, es ‘wird gesprochen‘ (...) Reden, in denen es sozusagen badet.“ Vgl. dazu auch Mannoni 1973, 54: „Nichts an der Psychose läßt sich begreifen, wenn man nicht ermittelt, auf welche Weise das Kind (bereits vor seiner Geburt) in ein Bündel elterlicher Worte eingeschnürt wurde, die ihr Mal auf der Ebene des Körpers einprägen und die manchmal für immer den Zugang zu einem symbolischen Körper versperren.“

15 Vgl. dazu Lefort/Lefort 1986, 275.

16 Vgl. dazu Mannoni 1973, 213: „Der Wunsch kann definiert werden als Rückkehr des Subjekts zu sich selbst in einem Punkt, wo es sich gegenüber der Phantasie fixiert. Dabei sucht es nach einem Objekt als Zentrum. Dennoch handelt es sich nicht um eine Objektbeziehung, auch nicht um ein Bedürfnis, sondern um etwas, was dem Subjekt als solchem innerhalb der Objektbeziehung einen Platz geben wird zwischen der reinen Bedeutung und dem, was zur Ordnung des Signifikanten gehört. Das Subjekt erscheint dann als umgrenztes (von der Kastration geprägtes) Wesen.“ Das wünschende Subjekt, das sich im Sprechen konstituiert, ist zugleich das geteilte Subjekt: Subjekt der Aussage und Subjekt des Aussagens.

17 Vgl. Mannoni 1973, 142f.: „Die Antwort des Anderen auf seinen Ruf hat den Psychotiker darauf verwiesen, sich nur auf der Ebene des Verlangens (des Anspruchs) – und nicht auf der Ebene des Wunsches – bestätigen zu können.“ Vgl. dazu auch Lefort/Lefort 1989, wo die Autoren von der symbolischen Dimension des Objektmangels und der Kastration sprechen, „von der Freud stets unterstrichen hat, daß sie das Subjekt begründet. Dieses verlorene Objekt ist das, was in der Psychose fehlt.“

18 Mannoni 1978, 262.
19 Mannoni 1973, 138.
20 Diese eignen sich, dem *imaginären Phallus* ihr Kleid zu leihen. Wie Lefort/Lefort 1986, 277 anmerken, geht es hier wesentlich um die Funktion und nicht um die Natur des Objekts. Vgl. dazu weiterführend Lefort/Lefort 1986, 280. Die phantasmatischen Kastrationsängste betreffen den Verlust dieses imaginären Phallus und sind überdeterminiert durch die früheren Ängste vor dem Verlust der Brust und des Kots.
21 Vgl. dazu Mannoni 1973, 252f.: „In metaphorischer Weise arbeitet sich hier (aus der Skandierung von Verlust und Wiederfinden) ein Signifikant heraus, wobei die Spur des Objekts im Signifikanten verlorengegangen ist." Vgl. dazu auch Lefort/Lefort 1989: „Dieser Signifikant ist nicht identisch mit dem Anderen, der ihn nicht enthält. Er zeugt von seinem Wunsch nach einem dritten Terminus, dem dritten Terminus, den Lacan mit dem Signifikanten des *Namens-des-Vaters* belegt hat. Vgl. auch Lefort/Lefort 1986, 276 und insbesondere 283f.: „Die Beziehung zum Symbolischen und zum Wort ist hier das diagnostische Kriterium für Neurose oder Psychose und bildet eine Klippe in jeder Behandlung von Psychotikern; daher müssen beide strukturell klar unterschieden werden (...) Der Signifikant und das Symbolische sind nicht deckungsgleich: Der erste stellt das Material dar, das zweite eine strukturelle Kategorie."
22 Vgl. Mannoni 1973, 134 und 141.
23 Deshalb läßt sich auch sagen, daß dem autistisch-psychotischen Kind „die Dimension des Symbolischen mangelt." Mannoni 1972, 153. Vgl. dazu auch Mannoni 1973, 137f.: „Lacan zeigt, daß gerade die Spiegelidentifizierung (die es in der Psychose nicht gibt) nur dann stattfinden kann, wenn das Wort dem Subjekt eine Erkenntnis seines Bildes ermöglicht. Fehlt der unerläßliche symbolische Hintergrund, so hinterläßt das Bild von sich selbst in der imaginären Ordnung ein gähnendes Loch." Der Psychotiker erkennt nicht den ähnlichen Dritten und sich zugleich, „es gibt entweder die Präsenz oder das Verschwinden des einen oder des anderen."
24 Vgl. Mannoni 1978, 266.
25 Mannoni 1978, 261. Die Leugnung des Mangels verunmöglicht den Gebrauch des Objektes als eines *Übergangsobjekts.*
26 Vgl. dazu Mannoni 1978, 261. Lefort/Lefort 1989 sprechen davon, daß die „spezifischen Brüche der psychotischen Struktur sowohl die Register berühren – Abwesenheit des Symbolischen, Desaster des Imaginären, Überwiegen des Realen –, als auch den Status des Anderen, der dort absolut wird, und wo das Objekt, weit davon enfernt, verloren zu sein oder zu fehlen, als zuviel in das Subjekt eingeschlossen ist, das Subjekt also versucht, es loszuwerden, wenn nicht, es dem Anderen wiederzugeben."
27 Mannoni 1978, 287. Mannoni 1973, 140, 214. Dieses dritte Element ist nach Mannoni auch die *Wahrheit*, die sich zwischen Erwachsenem

(Analytiker) und Kind (Analysant) herstellt. Man kann dieses dritte Element auch im institutionellen *Rahmen* erkennen, insofern dieser der Träger der grundlegenden Gesetze jedes menschlichen Zusammenlebens ist, sich an ihm also die *symbolische Ordnung* ablesen läßt. Die Wahrheit, die sich zwischen dem Kind und dem Erwachsenen herstellt, ist auch eine, die den Erwachsenen betrifft, der spricht: Auch ich bin dieser symbolischen Ordnung unterworfen, auch ich bin *subjectum.* Vgl. dazu auch Mannoni 1973, 71: „Eine therapeutische Gemeinschaft, die von den nur imaginären Beziehungen der Beteiligten untereinander beherrscht wird (ohne daß ein Rückgriff auf ein drittes Element möglich wäre), hat die Tendenz, in der institutionellen Realität lediglich jene besondere Form des psychotischen Erlebens zu reflektieren, eines Erlebens, das durch Zusammenstöße, Brüche, Situationschocks gegliedert ist und im delirierenden Zustand sich in einer Sprache ausdrückt, die über die Auflösung von Identitäten und die Verschachtelung der Bilder Auskunft gibt. Nur in der Ordnung des Symbolischen ist (...) eine Wiederaufnahme des Imaginären möglich."

28 Vgl. Mannoni 1973, 136f. und Mannoni 1973, 53f.: „Im Ödipuskomplex spielt, ausgehend vom Symbolismus der Kastration, das Einfügen des Wunsches in die menschliche Ordnung die gleiche Rolle (wie ein Initialopfer, Anm. F.G. nach M.M.). Genauer gesagt, es entsteht eine neue Struktur, die die bisherige duale Situation (eine imaginäre Situation: eine unvermittelte *Ich-Du*-Beziehung) in eine (symbolische) Dreieckstruktur transformiert, die die Bezugnahme auf einen Dritten in sich hineinnimmt. In dieser Struktur ist die Bezugnahme auf eine Vergangenheit enthalten, mit all dem, was als Tradition in ihr impliziert ist, vermittelt über den symbolischen Vertrag, über Schuld und Verfehlung."

29 Vgl. dazu Lefort/Lefort 1986, 281: „Das Symbolische zeigt sich hier als ein Loch und als Notwendigkeit, damit es ein Unbewußtes und ein Subjekt geben kann. So zahlreich die Symbole auch sind, sie beziehen sich alle auf den eigenen Körper, auf die Verwandtschaftsbeziehungen, auf die Geburt, auf das Leben und den Tod."

30 Mannoni 1973, 181. Vgl. dazu auch Mannoni 1973, 187: „Das Symptom des Kindes deckt innerhalb des Familiendiskurses die Leere zu, die die nicht geäußerte Wahrheit schafft."

31 Mannoni 1978, 278. Das *Subjekt* ist dann, wie in dem diesem Text vorangestellten Motto ausgedrückt, ein *Ort von Beziehungen.* Zwischen dem Subjekt und dem Anderen, auf dem Weg, den der *Diskurs des Anderen* zum Subjekt zurücknimmt, liegt jener „andere Schauplatz", den Freud dem Unbewußten freigehalten hat.

32 Vgl. dazu Mannoni 1978, 281: „Die Psychoanalyse ist kein Heilmittel, das Fehlendes ersetzt; und zwar insofern nicht, als das, woran es den Kindern mangelt, nicht notwendigerweise etwas Zusätzliches ist, zusätzliche Liebe, zusätzliches Sprechen oder zusätzliches Verständnis; es sind vielmehr *Gelegenheiten*, die den Kindern fehlen, genauer gesagt,

eine bestimmte Art der Öffnung, die es diesem oder jenem beispielweise erlaubt hätte, seine Wut voll auszuleben oder bis auf den Grund seines Verlangens zu gehen. Diese *verlorengegangenen Gelegenheiten* haben auf das Subjekt wie eine Einfriedung gewirkt (...).“

33 Mannoni 1978, 280. Dies berührt die ethische Dimension dieser Arbeit, auf die an dieser Stelle leider nicht weiter eingegangen werden kann. Einen Hinweis, um was es sich bei dieser ethischen Dimension handelt, gibt Mannoni 1978, 288, wo sie schreibt, „daß es niemals das Kind sein darf, welches den Preis für den Zugang zum Wunsch (der Erwachsenen) zu zahlen hat.“

34 Mannoni 1978, 217, 288. Der institutionelle *Rahmen* soll auch gewährleisten, daß diese eigenen Bezugspunkte der Erwachsenen auftauchen und ins Spiel gebracht werden können. Was damit in das Spiel eintritt, ist das, was Mannoni als *Bewegung* oder *Vorgang* bezeichnet. Zwischen diesen beiden Polen, der Permanenz des Rahmens und der Beweglichkeit des Vorgangs, zeigt sich, in welcher Art und Weise das Kind zwanghaft an der Wieder-holung des Phantasmas der *ursprünglichen Undifferenziertheit* festhält. Vgl. dazu Mannoni 1973, 77f. und 138f.

35 Mannoni 1978, 251. Vgl. dazu weiter Mannoni 1978, 252: „Das ist dann der Anfang eines langen Weges, der von Erwachsenen getragen sein will, die in der Lage sind, sich von den Effekten dessen, was von dem Unerträglichen eines Dramas nicht benannt werden kann, ansprechen und markieren zu lassen.“

36 Mannoni 1972, 27, 72. Vgl. dazu auch Mannoni 1972, 24: „*Kastration* ist eine Metapher. Wir sehen entweder die Angst oder das Symptom. Die *Kastration* ist das, was sich als Angst darstellt, wenn der Andere das Subjekt nicht mehr als Lustobjekt anerkennt (...).“

37 Vgl. dazu Lefort/Lefort 1986, 279: „Wenn nun der Trieb seinen Weg über den großen Anderen nimmt, so deshalb, weil sich der Rang des Objekts a nicht nur in der Beziehung zum großen Anderen manifestiert, sondern weil er als Verlust, der auch den großen Anderen betrifft, die Andersheit des großen Anderen für das kleine Subjekt begründet. Nun ist der große Andere nicht mehr absolut gesetzt: Er ist *gesperrt* (...), dem Verlust gleichfalls unterworfen, was in gewisser Weise auf die Kastration vorausweist, die eine Kastration des großen Anderen, aber auch eine des Subjekts ist und auf die Freud bekanntlich als nicht zu umgehendes Hindernis stieß.“

38 Vgl. dazu Lefort/Lefort 1986, 282.

39 Vgl. dazu Mannoni 1978, 220.

40 Lefort/Lefort 1986, 276. Dort heben die Autoren hervor, daß ihrer Meinung nach die Analyse von sehr jungen Kindern „besonders geeignet ist, uns ganz unmittelbar diesen Ort deutlich zu machen, wo es um die Bedeutung des Subjekts in der Psychoanalyse geht, insofern es nämlich ‘von einem Signifikanten für einen anderen Signifikanten repräsentiert wird.‘“ Vgl. dazu Mannoni 1978, 263 und 1973, 142, wo die Autorin von

der Möglichkeit spricht, „mit dem Mittel des gesprochenen Wortes dahin zu gelangen, daß Sinnstiftungen als signifikante Markierungen zu einer Neubestimmung der Lage des Subjekts führen können."

41 Vgl. dazu Lucien Israël, „Die symbolische Begegnung", in: *Riss – Zeitschrift für Psychoanalyse,* Nr. 16, Februar 1991.

42 Vgl. dazu Mannoni 1972, 188, 1978, 258 und 266. Dort heißt es auch: „Dieser Vorgang setzt einen Anderen voraus, der von dem Kind nicht mehr als ein totes Objekt benutzt wird, einen Anderen, der letztlich in seinem Sprechen als lebendiger Bezugspunkt dienen könnte."

43 Freud, 1920 g.

44 Vgl. Mannoni im dem Text als Motto vorangestellten Zitat.

45 Nach der Definition, die Lacan dem Signifikanten gegeben hat.

46 Lacan hat diesen dritten Terminus den Signifikanten des *Namens-des-Vaters* genannt.

47 Vgl. dazu Rosine Lefort/Robert Lefort, „Das Reale, das Symbolische, das Imaginäre in der Dialektik des Anderen und des Objekts im Laufe der analytischen Kur", in: *arbeitshefte kinderanalyse*, Nr. 10, Kassel 1989. Dort heißt es weiter: „Es hätte auch ebenso gut der Signifikant 'Papa' gewesen sein können, den alle Kinder der Welt als erstes sagen können – und vor wem? Vor ihrer Mutter."

Literatur

Freud, Sigmund (1920 g): *Jenseits des Lustprinzips.* Studienausgabe Bd. 3, Frankfurt/Main.

Israël, Lucien (1991): Die symbolische Begegnung. In: *Riss – Zeitschrift für Psychoanalyse,* Nr. 16.

Lacan, Jacques (1938): Die Familie. In: Haas/Metzger (Hrsg.). Jacques *Lacan. Schriften III.* Weinheim, Berlin.

Lefort, Rosine; Lefort, Robert (1986): *Die Geburt des Anderen.* Bericht einer Kinderanalyse. Stuttgart.

Lefort, Rosine; Lefort, Robert (1989): Das Reale, das Symbolische, das Imaginäre in der Dialektik des Anderen und des Objekts im Laufe der analytischen Kur. In: *arbeitshefte kinderanalyse* (10), Kassel.

Mannoni, Maud (1972): *Das zurückgebliebene Kind und seine Mutter. Eine psychoanalytische Studie.* Olten, Freiburg.

Mannoni, Maud (1973): *Der Psychiater, sein Patient und die Psychoanalyse.* Olten.

Mannoni, Maud (1978): *Ein Ort zum Leben. Die Kinder von Bonneuil.* Frankfurt/Main.

Friedel Nielebock und Edith Ramminger

Der Weg als Ziel

Vom eigenlogischen Gebrauch von Objekten zu einer Welt von Objekten mit sozialer Bedeutung

Unterricht mit autistischen und psychotischen Kindern

Was hier kurz und prägnant als Ziel unterrichtlichen Handelns formuliert ist, ließe sich einfach verwirklichen, wären da nicht die Kinder, die sich oft mit ihrer ganzen Kraft wehren, diesen Weg geradlinig zu beschreiten.

Sich auf Umwege einzulassen, in endlos scheinenden Schleifen und Kreisen die Geduld nicht zu verlieren und sich in Tempo und Gangart dem Schüler anzuschließen, das ist die Kunst, um die sich der Lehrer bemühen muß, will er Kinder unterrichten, die sich dem Zugang zur realen Welt mit allen ihnen verfügbaren Mitteln verschließen.

Zentrale Fragestellung unseres Arbeitsalltages ist:

Kann schulisches Lernen überhaupt praktiziert werden mit Kindern, deren Lebensplan zu sein scheint, sich nicht entwickeln zu wollen oder zu können? Wie können Kinder lernen, wenn aufgrund des lebensgeschichtlich so frühen Einsetzens der Störung noch keine oder ganz wenig altersentsprechende Entwicklung stattgefunden hat und denen damit grundlegende Voraussetzungen für schulisches Lernen fehlen?

In unserer Themenstellung ist ein möglicher (Aus)weg angedeutet.

Im Unterricht mit autistischen Kindern erleben wir, daß die Identität des Lehrers als Wissensvermittler erschüttert wird.

Was es bedeutet, ganz früh gestörte, nicht sprechende, autistische und psychotische Kinder zu unterrichten, wird, glaube ich, deutlich, wenn wir betrachten, wie es einer Sonderschullehrerin ergeht, die zum ersten Mal solchen Kindern gegenübersteht.

Bei mir liegt diese Erfahrung nun etwa ein Jahr zurück, und sie ist in mir noch sehr lebendig.

Ich hatte schon vorher lange Jahre (wenn auch mit Unterbrechungen) in Zusammenarbeit mit diesem Verein autistische und psychotische Kinder und Jugendliche unterrichtet. Es handelte sich dabei jedoch immer um Kinder, die schon in irgendeiner Weise Zugänge zu schulischem Lernen gewonnen hatten.

Für die Kinder, die wir heute vorstellen wollen, scheint es diese Zugänge noch so gut wie nicht zu geben. Sie leben in einer Welt, in der die allermeisten unserer Bedeutungen für Dinge und Abläufe keine oder eine andere Bedeutung haben. Die Mauer, die sie um sich errichten, scheint undurchdringlich. Weder Sprache noch Gestik noch Mimik, noch irgendein anderes Mittel der Symbolbildung wird von ihnen kommunikativ verwendet.

Die wenigen Gegenstände, mit denen sie sich beschäftigen, sind nicht dazu da, sich die Welt der Objekte zu erschließen, sondern dienen dazu, sie sich vom Leibe zu halten.

Da ist zum Beispiel Jochen:

In den ersten Wochen meiner Schulzeit mit ihm kommt er täglich zu mir in die Stunde, beladen mit einer Masse von Dingen: einer Wanne voller Bälle, einem Berg von Rädern (abgeschraubt von Spielzeugautos) oder einer Wanne voller Eimer und Dosen.

Meist braucht er einen Betreuer, um seine Habseligkeiten transportieren zu können. In der Schule werden sie abgelegt. Jochen legt sich auf den Boden dazu und hantiert – für mein Verständnis – wahl- und ziellos damit.

Meine Unterrichtsarrangements auf dem Tisch und mich selbst beachtet er überhaupt nicht. Mache ich den Versuch, mich seiner Welt von Dingen zu nähern, um ein gemeinsames Tun zu ermöglichen, spuckt und tritt er gegen mich. Er stößt nahezu ununterbrochen monotone Laute aus und macht dadurch ein Angesprochenwerden durch mich unmöglich. Irgendwann erinnert er sich dann der Dinge, die für ihn im Unterricht mit meiner Vorgängerin von Bedeutung waren. Er holt sie und will damit in ganz spezifischer Weise umgehen. Da ich diese Weise nicht kenne, wird er wütend, tritt, spuckt, reißt mich an den Haaren. Im Laufe der Zeit geht er dazu über, alle Dinge aus der Zeit meiner Vorgängerin wieder im Klassenzimmer zu installieren und einen Großteil der Stunde damit zuzubringen, sie in Bewegung zu setzen. Die Bewegungen werden von monotonen Lauten begleitet. Er spricht nicht. Blickkontakt oder Kontakt über Gesten nimmt er nur dann auf, wenn ich ihm bei der Verrichtung seiner Tätigkeiten helfen soll.

Über Wochen habe ich nur die Chance des Beobachtens und Aushaltens.

Und da ist Nino:

Nino ist ein halbes Jahr im Heim, als ich anfange, ihn zu unterrichten. Bisher hatte er im wesentlichen Unterricht bei meiner Kollegin in einem bestimmten Schulzimmer.

Als ich ihm ebenfalls Unterricht anbieten möchte, ist Nino nur am Fliehen. Er kommt zwar in jeder Stunde zunächst in meinen Unterricht, scheint aber auf gar keinen Fall mit irgendetwas in meinem Zimmer in Berührung kommen zu wollen. Er geht auf Zehenspitzen, den Blick immer zur Decke gewandt, in der Hand einen mitgebrachten Gegenstand, der an einer Schnur befestigt ist und den er mit der anderen Hand dauernd in schnelle Bewegung versetzt. Seine Augen folgen der Bewegung dieses Gegenstandes. Dadurch wird es ihm unmöglich, das sonstige Geschehen im Raum wahrzunehmen.

Sobald ich in irgendeiner Weise Kontakt zu ihm aufzunehmen versuche, stößt er ganz grelle, hohe Töne aus. Er ist ständig am Rennen, wirkt wie ein im Käfig gefangenes Tierchen und irgendwann – mitten in meinem Satz – öffnet er dann die Tür und flieht aus dem Zimmer. Wenn ich ihn rufe, kommt er wieder – es wiederholt sich aber genau das Spiel vom Anfang. So geht es zwei bis drei Mal pro Stunde und über vier Wochen lang. Dann wird meine Kollegin krank und Nino tauscht mich gegen sie aus.

Meike ist unser drittes Kind, über das wir berichten wollen:

Ich arbeite schon seit einem halben Jahr als Lehrerin im Therapeutischen Heim, als Meike zu uns kommt.

Meike hat bisher einen Schulhort für autistische Kinder besucht und hat jahrelange Schulerfahrung hinter sich. Anders als die vorher beschriebenen Kinder hat sie sich Dinge angeeignet, die herkömmlicherweise mit Schule in Verbindung gebracht werden:

- Gibt man ihr eine Schere, so schneidet sie;
- gibt man ihr Perlen, so fädelt sie sie auf;
- gibt man ihr Stifte, so malt sie.

Jedoch scheinen alle diese Tätigkeiten mit ihrer Person absolut nichts zu tun zu haben. Sie arbeitet mit unbewegtem Gesicht, und in der nächsten Sekunde kann sie die Perlenkette in die hinterste Ecke gepfeffert haben, das Ausgeschnittene in tausend Stücke zerrissen, den Malstift wie eine Mohrrübe abgebissen haben. Dies passiert mit derselben unbewegten Miene und in einer Geschwindigkeit, daß es zunächst unmöglich ist, diesem Sturm an Zerstörungswut Einhalt zu gebieten. Wochenlang ist es eine meiner Hauptaufgaben im Unterricht mit ihr, die Dinge und das Schulzimmer vor ihren blitzschnellen Attacken zu schützen.

Über Wochen war ich durch die Anforderung, diese Kinder zu unterrichten, in meinem Selbstverständnis total in Frage gestellt.

- Ich hatte das Gefühl, nichts von dem, was ich in meiner Ausbildung und in jahrelanger Berufserfahrung gelernt hatte, hier anwenden zu können.
- Ich hatte das Gefühl, unendlich viel mehr wissen zu müssen. Wissen aus den Bereichen der Entwicklungspsychologie, der Heilpädagogik, der Logopädie, der Musik-, Tanz-, Körpertherapie usw. schien mir erforderlich, um diese Kinder begreifen oder gar erreichen zu können.
- Ich konnte die Kinder nicht mehr in die mir zur Verfügung stehenden Kategorien von Entwicklung einordnen, da mich jedes dieser Kinder – aufgrund ganz unterschiedlicher Persönlichkeitsanteile – innerhalb einer Unterrichtsstunde mit verschiedensten Entwicklungsniveaus konfrontierte.
- Ich hatte das Gefühl der absoluten Leere und Phantasielosigkeit. Kurz gesagt: ein Gefühl totaler Hilflosigkeit und Orientierungslosigkeit war übermächtig in mir.

So stellte ich in der Supervision und meiner Kollegin immer wieder die Frage: Ist das, was gemeinhin unter Schule verstanden wird, ein Ort, der diesen Kindern angemessen ist?

Wir haben Kinder zu unterrichten, die die psychischen Voraussetzungen für das Lernen in der Schule nicht besitzen.

Wir haben die drei Kinder beobachtet, und wir haben uns immer wieder die Frage gestellt, ob sie fähig sind, zu lernen, wie es von Schulkindern erwartet wird.

Mit Hilfe von Montessori, Erikson und Piaget wollen wir unsere Vorstellungen über Lernen und die dazu notwendigen psychischen Voraussetzungen skizzenhaft darstellen. Maria Montessori beschreibt, daß es eine Grundvoraussetzung für kindliches Lernen sei, daß das Material die Aufmerksamkeit des Kindes auf sich gezogen habe und das Kind spontan auf die Dingwelt zugehe.

Erik Erikson postuliert: „Das Kind muß frühere Hoffnungen und Wünsche (A.d.V.: womit er die ödipalen Wünsche des Kindes meint) vergessen, während seine überschäumende Phantasie gezähmt und ins Geschirr der Gesetze unpersönlicher Dinge gespannt wird“. Der Drang, andere Menschen durch direkten Kontakt zu erobern, müsse sublimiert worden sein, um die Bereitschaft aufbringen zu können, „sich Handfertigkeiten und Aufgaben zuzuwenden, die den bloßen Ausdruck seiner Körperfähigkeiten oder den Lustgewinn an der Funktion seiner Gliedmaßen weit überschreiten“ (womit er das Lernen in der Schule umschreibt).[1]

Und Jean Piaget sagt, daß wirkliches Lernen und Entwicklung eine spontane, schöpferische Tätigkeit des Individuums sei, die durch die Umwelt beeinträchtigt oder gefördert werden könne. Aber im wesentlichen bestehe Lernen in der aktiven Auseinandersetzung des Subjekts mit dem Objekt und beinhalte einen ständigen wechselseitigen Anpassungsprozeß vom Subjekt an das Objekt und vom Objekt an das Subjekt.[2]

Setzen wir unsere Kinder in Beziehung zu diesen Umschreibungen von Lernen und den dafür notwendigen psychischen Voraussetzungen, so sind sie allesamt noch meilenweit davon entfernt, als lern- und damit schulfähig bezeichnet zu werden.

Die drei Kinder beschäftigen sich mit Dingen, nicht aufgrund des Wunsches, etwas über diese Dinge zu erfahren oder um sich Fertigkeiten anzueignen oder um ihre Grenzen entlang dieser Beschäftigung zu erkunden. Die Dinge werden vielmehr ihrer „sozialen“ Eigenschaften entkleidet und ausnahmslos den subjektiven Bedürfnissen unterworfen. Ein „Eigenleben“ der Dingwelt wird absolut verleugnet.

Die Beschäftigung mit Dingen geschieht auch keineswegs auf der Grundlage einer – zumindest vorübergehenden – Lösung früherer Konflikte, sondern sie ist vielmehr dazu da, die Ungelöstheit von Konflikten und die Verzweiflung darüber zuzudecken.

Die Beschäftigung mit Dingen dient gerade dazu, neue Erfahrungen nicht machen zu müssen. Die Erfahrung der Getrenntheit, des Andersseins, die Erikson als die Grundlage für die Umorientierung von Menschen auf Dinge bezeichnet, wird von diesen Kindern völlig negiert.

Das Tun dieser Kinder ist das Gegenteil einer aktiven Auseinandersetzung mit den Objekten im Sinne Piagets. Es dient vielmehr der Herstellung eines immer gleichen Zustandes der Leblosigkeit, einem Verhindern neuer Reize, die nur als gefährlich phantasiert werden können.

Der Mangel, den diese Kinder erleben, ist offenbar so groß, daß sie nicht den Eindruck haben, durch eigene Initiative irgend etwas daran ändern zu können. Sie scheinen den Stillstand als Lebensform für sich gewählt zu haben.

Wenn man Melanie Klein folgt, die ebenfalls der Schule erst dann eine sinnvolle Rolle zuschreibt, wenn psychische Probleme gelöst sind, könnte man ketzerisch anmerken: unser Tun ist sinnlos. Sie schreibt: „... daß, wo es sich um stärkere Gehemmtheit handelt, die Resultate auch jahrelanger pädagogischer Arbeit in keinem Verhältnis zum aufgewendeten Nutzen stehen“ ... „zuerst hätte die Frühanalyse die (...) Hemmungen zu beheben, und auf dieser Grundlage hätte die Arbeit der Schule einzusetzen. Wenn sie (die Schule, d.V.) ihre Kraft nicht mehr im nutzlosen Ansturm gegen die Komplexe der Kinder verzetteln muß, wird sie fruchtbare, für die Entwicklung des Kindes bedeutsame Arbeit leisten können.“[3]

Dies schreibt Melanie Klein allerdings über den Unterricht für neurotisch gestörte Kinder. Ob dies auch für autistisch/psychotische Kinder stimmt, stellen wir hier in Frage.

Wir versuchen im folgenden zu entwickeln, wie sich unseres Erachtens Unterricht gestalten muß, soll er für diese Kinder fruchtbar werden.

Die Funktion der Schule im therapeutischen Konzept unserer Einrichtung

Wenn es zutrifft, daß die oben beschriebenen Kinder noch nicht fähig sind zu lernen und wenn unser gewohntes Lehrerhandwerkszeug nicht greift, bleibt die Frage, welche Funktion wir als Lehrer im Entwicklungsprozeß dieser Kinder einnehmen können.

Im Grundgesetz und spezieller im Schulgesetz ist das Recht eines jeden jungen Menschen auf Erziehung und Ausbildung verbrieft. Dies muß ebenso für autistische Kinder gelten, auch wenn sie selbst nicht den Wunsch artikulieren können, am gesellschaftlichen Leben teilzunehmen.

Wir als Lehrer stehen für dieses Recht und antizipieren und behandeln die Kinder damit als rechtsfähige Subjekte. Konkret heißt das: Wir wollen diese Kinder unterrichten und stehen für ihr Recht auf Bildung.

Womit wir arbeiten können, sind Elemente dessen, was Schule ausmacht, auch wenn die Vermittlung herkömmlicher schulischer Inhalte noch nicht gelingt.

Wir bieten Schulräume und Schulzeiten mit einem Anfang und Ende. Und wir bieten uns als Lehrer an, die Regeln und Gesetze der Gesellschaft verkörpern. Wir bieten Lernangebote und Lerngelegenheiten.

Und genau das, was uns bleibt – zumindest am Anfang des Unterrichtsprozesses mit autistischen Kindern – ist ein wichtiges Postulat im therapeutischen Konzept unserer Einrichtung. Dort wird von der strukturbildenden Kraft verschiedener Orte ausgegangen.

„... innere Orte, ..., die ontogenetisch nicht konstituiert werden konnten und deren Fehlen die Psychose als Psychose definiert (werden) in realen, äußeren Orten und Instanzen (konstruiert), um entweder ihre Herausbildung in der psychischen Struktur zu fördern und ihre Verinnerlichung zu ermöglichen oder um diese fehlenden psychischen Lokalitäten langfristig im realen Außen zu substituieren.“[4]

„Bei der Psychose (und auch bei autistischen Störungen), die das unverarbeitbar Traumatische ins projizierte, halluzinatorische Außen verworfen und damit quasi im Innen ausgelöscht hat, muß in einer ganz spezifischen Form im konkreten Außen gehandelt werden, etwas im Außen repräsentiert werden, das dann – wenn alles gut geht – auch zu etwas Innerem werden kann.“[5]

Als strukturbildende Orte werden im therapeutischen Konzept dieser Einrichtung vier Lebens- und Begegnungsfelder „konstruiert“, die nach unterschiedlichen Gesetzen funktionieren. Damit werden Differenzierungen an den autistisch-psychotischen Menschen von außen herangetragen, wo es innen diese Differenzierung (noch) nicht gibt. Es gibt:

- den Alltag, d.h. das Heim;
- Spielstunden (= psychoanalytische Einzelstunden);
- Schule;
- Orte des Geheimnisses (Orte des Sozialen außerhalb und inner-

halb, die nicht von den Mitarbeitern kontrolliert werden können).

Jeder Ort ist gebunden an spezifische Räume, spezifische Zeiten, spezifische Gesetzmäßigkeiten und spezifische Personen.

Die Konstruktion verschiedener Orte führt zu Differenzerfahrungen. Die Kinder versuchen immer wieder, diese Erfahrung zu negieren.

Die Einführung des Ortes Schule im Leben autistischer Kinder bedeutet: Durch die täglich wiederkehrende Erfahrung dieses Ortes mit seinen eigenen Gesetzen der Zeit, des Raumes und den spezifischen Gesetzmäßigkeiten im Binnenraum wird die Existenz eines „Anderen" eingeführt. Die verläßliche Wiederkehr und Beständigkeit des Immergleichen an diesem Ort Schule ist es, was sie schließlich zu einer verinnerlichbaren, strukturbildenden Größe werden läßt.

Schule in diesem Sinne erhält ihre Bedeutung also schon einzig und allein aus ihrer formalen Existenz. Unsere Aufmerksamkeit richtet sich in dieser Phase noch wenig auf die inhaltliche Seite des Lernens.

Die Erfahrung zeigt, daß diese Kinder noch nicht gelernt haben oder immer wieder versuchen zu verleugnen, daß in der Schule *anders* gehandelt wird als im Zimmer, im Alltag oder in der Spielstunde. Dies geschieht dann,

- wenn Jochen mit seinen gesamten Spielsachen (Eimern, Bällen, Rädern, Latte, Bücher) in die Schule kommt und dort der Lehrerin demonstriert, daß er sie (die Lehrerin) nicht braucht, indem er die Unterrichtsstunde über mit seinen mitgebrachten Gegenständen in einem nur für ihn sinnhaften Tun („eigenlogisch") umgeht, sich mit Tönen und Körperausdünstungen umgibt, sich benimmt, als ob er allein oder in seinem Zimmer wäre.

Oder

- wenn Nino, der sehr gerne in die Schule kommt, nicht mehr bereit ist, sich mit den bekannten Unterrichtsinhalten zu beschäftigen – sich auch nicht von der Lehrerin mit vertrauten Versen unterhalten lassen will, sondern nur nach Essen und/oder Bändeln sucht. Würden wir dem Wunsch von Nino folgen, brächte er uns in die Position eines Selbstbedienungsladens.

Unsere Aufgabe ist es dann, individuell zu klären, daß es Gesetze und Regeln in der Schule gibt, die auch für Jochen und Nino Geltung haben. Wir müssen den Kindern deutlich machen, welches Tun in der Schule angezeigt ist, und welche Regeln gelten. Gelingt die Vermittlung – und das ist beileibe nicht die Regel – können wir mit Jochen entweder entlang seiner „Mitbringsel" kommunizieren, oder wir arbeiten an einem neuen Thema (z.B. Malen nicht auf Jochens Lieblingslatte, sondern auf Papier oder an der Tafel), und bei Nino wird akzeptiert, daß er hungrig ist, und vielleicht gibt es eine Kleinigkeit zum Essen parallel zum handelnden Tun im Unterricht.

Die Konstruktion verschiedener Orte führt zu einer Raum-Zeit- Erfahrung, die eine Grundvoraussetzung für Lernen ist.

Bettelheim weist noch auf einen weiteren Gewinn hin, den verschieden strukturierte Lebensfelder für früh gestörte Kinder haben. Auch er geht davon aus, daß diesen Kindern eine Orientierung in Raum und Zeit nicht zur Verfügung steht. Bettelheim schreibt, daß es zunächst notwendig ist, daß diese Kinder in nichtbedrohlicher Form erfahren, daß es eine Raum-Zeit gibt, ohne daß sie das eine vom andern unterscheiden können müssen. „Schule bedeutet für diese Kinder die Tageszeit, den Ort selbst, sowie die Person ihres Lehrers".[6]

Nino z.B. konnte erst im Laufe von Monaten immergleicher Erfahrung des „Wieder-weggeschickt-werdens-aus-der-Schule" feststellen, daß Schule etwas ist, was man mit ganz festen Zeiten am Tag verknüpfen kann. Monatelang kam er bis zu fünf Mal am Vormittag zu beliebigen Zeiten in die Schule, offensichtlich immer in der Vorstellung „jetzt ist es soweit". Er kann inzwischen seine Schulstunden sicher einhalten und weiß, daß der einmal bestimmte Schulraum mit der dazugehörigen Lehrerin für diese Stunde unabdingbar ist.

Nino war durch die Aneignung dieser einzigen, aber für ihn sehr grundlegenden Erfahrung, so sehr in Anspruch genommen, daß erst nach deren Verinnerlichung bzw. Übernahme in innere Struktur neue Aspekte der Schule in den Vordergrund treten konnten.

Somit können wir mit der Lokalisierung verschiedener Orte im Außen gleichzeitig zur inneren Strukturbildung beitragen und Grundlagen fürs Lernen legen, indem Raum-Zeit erlebt wird und die Kinder anfangen können, in die Zeit einzutreten, wo es ein

„vorher“ – „jetzt“ – und „später“ gibt. Erst im Anschluß daran, wenn Raum und Zeit als getrennte Kategorien verfügbar werden, ist die Grundlage geschaffen für das Erkennen von Kausalität, und der Weg für schulisches Lernen bahnt sich an.

Die Konstruktion verschiedener Orte erlaubt auch ein Aufspalten in Orte des Verrücktseins und Orte, die frei sind von überschwemmenden psychotischen Ängsten.

Unser institutioneller Rahmen bietet Kindern, die mit verschiedenen Orten umgehen können, dann die Möglichkeit, verschiedene Themen an verschiedene Orte, die den Themen adäquat sind, zu binden. Im Idealfall handelt ein Kind seine „Verrücktheiten“ in der Spielstunde und die Schule kann als „Realraum“ genutzt werden. Die Schule dient dabei praktisch als Übungsfeld für ein tatsächliches Draußen, ein Draußen, an dem man nicht teilhaben kann, wenn man nicht gelernt hat, seine „Verrücktheit“ soweit einzuschränken, daß die Gesetze der realen Welt unbeeinträchtigt bleiben.

Anfänge für ein Gelingen dieser Differenzierungsfähigkeit sind bei unseren Kindern durchaus beobachtbar:

Jochen z.B. kommt absolut verwickelt in einen Streit mit einem Mitarbeiter zur Schule. Er bewirft ihn mit seinen Schuhen, bespuckt ihn, versucht mit Gegenständen der Schule nach ihm zu werfen. Nachdem ich eine Weile die Szene beobachtet habe, frage ich ihn, ob er denke, den Streit mit dem Mitarbeiter auf später verschieben zu können, um regulär Schule machen zu können. Wenn er das nicht könne, solle er nach unten gehen, und die Schule müsse für ihn ausfallen. Nach kurzer Überlegung entscheidet Jochen sich für das Schulemachen. Er arbeitet tadellos, diszipliniert am Tisch sitzend. Zum ersten Mal läßt er die Bildung von Dreier- und Vierermengen zu.

Nach dem Ende der Schulstunde wird Jochen wieder von dem Mitarbeiter abgeholt und Jochen setzt den Streit fort.

Die Schule hat ihre Bedeutung als „väterliche Instanz“ in der Konstellation Alltag – Therapie – Schule.

Will man Differenz erlebbar machen, so müssen die verschiedenen Orte verschiedene Themen behandeln:

- Im Alltag werden die Bedingungen des Überlebens und Lebens für den Einzelnen und in der Gruppe zum Thema;
- die Spielstunde gibt Raum für die persönliche Geschichte des Kindes und das subjektiv Bedeutsame in seinem Handeln;
- in der Schule werden die Gesetze der Gesellschaft und der Kultur thematisiert.

In der Schule geht es um die Dingwelt, um Kausalitäten von Natur und Kultur und um die Vermittlung von deren Gesetzmäßigkeiten, die unabhängig von der Person des Lehrers und des Kindes existieren und funktionieren. Es geht also um ein „Drittes", unabhängig von der Beziehung zum Andern Bestehendes. Gelingt es dem Kind, seine Aufmerksamkeit, wenn auch nur zeitweilig, auf die Gesetzmäßigkeiten der Dinge zu richten, ist das ein möglicher (Aus)-Weg aus psychotisch überschwemmenden Ängsten. Die Schule vermittelt dem Kind also die Kultur der Gesellschaft, in der es lebt, und repräsentiert diese. Im Dreier-Verhältnis Vater-Mutter-Kind ist der Vater derjenige, der idealtypisch die Verbindung zum Außen herstellt. Damit ist eine Position beschrieben und keine Person.

Wir bezeichnen die Schule als die „Väterliche Instanz" im Dreier-Setting: Schule – Alltag – Spielstunde.

Die Schule und wir Lehrerinnen verkörpern ein „Du mußt... in die Schule gehen", aber auch „Du hast die Chance ..., gemeinsam mit der Lehrerin und Deinen Objekten die Welt zu betrachten und zu verändern".

Wie ein „guter Onkel" im strengen „Vater-Rahmen" geben wir dem Kind Worte, die sein eigenlogisches Tun beschreiben; wir zeigen den Kindern, wie man mit adäquaten Mitteln auf Gegenstände einwirkt und sie verändert. Dabei sind die Objekte der Kinder und die Lerngegenstände, die der Lehrer mitbringt, Gegenstand des Diskurses. Der Strenge des Rahmens entspricht ein Inhalt, der die Gesetze des Kindes als genauso bedeutend erachtet wie die Gesetze der Gesellschaft.

Jochen zum Beispiel bringt seit Monaten nahezu täglich eine Meßlatte mit in den Unterricht. Sie ist aus Holz, ca. 1 m lang, und alle 10 cm mit einem anderen Bild bestückt. Kleinkinder haben solche Latten an der Wand hängen; sie können daran ablesen, wie groß sie schon geworden sind.

Jochen benutzt seine Latte auf andere Weise. Er mißt den

Raum; sie ist ihm Stütze in unsicheren Situationen, und er bedroht mitunter damit andere. In der Schule hat sich Jochen in den Unterrichtsstunden auf eine spezifische Weise mit seiner Latte beschäftigt. Er übermalte ein Bild – anfangs war es der Gockelhahn – mit Stiften und forderte dann nach dem Übermalen: „Aufmachen“.

Dabei haben wir ihm sein Thema „Dinge verschwinden zu machen und wieder zum Vorschein zu bringen“ nicht abgesprochen. Wir haben nicht über die Bedeutung des Themas für seine persönliche Geschichte gesprochen. Dies wird in der Spielstunde verhandelt.

Das Übermalen und Abkratzen hat andere Effekte hervorgebracht. Jochen hat die auftauchenden und verschwindenden Bilder beschrieben – im Detail und im Ganzen. Er hat den Umgang mit Wachsstiften gelernt und viel darüber erfahren, wie und wo Wachsstifte zu benutzen sind. Jochen hat über die Beschäftigung mit der Latte gelernt, am Tisch zu arbeiten und Regeln zu befolgen.

Im Laufe der Unterrichtsstunden sind die Bilder auf der Meßlatte durch das Kratzen blasser geworden und schließlich ganz verschwunden. Über die Wut und Trauer hinaus und den Umgang damit hat Jochen das Sprechen geübt und die Vergangenheitsform benutzt im Bemühen, die Bilder der Meßlatte zum Erscheinen zu bringen.

So hat der Unterricht entlang der Latte mit dazu beigetragen, Jochen zum Sprechen zu bewegen, und ihn in die Funktion der Sprache einzuführen.

Schule als Ort einer für das Kind förderlichen Entwicklung.

Nun geht es uns darum, aufzuzeigen, welche Bedingungen und Voraussetzungen notwendig sind, damit über den Rahmen hinaus der Binnenraum der Schule ein für autistische Kinder förderlicher Entwicklungsort werden kann.

Unabdingbar ist der Respekt des Lehrers vor der Person des Kindes in seinem So-Sein in Verbindung mit dem Respekt des Lehrers vor Kultur und Tradition.

Ziel im Unterricht ist es, mit dem Kind in einen kommunikativen Prozeß einzutreten, in dem das Kind angenommen ist mit all seinen Skurrilitäten *und* in dem der Lehrer dem Kind Wege weist von der Skurrilität hin zu den sozialen Bedeutungen der Objekte.

Die Verwirklichung dieses Anspruches stellt vielleicht die Hauptschwierigkeit unserer Arbeit dar, denn es ist dieses *und*, das die Kinder schwer ertragen können. In der Folge droht der Lehrer in eine Falle zu geraten. Läßt er sich zu sehr auf die Skurrilitäten ein, dann gibt es Interaktionen mit der Tendenz der symbiotischen Verschmelzung – und dann hat der Unterrichtsstoff keinen Platz mehr –, oder der Lehrer „klebt" zu sehr an seinem Unterrichtsthema aus Angst, die Situation nicht mehr kontrollieren zu können. In dem Fall gibt es keine Verbindung zwischen Lehrer und Schüler, sondern stattdessen oft Kampf.

Denken wir z.B. an die beschriebene Anfangssituation mit dem Schüler Jochen.

Die geschilderten wochenlangen Attacken des Schülers auf das Selbstbewußtsein der Lehrerin machten es ihr sicher nicht einfach, die nicht selten aufkommenden heftigen Emotionen so weit zu bearbeiten, daß ein respektvoller Umgang mit dem Kind gewährleistet blieb, ohne daß sie ihre eigentliche Aufgabe der Verteidigung des schulischen Rahmens aus dem Auge verlor. Die Supervision leistet dabei unüberschätzbare Dienste.

Lerngegenstände müssen an den „Interessen" der Kinder anknüpfen.

Autistische Kinder tragen oft Objekte mit sich, die sie in einer sich ständig wiederholenden Weise benutzen. Diese Objekte sind in der Regel das einzig Sichere, das für sie zu existieren scheint, und ihre ganze Aufmerksamkeit ist durch sie gebunden.

Für uns als Lehrer bleibt nichts anderes übrig – zumindest in der Anfangsphase des Unterrichtens – als mit dem Kind das Interesse an seinen Objekten zu teilen, um mit ihm in einen Prozeß des kommunikativen Austausches zu treten. Denn es ist eine Form der Kommunikation, die das Kind anbietet. Das Kind erzählt im Hantieren mit seinen Objekten über seine Befindlichkeiten.

Wenn es gelingt, gemeinsam mit dem Kind mit seinen Objekten zu experimentieren, ist eine Trennung zwischen Kind und Objekt bereits erkennbar. Es gibt ein „Außerhalb vom Kind". Das autistische Objekt ist nicht mehr nur Teil des Körpers des Kindes, sondern gewinnt auch als Ding aus der realen Welt an Bedeutung.

Zwei Beispiele hierzu:

Ninos augenfälligstes autistisches Objekt sind Bändel aller Art, mit denen er in einem schnellen Rhythmus auf eine harte Fläche klopft. Dabei gibt er gepreßte „iii"-Töne von sich. Sein ganzer Körper ist davon in Anspruch genommen. Hantiert er so, ist Nino für andere unerreichbar. Als Nino zu uns in die Schule kam, hat er zeitweilig die Aufmerksamkeit auf mich gerichtet, wenn ich ihm Kinderlieder vorsang. Davon hat er sich Fragmente gemerkt und sie zu x-beliebigen Zeiten wiederholend gesungen. Als ich anfing, ihm aus Wollfäden eine Krake mit vielen Armen zu flechten, deren Spannweite genügend Raum zwischen ihm und mir ließ, war es möglich geworden, über den Rhythmus eines Schaukelliedes ihn in ein Unterrichtsgeschehen aktiv einzubeziehen: Wir schaukelten z.B. gemeinsam an der Krake. Mit der Krake „bändelt" Nino *und* er erfährt über sie neue Handlungsdimensionen. (Z.B. kann man auch an ihr ziehen). Er erfährt seine Kraft in den Händen, erfährt die Kraft des Gegenübers.

Lange Zeit ist es nicht möglich, einen vom Lehrer gesetzten Lerngegenstand zum gemeinsamen Thema zu machen.

Weder kurz- noch langfristig ist es möglich, den Unterricht vorauszuplanen. Fast scheint es, feste Erwartungen von Lehrerseite bewirkten einen verstärkten Widerstand beim Kind.

Über lange Zeit hat der Lehrer nur die Möglichkeit, in einem jede Stunde neu zu entwickelnden geduldigen Prozeß des Beobachtens, Schlüsse-Ziehens und Hypothesen-Bildens, Phantasien zu entwickeln, die ein Handeln unter Einbeziehung der vom Kind gesetzten Grenzen ermöglichen.

Dieses Handeln oder Reagieren des Lehrers bewirkt u.U. im Laufe der Zeit minimale Verhaltensänderungen beim Kind.Diese sind erneut Gegenstand der Beobachtung, Einordnung und Hypothesen-Bildung des Lehrers und bewirken bei ihm neue handlungsleitende Phantasien usw.... In einer, sich in unendlicher Langsamkeit aufwärtsbewegenden Spirale nähern wir uns gemeinsam – durch scheinbar nicht enden wollende Wiederholungen – einem Zustand, in dem Vorhersehbarkeit, Planbarkeit und Kausalität eine Rolle spielen.

Unsere Wortwahl des Relativierens („vielleicht", „unter Umständen") zeigt, wie schwierig die Gratwanderung ist, auf der wir uns bewegen: Einerseits sind wir verpflichtet, die Kinder mit der Kulturwelt vertraut zu machen, andererseits soll der *Wunsch* vom

Kind entwickelt werden, sich mit dieser auseinandersetzen zu wollen. Immer sind wir in Gefahr, durch ein Zuviel oder Zuwenig an Förderung oder durch ein vorzeitiges Fordern den Kindern Angst zu machen, und diese Angst ist häufig überschwemmend und führt in den autistischen Rückzug.

Unterricht ist ein Prozeß der ständigen Anpassung der Institution an das Kind und des Kindes an die Institution, und das ist eine Tatsache, die dem herkömmlichen Bild von Schule nicht unbedingt entspricht. Der traditionelle Lehrer versteht sich als der Vermittler eines vorher bestimmten Ausschnitts unserer Kultur an die Kinder. Wir hingegen müssen uns verstehen als Sensoren, die zwei zunächst absolut getrennte Welten abtasten, um nach Vermittelbarem zu suchen. Welche Ausschnitte der zur Verfügung stehenden Wirklichkeit dazu taugen, ist immer wieder völlig offen. Und wir müssen damit zu leben lernen, daß es Ausschnitte der Wirklichkeit sein können, die in der traditionellen Schule überhaupt nicht erscheinen.

Betrachten wir dazu wieder ein Beispiel:

Kam Meike zunächst in unsere Schule und beschäftigte sich über Wochen mit zwar schuladäquaten – aber für ihre Person in keiner Weise erkennbar bedeutsamen Gegenständen – so konnten wir sie in unserem Schullandheim plötzlich ganz anders erleben.

Wo immer es Gelegenheit gab, setzte sie sich bei unseren Unternehmungen in freier Natur auf die Erde und begann ganz intensiv mit Sand, kleinen Steinchen oder mit Stroh zu spielen. Sie erschien dabei ausgesprochen ausgeglichen, in sich ruhend, der Tätigkeit zugewandt. Nie zuvor hatten wir Meike so angemessen und persönlich beteiligt mit Dingen hantieren sehen.

Unsere Aufgabe war es nun, in der 11jährigen Meike den Anteil zu akzeptieren, dem es auf der Stufe des 1 bis 2jährigen Kindes gelingt, mit Gegenständen umzugehen. Wir haben das Spiel mit Sand in die Schule getragen und versucht, es in ein Meike weitertragendes Spiel mit Gegenständen umzuwandeln.

Meike durfte zunächst – wie im freien Feld – den Sand durch ihre Hände rieseln lassen. Allmählich stellten wir ihr Gefäße zur Verfügung, die das Rieselnde auffingen – große, kleine, tiefe und flache Gefäße. Es entstanden unterschiedliche Geräusche, denen wir lauschend folgten und die einen Namen erhielten.

Die Gefäße dienten uns bald dazu, Versuche zu ihrer unterschiedlichen Aufnahmekapazität zu machen. Allen Handlungen folgten Worte. Schließlich entdeckten wir Werkzeuge, mit denen man Sand in verschiedene Gefäße günstig einfüllen kann, Werkzeuge, um Sand in groben und feinen zu trennen, usw. Schule war für Meike ein Ort geworden, an dem die Attacken auf die äußere Struktur keinerlei Rolle mehr spielten. Wir hatten erkannt, wo sie sich zu der Zeit bezüglich ihrer Fähigkeiten, mit Dingen zu handeln, befand: An einem „Ort", der weit „vor" der Schulzeit liegt. Und dennoch war das Hereinholen dieses Ausschnittes der Realität für uns die einzige Möglichkeit, um Meike selbst wirklich in die Schule zu holen.

Heute hantiert sie in der Schule mit Lego-Bausteinen; das Spiel mit Sand hat sie ganz von selbst von einem Tag auf den anderen ad acta gelegt.

Die Unterrichtsform, -dauer und -struktur hat sich an den jeweiligen psychischen Befindlichkeiten der Kinder zu orientieren.

Ob ein Kind Einzelunterricht erhält oder in der Gruppe unterrichtet wird, wieviel Unterricht ein Kind gebrauchen kann, welcher Weg der Integration in eine öffentliche Schule gewählt wird, diese Fragen werden in den Supervisionen besprochen. (Die Rolle der Supervisionen ist damit noch lange nicht beschrieben; diesem Thema kommt in unserem Arbeitsalltag eine tragende Bedeutung zu, die hier im Text nur ungenügend gewürdigt wird.)

Dann werden Unterrichtspläne entworfen: im Unterricht werden sie erprobt und gegebenenfalls nach erneuter Diskussion abgeändert. Jedoch orientiert sich der tatsächliche Stundenplan für die Kinder nur in der Tendenz an diesem Postulat. Die Realität in Form von Lehrerwechsel, Lehrerstundenmangel, Rechtsunsicherheiten bei ungewöhnlichen Unterrichtsformen und die Alters- und Leistungsstruktur der Kinder schreibt am Stundenplan kräftig mit.

Sprachen wir bisher fast ausschließlich von Einzelunterrichtssituationen, so liegt dies daran, daß sie noch den Hauptanteil unseres schulischen Angebotes ausmachen.

Einzelunterricht ist für uns eine Chance, den Standort eines Kindes auszumachen und den Rahmen der unterrichtlichen Begegnung so stark wie möglich zu strukturieren, um ihn von ängstigenden Einflüssen freimachen zu können. Natürlich kann dort auch Lernstoff, der für jedes Kind zugeschnitten ist, geboten wer-

den. Einzelunterricht verstehen wir jedoch immer nur als einen notwendigen Eingangsschritt. Wie lang diese erste Phase dauert, ist bei jedem Kind verschieden und kann im vorhinein nicht festgelegt werden. Ziel bleibt in jedem Fall, jedes der Kinder gruppenunterrichtsfähig zu machen und wenn irgendmöglich, das Kind ins öffentliche Schulsystem zu integrieren.
Wir erproben zur Zeit unterschiedliche Unterrichtssettings:

- ein gemeinsamer Unterrichtstag für alle Kinder, der eine Unterrichtsstunde mit dem Thema: „Wochenschluß und zwei Unterrichtsstunden in der Turnhalle einer öffentlichen Schule" beinhaltet. Wichtig ist nicht nur der Turnunterricht selbst, sondern auch der Weg dorthin und zurück.
- Gemeinsam mit den Heimmitarbeitern organisieren wir seit Jahren einen 3 bis 4-tägigen Schullandheimaufenthalt für alle Schüler.
- Ein Schüler geht mit einer Lehrerin einmal pro Woche für zwei Stunden zum Werkunterricht in die Kinder- und Jugendpsychiatrie.
- Ein Schüler geht besuchsweise mit einer Lehrerin für zwei Stunden pro Woche in eine G-Schulklasse.
- Eine Schülerin hat an zwei Tagen pro Woche Schule im Haus, die verbleibenden drei Tage ist sie in einer Werkstufenklasse einer G-Schule integriert.

Darüber hinaus machen wir Gruppenunterrricht, führen projektartige Unterrichtsvorhaben aus, begleiten Schüler bei Betriebspraktika, usw.

Von den Kindern, die wir bisher näher vorgestellt haben, geht Jochen seit einem Schuljahr, begleitet von einer Lehrerin, für zwei Stunden pro Woche in eine Mittelstufengruppe der G-Schule vor Ort.

Wir wollen nun von Jochens Schwierigkeiten berichten, die er in der ersten Schulbesuchsphase dort hatte, aber auch von erfreulichen Entwicklungsfortschritten, die wir nach einem Schulbesuchsjahr bei Jochen beobachten konnte. Daß es Jochen gut tun würde, sich in einer Schulklasse mit Kindern seiner Altersstufe auseinandersetzen zu müssen, war uns allen klar. Schließlich steht er an der Schwelle zur Pubertät und muß, soll er und die anderen seinen aggressiv getönten Triebschüben nicht völlig ausgeliefert sein, Regeln lernen, die ihm helfen, sich kontrollieren zu können.

Nach einem ersten Kontakt mit dem Schulleiter, der uns mit seiner Kooperationsbereitschaft sehr entgegenkam, hat Jochen schon von der „[Name des Schulleiters]-Schule“ gesprochen, und er kam willig mit zum ersten Besuch.

Wie groß die Ängste und Unsicherheiten ob des Gelingens dieser Unternehmung auf unserer Seite, auf seiten des Schulleiters und der kooperierenden Lehrerin waren, kann man ersehen an dem Aufwand, der rund um Jochens Schulbesuch notwendig wurde:

- Zuerst war Jochen in der Gruppe. Gemeinsam wurde gegessen (10 bis 15 Minuten).
- Der Schulleiter kam, begrüßte Jochen, und Jochen drängte es dann, mit dem Schulleiter zusammen einen Rundgang durchs Haus zu machen mit dem Ziel „Waschmaschine“ (10 Minuten);
- als Jochen zurückkam, war für alle Zeit für den Pausenhof (20 Minuten);
- zum Abschluß gab es dann einen Singkreis im Klassenzimmer (10 bis 20 Minuten).

Später analysierten wir in einer unserer regelmäßigen Besprechungen, die notwendig waren für die Sicherung dieses Projektes, die Rollen, die wir in der Anfangszeit innehatten.

Die Funktion der Lehrerin der Schule war es, die Kinder vor Jochens Attacken zu schützen und bei den Kindern für die Anwesenheit Jochens zu werben. Meine Funktion war es, Jochen von aggressiven Attacken abzuhalten und die Regeln des Schulzimmers in Absprache mit der Lehrerin zu vertreten. Der Schulleiter hatte Entlastungsfunktion für Jochen und für die Klasse.

Zunächst hat Jochen sich an keine Regeln gehalten. Er hat im Unterricht die Kinder bespuckt, mit Dingen nach ihnen geworfen und sich nicht an den angebotenen Aktivitäten beteiligt. Er hatte große Probleme, sich dem geforderten Rhythmus von Gehen und Kommen anzupassen.

Woran Jochen aber nie wirklich gerüttelt hat, war an seinem Wunsch, in die „[Name des Schulleiters]-Schule“ gehen zu wollen.

Ich habe mich oft für Jochens Verhalten geschämt und empfinde noch heute Dankbarkeit dafür, daß die Lehrerin und der Schulleiter dieses Unterfangen mitgetragen haben.

Im Laufe des Schuljahres hat Jochen gelernt, sich mit den andern Kindern an den Tisch zu setzen und sich dort nicht mehr nur unflätig zu benehmen.

Der Schulleiter konnte seine entlastende Rolle nach drei Monaten aufgeben, und Jochen konnte zunehmend sicherer den Kindern in den Pausenhof folgen und wieder zurück ins Klassenzimmer gehen.

Der Pausenhof war ein ergiebiges Lernfeld für Jochen. Dort konnte er ungestört andere Kinder beobachten, konnte auch seinen Skurrilitäten nachgehen, ohne die anderen übermäßig zu stören.

Abschließend eine kleine Begebenheit, die zeigt, welche Fähigkeiten sich Jochen bis zum Ende des letzten Schuljahres erworben hat:

Jochen, wild auf jeden Ball, will auf dem Pausenhof seinem Klassenkameraden den Ball wegnehmen, mit dem gerade ein Ballspiel im Gange ist (Zuspielen im Kreis mit Namenrufen). Immer wieder kommt Jochen an und stört, weil er versucht, den andern den Ball einfach wegzunehmen. Ich bedeute ihm, daß er den Ball im Kreis fangen kann, ihn dann aber wieder einem anderen Kind zuspielen muß. Dem ersten Teil der Aufforderung folgt Jochen. Er fängt den Ball und läuft damit weg. Ich sage zu Mariano – er ist kräftiger als Jochen: „Nimm dem Jochen den Ball wieder weg, damit wir spielen können.“ Die Szene, die wir dann beobachten, hat die Tendenz, in einen existenziellen Kampf auszuarten, tut es aber nicht. Mariano kommt mit dem Ball zurück, wir spielen weiter. Jochen (er hat verschiedene Bälle, bräuchte diesen also nicht) kommt wieder zum Spielkreis. Wieder hört er, er könne mitspielen, und er erfährt die Regeln des Mitspiels. Jochen spielt den ersten Teil des Spiels; er läßt sich im Kreis den Ball zuspielen; dann läuft er mit diesem weg. Mariano kämpft dann mit ihm, aber immer weniger ernsthaft. Für die anderen Kinder ist Jochens Weglaufen mit dem Ball ein Teil ihres Spiels geworden. Immer näher bleibt Jochen dem Spielkreis. Die Pause ist zu Ende. Wir müssen aufhören. Jochen setzt sich auf die Treppe, weint ein bißchen und jammert: „Nicht aufhören, Jochen will spielen.“ Und alles ohne Aggressivität seinerseits.

Im Laufe des Schuljahres hat sich deutlich herauskristallisiert, daß weniger der Lernstoff der Mittelstufengruppe für Jochens Entwicklung wichtig war, sondern entscheidend waren die sozialen Erfahrungen in der Schule, in der Gruppe und im stabilen Setting.

Vor allem bei nichtsprechenden Kindern ist die Verwendung von Sprache zentrales Handlungsinstrument im Unterricht.

So erstaunlich es zunächst erscheinen mag: im Unterricht mit autistischen, nicht oder nur rudimentär sprechenden Kindern spielt die Sprache eine ganz zentrale Rolle. Gelingt es der Lehrerin, in Worte zu fassen, was sie mit einem Kind im Unterricht erlebt, so sind wesentliche Dinge gelungen:

- Sie hat Distanz gewonnen zur verrückten Welt des Kindes, läuft nicht mehr Gefahr, in dieser zu versinken.
- Sie hat das Tun des Kindes mit Begriffen belegt, die in der realen Welt von Bedeutung sind und damit einen ersten Bezug zur Welt der sozialen Bedeutungen hergestellt.
- Durch das Festhalten des Tuns in Sprache hat sie den Boden zu Erinnerungsfähigkeit, Symbolisierungsfähigkei und damit zur Teilhabe an der Kultur bereitet.
- Sie hat dem nichtsprechenden Kind ein Modell geboten für positiven, nicht-destruktiven, nicht-bedrohlichen Gebrauch von Sprache.

Im Unterricht mit unserem Schüler Nino ist die Bedeutung der Sprache als das zentrale Mittel des Unterrichts am deutlichsten aufzeigbar.

Doch zunächst zu Nino und seinem Verhältnis zum Sprechen: Nino verwendet Sprache auf verschiedenste Weise. Manchmal kommt er mit Versatzstücken von Sätzen und spricht sie laut wiederholend: „Wenn Du mir...", „ich sage nein...". Sie haben den Charakter einer Drohung und eines Neins und wirken oft wie ein Kommentar.

Dann manchmal, wenn Nino seine Wünsche, gerichtet an den anderen, darlegt, flüstert er: „Sprudel trinken", „Bonbon essen", „Hopp, galopp" – dann will er ein bestimmtes Fingerspiel.

Nino hat eine Vorliebe für das Ausprobieren von Lautkombinationen, manchmal nachahmend, aber überwiegend produziert er diese für sich selbst.

Beim Reimspiel greift er Satzfetzen auf und wiederholt sie mit lauter, melodiöser Stimme. Oft entfernt er sich mit diesen Worten aus dem Spiel. Und nicht zuletzt spricht er ab und zu Sätze, die nicht aus der aktuellen Kommunikation entstanden sein können und wie Mitteilungen über sich selbst klingen: „...hörst Du mich schreien", „ich bin ein Clown am Rande der Welt".

Wir können jeweils nur vermuten, welche psychischen Befindlichkeiten den Äußerungen von Nino zugrunde liegen oder sie auslösen. Diesen Fragen – die wie ein Geheimnis erscheinen – nachzugehen, wäre eine weitere Forschungsaufgabe.

Normalerweise spricht Nino im Unterricht nicht *zu* der Lehrerin, und nur über Widerstände hinweg ist er bereit, seine Hände in anderer als der beschriebenen – das autistische Objekt bewegenden – Weise zu gebrauchen. Er hört aber sehr gerne Geschichten, Gedichte, Reime, Lieder. Ausgehend von dieser Vorliebe gelingt es dann auch, ihn zum Verwenden seiner Hände zu bewegen. (Bei Reimen etc. ist der Inhalt weniger bedeutsam als Rhythmus und Tönung der Sprache).

Der allerliebste Abschnitt jeder Unterrichtsstunde ist für Nino jedoch der, in dem schriftlich festgehalten und gleichzeitig für Nino laut miterzählt wird, was in der Unterrichtsstunde erlebt wurde. (Das „erzählende Schreiben" erlaubt Distanz zum Gegenüber. Er ist nicht direkt angesprochen, der Schreiber schreibt für sich und erzählt für den Anderen.)

Nino erlaubt nie ein Vergessen dieser Unterrichtssequenz. Häufig reicht er der Lehrerin schon mitten in der Stunde den Stift, begibt sich in die Zuhörerposition und erwartet das Protokoll. Er kommentiert den Vortrag mit „bändeln" und/oder wiederholt einzelne Sätze des Lehrervortrages. Immer ist er sehr aufmerksam und häufig eröffnet dieses Protokoll weiterführende Handlungsmöglichkeiten.

Es gibt Zeiten, in denen man als Lehrer feststellt, daß in Ninos Stunden nur das Protokollschreiben über das „Nicht-Handeln" stattfindet, und man spürt dann sehr deutlich die Bedeutung, die das Sprechen hat. Es ist dann die einzige Möglichkeit, das Kind an einem – wenn auch dünnen – Faden mit der schulischen Realität in Verbindung zu halten.

Anmerkungen

1 Erikson, 1974. S. 253.
2 Piaget nach Wiegand, S. 143 ff.
3 Klein, Melanie. S. 124 ff.
4 Feuling, 1991, S. 155.
5 Feuling, 1993, in diesem Buch.
6 Bettelheim, 1983. S. 67.

Literatur

Bettelheim, Bruno (1983): *Die Geburt des Selbst.* Frankfurt/M.

Erikson, Erik (1974): *Kindheit und Gesellschaft.* Stuttgart.

Feuling, Martin (1991): Be-Mangeln – Der Mangel als wirksames Moment in der institutionellen Betreuung/Behandlung psychotischer Menschen. Erschienen in: *Fragmente, Schriftenreihe zur Psychoanalyse*, Bd. 37 S. 141 – 169, Kassel.

Feuling, Martin (1993): Überlegungen zum Problem von „innen" und „außen". In diesem Band.

Klein, Melanie (1981): *Ein Kind entwickelt sich.* München.

Montessori, Maria (1979): *Spannungsfeld Kind – Gesellschaft – Welt.* Freiburg.

Wiegand, H.S. (1988): Piagets Entwicklungsbegriff und seine pädagogischen Konsequenzen – Sechs Thesen zur Frühförderung. Erschienen in: Kautter, Klein, Laupheimer, Wiegand. *Das Kind als Akteur seiner Entwicklung.* Heidelberg 1988 S. 143 – 174.

3 Schulräume im Therapeutischen Heim

Zur Zeit bewohnen fünf Kinder und Jugendliche das Heim

- ⋆ Mädchen, 18 J., 2 Tage Klinikschule, 3 Tage Werkstufe in G-Schule, in Entlaßphase.
- ⋆ Junge, 14 J., 2 Stunden/Woche Werkunterricht außerhalb; bei uns überwiegend Einzelunterricht. Spricht und übt sich in Kulturtechniken.
- ⋆ Junge, 12 J., seit Schuljahr 91/92 besuchsweise 2 Stunden/Woche in G-Schule; überwiegend Einzelunterricht.
- ⋆ Mädchen, 12 J., spricht (noch) nicht; überwiegend Einzelunterricht.
- ⋆ Junge, 10 J., überwiegend Einzelunterricht.

Unsere Schule ist organisatorisch angebunden an die Staatliche Sonderschule am Universitätsklinikum Tübingen

Unsere Schule will Mittler sein hin zum öffentlichen Schulsystem:

Lernfähigkeit vorbereiten bzw. Schulen im Einzelunterricht.

Einüben in Gruppenunterricht (Gemeinschaftskunde, Sportunterricht in einer Turnhalle)

Erfahrungen mit der Außenwelt: Schullandheime, Erkundungen, Projekte, Berufspraktika.

Integration ins öffentliche Schulsystem (zunächst in Begleitung des Lehrers mit dem Ziel, selbständig dorthin zu gehen).

Psychoanalytisch orientierte Lehrersupervision
Thema: Lernen/Schule/Schüler/Reflexion

Lehrer und Betreuer arbeiten eng zusammen

Orte dafür:

Schule – Heimbesprechungen (Organisationsfragen)

Psychoanalytisch orientierte Gruppensupervision
Thema: Gesamtentwicklung der Kinder und Reflexion

Mitarbeiter des Schulhorts Berlin:
Birgit Baethe, Ulrike Harle, Florian Hoffmann, Bernd Schäfers, Gaby Stotko

Von der Schwierigkeit, ein verläßlicher Ort zu sein

Binnendifferenzierung der Arbeit in einem Schulhort für autistisch-psychotische Kinder

Birgit Baethe

Welche Kinder sind bei uns?

Alle wurden von irgend jemandem als „autistisch", „geistig behindert mit autistischen Zügen" oder ähnlich diagnostiziert oder sie wurden als nirgendwo trag- und integrierbar erlebt und ihre „autistischen Züge" mußten in den Vordergrund gerückt werden, damit sie zu uns kommen konnten.

Es sind sehr verschiedene Kinder. Gemein haben sie, wenn sie bei uns ankommen, was Tustin ein System von Schutzmanövern nennt, mit deren Hilfe die „Nicht-Selbst"-Realität geleugnet werden soll.

Das Tun kreist um Körperempfindungen und Sinneseindrücke, und die Kinder versuchen, die Illusion einer Verschmelzung mit dem Gegenüber (der Mutter) unter Aussperrung jeder „Nicht-Selbst"-Erfahrung zu bewahren. Alles Wahrgenommene steht so scheinbar unter ihrer Kontrolle, gehört zu ihnen. Die Außenwelt wird verneint, d.h. die Kinder schotten sich (vor ihr) ab oder sie schaffen eine ständige Konfusion, eine unentwirrbare Verknäuelung mit der Außenwelt.

Beide Schutzversuche scheinen dem Ziel zu dienen, alle Empfindungen als Eigenempfindungen wahrzunehmen.

Bezogen auf die ersten Lebenswochen eines Kindes sprechen einige Autoren von einer quasi „extrauterinen Schwangerschaft", ein Begriff, der darauf hinweist, daß das Stadium des normalen primären Autismus die Funktion hat, den Säugling zu schützen vor traumatisierendem Getrenntheitserleben kurz nach seiner

Geburt, also einen Übergang bildet zwischen dem Leben im Mutterleib und dem Leben „draußen". Wir stimmen mit Tustin und anderen überein, den Grund für die pathologische autistische Reaktion darin zu sehen, daß eine als unerträglich empfundene Konfrontation mit „Nicht-Selbst"-Erfahrungen (also Getrenntheitserleben) zu einem Zeitpunkt stattfand, „zu dem es (das Kind) noch kein hinreichend integriertes Selbst ausbilden konnte, um mit dieser Spannung fertig zu werden" (Tustin).

Gemein ist allen von uns betreuten Kindern, daß sie zunächst kein Gefühl für sich selbst als von Anderen getrennt existierende Person haben. Sie vermeiden die Wahrnehmung eines Gegenübers (bzw. sind nicht in der Lage, ein Gegenüber wahrzunehmen) und scheinen in einer unvorstellbar bedrohlichen Angst davor zu leben, was geschieht, wenn sie sich auf die Begegnung mit einem anderen Menschen einlassen. Es muß nach unseren Erfahrungen eine schier unerträgliche Angst sein, verloren zu gehen, zerstört zu werden.

Die Kinder fliehen daher in von ihnen kontrollierte, jedes eigenständige Außen („Nicht-Selbst") verleugnende Welten. Wir können auf dieses Erleben nur davon ausgehend schließen, was sie uns erleben und fühlen lassen, also vor allem durch die Analyse unserer Gegenübertragungen.

Je nach unserer eigenen Persönlichkeitsstruktur und unserer aktuellen Befindlichkeit empfindet jeder von uns spontan eher ein zurückgezogenes, abgekapseltes oder ein chaotisches quirliges Kind anziehender oder eben unerträglicher, wobei wir inzwischen die – zum Teil schmerzliche – Erfahrung gemacht haben, daß, mutet man sich zu viel Gegenwart und intimes Zusammensein mit jedem einzelnen unserer Kinder zu, alle als unerträglich erlebt werden, eben weil letztlich alle aus ihrer Not heraus bestrebt sind, uns als Gegenüber auszulöschen. Dabei lassen sich die eher verschlossenen Kinder scheinbar bereitwilliger auf gemeinsames Tun ein, tolerieren die Gegenwart eines Anderen scheinbar leichter oder wünschen sie sogar.

Sie verführen zu dem Mißverständnis, von ihnen wahrgenommen zu werden. Man freut sich, daß sie „etwas von einem wollen", gerne bleiben oder sogar zeigen, daß sie nicht gehen möchten (in Einzelstunden).

In regelmäßig wiederholtem Beisammensein erfahre ich dann aber so etwas wie ein allmähliches Absterben durch emotionales Verhungern. Ich fühle mich gekränkt durch die Zurückweisung, die dem Fehlen jeder emotionalen Bindung des Kindes, selbst nach Monaten des Zur-Verfügungstehens, Aushaltens und Zuwendens meinerseits innewohnte. Bin ich nicht mehr bereit, mich als autistisches Objekt gebrauchen zu lassen, werde ich in eine Nicht-Existenz fallengelassen.

Weicht solch eine harte Ausgrenzung meiner Person allmählich auf, entsteht beim Kind eine Art Verschmelzungsillusion, bei der ich so etwas wie ein Modell für Leben überhaupt bieten soll. Ich bekomme dann das Gefühl, das Kind wolle durch mich hindurch leben, ich solle Lebendigkeit zeigen und ihm zur Verfügung stehen, es zum Leben erwecken.

Es scheint sich als durch mich belebt und umhüllt fühlen zu müssen, bevor es wagen kann, vorsichtig selbst ein Eigenleben wahrzunehmen.

Auch hier fühlt man sich lange Zeit ausgesaugt, entleert und muß darauf achten, nicht unbegrenzt in diesen Situationen zu verweilen.

In solchen Phasen wird aber ein sehr entscheidender Entwicklungsschritt eingeleitet. Das Kind gelangt über ein dann zunehmend zugelassenes Wahrnehmen und Ertragen von „Nicht-Selbst"-Realität zu einem ersten vagen Selbstgefühl.

Das zuletzt Geschilderte entspricht meinen persönlichen Erfahrungen, besonders in einzelnen Therapiestunden. Die angesprochenen Gefühle sind aber letztlich jedem von uns aus eigenem Erleben bekannt – wie sich in der Supervision immer wieder deutlich herausstellt.

Die eher chaotischen Kinder bringen uns durch ihre Halt- und Grenzenlosigkeit schneller und unmittelbarer um den Verstand. Liefert man sich einem solchen Kind aus, verliert man mitunter die Fähigkeit zu denken und sich selbst zu fühlen. In gewissem Sinn entspricht das ihrem Streben, durch Schaffung einer völligen Konfusion ebenfalls Getrenntheitserleben zu verhindern.

In unseren Gegenübertragungen erleben wir Gefühle absoluter Verlassenheit, des Ausgeschlossenwerdens und des Ausgeliefertseins an einen zerstörerischen, auslöschenden Anderen bzw. des gewaltsamen Überschwemmtwerdens und des Hineingezogenwerdens in ein jede Struktur auflösendes Chaos, und wir fühlen uns durch die Kinder versucht, zu einem emotional abwesenden, nicht einfühlsamen Gegenüber bzw. zu aggressiven Überwältigern zu werden.

Wie muß nun unser Schulhort gestaltet sein, um den Kindern und uns Schutz zu bieten und allen einen Rahmen für Selbstwahrnehmung und Entwicklung zur Verfügung zu stellen?

Wie arbeiten wir?

Unser Zugehen auf die Kinder ist geprägt durch den Versuch, ihrer Eigenart mit *Respekt* zu begegnen und ihrer Verrücktheit grundsätzlich eine *Sinnhaftigkeit* zuzusprechen, d.h. die Lebensäußerungen der Kinder als aus ihrem Erleben heraus sinnvoll und damit verstehbar und vor allem auch nachfühlbar zu begreifen.

Der Achtung vor ihrer Verrücktheit als einem (Über-)Lebensversuch zugesellt ist ein grundsätzlicher Glaube an die Fähigkeiten und Möglichkeiten der Kinder, der antizipatorisch über gegenwärtig Gezeigtes und Erfahrbares hinausreicht. Dieses Unterstellen, Vorträumen, das Phantasierenkönnen der Entwicklung unserer Kinder zu eigenständigen Personen und das Einbeziehen dieser Phantasie ihres Möglichkeitsraums in unser aktuelles Auf-sie-Zugehen und sie Ansprechen ermöglicht die Entstehung einer Atmosphäre, in der die Kinder Zutrauen zu sich selbst gewinnen können; sie erspüren ihr Ernst- und Angenommenwerden.

Vorträumen hat nichts mit Verleugnen der Schwere ihrer Beeinträchtigung zu tun, sondern beinhaltet vor allem die Zuversicht, daß jedem Menschen Entwicklung möglich ist, wenn ihm der Raum dazu geboten wird, und zwar eine Entwicklung, die nicht von vornherein durch festschreibende Krankheitsbilder, Diagnosen und Prognosen be- oder sogar verhindert werden sollte.

In gewisser Weise muß unser Arbeiten also „ziellos“ sein, bzw. das jeweilige Ziel kann nur im Bündnis mit dem Kind entwickelt werden.

Das alles klingt im Rahmen dieser Fachtagung, auf der sich Menschen treffen, die der Idee der psychoanalytischen Sozialarbeit nahestehen, vielleicht banal, da selbstverständlich. Für uns als Team ist aber diese ausdrückliche Benennung wichtig, um uns der fragenden Grundhaltung unseres Tuns bewußt zu werden, die sich ganz allmählich aus der ständigen Auseinandersetzung mit unserem Erleben des Arbeitsalltags heraus entwickelte. Nach unserer

Erfahrung schafft allein die Bereitschaft und Fähigkeit, sich einzufühlen, nachzuspüren, das Erlebte einander mitzuteilen und gemeinsam zu reflektieren, die Möglichkeit, ein Verständnis für das sich nur verschlüsselt darstellende, wenn auch subjektiv sinnhafte So-Sein der Kinder zu entwickeln und vor allem auch dieses So-Sein auszuhalten. Es stellt sich die Aufgabe, nicht mitzuagieren, nicht nur auf die äußere Erscheinungsebene zu reagieren, sondern auf den darin verborgen geäußerten Konflikt zu antworten.

Aushalten bedeutet auch, der großen Not nachspüren zu können und sie nicht abzuwehren („der könnte doch, wenn er nur wollte") und als persönliche Kränkung zu erleben.

Bei all dem ist es wichtig, *Grenzen* zu benennen, Grenzen der Einfühlung und der Akzeptanz.

Im Alltag heißt es eben häufig, Nichtverstehen zu ertragen und die Kinder mit der Realität unserer Begrenztheit zu konfrontieren. Da gibt es gute, notwendige Grenzen, haltgebendes Nicht-Verrücktsein bzw. Nicht-verrückt-machen-lassen, das die Kinder und uns schützt. Manchmal krachen aber auch die Rolläden der Überforderung herunter, hilflos, wo kein sicherer Abstand mehr gehalten werden kann.

Es gibt keine für alle Zeiten unverlierbar gesicherte Umsetzung einer einmal gewonnenen Erkenntnis. Wir sind immer wieder schwer erträglichen Gefühlen ausgesetzt, haben immer wieder den Impuls, uns davor zu schützen, geraten immer wieder in Zweifel über die Sinnhaftigkeit unseres Tuns, lassen uns immer wieder verwickeln, um immer wieder neu aufzudecken und zu erkennen. Wir verzweifeln immer wieder und erleben immer wieder einmal Sternstunden.

Was das zermürbende „Immer-wieder" aushaltbar macht, ist die Reflexion, das Heraustreten und Anschauen, die Wiedererlangung der Distanz, immer wieder.

Das heißt, untrennbar mit dem Respekt vor den Kindern verbunden, ist die Sorge für den Erhalt unserer eigenen psychischen Gesundheit. Auf diesen Aspekt gehe ich später noch einmal konkreter ein.

Zunächst möchte ich auf die zentrale Bedeutung der Begriffe *Grenze* und *Raum* für unsere Arbeit hinweisen.

Wie schon eingangs erwähnt, gehen wir davon aus, daß ein noch nicht verarbeitbares Differenzerleben oder Getrenntheitserleben die traumatische Urerfahrung autistischer Kinder darstellt, die in der Folge verleugnet und abgewehrt wird, durch Abkapselung vor oder Fusion mit der Umwelt.

Entsprechend ist das Ermöglichen nicht traumatisierender neuer Grenzerfahrungen erstes Ziel unserer Arbeit, das Heranführen an „ein Leben mit der Differenz", wie ein schöner, hier in Rottenburg geprägter Terminus lautet.

Es geht um die Schaffung eines Milieus, in dem die Kinder sich aus ihrer Scheinwelt omnipotent manipulierbarer toter Gegenstände lösen können. Dabei haben wir Mitarbeiter zunächst und vorrangig eine *Haltefunktion*, die sich auf verschiedensten Ebenen zeigt, von konkret körperlich erfahrbar gemachtem Halt bis hin zur Einführung von Raum und Zeit. Es geht auch um die Erfahrung, psychisch gehalten zu sein, und die Möglichkeit, diese Erfahrung verinnerlichen zu können.

Wenn man an ein Baby im Mutterleib denkt, das seine Begrenztheit durch Bewegen und Strampeln sinnlich erfährt, kann man vielleicht sagen, daß zu diesem Zeitpunkt die Haut-Ich-Grenze und das haltende Begrenztwerden noch *eine* nicht weiter differenzierbare Körpererfahrung ist. Grenzerfahrung wäre dann synonym mit der Erfahrung des Gehaltenseins.

Mit diesem Begrenztheitserleben bahnt sich die erste Ich-Erfahrung noch im Anderen an bzw. in der realen und phantasierten umhüllenden All-Gegenwart der Mutter in der ersten Zeit nach der Geburt.

Übertrage ich das auf unsere Kinder, fällt mir z.B. ein 11jähriger Junge ein – Sie werden ihn später in der Falldarstellung noch näher kennenlernen –, der zur Zeit vorsichtig beginnt, sich selbst im Raum zu erfahren: Er läuft in meinen Stunden von Wand zu Wand, beklopft freudig Wände und Boden, zieht mit seinen Fingern Spuren in den Flor des Teppichbodens.

Unsere Arbeit bemüht sich also oft um das Ermöglichen bewußten Körpererlebens, um die Gewinnung dreidimensionaler Wahrnehmung, in der die Kinder ihren Körper als Raum und ihre Haut als Hülle erfahren (vgl. die Beschreibung des Ichs als Grenze bei G. Devereux, 1967, und „Das Haut-Ich", D. Anzieu, 1991).

Über diese unmittelbar körperlichen Grenzerfahrungen hinaus, die die Kinder im Kontakt mit uns häufig erst zulassen, wenn sie schon einige Sicherheit gewonnen haben, wird ihnen natürlich Grenzerfahrung durch Einführung und Erhalt von Struktur und Regeln im Schulhortleben ständig angeboten bzw. zugemutet.

Mit der Strukturiertheit unserer Arbeit versuchen wir, auf die psychische Unintegriertheit und Grenzenlosigkeit der Kinder zu antworten.

Zentrale Begriffe hierbei sind *Übersichtlichkeit, Regelhaftigkeit* und *Verläßlichkeit.* Grundlegend wichtig ist wieder das Ernstnehmen der Kinder als fühlende, verletzliche Menschen, die sehr fein wahrnehmen, wie wir ihnen gegenübertreten, obwohl sie uns immer wieder verleiten, genau das zu negieren. Im Einhalten von Regeln, von Versprechen, dem frühzeitigen Ankündigen von Veränderungen etc. erleben die Kinder alltägliche Wiederkehr und Halt, die ihnen allmählich ein Leben in der Zeit ermöglichen, in der über die Entstehung innerer Abbildungen (Repräsentanzen), Abwesenheit ertragen und Wiederkehr bzw. Zukunft antizipiert werden kann.

Die zunächst lediglich äußere Struktur – unsere Hilfs-Ich-Angebote – wird zur angeeigneten inneren Struktur. Wenn das gelingt, kann sich zunehmend Vertrauen bilden und Wünschen, Hoffen, Gedulden wird möglich, was der Auflösung der furchtbaren Gleichung *„nicht jetzt = nie“* entspricht.

Wenn es die Kinder schaffen, die Erfahrung von Begrenzung bzw. Begrenztsein als aushaltbar zu erleben und vor allem auch zu erleben, selbst aushaltbar zu sein, können sie zunehmend Frustration ertragen und ihre verzweifelte Realitätsleugnung aufgeben. Deutlich spürbar wurde uns solch ein Zugewinn z.B. durch das Möglichwerden von Trauerreaktionen bei einzelnen Kindern; wenn ein Kind allmählich nach innen horchen kann, seine Trauer über einen Verlust aushält und damit empfinden und zeigen kann.

Die vier folgenden Punkte fassen zusammen, wie wir versuchen, den Kindern *Raum, Zeit* und *Struktur* zu vermitteln:

1. Über das Deutlichmachen von Zeit-Räumen (z.B. der Wochenstruktur, aber auch der Struktur innerhalb einzelner Aktivitäten), d.h. über Wiederkehr und gleichbleibende Abfolge;
2. über voneinander abgegrenzte materiell erfahrbare Orte (Zimmer) mit verschiedenen Funktionen innerhalb des Schulhorts (Gruppenraum, Eßzimmer, Schulraum etc.) und auch außerhalb (Schwimmbad, Turnhalle);
3. über zeitlich begrenzte, sonst aber offene Räume außerhalb des Horts, z.B. den wöchentlichen Ausflug – von den konfusen Kindern geliebt, von sehr verkapselten eher gefürchtet; und

4. über unterschiedliche Funktionen der Mitarbeiter: Erzieher, meist die engsten Bezugspersonen; Lehrerinnen, Therapeuten.

Auf die besondere Rolle der Schule innerhalb unseres Horts gehen die Lehrer im Anschluß gesondert ein.

Das Bestehen abgegrenzter Orte innerhalb des Horts und das daran gebundene unterschiedliche Beziehungsangebot bietet den Kindern auch die Möglichkeit, von ihnen noch als unvereinbar erlebte Persönlichkeitsanteile in getrennten Räumen und bei verschiedenen Personen unterzubringen.

Gleichzeitig schaffen wir als Team einen Rahmen für die Kinder, der ihre fraktionierten Anteile zusammenfügt, indem wir unser Erleben zusammentragen (speziell in der Supervision) und in lebendigem Austausch miteinander stehen, d.h. wir bilden einen Team-Körper, ein Gesamtbehältnis.

Wir leben den Kindern im Umgang mit ihnen, aber auch gerade im Kontakt zueinander, die Möglichkeit von Distanz und Nähe vor. Nähe- und Distanzerleben setzt Grenzerfahrung voraus, da es (mindestens) zwei Subjekte/Objekte geben muß, zwischen denen es stattfindet.

Ich kann mich nur jemandem nah oder fern fühlen, wenn ich ihn als Nicht-Ich oder wie Tustin sagt „Nicht-Selbst" erkenne, d.h. über ein abgegrenztes Ich-Gefühl verfüge.

Das Miterleben unseres Herstellens von Nähe einerseits und des Aufrechterhaltens von Distanz andererseits kann dem „Alles oder Nichts" der Kinder korrektiv entgegenwirken und emotionale Alternativen zur Polarisierung: Verschmelzung gegenüber Ausstoßung und Verkapselung, und damit der Auslöschung des Gegenübers entstehen lassen.

Ich möchte diesen Katalog gewonnener Einsichten und redlicher Vorhaben – wir müssen, wollen, sollten – abrunden mit der Benennung einiger dazugehörender Kehrseiten und Schwierigkeiten.

Das richtige Bedürfnis, dem uferlosen Chaos der Kinder, ihrer Gewalttätigkeit, der lauten oder leisen Art, uns als Gegenüber auszulöschen, Ordnung und Struktur entgegenzusetzen, birgt Gefahren. Denn Lebendigkeit beinhaltet Beweglichkeit, d.h. eine aufgestellte Regel darf nicht Selbstzweck werden, muß immer wieder hinterfragt werden.

Wiederkehr ist wichtig; wir schaffen Rituale und müssen dann aufpassen, sie nicht entleert zu toten Formen erstarren zu lassen, nicht gemeinsam mit den Kindern in „Schein-Tun" zu versinken.

Indem die Kinder uns zu Behältern ihres Erlebens machen, geraten wir immer wieder in die Gefahr, selbst „unlebendig“ zu werden, zu Robotern, bzw. die Kinder als solche zu behandeln, oder uns der Unerträglichkeit der Gegenübertragungsgefühle zu entziehen, uns jedem Einfühlen zu verschließen und die Kinder aus dem lebendigen Kontakt auszusperren.

Einen unauflösbaren, aber vielleicht auch bereichernden Widerspruch stellt die Einrichtung abgegrenzter Räume und Funktionen im Hortgeschehen gegenüber der gleichzeitig immer wieder nötigen Vermischung dar, z.B. beteiligen sich eine Lehrerin und ich zu bestimmten Zeiten am Gruppendienst, und wir fahren auch als Betreuerinnen mit auf unsere Kinderreisen, damit das Eins-zu-Eins-Verhältnis gewährleistet ist.

Wir haben inzwischen das Gefühl, daß die damit verbundenen Nachteile, die Unklarheit, die zu Verwirrung und Konflikten bei den Kindern führen kann, durch gleichzeitig auftretende positive Effekte aufgewogen werden. Die Kinder erfahren uns atmosphärisch als lebendigen, beweglichen, im Austausch stehenden „Teamkörper“, der als Ganzes Geborgenheit vermittelt, und wir Mitarbeiter, besonders die sonst eher isoliert arbeitenden „Spezialisten“, sind emotional eingebunden und beteiligt.

Der Versuch genauen Hinfühlens und richtig antwortenden Handelns im Kontakt mit den Kindern und die damit bewußt angenommene Verantwortlichkeit stellen einen hohen Anspruch und auch eine enorme Belastung dar und machen sehr viel Raum und Zeit für Absprache, Austausch und Reflexion nötig, damit auch Freude, Neugierde und Zuversicht erhalten bleiben, bzw. immer wieder neu entstehen und sogar neue Kraft und psychischer Zugewinn aus unserer Arbeit hervorgehen können. Damit bin ich bei der Sorge um bzw. für uns. Zum Erhalt unseres Wohlbefindens gehören zum Teil die gleichen Aspekte, deren zentrale Bedeutung für die Kinder ich im Vorausgehenden beschrieb; zum einen eine übersichtliche, verläßliche Tagesstruktur:

- Die Klarheit, wann wer was mit welchem Kind unternimmt, bzw. wo offene Räume bleiben, wo Zeit zum Zurückziehen ist, etc.;
- die Gewißheit, Zeiten des Zusammenseins mit einem Kind in einer intimen Zweiersituation sind klar umgrenzt;
- die Sicherheit, daß Fürsorge und Verantwortung auch von anderen übernommen werden.

Hier klingt der zweite wesentliche Aspekt der Zusammenarbeit an: Die Verläßlichkeit der Team-Mitglieder untereinander, das Achten aufeinander, einander Zuhören und Sich-gebrauchenkönnen, z.B. als Behälter zunächst unverdaulicher heftiger Gefühle, die nach einem Einzelkontakt mit einem Kind oder nach einem schwierigen Elterngespräch Raum suchen.

Spezielle Orte der Reflexion außerhalb des Hortlebens sind die Teamsitzung und die Supervision. Einige Male fuhren wir auch schon für ein Wochenende weg, um über ein uns beschäftigendes Thema mit Zeit und Abstand und auch mit viel Platz für Spaß arbeiten zu können.

Bernd Schäfers

Der Rahmen

Nach diesen grundlegenden Überlegungen möchten wir Ihnen die Rahmenbedingungen unserer Arbeit und uns vorstellen. In unserem Schulhort werden 6 autistische Kinder im Alter zwischen 7 und 11 Jahren an den Werktagen in der Zeit von 8.00 – 15.00 Uhr betreut. Wir arbeiten mit den Kindern in einer Wohnhausetage von 200 qm mit insgesamt 5 Räumen.

Nun ist möglicherweise nicht jedem von Ihnen das Wort „Schulhort" ein Begriff. Es bezeichnet das Zusammenwirken einer Sonderschule für Lernbehinderte mit dem Verein „Hilfe für das autistische Kind" und hat seinen Ursprung in einer Vereinbarung zwischen dem Verein und dem Berliner Schulsenat über die Betreuung, Förderung und Beschulung autistischer Kinder und Jugendlicher. Der Verein unterhält eine Ambulanz, eine Frühfördergruppe und vier Schulhorte, die von der Altersstruktur her aufeinander aufbauen. Die Kinder wechseln in der Regel die Einrichtungen mit Beginn des Schulalters, der Pubertät und der Adoleszenz.

In unserem Schulhort sind 7 Mitarbeiter und Mitarbeiterinnen tätig; zwei delegierte Lehrerinnen der Schule, zwei Erzieher und eine Erzieherin, eine Psychologin und eine Hauswirtschaftskraft, die sich um das sehr wichtige leibliche Wohl der Kinder und Mitarbeiter kümmert. Alle sieben Stellen sind zeitlich unterschiedlich besetzt. Zusätzlich arbeiten eine Musiktherapeutin und ein

Musiktherapeut auf Honorarbasis zu festgesetzten Terminen mit den Kindern. Die Zusammenarbeit der Bereiche Hort, Schule und Therapie ist entstanden in einem nahezu 5jährigen Prozeß, an dessen Anfang die Einstellung stand: „Alle können und machen alles" auf dem Hintergrund eines ausgeprägten Bezugspersonenmodells, an dessen heutigem Punkt der Entwicklung eine deutliche inhaltliche Differenzierung der Arbeit steht, die wir im weiteren Verlauf darstellen möchten.

Vorab jedoch noch eine Bemerkung zu dem Verein, bei dem wir tätig sind: Er wurde Anfang der 70er Jahre als Elternselbsthilfe-Verein gegründet und bezeichnet in seiner Satzung die Förderung und Betreuung – ausdrücklich jedoch nicht die Therapie – autistischer Kinder und Jugendlicher als sein Ziel, wobei die Eltern über die Mitgliederversammlung letztes Entscheidungsorgan für die Arbeit des Vereins sind.

Nun heißt unser Seminar: „Von der Schwierigkeit, ein verläßlicher Ort zu sein." – Die Schwierigkeit, ein verläßlicher Ort für die Kinder zu sein, meint vor allem das sich uns immer wieder stellende Problem, daß die von uns betreuten Kinder zwischen verschiedenen Lebensräumen hin- und herpendeln, und zwar zwischen dem Elternhaus, dem Schulhort und möglicherweise dem Heim (eines unserer Kinder ist in einem Heim; für weitere werden Heimplätze gesucht).

Was empfinden die Kinder, wenn wir sie täglich nach Hause entlassen? Freuen sie sich, fühlen sie sich verlassen, vielleicht verraten? Am deutlichsten spürbar wird die Problematik dieses Wechselns am Ende der jährlichen Schulhortreisen.

Ebenso schwierig ist es auch, für die Eltern ein verläßlicher Ort zu sein. Aus der Konstruktion als Elternverein ergibt sich ein problematischer Gegensatz zwischen der Funktion der Eltern als Arbeitgeber und unserer Beratungsfunktion für sie. Nicht alle Eltern nehmen die angebotenen Beratungsgespräche in Anspruch.

Wie nehmen uns die Eltern wahr?

Inwieweit sehen sie uns als Konkurrenten? Sind wir die geeigneten Berater für sie? Können wir uns genug aus der Identifikation mit den Kindern lösen?

Kann es uns gelingen, den Eltern Begleiter zu sein auf dem Weg ihrer Auseinandersetzung mit sich selbst und ihrem Kind und den damit verbundenen schwer erträglichen Gefühlen?

Diese Fragen stellen sich uns immer wieder.

Im folgenden möchten wir Ihnen die drei Teilbereiche unseres Schulhorts kurz darstellen:

Der Hort-Alltag

Eine Erzieherin und ein Erzieher mit jeweils voller Stelle (der Erzieher hat durch seine Leitungstätigkeit regelmäßige Abwesenheitszeiten) sowie ein halbtags tätiger Erzieher begleiten die Kinder über den Tag. Sie bilden das tragende Netz für die unterschiedlichen Ebenen, in denen sich die Kinder bewegen. Hort-Alltag ist ein schwierig zu definierender Bereich. Darin enthalten sind Einzelkontakte, sowie die Betreuung in der Gruppe. Die Zusammensetzung wechselt häufig, da die Kinder über den Vormittag verteilt auch Schule und Therapie haben. Zur Arbeit im Hortbereich gehört auch die Hilfe bei der Bewältigung lebenspraktischer Tätigkeiten und die hygienische Pflege. Die Einzelkontakte mit den Kindern haben – wie in den Bereichen Schule und Therapie – eine verläßliche zeitliche Struktur. Sie finden aber im Gegensatz zu den anderen Bereichen überwiegend im offenen Rahmen zweier zusammenhängender Gruppenräume statt, die mit Klavier, Hängematte und offen zur Verfügung stehendem Spielmaterial ausgestattet sind. Einzelaktivitäten finden aber auch – den Wünschen und Interessen der Kinder entsprechend – auf den Straßen und in Geschäften der Umgebung statt.

Der gesamte Hort-Alltag ist geprägt von therapeutischem Nachspüren und Eingehen auf die Befindlichkeiten der Kinder und der Konfrontation mit Realität, die sich aus dem Gruppenzusammenleben und der Struktur des Alltags ergibt. Konfrontation mit Realität ist hier zu verstehen als ein Vermitteln guter, haltgebender Grenzen und liegt auch in der Darstellung des „So-ist-es".

Neben diesem eigentlichen Hortbereich gibt es einen Mischbereich zwischen Hort und Schule. Hier werden von den Lehrerinnen und den Erziehern gemeinsam Aktivitäten wie das Turnen, der wöchentliche Schwimmbad-Besuch und der ebenfalls wöchentliche Ausflug zum Bauernhof gestaltet.

Die Therapie

Der therapeutische Rahmen ist bestimmt durch die raum-zeitliche Kontinuität sowie das Zwei-Personen-Setting. Inhaltliche Besonderheit ist die gewährend-zurückgenommene Grundhaltung der Therapeutin, die Raum bieten soll für das, was das jeweilige Kind an Stimmung, Anliegen und Abwehr mitbringt. Diesen gewährenden, geschützten Raum erleben chaotische, ständig „fliehende“ Kinder zunächst als sehr bedrohlich wegen der Abgeschlossenheit und damit der Intimität der Situation und auch aufgrund des Fehlens einer dritten „Sache“, um die es gehen könnte, wie z.B. einer Lernaufgabe, die Abstand schafft.

Entsprechend nutzen die eher abgekapselten, ängstlich verschlossenen oder die Symbiose suchenden Kinder den Therapieraum gerne als Rückzugsort. Therapeutisches Arbeiten mit unseren Kindern ist grundsätzlich ein schwieriger Balanceakt zwischen weitgehendem Zulassen, Abgrenzen und vorsichtigem Anbieten, wobei lange Zeit dem Verhalten eine ebenso große Bedeutung zukommt wie der Sprache.

Florian Hoffmann

Die Schule

„Was ist Schule im Schulhort für die einzelnen Kinder?“

Am Anfang, wenn ein Kind neu zu uns kommt, steht das Einlassen auf die Aktivitäten (und die Räume), die ein Kind von sich aus aufsucht. Neben den von den Kindern aufgesuchten Räumen stellen wir (außerhalb des Schulraums) andere Räume zur Verfügung. Diese Räume sind z.B.:

Turnhalle, Schwimmbad, Küche (Kochen), Matschraum (Möglichkeiten zum Spielen mit Wasser, Baden), Erfahrungsräume außerhalb des Schulhorts, Geschäfte etc.

Diese Räume zeichnen sich dadurch aus, daß sie von den Kindern gerne aufgesucht werden, da sie nicht überfordernd sind oder zumindest für die meisten Kinder so gestaltet werden können. Sie geben den Kindern u.a. die Möglichkeit, einem zu engen Kontakt oder gestellten Aufgaben auszuweichen, bzw. sich ihnen im eigenen Tempo zu nähern.

Dort können auch Bedürfnisse entstehen, Ereignisse stattfinden, bei denen der Wunsch entsteht, sie zu wiederholen. Diese Ereignisse finden im 1:1-Kontakt mit einem Erwachsenen statt (nicht zwangsläufig mit einer Lehrkraft).

In der Turnhalle z.B. wird neben anderen Geräten ein Kasten aufgebaut, in dem sich ein Kind verstecken kann; im Schwimmbad besteht die Möglichkeit, mit einem Mädchen so lange unter der Dusche zu verweilen, bis die für sie bedrohliche Gruppe in der Schwimmhalle verschwunden ist.

Im Schulhort wird allen Kindern von Anfang an zugemutet, mit einer Lehrkraft zusammen täglich oder mehrmals in der Woche feste Zeiten zu verbringen. Bei diesen Aktivitäten ist der Schulraum immer Anfangs- und Endpunkt.

Die Kinder erleben die Lehrer im Schulhort-Alltag als die „Hüter eines wichtigen strukturierten Raumes“; sie sehen, wie andere Kinder zu festen Zeiten mit dem Lehrer den Schulraum betreten, eine längere Zeit dort verbringen und wieder herauskommen. Auch durch die damit verbundene andersartige Ansprechbarkeit in den Gruppenräumen erhält der Lehrer ein bestimmtes unverwechselbares Profil, das ein Stück des Systems Schule deutlich macht.

Auf der Grundlage einer in dieser Zeit entstandenen Beziehung (besser: einem Beziehungsanfang) findet der nächste Schritt statt, den ich mit dem Begriff des „Zumutens“ charakterisieren möchte, nämlich die Erweiterung der vom Kind als nicht bedrohlich und aushaltbar erlebten Räume und Erlebnisse auf den Schulraum als einem Ort eigenständiger Bedeutung.

Die Aufgabe der Lehrkraft ist es, Erlebnisse mit dem Kind behutsam und Stück für Stück in den Schulraum hinein- und auch wieder hinauszutragen.

Beispiel:

Eingekaufte Sachen werden in den Schulraum hineingetragen und „aufbereitet“ – so wird das Papier gekaufter Süßigkeiten aufgeklebt; (Taschen-) Geld steht zur Verfügung. Schritt für Schritt werden Wahlmöglichkeiten bei allem, was man gemeinsam einkaufen kann, entwickelt; es gibt feste Termine der Taschengeldausgabe; das Taschengeld wird wieder hinausgetragen; man kann sich dafür etwas kaufen; der Kreislauf ist geschlossen.

Beim Kochen (Hinein- und Hinaustragen aus dem Küchenraum) passiert etwas Ähnliches.

Es werden hier über den Schulraum hinaus andere Räume im Erleben des Kindes miteinander vernetzt und erhalten so einen inneren Sinn.

Die schulischen Aktivitäten werden in einen immer wiederkehrenden Wochenplan eingebaut. Sie werden den Kindern angekündigt (Tagesbesprechung vor dem Frühstück) und – soweit das möglich ist – auch besprochen. Nach den Schulstunden werden durchgeführte Aktivitäten für jedes Kind in ein Heft aufgeschrieben; man kann sie nachlesen, mann kann sie auch – abgeschlossen und existent – im Schulraum zurücklassen. Erst, wenn diese Vernetzungen von einzelnen Kindern als sicher und verläßlich erlebt werden, kann man ihnen zumuten, sich zu festen Zeiten innerhalb des Schulraumes auch mit Materialien auseinanderzusetzen, die nicht in dem oben beschriebenen unmittelbaren Zusammenhang mit anderen konkreten Räumen stehen. Hier hat der Lehrer die Aufgabe, im Einzelkontakt zu dem Kind eine neue Stufe der Beziehung einzuleiten, die sich ausdrückt in den Worten:

„Ich mute Dir zu, Dich mit Material und mit (Lern-) Gegenständen auseinanderzusetzen, mit denen Du Dich von alleine nicht auseinandersetzen würdest. Diese Lerngegenstände sind Repräsentanten unserer nicht-verrückten Welt, die von Dir als bedrohlich und nicht aushaltbar erlebt wird. Ich versuche, die Bedrohung, die von diesen Dingen für Dich ausgeht, zu sehen, und die Verhaltensweisen, die Du zeigst, um der angenommenen Gefahr zu entgehen, Stück für Stück besser zu verstehen, und ich bin dazu da, Dich dabei zu unterstützen, diese Bedrohung langsam besser aushalten zu können. Ich werde trotzdem nicht darauf verzichten, Dich mit diesen Lerngegenständen behutsam in Kontakt zu bringen, weil das wichtige Ausdrucksmöglichkeiten einer Welt sind, die Dich umgibt und in der Du lebst."

Wenn mehrere Kinder den Schritt geschafft haben, für sich den Schulraum mit festen Zeiten und den an diese Zeiten festgekoppelten, immer wiederkehrenden Unterrichtsbereichen zu nutzen, können Formen des Gruppenunterrichts eingeführt werden. Hier gibt es zwei Modelle, die aufeinander aufbauen:

1. Zwei Kinder mit zwei Lehrern. Dies bietet immer noch eine potentielle Möglichkeit, kurzfristig zur 1:1-Beziehung zurückzukehren, aber schon die Chance, sich zu viert mit einer Sache auseinanderzusetzen.
2. Zwei Kinder mit einem Lehrer. Dieses Modell ist ein weiterer Schritt zu einer Schule, die in kleinen Schritten Gruppenprozesse mit einbezieht.

Marius

Wir möchten Ihnen abschließend eines der von uns betreuten Kinder näher vorstellen.

Es handelt sich nicht um eine umfassende analysierende Falldarstellung, sondern eher um den Versuch, Marius in den drei Teilbereichen zu beschreiben, die unseren Hort auszeichnen.

Wir hoffen, Ihnen so die oben angesprochene Binnendifferenzierung und auch das Gemeinsame und Verbindende unserer Arbeit noch einmal nachvollziehbar veranschaulichen zu können.

Ulrike Harle

Marius im Hort

Im März 1988 kommt Marius aus einer Tagesklinik mit beinahe 7 Jahren zu uns in den Schulhort.

Er läuft in den Räumen umher, immer einen Katalog oder eine Zeitschrift vor seinem Gesicht. Die Seiten blättert er – daumenkinomäßig – an seiner Nase entlang.

Oder: Marius sitzt auf dem Teppich, den Rücken nach vorne gebeugt, die Beine zu einem 0 geschlossen und läßt Haufen von kleinen Papierschnipseln in die Mulde trieseln, immer wieder aufs neue, stundenlang. (Als „Trieseln“ bezeichnen wir, wie Marius kleine Papierschnipsel o.ä. in die Höhe hebt, fallen läßt, wieder einsammelt, in die Höhe hebt, fallen läßt usw. – bis ins Unendliche. Zeitweise klappt er dabei seine beiden Kiefer krachend aufeinander, oder – wenn er steht – donnert er in regelmäßigen Abständen einen Fuß auf den Boden).

Marius ist in diesen Momenten kaum ansprechbar (erschwerend kommt hinzu, daß wir keine Klarheit darüber haben, über wieviel deutsches Sprachverständnis er verfügt, zumal zu Hause nur Polnisch gesprochen wird. Marius ignoriert sein Gegenüber meistensteils, dreht ihm immer wieder den Rücken zu oder bricht in ein wütendes Schreien aus, läuft umher, wirft sich auf den Boden. Teilweise sind diese Ausbrüche gekoppelt mit autoaggressivem Verhalten: Er beißt in Holzfensterbänke, in Türrahmen oder schlägt sich. Oft verstehen wir die Anlässe seines Explodierens nicht; sie geschehen ohne ersichtlichen Grund. Wir spüren bei Marius eine panische Angst; er bebt innerlich; es scheint ihn zu zerreißen.

Marius spricht nicht. Das einzig verstehbare Wort (Laut) ist „Mama“, wobei er es nicht immer als abgegrenztes Wort gebraucht („mamamama“). Einmal klingt es wütend, einmal hilflos, einmal fordernd. Er wendet es auch an, wenn er z.B. zur Toilette gehen muß, stellt sich vor einen, Hände am Hosenknopf und sagt „Mama“!

Marius hat aus der Tagesklinik einen Stoffesel mitgebracht. Anhand dieses Esels hat er dort mit einer Sprachtherapeutin die Vokallaute „i“ und „a“ nachsprechen gelernt. In Verbindung damit sollte Marius „ja“ sagen lernen. Bei uns verliert der Esel sehr schnell Marius' Interesse, auch die antrainierten Laute verlieren sich.

Marius' erste Aufmerksamkeit im Schulhort gilt einem etwa gleichaltrigen Mädchen. Er läuft hinter ihr her, versucht sie zu berühren, schubst sie und wirft sie zu Boden und legt sich auf sie. Dies geschieht immer in Momenten, in denen kein Erwachsener im Raum anwesend ist. Dieses Mädchen läuft zunächst laut schreiend vor ihm weg, aber nach ein paar Wochen fängt sie an, sich zu wehren. Marius läßt sie daraufhin in Ruhe und ignoriert sie fortan.

Die anderen Kinder scheinen ihn mehr zu ängstigen als zu interessieren.

Bei den Mahlzeiten fällt es Marius sehr schwer, auf seine Triesel zu verzichten. Am liebsten behält er sie in der Hand. Marius ißt nur wenige Dinge gern, vieles verweigert er. Er entnimmt seinem Essen nur Kleinstteile, sortiert alles genauestens auf dem Teller. Er ißt auch nur ganz kleine Happen, Reiskorn für Reiskorn, was an seine Triesel erinnert.

Marius ist beim Essen darauf angewiesen, daß der ihn begleitende Erwachsene sehr genau seine Wünsche erspürt, z.B. beim Trinken: Marius holt es sich nicht, zeigt nicht darauf, sagt nichts – es läßt sich nur atmosphärisch spüren, daß er jetzt etwas trinken möchte.

In Einzelkontakten mit Marius ist es ihm möglich, sich von seinen Objekten zu trennen. doch man weiß nie, ob Marius Angebote nicht als Befehle auffaßt. Er macht den Eindruck großer Willfährigkeit, wirkt teilweise roboterhaft.

Offensichtlich zu genießen scheint er nur jegliche Art von Körpererfahrungsspielen (Kribbel-Krabbel-Spiele, Fingerspiele, auch Singspiele) und das Geschaukeltwerden in der Hängematte. Marius zeigt Angst-Lust-Gefühle, wenn es schnell und hoch hergeht. Zu einem solchen Zeitpunkt genügen jedoch die kleinsten Störungen, und Marius wendet sich sofort wieder seinen Trieseln zu.

Nach etwa einem halben Jahr fängt eine ABM-Kraft in unserem Schulhort zu arbeiten an. Sie bezieht sich sehr stark auf Marius. Sie schaukelt ihn, singt ihm vor, macht viele Kribbel-Krabbel-Spiele mit ihm. Einen Großteil des Tages verbringen die beiden gemeinsam, entweder in der Hängematte oder in der Kuschelecke liegend. Der Kontakt wird immer enger. Marius kann in dieser Zeit fast völlig auf seine Triesel und andere Objekte verzichten. Die beiden bilden oft ein verschmolzenes Paar.

Um so schwerwiegender wirkt der abrupte Weggang der Kollegin. Marius bringt nun, außer seinen festen Zeiten bei Therapie und Schule, seine übrige Zeit damit zu, in einer Ecke des Gruppenraumes zu trieseln. Er bewegt sich nicht mehr durch den Raum, sondern verharrt auf seinem festen Platz. Marius verarbeitet alles zu Trieseln, was sich finden läßt (Orangenschalen, Korken, u.v.a.m.). Er reagiert nur selten auf Angebote, hält sich die Ohren zu, beteiligt sich nicht am Gruppengeschehen. Nur Geschaukeltwerden kann er genießen.

Bei einigen Teammitgliedern wächst der Impuls, den Schulhort als „trieselfreie Zone" zu erklären, um Marius endlich einmal zu etwas Sinnvollem bewegen zu können (Lego bauen, Dreirad fahren, Ball spielen).

Dies führt zu einer langen Diskussion im Team. Einige sind dafür, andere meinen, daß Marius Räume braucht, in die er sich zurückziehen kann. Wir kommen schließlich zu dem Ergebnis, Marius muß seine Triesel in der Schule beiseite legen und ebenso beim Essen (Hosentasche; Schälchen in Sichtweite). Ansonsten darf Marius seine Triesel behalten. Wir hoffen, daß Marius allmählich auf Angebote eingehen kann und sich dann für eine Zeit freiwillig von seinen Trieseln trennt. – Aber genau das fällt ihm sehr schwer. Er wehrt sich mit aller Kraft gegen Ansprache/Angebote; er fängt an zu beben, scheint innerlich zu zerplatzen, zu implodieren.

In dieser Zeit habe ich oft resigniert; ich ließ ihn bei seinen Trieseln.

In einer späteren Phase ergibt sich dann, zunächst eher beiläufig, eine Situation, in der Marius von mir geschaukelt wird und Florian uns auf dem Klavier begleitet. Wir Erwachsenen haben daran viel Spaß und können Marius mit einbeziehen. Die Klaviermusik schirmt unsere Dreierkonstellation nach außen ab. In dem entstehenden Raum innerhalb der uns alle einhüllenden Musik kann Marius die Möglichkeit des Kontaktangebotes – Singen – aufgreifen. Er fängt an, zunächst mit mir mitzusummen, später gibt er lautstark Töne von sich – sehr bezogen auf die Melodie. Diese Klavier-Schaukel-Stunde entwickelt sich zu einem wichtigen Ritual. Marius fragt danach, plaziert Florian ans Klavier und zieht mich zur Hängematte.

Marius lautiert nun sehr viel auch in anderen Zusammenhängen; er probiert Töne aus und antwortet in echohaftem, aber wenig moduliertem Sing-Sang. Z.B. Frage an Marius: „Möchtest Du schaukeln?“ Antwort: „Ha-he(l)n!“

In der folgenden Zeit öffnet sich Marius immer mehr. Noch bringt er weite Teile des Tages damit zu, an „seinem“ Platz, den er mittlerweile gefunden hat, zu sitzen und zu trieseln. Marius sitzt aber nicht mehr abgewandt; er beobachtet im Gegensatz zu früher das Geschehen um ihn herum und scheint dabei nur noch beiläufig zu trieseln. Marius ist für Angebote offen, bewegt sich frei im Raum. Er beginnt andere Kinder zu erforschen, er untersucht sie, steckt ihnen z.B. seinen Finger in den Mund oder er imitiert ihre Laute. Dabei bekommt man den Eindruck, als könne Marius noch nicht zwischen sich und den anderen unterscheiden.

Marius traut sich mittlerweile zu, seine autistischen Objekte gegen andere Kinder zu verteidigen, bzw. sie zurückzuholen, und setzt dabei seine körperliche Kraft ein.

Insgesamt macht Marius einen lebendigeren Eindruck; er kann seine Wünsche klarer zeigen, ebenso deutlich machen, wenn er etwas nicht möchte. In Ansätzen verfügt er über ein „Ja“ und „Nein“.

Gaby Stotko

Schule mit Marius

Meine ersten Begegnungen mit Marius hatte ich innerhalb des Gruppengeschehens in verschiedenen Räumen des Schulhorts, auf Ausflügen, beim Turnen, Schwimmen und auf unseren gemeinsamen Reisen.

Marius hatte zu Anfang seine Triesel immer bei sich und hielt sie während der Aktivitäten, auf die er sich einlassen konnte, in der Hand. Marius ließ sich von mir gerne in der Hängematte schaukeln, in einem Tuch oder in meinen Armen; ich schob ihn in Rollkästen verschiedenster Größe und auf rollenden Matten durch die verschiedenen Räume. Wir, die Erwachsenen, schufen die Atmosphäre, sangen Lieder und bewegten Marius. Er erlebte verschiedenste Körper- und Wahrnehmungsreize passiv, durch uns. Wir waren sein Motor. Er verschmolz bei diesen Aktivitäten mit jedem einzelnen von uns zu einer Einheit. Er erinnerte mich an ein Baby, das getragen und geschaukelt wird.

In unserer Anfangszeit im Schulzimmer wirkte Marius wie eine mechanische Puppe oder Marionette mit leerem hilflosem Blick und bewegungslosem Körper, die durch andere lebt und die sozusagen angeschaltet werden muß. Am Anfang jeder Stunde legte Marius nach meiner Aufforderung seine Triesel auf einen Stuhl. Danach stand er reglos im Zimmer und schaute mich mit fragendem Blick an. Ich zeigte ihm die Materialien und Spiele im Schulzimmer. Auf alle Vorschläge, die ich machte, ging er ein. Gab ich ihm eine Auswahl oder fragte ihn etwas, wurde er unsicher, hilflos und schaute mich mit leerem saugenden Blick an oder sah und zeigte aufgeregt aus dem Fenster und rief „Mamama!“ Marius beschleckte alle harten Gegenstände, die ich ihm gab. Seine lauten Leckgeräusche waren so eindringlich, daß ich das Gefühl hatte, selbst von ihm eingespeichelt zu werden. Es kam zu dieser Zeit – im Schulzimmer mit ihm – kein Hinweis von ihm, was er hätte tun wollen. Ich fühlte mich müde und lief dann Gefahr, mich ausgeschaltet und handlungsunfähig zu fühlen und hatte das Bedürfnis, nicht allein mit Marius zu sein, wünschte mir eine dritte Person. Grundsätzlich sehe ich mich als Wegbegleiterin bei Marius' Prozeß, sich Realität anzueignen und sich mit ihr auseinanderzusetzen. Da Marius sich als Person mit individuellen Bedürfnissen nicht deutlich machen konnte, nahm ich unsere gemeinsame Realität im Schulhort als Grundlage für unsere Stunden. Im Schulraum griff ich Handlungszusammenhänge aus den Gruppenaktivitäten als Lerninhalte auf. Ich knüpfte an gemeinsame Erlebnisse auf einer Reise an, wo wir zusammen über Baumstämme kletterten und heruntersprangen und baute z.B. Hindernisbahnen im Schulzimmer. Ich bastelte mit Marius verschiedene Klebebilder und Tiere, um die Räume des Schulhorts mit Bastelarbeiten von Marius zu füllen und ihm durch Arbeitstechniken im Umgang mit Schere und Klebstoff u.a. auch eigenständiges Handeln zu ermöglichen und aufzuzeigen. Am Anfang machte ich jeden kleinsten Handlungsschritt mit ihm zusammen, immer wieder. Ich führte seine Finger über Materialien und Gegenstände, um sie für ihn taktil erfahrbar werden zu lassen. Wir bastelten Bildkarten für die Taschengeldausgabe, für die Wochenaktivitäten an bestimmten Tagen, machten ein Fotoalbum für Marius usw. Parallel dazu führte ich auch verschiedene Buchstaben ein, und Marius lernte nach einer Vorlage Wörter mit dem Druckkasten zu drucken. Ich hatte den Eindruck, daß Marius irgendwie schon über die Kenntnisse bestimmter Buchstaben verfügte, da er sie schnell optisch differenzieren konnte.

Mit der Zeit schaffte Marius es, einige Handlungen alleine zu vollziehen unter größter Anstrengung und Angst vor dem eigenständigen Tun. Die Anfänge von mehr Eigenständigkeit sind oft begleitet von heftigen Gefühlsaufwallungen bei Marius, wobei die Ursache dafür von mir oft nicht direkt gesehen werden kann. Manchmal geschieht es heute noch, während er z.B. Wörter zusammensetzt, daß er bei dem letzten Buchstaben eines Wortes innehält und mich hilflos anschaut. Ich habe dabei das Gefühl, daß Marius vor der Ganzheit des Wortes erschrickt und ich ihm erlauben soll, das Wort zu vervollständigen. Wenn ich dazu etwas sage, ihn zum Weitermachen ermuntere, sage, daß er es darf und kann, verschließt er manchmal seine Ohren vor meinen Worten, wie um sich gegen meine Worte und Anforderungen an ihn zu schützen. In solchen Situationen erlebe ich seine große Verzweiflung und Not, die ihn innerlich zu zerreißen scheint. Habe ich so eine Situation mit ihm durchlebt, fühle ich mich kraftlos und erschöpft, aber ich spüre auch Erleichterung, weil wir diese Krise gemeinsam heil durchgestanden haben.

Während der Anfangszeit, in der ich im Schulraum spezielle Anforderungen an Marius stellte, lehnte er jeglichen Kontakt zu mir während der Gruppenaktivitäten ab. Wenn ich ihn ansprach, hielt er sich sofort die Ohren zu und wendete sich von mir ab. Ich erlebte mich ihm gegenüber als die personifizierte Anforderung, die er von seinen weiteren Erlebnisräumen abspalten mußte.

Darauf folgte eine Phase, in der er mich während der Gruppensituationen häufig anschaute, und ich hatte das Gefühl, daß er etwas von mir wollte. Sagte ich dann etwas, wendete er sich in der oben genannten Weise ab. Ich fühlte mich dabei wie in einem Bann gefangen, in dem jegliche Aktivität meinerseits nicht geduldet und gleichzeitig hervorgerufen wurde.

Im letzten Jahr haben sich die Schulstunden mit Marius verändert. Die Person Marius mit Wünschen und Bedürfnissen ist öfter einmal zu erkennen. Er zeigt auf Dinge, mit denen er sich beschäftigen möchte, holt sie hervor oder trifft eine Auswahl. Als Marius kam, lehnte er es heftig ab, Pinsel oder Stifte in die Hand zu nehmen; inzwischen kommt er gerne zu seiner Malstunde.

Mein zentrales Anliegen ist es, Marius zu zeigen, daß er im Umgang mit anderen Menschen etwas bewirken kann, wenn er sich deutlich äußert und daß die dabei entstehenden Gefühle für ihn aushaltbar sind. Dort, wo Marius mich früher durch seinen fragenden Blick buchstäblich verhungern ließ oder nur echolalisch lautierte, kann er heute deutlicher aus sich selbst heraus handeln. Er legt z.B. den Pinsel weg, wenn er sein Bild fertiggemalt hat oder holt die Zahlenkiste, wenn er rechnen möchte. Marius ist interessierter und zugewandter. Er hört mir zu, probiert vieles aus, und unsere Stunden machen mehr Spaß. In letzter Zeit öffnet sich Marius auch gegenüber meinen Angeboten innerhalb des Gruppengeschehens beim Schwimmen, Turnen und während der Ausflüge. Er wird von sich aus aktiv, traut sich, Neues zu versuchen, und scheint erstes Vertrauen in die eigene körperliche Kraft zu entwickeln.

Birgit Baethe

Therapie mit Marius

Marius kommt von Anfang an gerne. Die Ruhe und Störungsfreiheit des geschlossenen Raumes und die Regelmäßigkeit des Angebotes – viermal in der Woche – entsprechen ihm.

Obwohl Marius mich nicht beachtet, fühle ich mich mit meiner Aufmerksamkeit an ihn gebunden, bin ihm seltsam ausgeliefert. Ich erinnere endlose, sich dahinquälende Stunden, das Gefühl des Auflösens der Zeit.

Marius sitzt mit dem Rücken zu mir auf dem Boden, den Deckel oder Rand einer zuvor ausgeleerten Plastikkiste umlutschend. Seine lauten Schlürfgeräusche füllen den ganzen Raum. Ich fühle mich elend, ausgesperrt und verleugnet und gleichzeitig grenzenlos nah herangezwungen, so, als speichelte Marius auch mich ein, schlürfte mich auf.

Auf Ansprache reagiert Marius mit Unwillenslauten, Ohrenzuhalten und heftigem, Erregung und Wut ausdrückendem Trieseln. Ich bin froh, wenn solch eine Stunde überstanden ist. Mir fällt auf, daß die weiße Plastikkiste in der Form eines Schuhkartons dem Grundriß und der Farbe des Therapiezimmers nahe kommt. Sie ist der erste Behälter, mit dem sich Marius bei mir beschäftigt.

Kurze Kontakte stellen sich dann über Lautieren her. Marius gefällt es, wenn ich kleine Tonfolgen imitiere, die er vorgibt, und er greift auch leichte Variationen auf.

Es folgt eine lange Zeit, während der Marius in der Hängematte schaukelt und mit mir „tönen“ will. Zunächst erlebe ich ihn und mich sehr lebendig dabei, empfinde ein Gefühl des Beginnens als sei das Eis jetzt gebrochen.

Aber dann erlischt diese Lebendigkeit allmählich, scheint sich die Zeit erneut aufzulösen. Ich bekomme keinen Kontakt, fühle mich entleert; unser Tun gerät in Gefahr, zur Stereotypie zu werden.

Diese Schleife stellt sich im Umgang mit Marius wiederholt her: Etwas Neues, zunächst als lebendigen Kontakt Empfundenes, läuft leer; Marius wirkt leblos, trotz seines Mittuns.

Ich beginne, mich immer mehr zu langweilen und spüre schließlich eine hilflose Wut. Es ist nicht mehr das Gefühl, daß er mir Existenz abspricht; ich soll ja aktiv sein, aber er taucht darin weg, gibt keine Resonanz, unterscheidet sich nicht von mir.

Schaut er mich dann an, habe ich das paradoxe Erleben eines Blicks, der zu sagen scheint: „Gib Du mir einen Ausdruck, erschaffe mich, gib mir von Deiner Lebendigkeit ab, nur Du hast Energie, nur Dich gibt es.“

Die in diesen Momenten von mir empfundene Bedrohung liegt in dem Gefühl, ausgesaugt zu werden und mich gleichzeitig in der Resonanzlosigkeit zu verlieren.

Solche Phasen finden ihr Ende durch mein Abrücken. Ich unterbreche Altes, führe eventuell etwas Neues ein, schaffe Abstand.

Marius kann das nur schwer ertragen. Er reagiert mit Aufruhr und Abwehr, muß mich zunächst wieder ganz aus seiner Wahrnehmung aussperren. Gerade Sprache scheint ihn dann sehr zu bedrohen. Erst viel später bleibt Marius, wenn ich mit ihm arbeite, als eigene Person spürbar, und bis heute muß eine einmal in unser Repertoire aufgenommene Aktivität lange wiederholt werden, bevor Marius beginnen kann, sie von sich aus zu variieren.

Nachdem ich also das ewig gleiche Tönen unterbreche und damit Marius' Versuch, jede Differenz aufzulösen, störe und auf meiner Eigenständigkeit bestehe, beginnt eine Zeit, in der ich für Marius die Funktion habe, ihn passiv mitzuerleben.

Marius sitzt in der Hängematte, wieder oft mit dem Rücken zu mir, und schaukelt sich. Er hüllt sich in die Atmosphäre meiner Gegenwart. Über Wochen hin soll ich schweigen, wirklich kein Wort sagen, nichts tun. Ich soll nur da sein. Marius prüft aber, ob ich auf ihn achte; ich darf z.B. nicht mit geschlossenen Augen dasitzen. Ich habe den Eindruck, er versucht wahrzunehmen, daß es ihn und mich gibt, kann sich selbst aber nur zu erahnen beginnen, wenn ich ganz zurückgenommen bleibe.

Ich werde selbst so empfindlich, daß ich meine an ihn gerichteten Worte als feste Materie phantasiere, die in ihn eindringen kann mit zerstörender Wirkung. Selbst jedes Benennen von Marius' Tun im Sinne eines Ihn-bestätigen-Wollens ist fehl am Platz, zu früh. Sprache nimmt weg.

Eine weitere wichtige Station ist geprägt von Marius' Bedürfnis nach körperlicher Berührung. Ich soll mich zu ihm auf den Boden setzen; er hält mir Arme und Hände hin. Marius will sich, seine Haut, spüren, und das gelingt ihm nur über konkrete Berührungserfahrung. Es scheint keine Gewißheit einer umgrenzenden Körperhaftigkeit und einer intakten Hülle für ihn zu geben.

Ich spüre mich vorsichtig und behutsam werden, angerührt von

Marius' offenem Gesicht, das versunken der Berührung nachlauscht. Ich erlebe seine Fragilität beinahe körperlich mit, eine große Intimität entsteht. Marius wirkt ungeschützt und wehrlos, wenn er beginnt, sich bewußt körperlich wahrzunehmen.

Das geht lange so; ich soll über Finger, Handflächen und Arme streichen, und ich darf jetzt sprechen, benennen.

Nach vielen solchen Stunden entsteht mein stärker werdender Impuls, ein wenig Widerstand zu leisten. Ich spüre eine Stabilität unseres Zusammenseins, die mich ermutigt, Marius mehr zuzutrauen. Ich variiere unsere Handspiele, ziehe meine Hand weg, fange seine. Marius hat Spaß daran; er schnappt nach mir, zieht seine Hände weg.

Ich nehme einen kleinen Noppenball hinzu, mit dem ich Marius' ganzen Körper berolle. Der Ball schafft Abstand, denn so verschmilzt für Marius das Sich-Fühlen und Mich-Fühlen nicht länger zu *einer* Wahrnehmung. Gleichzeitig ist sein gesamter Körper einbezogen, seine Haut als umschließende Hülle und nicht nur als Flächenausschnitt. Das Berolltwerden mit diesem Ball blieb bis heute wichtig.

In der Zeit des Schnappens und Wegziehens der Hände kommt auch ein Krokodil zum Einsatz, das aber nur ich schnappen und beißen lassen soll, während Marius zögernd, aber interessiert, seine Hand hinhält.

Er beginnt dann allmählich, das Therapiezimmer für sich zu entdecken und findet dabei das Buch: „Wo die wilden Kerle wohnen." Ich muß es oft vorlesen, fast ein halbes Jahr lang. Marius setzt sich mit vielen der dort angebotenen Themen auseinander, wieder eher in meinem Beisein, als mit mir gemeinsam. Wichtig ist zunächst das „Ich freß Dich auf!" und das daraufhin erfolgende Weggeschicktwerden, später das Winken zum Abschied, als Max die wilden Kerle wieder verläßt und das Essen, das er zu Hause noch warm vorfindet.

Hier taucht der erste Sprechversuch in meinen Stunden auf, der nicht zum Ziel hat, mich zu einer Tätigkeit aufzufordern, wie sein eher an der Wortmelodie erkennbares Wiederholen einzelner Laute aus zuvor an ihn gerichteten Fragen, z.B. „nochmal". Max wird zu „Ma" und auf jeder Seite gezeigt und benannt.

Abschließend möchte ich auf einen aktuell wichtigen Bestandteil unserer Stunden eingehen, der Marius' zunehmende Eigenständigkeit zum Ausdruck bringt:

Es geht um das Eingerolltwerden in eine große Flanelldecke.

Die Idee dazu kam mir in einer Stunde vor einigen Monaten, in der Marius aufgelöst Halt bei mir suchte, ohne daß ich den Grund seines inneren Aufruhrs erkennen konnte.

Dieses Eingewickeltwerden möchte Marius seitdem in jeder Stunde wiederholen. Anfänglich läßt er sich von mir einrollen, so viele Lagen, wie die Länge der Decke erlaubt. Er liegt reglos, wobei seine Arme neben dem Kopf herausragen müssen. Marius bleibt eingewickelt auf dem Bauch liegen. Er möchte dann häufig, daß ich seinen Nacken umfasse, will den Druck meines Griffs spüren. Mir fallen dazu Tierkinder ein, die von ihren Müttern am Nacken hochgenommen und getragen werden. Ich erzähle Marius davon und greife die Decke in seinem Rücken, um ihn vorsichtig anheben zu können. Marius reagiert aufgeregt, fordert Wiederholung, kann sich allmählich entspannen und hängen lassen. Das Auswickeln besorgt er immer allein.

Später beginnt er dann, sich schwer und steif zu machen, wenn ich ihn einrollen soll. Es gefällt ihm, Widerstand zu leisten. Marius lacht, wenn ich sage, daß er sehr schwer ist, wie ich mich anstrengen muß, und daß ich es wohl nicht schaffe, ihn umzudrehen. Schließlich entspannt er sich und läßt sich einwickeln. Nur in das letzte Stück Decke will er sich jetzt immer ganz alleine eindrehen, aus eigenem Antrieb. Das ist ihm wichtig.

In letzter Zeit soll ich ihn nun oft vor- und zurückrollen; die labile Seitenlage fasziniert ihn; er balanciert, von mir gestützt. Er zeigt mir auch hier, wenn ich ihn loslassen soll und rollt dann mit Schwung durch das ganze Zimmer, immer eingewickelt in seine Decke.

Ich sitze am anderen Ende des Raumes. Marius scheint mich im guten Sinn zu vergessen. Er ist mit sich selbst beschäftigt. Er beklopft die Wand, ertastet die Löcher der Heizungsverkleidung, greift hinein. Er liegt auf dem Boden, dreht und wendet seinen Kopf nachspürend hin und her. Er beginnt mit seiner Stimme zu experimentieren. Bei all dem wirkt Marius sehr zufrieden. Ich denke an ein Baby, das brabbelnd in seiner Wiege liegt und mit Fingern und Zehen spielt.

Wieviel sich im Lauf meiner Arbeit mit Marius verändert hat, erkenne ich auch daran, wie anders ich mich inzwischen in unseren Stunden fühle. Auch, und vielleicht sogar gerade, wenn er für sich bleibt, fühle ich mich wach und lebendig, spüre zumindest für kurze kostbare Momente die Gegenwart einer zweiten eigenen Person, eines wirklich Anderen.

Stephan Becker

Die Topik in klinischer und kulturtheoretischer Sicht

Seit 1990 arbeite ich in Ost-Berlin und baue mit erfahrenen Kollegen die psychoanalytische Sozialarbeit in Berlin und Brandenburg auf. Nach 14jähriger Aufbauarbeit in Tübingen und Rottenburg und einer neuen Pioniertätigkeit für die psychoanalytische Sozialarbeit in Berlin und Brandenburg hat das Verhältnis „innere und äußere Orte“ für mich einen besonderen lebensgeschichtlichen Bezug.

„Innere Orte und äußere Orte: Wie bewirkt psychoanalytische Sozialarbeit die Bildung psychischer Strukturen bei ich-strukturell gestörten Menschen?“ ist ein Thema, das die Dialektik von intrapsychischen und interpersonellen Prozessen untersucht und die somato-psychischen bzw. sozio-psycho-biologischen Ergänzungsreihen intrapsychischer Prozesse in ihren Darstellungsmöglichkeiten im Beziehungsgeschehen des psychoanalytischen Prozesses zu begreifen versucht; dieses Begreifen ist gebunden an Konstruktionen und Variationen der Orte bzw. der Settings der psychoanalytischen Sozialarbeit und führt regelmäßig zu einer wechselseitigen Ergänzung von Behandlung, schulischer Arbeit und beruflicher Rehabilitation in einem individuell konstruierten Gesamtsetting.

In der stationären und ambulanten psychoanalytischen Sozialarbeit hat sich in den letzten Jahren immer deutlicher herausgestellt, daß die Behandlung der Kinder und Jugendlichen von der Behandlung und Beratung der Eltern nicht zu trennen ist, daß die Behandlung ohne qualifizierte schulische Arbeit unvollständig ist und nicht greift, und daß letztlich die psychoanalytische Sozialarbeit mit schwerst kontakt- und beziehungsgestörten Kindern und Jugendlichen, die irgendwann erwachsen werden, Ausbildung und Integration in den Arbeitsprozeß notwendig einschließt.

In diesem Zusammenhang ist der Begriff der Konstruktion eines Gesamtsettings in Korrespondenz mit Freuds Ausführungen über „Konstruktionen in der Analyse“ (1937) zu verstehen: Die Konstruktion übersteigt das darstellbare und erreichbare Objektbeziehungsniveau des uns anvertrauten Menschen und antizipiert also eine differenzierte Lebenswelt und die Trennung verschiedener Lebensbereiche. Die Wirksamkeit dieser Antizipation ist an ein radikales Glaubenkönnen an unser Gegenüber gebunden; denn wir nehmen hier Freud folgend ein fiktives utopisches Normal-Ich eines Subjektes vorweg, dem das Leben in einer differenzierten Umwelt möglich sein wird, noch ehe wir irgend etwas davon sinnlich erfahren können. Ohne diese Antizipation ist psychoanalytisches Forschen undenkbar.

Forschung in der psychoanalytischen Sozialarbeit meint immer die Einheit von Forschung und Behandlung im Dienste der Aufklärung des Unbewußten und der Sexualität im Kontext der zu erhellenden Ergänzungsreihen zwischen Soma, Psyche und kulturellen Repräsentanzen der Gesellschaft; die Einheit von Forschung und Behandlung impliziert ein den Entfaltungsmöglichkeiten der uns anvertrauten Kinder, Jugendlichen und jungen Erwachsenen angepaßtes Setting, innerhalb dessen Übertragungs- und Gegenübertragungsprozesse ihrer Lebensschicksale zustandekommen, die auf dem Wege der Wiederholung ein Erinnern und mit Hilfe von Deutungen bzw. durch deutendes Handeln ein Durcharbeiten zulassen, bei dem sie sich selbst neue Bildräume und damit verbundene Lebensformen erschließen, die sie von unbewußten Fesseln hinter ihrem Rücken befreien. Hier stellt sich die Frage, inwieweit konstruiert und entwickelt psychoanalytische Sozialarbeit immer wieder Lebensformen im realen Außen, die dann von den Menschen, die wir begleiten, verwandelt und verinnerlicht werden und dann erst zu psychisch wirklichen Bildräumen werden?

Für die Konstruktion der Wirklichkeit spielte bei Freud die Einsicht in die Verschränkung von sexueller und ökonomischer Unterdrückung eine besondere Rolle, die sich auf der Ebene des Forschungsunternehmens Psychoanalyse in der Untrennbarkeit von klinischer Theorie und Kulturtheorie niedergeschlagen hat.

Der Begriff der „psychischen Orte“ bzw. sein Synonym als Begriff der „Instanzen“ ist bei Freud an den Begriff der Topik gebunden. Mit Hilfe der Topik bzw. einer topischen Annahme ist die einer quasi-räumlichen und nicht physikalischen Trennung der Systeme unbewußt und bewußt verknüpft, und ebenso die Möglichkeit, daß gleichzeitig eine Vorstellung an zwei verschiedenen Stellen des psychischen Apparats vorhanden sein kann und „daß sie, wenn durch die Zensur ungehemmt, regelmäßig von dem einen Ort an den anderen vorrücke, eventuell ohne ihre erste

Niederlassung oder Niederschrift zu verlieren“ (Freud, S., 1915: *Das Unbewußte.* GW X, S. 274). An anderer Stelle beschreibt Freud die beiden Systeme, Unbewußtes und Bewußtsein, in Termini einer metaphorischen Räumlichkeit: „Wir setzen also das System des Unbewußten einem großen Vorraum gleich, in dem sich die seelischen Regungen wie Einzelwesen tummeln. An diesen Vorraum schließe sich ein zweiter, engerer, eine Art Salon, in welchem auch das Bewußtsein verweilt. Aber an der Schwelle zwischen beiden Räumlichkeiten walte ein Wächter seines Amtes, der die einzelnen Seelenregungen mustert, zensuriert und sie nicht in den Salon einläßt, wenn sie sein Mißfallen erregen“ (Freud, S., 1916-1917, GW XI, S. 305). Der Ausdruck „Zensur“ kennzeichnet, wie andere Bilder, die Freud hier gebraucht („Vorzimmer“, „Grenzzwischensystem“) den räumlichen Aspekt des psychischen Apparates; er bleibt aber bei dieser Anschauung nicht stehen. Freud intendiert, die Komplikation der psychischen Leistung verständlich zu machen, indem er diese Leistung zerlegt und die Einzelleistung den einzelnen Bestandteilen des psychischen Apparats zuweist. Dabei schließt der Begriff der psychischen Lokalität eine Exteriorität des Verhältnisses der einzelnen Teile zueinander und eine Spezialisierung jedes Teils ein. Damit erschließt sich die Möglichkeit, an einen Vorgang, der sich zeitlich darstellt, eine determinierte Reihenfolge zu fixieren. Um hier verständlich zu machen, was Freud unter „psychischem Ort“ versteht, sei ein Vergleich zwischen dem psychischen Apparat und einem optischen Apparat (wie z.B. einem komplizierten Mikroskop) zitiert : Bei Freud entsprechen die psychischen Systeme eher den zwischen den beiden Linsen gelegenen virtuellen Punkten des Apparates, als seinen materiellen Teilen (Freud, S., GW II/III, S. 541).

Einerseits postuliert Freud im 7. Kapitel der „Traumdeutung“ eine Folge von Erinnerungssystemen, die aus Vorstellungsgruppen hervorgehen und durch feststehende Assoziationsgesetze charakterisiert sind; andererseits ist die Differenz zwischen den Systemen Ausdruck einer spezifischen Ordnung entsprechend des Übergangs der Energie von einem Punkt zum anderen in einer gerichteten Reihenfolge. Folglich können die Systeme in einer progredienten, aber auch in einer regressiven Richtung durchlaufen werden. Letzteres illustriert der Traum, in dem die Gedanken einen visuellen Charakter bis hin zu Halluzinationen annehmen können und so primitive Wahrnehmungen erreichen, die am Ausgangspunkt des vom Reiz eingeschlagenen Weges wirksam werden.

Der Begriff der „psychischen Orte“ schafft dennoch Verwirrungen, weil in diesem Begriff der neurologisierende Terminus der Lokalisation durchscheint, zumal Freud in der „Traumdeutung“ jeden psychischen Vorgang zwischen ein Wahrnehmungsende und ein motorisches Ende des Apparates verlegt. Es wäre irrig zu glauben, es ginge hier um ein Entweder-Oder zwischen Psyche und Soma. Es geht hier immer um ein Sowohl-Als-Auch, was heißt: psychische Realitäten und atypische somatische Korrelate in den Ergänzungsreihen. Das Auseinanderfallen bzw. das Nichtzustandekommen einer glückenden Verbindung von Soma und Psyche in der Psychose läßt in diesem Kontext eine Behandlung nur möglich sein, wenn mit psychischen Mitteln das Verhältnis von Soma und Psyche verwandelt wird (Pankow, G., 1990; Heinzmann, B.; Geissendörfer, Chr., in diesem Buch).

Das erweiterte topische Modell bei Freud ab 1920 ist charakterisiert durch die ständig sich erweiternde Wahrnehmung unbewußter Abwehrprozesse, weshalb das Unbewußte nicht mehr mit dem Verdrängten ausschließlich übereinstimmt, sondern als nicht oder noch nie Bewußtes einen Mangel offenbart und das Ich nicht mehr schwergewichtig das System vorbewußt-bewußt, sondern eine Legierung aus bewußt und unbewußt repräsentiert. Zwischen den Instanzen Über-Ich, Es und Ich spielen folglich „intersystemische “ und „intrasystemische“ Beziehungen eine hervorragende Rolle; gleichzeitig legt diese neuere Konzeption ein besonderes Gewicht auf die „Abhängigkeitsbeziehung“ zwischen den verschiedenen Systemen im ganzen Subjekt. An dieser Stelle wird deutlich, daß die von Freud beschriebenen intrapsychischen Beziehungen nach dem Modell intersubjektiver Beziehungen formuliert werden.

Die aus der Metapsychologie sich immer spezifischer herauskristallisierende Topik konstruiert eine Anzahl von Systemen verschiedenster Eigenschaften bzw. Funktionen, die als besondere Reihenfolgen psychischer Orte betrachtet werden können. Das Unbewußte, Vorbewußte und Bewußte, ebenso das Es, das Ich und das Über-Ich, insbesondere das Ich-Ideal und das Ideal-Ich lassen sich in der Metaphorik psychischer Orte begreifen, was die Vorstellung einer je typischen Raumzeitlichkeit eben dieser Orte ermöglicht. Falls wir an diese Orte gehen könnten, träfen wir auf die Welt, in der Unheimliches und Unbewußtes eins sind und begegneten den Gesichtern dessen, der noch nicht ist, sowie den Gesichtern unserer Ahnen. Den Gesichtern dessen, der noch nicht ist, korrespondiert das Unbewußte als noch nicht oder noch nie Bewußtes, das heißt dieses stellt in der Dimension der Topik einen virtuellen Raum bzw. einen Mangel dar, der Voraussetzung dafür ist, daß irgend etwas Neues, Unvorhersehbares im Sinne eines neuen Bildes, d.h. einer neuen Lebensform überhaupt Platz haben kann; den Gesichtern der Ahnen, die außer Eltern und Geschwistern als die uns vorangegangenen Generationen zu sehen sind, korrespondiert das Unbewußte als verdrängtes Bewußtes. Von den unbewußten Gesichtern der Ahnen in uns, der Summe aller in uns wirksamen internalisierten Objektbeziehungen – dem „Alp auf den Gehirnen der Lebenden" –, schrieb Marx (Marx, K., 1885): „Die Menschen machen ihre eigene Geschichte, aber sie machen sie nicht aus freien Stücken, nicht unter selbstgewählten, sondern unter unmittelbar vorgefundenen, gegebenen und überlieferten Umständen. Die Tradition aller toten Geschlechter lastet wie ein Alp auf dem Gehirne der Lebenden. Und wenn sie ebendamit beschäftigt erscheinen, sich und die Dinge umzuwälzen, noch nicht Dagewesenes zu schaffen, gerade in solchen Epochen revolutionärer Krise beschwören sie ängstlich die Geister der Vergangenheit zu ihrem Dienste herauf, entlehnen ihnen Namen, Schlachtparole, Kostüm, um in dieser altehrwürdigen Verkleidung und mit dieser erborgten Sprache die neue Weltgeschichtsszene aufzuführen" (Marx, K., 1885, S. 15). Marx umreißt in dem hier vorgestellten Zitat das, was Freud 1920 in „Jenseits des Lustprinzips" Wiederholungszwang nannte, dessen unbewußte Schranken zu überwinden Gegenstand psychoanalytischer Aufklärungsarbeit – damals wie heute – ist.

Ohne daß der gesamtgesellschaftliche Bezug theoretisch explizit beim Namen genannt ist, schrieb Freud über das Unbewußte, daß es das „eigentlich reale Psychische" (Freud, S., 1900, *Traumdeutung,* S. 617) sei. Hier verdeutlicht sich, daß dieses reale Psychische „uns nach seiner inneren Natur so unbekannt wie das Reale der Außenwelt ist, und uns durch die Daten des Bewußtseins so unvollständig gegeben ist wie die Außenwelt durch die Angaben unserer Sinnesorgane" (Freud, S., 1900, GW II/III, S. 617). Was sich bei Freud in der Metapsychologie als mechanische Eigenschaften des Subjektes lesen läßt, ist auf den historischen Charakter von Naturgesetzen, d.h. zu Naturgesetzen verdichteten und verdinglichten psychosozialen Gesetzen in den zwischenmenschlichen Beziehungen zurückzuführen, deren intrapsychischer Niederschlag im Sinne einer gebrochen repräsentatorischen Abbildung der äußeren Welt in Subjekte, Gegenstand psychoanalytischer Arbeit ist: die metapsychologische Konstruktion der Topik auf diese Weise intersubjektivitätstheoretisch zu begreifen, ist aber nur möglich, wenn sie als Theorie der psychoanalytischen Technik reformuliert wird.

Die hier zitierte schwierige Theorie der Topik spiegelt wieder, daß Freud dem seelischen Apparat eine räumlich-geometrische Struktur verlieh. Diese Struktur bildet sich in den Vorgängen ab, die das Ich als Niederschlag von Objektbeziehungen konstituieren. Diese Objektbeziehungen, in die Verdrängtes und Figuren des Mangels eingegangen sind, sind in der Räumlichkeit des Unbewußten als innere Objekte repräsentiert; die Überführung dieser inneren Objekte in Symbole, die dem Ich verfügbar werden, gelingt in dem Maße, „wie im therapeutischen Prozeß eine Enträumlichung stattfindet. Ich glaube, daß überhaupt in dieser Umformung, in dieser Enträumlichung, die identisch ist mit der Herstellung der Vorbedingungen für ein aktives, mit Symbolen arbeitendes Ich, ein entscheidender Zug des Geschehens der psychischen Ontogenese getroffen ist. Bei allen Analysen, bei denen es vorab um die frühen Triebobjektbeziehungen und damit natürlich auch um die korrespondierenden aggressiven Regungen und Idealisierungen geht, ... ist die Überführung einer ‚räumlichen', gleichsam ‚physiologischen' Psyche in eine vom Zeitsinn, vom Ich beherrschten Psyche das essentielle therapeutische Geschehen. Vielleicht dürfen wir überhaupt sagen, daß die psychoanalytische Therapie, wenn es ihr gelingt, Über-Ich und Es dem Ich zu eigen zu geben, gleichsam die räumliche Struktur der Psyche in eine zeitliche, die Geometrie der Seele in einen Funktionalismus des Ichs verwandelt, womit die therapeutische Temporalisierung einer in reiner Räumlichkeit befangenen Existenz gelingt" (Loch, W., 1975, S. 188).

Die Enträumlichung des Raumes in der Zeit bedeutet für den Umgang mit dem Mangel in der Psychose, daß wir über die neuen Lebensformen in unseren Settings die Voraussetzungen erst schaffen, die dem neurotischen Menschen schon gegeben sind. Deshalb bewegt sich psychoanalytische Sozialarbeit mit ich-strukturell gestörten Menschen handelnd im realen Außen solange es noch im Innen des Subjekts keine Repräsentanz gibt. Die realen Orte, die sie setzt, führen über ihre zeitlichen Rhythmisierungen als Setting, wenn alles gut geht, zu einer Aneignung und individuellen Wahrnehmungs-, Sprach- und Handlungssensibilität bei den mit uns arbeitenden ich-strukturell gestörten Menschen, die ihnen ein Leben mit der Differenz ermöglicht, in dem sie ihre Identität und Geschichte authentisch behaupten können. Das insbesondere in der Psychose Aufgehobene, Verworfene, psychisch lange nicht oder nie Repräsentierte, kehrt von außen wieder, wenn wir Gelegenheiten für seine Projektion bzw. projektive Identifikation im Außen immer wieder herstellen und diesen Prozeß unaufdringlich begleiten. Die unaufdringliche Begleitung fordert von uns als psychoanalytischen Sozialarbeitern, uns zur Verfügung zu stellen, strukturaufbauend zu behandeln und zugleich unser Überflüssigwerden im Auge zu behalten. Den Umgang mit dem Setting in diesem Zusammenhang den Konstruktionen der Deutung angenähert zu haben, führt uns zu einem differenzierten Verständnis dessen, was eine Deutung im Umgang mit ich-strukturell gestörten, insbesondere mit psychotischen Menschen denn sei. Denn was mit neurotischen Menschen eine klassische Deutung im psychoanalytischen Prozeß ist, gehört mit psychotischen Menschen in die Supervision und bewirkt daselbst Einstellungsänderungen bei den Therapeuten, die auf die Patienten zurückwirken. Die verstehbaren Wirkungsweisen dieser Einstellungen können aber wahr, d.h. existenztragend für die Patienten, nur in Verbindung mit einem reflektierten Deutungsvermögen in der individualisierenden Variation unserer Settings werden.

Alles, was wir über unsere Settings im Außen konstruieren, hat seine Voraussetzung im Mangel des Innen. Was dem Ich verlorenging oder in ihm nur rudimentär oder nie vorhanden war, kehrt im Außen wieder. Wer aber die Wiederkehr seiner Selbst im Außen zugunsten eines abgegrenzten Innen im Sinne eines starken Ich nicht überwindet, kann keinen anderen Menschen als wirklich Anderen erkennen und bleibt deshalb selbst unwirklich. Das Ich, von dem hier gesprochen wird, ist in allen entwicklungsgeschichtlichen Stadien der Bewegung des Fühlens, Denkens und Tuns als einem Fühlen, Denken und Tun des Anderen, ein körperliches, was heißt, daß das Ich sich selbst nach dem Gleichnis des menschlichen Körpers organisiert, das uns in der Pathologie als Rätsel begegnet. Alle Bewegungen, d.h. Wahrnehmungen und Äußerungen des Ich, organisieren sich nach dem Gleichnis körperlicher Vorgänge, weshalb sich die sexuelle Aktivität des Menschen und seine Wahrnehmungs-, Denk-, Sprach- und Handlungsfähigkeit nach den Vorgängen von Essen und Ausscheiden bzw. der Stimulierung seiner Genitalien entfaltet. In dieser Sicht ist es möglich, daß sexueller Verkehr und Denken einander und an den spezifischen Orten von Mund, Anus und Genitalien assimiliert werden (W.R. Bion, 1977 passim). Freud zufolge in *Das Ich und das Es* (1923) ist das körperliche Ich nicht nur ein Oberflächenwesen, sondern die Projektion einer Oberfläche. Das wichtigste an dieser Theorie ist, daß sie uns Denken gelehrt hat in einer Weise, bei der die Grenzen zwischen Psychischem und Somatischem für immer überschritten sind. Deshalb ist im Dualismus von innen und außen der Körper Teil des Ich und nicht Teil der Außenwelt.

Große Teile der biologistischen Psychiatrie konstruieren den Körper des Patienten in der Außenwelt und verdoppeln damit seine Verrätselung. Je stärker die psychotische Spaltung und Fragmentierung, desto mehr verliert sich die Subjektivität ich-strukturell gestörter Menschen in einer ihnen fremden Außenwelt. Die Abarbeitung an dieser Außenwelt mit Hilfe von Setting-Spezifizierungen, wie sie die psychoanalytische Sozialarbeit immer wieder neu versucht, zielt auf eine Stärkung des Ich, bei der die Einsamkeit, in der Außenwelt nur sich selbst zu treffen, sich öffnet zur Begegnung mit signifikanten Anderen. Diese signifikanten Anderen braucht jeder einzelne Mensch, jede Gruppe, jede Institution, jede Gesellschaft, um authentisch und wirklich zu sein.

Bei der 5. Tagung des Tübinger Vereins für Psychoanalytische Sozialarbeit e.V. 1990 habe ich mit Enthusiasmus und vorsichtigem Optimismus von den Westdeutschen und den Ostdeutschen gesprochen; dabei habe ich mich auf einen Einigungsprozeß bezogen, wie ich ihn gerne „mit Iren, Franzosen, Amerikanern und Brasilianern pflege, mit denen es möglich ist, in verschiedenen Sprachen zu sprechen, in verschiedenen Welten zu leben und oft die Übersetzung zwischen den Sprachen entweder gar nicht zu unternehmen oder nur anzudeuten: Der Respekt vor und das Leben mit der Differenz erweist sich in diesem Kontext als Utopie eines guten Lebens für die Grenzen der Behandlung psychotischer Menschen wie für die Verständigung der Völker im Weltmaßstab gleichermaßen“ (Becker, St. (Hrsg.): *Psychose und Grenze*, S. 13

ff.). Heute äußere ich mich gleichermaßen enthusiastisch, aber in meinem Optimismus sehr verhalten, vielleicht beinahe etwas melancholisch: Psychoanalytische Sozialarbeit versucht immer wieder neu eine Stärkung des Ich zu bewirken, bei der die Einsamkeit, in der Außenwelt nur sich selbst zu treffen, sich öffnet zur Begegnung mit signifikanten Anderen. Diese signifikanten Anderen braucht jeder einzelne Mensch, jede Gruppe, jede Institution, jede Gesellschaft, um authentisch und wirklich zu sein. Im Einigungsprozeß Deutschlands begegnen die Westdeutschen im Osten und die Ostdeutschen im Westen *sich selbs*t, und leider keinem signifikanten Anderen, und dies bislang überwiegend mit einem Schrecken, der so groß, d.h. in seinen Konsequenzen nationalistisch überhöht ist, daß signifikante Andere gegenüber den Deutschen im Moment kaum sichtbar werden, obwohl von einem Europa schon gesprochen wird: Aber mit welchem Körper und an welchen Orten? Was ist innen, was ist außen?

Der nationalistische Druck auf allen Ebenen der Gesellschaft entfaltet gegenwärtig eine unerträgliche Tendenz zur gewalttätigen Harmonisierung einerseits und zur wachsenden Intoleranz gegenüber jeglicher Ambivalenz andererseits. Es ist gut zu wissen, daß und wie psychoanalytische Sozialarbeit in Tübingen gelingt, denn aus der Perspektive der ehemaligen DDR, an deren Verhältnisse angepaßt psychoanalytische Sozialarbeit nun zu wachsen anfängt, erweist sich die gute Zusammenarbeit mit dem Sozialstaat noch stark durchsetzt von Elementen eines tückischen Friedens.

Ein sicherer Rahmen psychoanalytischer Sozialarbeit im Osten scheint im günstigsten Fall möglich, wenn die Toleranz für Unterschiede, für Differenz und für Ambivalenz mehr Raum gewinnt, als dies möglich erscheint unter dem Harmonisierungsdruck der Kolonisatoren. Ich glaube, daß die Überwindung des beschädigten Lebens im Osten wie im Westen nur über die Reflexion der hier skizzierten Differenz Gestalt annimmt; ich wünsche mir, daß diese und künftige Tagungen der Psychoanalytischen Sozialarbeit in Tübingen und Berlin dazu werden beitragen können.

Literatur

Becker, St. (Hrsg.) (1991): *Psychose und Grenze.* Zur endlichen und unendlichen psychoanalytischen Sozialarbeit mit psychotischen Kindern, Jugendlichen, jungen Erwachsenen und ihren Familien.Tübingen, edition diskord.

Bion, W. R. (1977): *Seven Servants.* New York.

Freud, S. (1900): *Die Traumdeutung.* GW II/III. London.

Freud, S. (1915): *Das Unbewußte.* GW X. London.

Freud, S. (1916-1917): *Vorlesungen zur Einführung in die Psychoanalyse.* GW XI. London.

Freud, S. (1920): *Jenseits des Lustprinzips.* GW XIII. London.

Freud, S. (1923): *Das Ich und das Es.* GW XIII. London.

Freud, S. (1937): *Konstruktionen in der Psychoanalyse.* GW XVI. London.

Freud, S. (1938): *Abriß der Psychoanalyse.* GW XVII. London.

Loch, W. (1975): *Über Begriffe und Methoden der Psychoanalyse.* Bern. Huber-Verlag.

Marx, K. (1885): *Der 18. Brumaire des Louis Bonaparte.* Ausgabe 1963. Leipzig.

Pankow, G. (1990): *Schizophrenie und Dasein.* Stuttgart. fromann-holzboog.

Michaela Stiepel

Psychoanalytische Sozialarbeit im Gefängnis

> „Wer Gruppengeheimnisse ausplaudert, wird bekanntlich von seiner Gruppe nicht sonderlich geliebt, vor allem vermutlich dann nicht, wenn die Übertretung oder der Verrat sich auf deren höchste Werte berufen kann. Dieselben, von denen die Objektivierung als klarsichtig oder couragiert hochgelobt wird, sofern sie sich auf Fremde, gegnerische Gruppen richtet, reagieren instinktiv mit Mißtrauen, wo es um die Bestimmungsgründe der spezifischen Klarsicht geht, die aufzudecken der Analytiker von seiner eigenen Gruppe fordert.“
>
> (Bourdieu, 1988, S. 36).

Die Begegnung mit einem jungen Mann in der Jugendstrafanstalt, die ich zur Einführung in mein Thema gewählt habe, liegt Jahre zurück. Damals bat man mich, die psychologische Betreuung des jungen Mannes zu übernehmen und für eine umschriebene Fragestellung ein psychologisches Zusatzgutachten im Hinblick auf seine bevorstehende Gerichtsverhandlung zu erstellen.

Die Mitarbeiter, die bisher mit ihm zu tun gehabt hatten, äußerten, Angst vor ihm zu haben. Sie hielten ihn für gefährlich. Bei der ersten Begegnung mit ihm war ich erschrocken darüber, mit welcher Kälte er einem gegenübertreten konnte, und ich war beeindruckt, wie berechnend er sich gab. Ein weiteres Gespräch in meinem Büro zeigte mir die andere Seite dieser Persönlichkeit. Er offenbarte mir den grenzenlosen Aspekt seines Selbst, das nichts als Sehnsucht zu enthalten schien. Dieser Moment machte mir klar, daß er einen Zipfel seines wahren Selbst in der positiven Übertragung erfahren hatte (Winnicott, 1990, S. 193 ff.). Bei einem dritten Gespräch teilte er mir mit, daß er mir vertrauen könne. Der Inhalt dieser Mitteilung allerdings schockierte mich eher; so etwas hatte ich nie erwartet. Das Material enthielt seine Überlegung, daß er sich gut vorstellen könne, mit mir Straftaten zu begehen, auf mich könne man sich verlassen. In einer der folgenden Sitzungen überließ er mir ein handgeschriebenes Manuskript einer Passage seines Lieblingsphilosophen Nietzsche aus Zarathustras: „Über den bleichen Verbrecher". Wie ich kürzlich entdeckte, war auch Sigmund Freud dieser Zusammenhang zu Nietzsche in bezug auf Verbrechen bereits aufgefallen.

Freud schreibt:

> „Ein Freund hat mich dann darauf aufmerksam gemacht, daß der Verbrecher aus Schuldgefühl auch Nietzsche bekannt war. Die Präexistenz des Schuldgefühls und die Verwendung der Tat zur Rationalisierung desselben schimmern uns aus den Reden Zarathustras ‚Über den bleichen Verbrecher' entgegen. Überlassen wir es zukünftiger Forschung zu entscheiden, wie viele von den Verbrechern zu diesen ‚bleichen' zu rechnen sind." (Freud, 1969, S. 252).

Während meiner Abwesenheit beschloß die Leitung der Institution, diesen jungen Mann nicht in der Jugendstrafanstalt zu belassen. Ob seiner allgemein bekannten Neigung zu scharfen Waffen, war man zu der Ansicht gelangt, daß er in eine Anstalt mit einem höheren Sicherheitsstandard verlegt werden sollte. Da diese Entscheidung nicht mit meinem Einverständnis geschehen war und ich sie damals auch nicht für richtig gehalten hatte und ich mich zudem diesem jungen Mann gegenüber verbunden fühlte, hintertrieb ich die Verlegung erfolgreich mit allen mir noch zur Verfügung stehenden Mitteln. Es gelang mir, eine gute Unterbringung in dem neuen Bereich für diesen jungen Mann zu organisieren, und es gelang mir fernerhin, die bisherige Institution für sechs Monate lang zu erschrecken.

Keiner konnte sich erklären, warum seitens des Gerichtes die Zustimmung für eine Verlegung nicht eintraf. Für sechs Monate waren der junge Mann und ich aufeinander bezogen und aufeinander angewiesen. Insbesondere im Hinblick auf seine Waffenneigung fand ich mich in der alleinigen Verantwortung, dafür zu sorgen, daß nichts passierte.

War mein damaliges Einlassen auf diesen jungen Mann und meine Aktivitität diesbezüglich Zivilcourage, oder worum ging es? Ich werde später darauf zurückkommen.

> „Die Zwänge von Institutionen und der Schrecken individueller Interaktionen müssen – und das ist u.E. die ideologiekritische Forschungsperspektive der Psychoanalyse – in Objektbeziehungen gelöst werden" (Becker, St., 1990, S. 89).

Die Ausübung psychoanalytischer Sozialarbeit in der Praxis des Gefängnisses und als Forschungsmethode bedingt meiner Ansicht nach zunächst eine Reflexion der Beziehung, die der Mitarbeiter zu eben dieser Institution hat.

An dieser Stelle möchte ich Winnicott zu Wort kommen lassen und ihn erweitern. Winnicott als der Analytiker, der wie kein mir bekannter anderer in der Lage war, die antisoziale Tendenz des Kindes und die Delinquenz des Jugendlichen von den Entstehungsbedingungen her zu erkennen und zu verstehen.

Winnicott sieht zwei Trends der antisozialen Tendenz, nämlich den der Objektsuche, der sich in der Regel durch Stehlen ausdrückt, und den der Aggression, die sich in Destruktivität niederschlägt.

Er schreibt:

> „Besonders um dieser zweiten Tendenz willen provoziert das Kind absolut eindeutige Reaktionen der Umwelt, so, als suche es nach einem sich ständig erweiternden Rahmen, einem Kreis, dessen ursprüngliche Form die Arme der Mutter oder der Körper der Mutter war. Man kann eine Reihe erkennen: Der Körper der Mutter, die Arme der Mutter, die elterliche Beziehung, das Elternhaus, die Familie einschließlich Vettern und anderen Verwandten, die Schule, der Wohnort mit der Polizeistation und schließlich das Land mit seinen Gesetzen“ (Winnicott, 1991, S. 236).

Diese Reihe wäre zu ergänzen durch die Jugendarrestanstalt, die Jugendstrafanstalt und schließlich die Justizvollzugsanstalt für Erwachsene. Wenn es also stimmt, daß hier insbesondere gerade junge und heranwachsende Menschen eindeutige Reaktionen der Umwelt provozieren, so ist es angemessen, eine Jugendstrafanstalt als Antwort auf dieses Begehren zu verstehen.

In meiner nunmehr 10jährigen Praxis ist es in der Tat häufig vorgekommen, daß der eine oder andere Jugendliche formulieren konnte, es sei für ihn gut gewesen, letztendlich im Gefängnis gelandet zu sein. Mit anderen Worten, einer Modifikation des Bionschen Konzeptes durch Becker, kann formuliert werden, daß es sich bei einem Gefängnis um einen primitiven Container handelt (Becker, St., passim, 1991).

Hinzufügen muß ich noch die Position eines jeden Mitarbeiters eines Gefängnisses, die ihm von der Gesellschaft zugewiesen wird. Die berufliche und soziale Identität ist immer mit der Reintrojektion der gesellschaftlichen Projektionen verwoben. Der Mitarbeiter des Gefängnisses hat eine beruflich „enteignete Ich-Identität, er gehört nicht sich selbst. Er geht auf in der Erfindung der anderen“ (Becker, St., passim, 1992).

Es geht bei der psychoanalytischen Sozialarbeit im Gefängnis also um zwei Dinge:

Erstens um das Bemühen von Objektbeziehungen zu den Verantwortlichen und zu den Mitarbeitern der Institution, damit dieser Container in die Lage versetzt wird, seine Primitivität zu modifizieren und sich zu entwickeln. Zum anderen geht es darum, die Objektbeziehungsqualität, so wie sie in der Regel von den Jugendlichen angeboten wird, zu analysieren, zu beschreiben und in diesem Zusammenhang ebenfalls einen spezifischen Beitrag zu ihrer Veränderung zu leisten.

Entlang eines weiteren Falles, im folgenden „Z.“, möchte ich darstellen, daß uns in der Regel unsere Klienten eine bestimmte Qualität der Objektbeziehung anbieten und das komplexe Gefüge beschreiben für den Fall, daß wir diese Qualität annehmen oder dieser eine andere Qualität der Objektbeziehung entgegensetzen.

Z. wird der Abteilung, in der ich als Psychologin, Psychotherapeutin und Leiterin zugeordnet bin, von der Abteilung für Diagnostik zugewiesen mit dem Hinweis, wir seien stark genug, Z. zu begrenzen und gegebenenfalls zu bändigen. Z. ist – wie es juristisch heißt – Selbststeller, d.h. er hat sich freiwillig in den primitiven Container, das Gefängnis, begeben. Daraus meint er nun, die ihm juristisch zustehenden Vergünstigungen einfordern zu können.

Er ist aggressiv, erpresserisch, nötigend, schreibt uns Mitarbeitern vor, wie wir mit ihm und seiner Situation umzugehen hätten. In kürzester Zeit hat er das Geschehen an sich gerissen, und man hat den Eindruck, Z. bestimme mittlerweile, was sich auf der Wohngruppe zu ereignen habe. Nach einer Woche äußert die Mitarbeiterschaft des ganzen Hauses, Z. mache ihnen Angst. Der Vorwurf an mich schwebt im Raum, ich hätte die Aufnahme des Z. ablehnen müssen. Nach weiteren fünf Wochen – um Z. ist es mittlerweile etwas ruhiger geworden – führe ich ein Gespräch mit einem meiner unmittelbaren Mitarbeiter. Der Tenor des Gesprächs: „Für Z. müßten wir was tun, er sei ja im Grunde genommen nicht so, er wüßte das, denn Z. hätte sich ihm ‚offenbart‘, er habe doch einen guten Kern. Und weiter: Die Gerüchte, er würde Z. den anderen Jugendlichen gegenüber bevorzugen, seien ja gar nicht wahr."

Ich verspüre nichts als Ärger.

Gleichzeitig habe ich für die Situation meines Mitarbeiters Verständnis, denn Z. war bisher mit seiner Aggressivität auf der Abteilung, sowohl für die Mitarbeiter, wie auch für die anderen Jugendlichen, nicht zu ertragen.

Ich hatte Z. mittlerweile zwei Sitzungen pro Woche eingeräumt und auch mir gegenüber „offenbarte" er sich, indem er mir von Straftaten erzählte, für die er nicht verurteilt worden war. Er meinte damit, die Sache sei erledigt, und ich könne ihn nun rauslassen.

Z. war – zur Erläuterung – vor seiner Inhaftierung Mitglied einer Autoschieberbande gewesen, hatte sich in Zuhälterkreisen aufgehalten, Drogen konsumiert und sich um seine Familie so gut wie nie gekümmert. Er war vielmehr, wenn er nach Hause kam, gewalttätig gegen seine Frau gewesen, indem er sie bevorzugt auf die Beine schlug, wenn sie ihm nicht gehorchte.

Z. brach gelegentlich in Tränen aus, bereute seine bisherige Lebensweise und gelobte in jeder Hinsicht Besserung. Meine Antwort ist eindeutig. Da ich nicht der Ansicht bin, daß irgend etwas bisher hat aufgearbeitet werden können und ich jeder Träne Sentimentalität entnehme, lehne ich sein Ansinnen, ihn nunmehr rauszulassen, in jeder Sitzung ab.

Es folgen massive Spaltungstendenzen von Z. Er wendet sich an die Leitungsebene der Institution, an andere Mitarbeiter, bittet sie um Aufnahme auf ihre Wohngruppen.

Mit mir will er nichts mehr zu tun haben, ich werde vernichtet. Es bedarf der ganzen Anstrengung der Anstalt, um Z. mitzuteilen, daß eine Verlegung für ihn nicht in Frage komme und daß er sich weiterhin mit mir auseinanderzusetzen habe. Z. fügt sich nunmehr in sein Schicksal.

Was war geschehen, was hatte Z. bei meinem Mitarbeiter bewirkt, daß dieser sich so für ihn einsetzte und er ihm in der Tat auch viele Vorteile gewährte?

Z. hatte aufgrund einer subakut paranoiden Psychose große Angst. Dieser Angst versuchte er sich zu entledigen, indem er Mitarbeitern und Personen, denen er bedrohlich begegnete, selber Angst einflößte. Die Möglichkeit für meinen Mitarbeiter, diese Angst zu binden, war, Z. nachzugeben und sich zu seinem „Vertrauten" zu machen, d.h. eine separate Beziehung besonderer Art zu Z. einzugehen, eine Komplizenschaft. Auch mich versuchte Z. in einen solchen Beziehungsmodus einzubinden, indem er mir vermeintlich alles offenbarte, was er in seinem Leben an delinquenten Handlungen begangen hatte. Als ihm dies nicht gelang, geriet ich in die Position derjenigen, die zu vernichten ist, und Z. benutzte das Team, schließlich die ganze Institution, um seinen unerträglichen inneren Zustand aufzuspalten.

Nun möchte ich die beiden von mir geschilderten Fälle durch einige theoretische Überlegungen ergänzen:

Die von mir hinzugezogene Literatur zur Analyse der Objektbeziehungspathologie „Komplizenschaft" entstammt der Arbeit des Psychoanalytikers Masud Khan, der sich in seiner Arbeit „Entfremdung bei Perversionen" der Definition und Beschreibung der antisozialen Tendenz bei Winnicott anschließt und die Analyse der antisozialen Tendenz für seine Arbeit über Perversionen nutzt.

Die Delinquenz verstehe ich als Chronifizierung der antisozialen Tendenz. Es geht bei der Delinquenz wie bei der Perversion immer um die Vermeidung von Angst. Diese Angst läßt sich beschreiben als die Angst vor einer drohenden Vernichtung, die Angst vor einer katastrophalen Desillusionierung (vgl. Khan, 1989, S. 193).

Bei der Delinquenz geht es immer um ein manisches Agieren, das im Gegensatz zum alltäglichen Leben von dem Subjekt sehr intensiv erlebt wird. Sie ist meist asexuell im Gegensatz zur Perversion. Sofern die Delinquenz nicht als manisches Agieren erlebt wurde, steht sie für eine pseudoneurotische Abwehr einer Psychose, denn Delinquenz ermöglicht dem Subjekt immerhin diesen einen, nämlich den antisozialen Kontakt zur Realität.

Antisoziale Kontakte zur Realität als dem einzig Möglichen erklärt sich aus den Biographien vieler Jugendlicher, bei denen ein Mangel an Eigeninitiative, von sich aus etwas zu tun, konstatiert werden muß, nach Winnicott ein Fehlen von Übergangsobjekten und später dem Spiel (nach Khan, 1989, S. 12).

In der Therapie dieser Jugendlichen stellen sich, insbesondere zu Beginn, bei mir folgende Gegenübertragungsgefühle ein, die dieser Genese entsprechen: Zum einen das Gefühl eines völligen Unbeteiligtseins, das Gefühl ausgeschlossen zu sein, – der Zustand, den anderen als einen Fremdkörper in meinem Raum zu empfinden, den ich am liebsten entfernen würde, oder günstigenfalls Langeweile. Es kommt eine aggressive Qualität hinzu, wenn die Jugendlichen wütend sind, über ihre Aggressionen reden; dann ist meine Gegenübertragung ebenfalls die einer sehr intensiven Wut, in der Regel auf die Jugendlichen selbst.

Eine besondere Wendung allerdings bekommt die Therapie immer dann, wenn die Jugendlichen ihre – wie ich es auch von M. Khan übernehmen möchte (nach Khan, 1989, S. 23) – Technik der Intimität einführen und mich als Therapeutin zum Voyeur und Komplizen ihrer Delinquenz machen. War also zuvor eher ein Gefühl der Isolierung Bestandteil der Interaktionen, so wird dieses abgelöst durch das manische Wiederbeleben der jeweils agierten und oft weiterer phantasierter Delinquenz. Diese verleiht ihnen zumindest ein Gefühl negativer Identität und Exklusivität. Bisweilen taucht bei den Klienten der Wunsch auf, diese Identität zu vervollkommnen, indem sie beispielsweise davon reden, daß sie Fehler gemacht hätten während ihrer Straftaten und daß nunmehr in der Therapie daran gearbeitet werden sollte, künftig diese Fehler zu vermeiden.

Das ist oft der szenische Höhepunkt ihrer Möglichkeit, sich dem Therapeuten als potentiellem Komplizen zu nähern. Der Therapeut wird dabei idealisiert.

Die Verführungsqualität solch eines Übertragungsangebotes liegt in der Tatsache begründet, daß, wie ich bereits geschildert habe, es sehr schwierig ist, mit den Jugendlichen überhaupt in Kontakt zu kommen, und daß sie über diesen Weg einem das Gefühl vermitteln, man würde endlich zu der Person ihres Vertrauens werden. Das bedeutet, man wähnt sich als Therapeut auserkoren, vor allem hat man das Gefühl, endlich an den Jugendlichen herangekommen zu sein, etwas erreicht zu haben, was vor einem bisher keiner erreicht hat, man meint, in der Gegenwart der therapeutischen Beziehung sei es einem gelungen, daß der Jugendliche zum ersten Mal die Maske fallen ließ.

Läßt man sich fernerhin auf dieses Angebot nicht ein, so kann man sicher sein, daß die Folge intensive Spaltungstendenzen, Haß auf den Therapeuten, Verlegungswünsche und Diffamierungen bei den anderen Jugendlichen und Mitarbeitern sind; sinngemäß, man sei nicht vertrauenswürdig. Im übrigen gefährdet man um so mehr seine eigenen Mitarbeiter, als diese gegebenenfalls den Verführungstechniken der Jugendlichen gegenüber nicht so widerständig sein können.

Den fruchtbaren Boden, auf den diese Technik der Intimität fällt, beschreibt Mitchell in einem Abschnitt über Perversionen aus der Perspektive der Beziehung:

> „Analität bekommt oft Bedeutungen in bezug zu dem Anderen als: schwer faßbar, erreichbar nur durch versteckte Eingänge oder Hintertüren, einen zu befähigen, hinter die Maske zu kommen, unter die Oberfläche, in geheime Nischen, wo, in der Phantasie, der Andere tatsächlich sich aufhält"
>
> (Übersetzung M. St., Mitchell, 1988, S. 109 ff.).

Die Auflösung der Beziehungsqualität „Komplizenschaft" in ihrer anal-erotischen Qualität hin zu einer wirklichen Objektbeziehung beinhaltet für den in ihr involvierten Mitarbeiter das Ertragen von schweren Schuld- und Schamgefühlen sowie das Durchlaufen eines heftigen Prozesses der Desillusionierung, an dessen Ende zunächst einmal nur Depression zu erwarten ist. So fügt es sich, in diesem Beitrag auch zu berichten, daß die Forderung der derzeitigen fachlichen Leitung der Institution, in der ich arbeite, nach Transparenz dazu geführt hat, daß vordergründig bei den Mitarbeitern ein großer intrinsischer Motivationsverlust zu beobachten ist und vor allen Dingen eine größere Anzahl an Mißbräuchen bei den Jugendlichen in bezug auf die ihnen gewährten Freiheiten zu verzeichnen ist.

Komplizenschaft als die Dyade, in der das geteilte Geheimnis die Dynamik der Beziehung ausmacht, die die Beteiligten zu einer Art gegenseitiger Loyalität verpflichtet, ist nicht ohne weiteres zu transformieren. Dennoch ist es für die Mitarbeiter erforderlich, sich bei den Jugendlichen um Kontakt zu bemühen und mit dem Angebot einer Komplizenschaft technisch angemessen umzugehen.

Françoise Dolto gibt eine Anregung, die die Komplizenschaft um einen Aspekt erweitert. Es geht um das spezifisch Menschliche der gemeinsamen „Lüge".

Dazu erzählt Dolto die Geschichte eines neunmonatigen verschlossenen kleinen Jungen, mit dem sie spielte, ein Gegenstand sei da oder nicht – und dieses Spiel verkehrt – d.h. sie sagt, der Gegenstand sei da, wenn er aktuell weg ist und vice versa. Dolto erfährt, der kleine Junge verstehe das Spiel und darüber hinaus:

„... ich habe daraus den Eindruck gewonnen, daß erst diese “Lüge" dem Spiel seine eigentlich menschliche Dimension zu geben scheint, nämlich die einer Komplizenschaft, die den Subjekten erst ihren vollen Wert als Herren der Realität verleiht" (Dolto, 1988, S. 13).

Wenn es in der therapeutischen Situation gelingt und dieses Gelingen in das Mehrpersonen-Setting zu übertragen ist, dieses Übertragungsangebot der Jugendlichen als ein Spiel aufzugreifen, obwohl, wie bereits erwähnt, den Jugendlichen in ihrer Kindheit das erweiterte Übergangsphänomen des Spiels in der Regel gänzlich fehlt, so könnte es möglich werden, dieser Beziehungsform als der einer perversen Fusion eben einen anderen, nämlich den Charakter des Spielerischen zu verleihen.

Eine weitere Auflösung der perversen Fusion „Komplizenschaft“ entnehme ich dem von David Becker in die psychoanalytische Literatur eingeführten lateinamerikanischen Begriff des „vínculo comprometido“. Er entstammt seiner Arbeit mit Folteropfern in Chile.

„Vínculo comprometido“ auf deutsch ist „Bindung“ oder „Beziehung“ und „comprometido“ heißt „sich einlassen“, „sich einbinden“. Ich denke, das ist es, was am besten unsere Haltung beschreibt; der „vínculo comprometido“ definiert eine ganz bewußte, nicht neutrale und nicht passive Haltung des Therapeuten, der therapiert. Wir glauben, daß Neutralität bei Extremtraumatisierungen erstens eine Lüge ist und zweitens im konkreten Sinne ein schwerer Gegenübertragungsfehler (Becker, D., 1989, nach Becker, St., 1990, S. 17).

Daß wir es im Gefängnis mit Extremtraumatisierten zu tun haben, daran kann wohl kein Zweifel bestehen.

Schwierigkeiten, diesen Jugendlichen mit der entsprechenden (empathischen) Haltung zu begegnen, bekommen wir deshalb, weil es gilt, wenn es nicht verleugnet wird, ihre dunkle Seite einzubeziehen. Diese Extremtraumatisierten haben uns andere ihrerseits – in der Regel – extrem traumatisiert, und dieses setzen sie sowohl in ihrer Übertragung und dem Agieren als auch künftig wahrscheinlich in der Realität fort.

„Vínculo comprometido“ meint meinem Verständnis nach noch mehr. Es konnotiert nämlich auch ein Versprechen, das in Lateinamerika eine unbedingte Einhaltung gebietet.

Meine therapeutische Haltung delinquenten Jugendlichen gegenüber ist heute die, dieses Versprechen, daß ich mit ihnen ihre subjektive Wahrheit gegenüber ihren ehemaligen und gegenwärtigen Peinigern teile, gleichzeitig aber nicht bereit bin, mit ihren Techniken der Intimität zu agieren und die Arbeit entlang der Zerstörung zu leisten – sofern möglich.

Um zum Abschluß auf den eingangs erwähnten Fall zurückzukommen:

Es war keine Zivilcourage.

Es war Komplizenschaft, und sie war für mich im nachhinein eine unendlich schmerzhafte, schuld-, scham- und angstbesetzte Erfahrung.

Literatur

Becker, Stephan (1990): *Objektbeziehungspsychologie und katastrophische Veränderung.* Tübingen.

Bourdieu, Pierre (1988): *Homo academicus.* Frankfurt/Main.

Dolto, Françoise (1988): *Über das Begehren.* Stuttgart.

Freud, Sigmund (1916). *Bildende Kunst und Literatur.* Bd. X. Frankfurt/Main. 1969.

Khan, M. Masud R. (1989): *Entfremdung bei Perversionen.* Frankfurt/Main.

Mitchell, Stephen A. (1988): *Relational concepts in Psychoanalysis.* London.

Winnicott, D.W. (1991): *Von der Kinderheilkunde zur Psychoanalyse.* Frankfurt/Main.

Daniel Helmrich

Entlassung – oder: die Einladung zum Absturz

Es war 1985, als ich an einer Tagung der Arbeitsgemeinschaft der Psychologen an Justizanstalten Österreichs die Bekanntschaft von Professor Federn machte. Seiner Vermittlung habe ich die intensiven Begegnungen und die Zusammenarbeit mit Stephan Becker und dem Rottenburger Verein zu danken.

Professor Federn hielt damals ein Referat zur Borderline-Problematik und begann mit den Worten: Früher kannten wir den diagnostischen Begriff der „Psychopathie", heute reden wir von „Border-Line" und meinen tun wir immer noch dasselbe: „Gfraaster"... (= Lumpenpack).

Man muß Federn und die ihm eigene Diktion kennen, um letzteres richtig zu verstehen. Er umschreibt mit diesem wienerischen Dialektausdruck Menschen, mit denen sich Beziehung und Umgang äußerst schwierig gestalten, weil sie sich – aus welchen Gründen auch immer – der Verbindlichkeit durchschnittlichen menschlichen Begegnens häufig auf dramatische Weise entziehen.

Nun, ich habe mich bald 10 Jahre mit dieser Klientel beschäftigt, indem ich in einer Strafanstalt für rückfällige und gemeingefährliche Straftäter in der Nähe von Zürich hauptamtlich psychotherapeutisch tätig war.

In der therapeutischen Arbeit innerhalb einer Strafanstalt kommt erste Priorität einem *ungestörten* Arbeitsklima mit dem Patienten zu. Diese, an sich selbstverständliche, Forderung für die Praxis draußen kann im Vollzug nur durch eine Akzeptanz des ganzen Systems durch den Therapeuten herbeigeführt werden. Schwierig wird dies allenfalls, wenn man mit den strafend-sadistischen Impulsen, die unserem Gesellschaftssystem in Strafverfolgung wie Strafvollzug immanent sind, konfrontiert wird, sich mit ihnen auseinandersetzen und ihre Auswirkungen aushalten muß. Bewegt sich doch jeder Mitarbeiter im Justizwesen und vor allem im Strafvollzug in einer angstbesetzten und tabuisierten Welt von sehr archaischer Prägung, in der Gefühle wie Entsetzen, Rache und Vergeltung auf bewußter wie unbewußter Ebene eine nicht zu unterschätzende Rolle spielen.

Der Psychotherapeut im Stravollzug muß dies zwingend berücksichtigen, denn er ist darauf angewiesen, vom System getragen und nicht ausgestoßen zu werden. Nur so kann dem einzelnen Patienten oder einer Gruppe Raum gegeben werden, auf die habituelle Grundhaltung dem Leben und seinen Objekten gegenüber, die vielfach Ausdruck tiefgreifender Persönlichkeitsstörung ist, einen Moment zu verzichten und in kleinsten Schritten emotionalen Bezug zuzulassen und entwickeln zu lernen.

Diagnostisch gesehen sind die meisten Patienten im Bereich der frühen Störung anzusiedeln. Dies mag zunächst stark simplifiziert anmuten, doch unabhängig von Delikt, familiärem Hintergrund und allenfalls vorhandenem „psychopathologischem" Überbau, imponieren unsere Patienten durch ein erhebliches destruktives seelisches Energiepotential, das nur erträglich zu sein scheint, wenn diese Kräfte nach außen verteilt werden. In den Beziehungen, die der einzelne Patient zu den Objekten seiner Welt hat – seien es direkte oder repräsentierende – bildet sich durch das Delikt eine „katastrophische Veränderung" im Sinne Bions und Beckers ab. Damit, daß diese nicht primär den Täter, sondern das Opfer trifft, ist der Vorgang in seinem emotionalen, unbewußten Korrelat zunächst abspaltbar, und in der Regel ändern daran Gerichtsurteil und Strafe wenig.

Die Palette solcher „Inszenierungen" reicht von chronischen Eigentumsdelikten über Suchterkrankungen mit starker Delinquenzbereitschaft bis zu bewaffneten Raubüberfällen, Notzuchts- und Tötungsdelikten. Auf dieser Ebene betrachtet, kommt den Anstaltsmauern für unsere Patienten eine wichtige Funktion zu: Sie ermöglichen eine Art „Triebschutz". Die so eintretende „Ruhe", auch wenn sie vom Patienten subjektiv anders wahrgenommen wird, unterbricht den Teufelskreis von sozialer Inkompetenz, seelischer Not, Delinquenz und Verfolgung.

Ein Beispiel möge das Gesagte verdeutlichen:

Ein nunmehr dreiunddreißigjähriger Patient verbrachte die letzten zehn Jahre mit geringen Unterbrechungen im Strafvollzug. Bei schwierigen Verhältnissen in der Kindheit stach besonders eine sadistisch-homosexuelle Beziehung zwischen ihm und dem Vater hervor, die der Vater allerdings im sexuellen Bereich nicht selbst lebte. Er ließ es „nur" zu, daß der Knabe im Beisein von Familienmitgliedern durch männliche Besucher, Freunde des Vaters, sexuell mißbraucht wurde.

Jegliche Eigeninitiative des Jungen, sein Leben in irgendeiner Weise zu gestalten, wurde mit nahezu perverser Präzision durch den Vater blockiert und umgelenkt. Schon bald hatte der Patient gelernt, durch körperliche Überlegenheit, die bis heute in seinem Leben eine zentrale Rolle spielt, eine gewisse Sicherheit zu gewinnen. Jegliche Verwirklichung seiner Träume schien ihm von umfänglichen finanziellen Mitteln abhängig zu sein, die er sich durch Einbrüche, Raubüberfälle etc. immer wieder zu beschaffen wußte. Solchermaßen baute er sich eine Identität auf, die im Stil von Comic-Helden durch die „Macht des Bösen" definiert war. Sobald er ein Delikt erfolgreich durchgeführt hatte, trat eine Entspannung ein. In der Folge pflegte er sich scheinbar ohne Absicht so zu verhalten, daß er über kurz oder lang verhaftet wurde – wenn er sich gar nicht selbst stellte.

Über seine „Ungeschicklichkeit" verärgert, baute er im Laufe der Jahre sein Selbstbild des perfekten Räubers mit philosophischer Akribie aus. Erst nach jahrelanger Behandlung gelang eine erste Thematisierung dieser Zusammenhänge. Dies hatte jedoch zur Folge, daß er während eines Hafturlaubes wiederum ein Delikt beging, das seine ohnehin lange Strafe noch einmal um Jahre verlängern sollte. Nun erst gelang es ihm in kleinen Schritten, zu seinen aggressiven wie sensiblen Seiten zu stehen, sie zu akzeptieren und mit der Zeit eine reifere Gewichtung vorzunehmen. Die gute Seite der Identität darf zaghaft zu wachsen beginnen, was durch den paralell ablaufenden Trauerprozeß um den Identitätsverlust freilich immer wieder erschwert wird.

Trauer findet nach meiner Wahrnehmung auf zwei Ebenen statt: Primär geht es um das Zulassen der Trauer über die gescheiterten, verlorenen oder gar nicht vorhandenen Aspekte tragfähiger Objektbeziehungen, durch die es hätte möglich werden können, eine gute innere Welt aufzubauen. Bei vielen unserer Patienten sind solche in Ansätzen vorhanden und häufig unter tragischen Umständen zerbrochen. Wenn es gelingt, in der Therapie eine als stabil erlebbare Beziehung herzustellen, die im emotionalen Kern echt ist, so kann – meist erst nach Jahren – diese Trauer ausgehalten werden. Solchermaßen wird auch eine objektive Schau des/der begangenen Delikte(s) und die Trauer darüber möglich. Nach der so erfolgten In-Bezug-Setzung der subjektiven Erlebniswelt mit dem realen Geschehen folgt meist eine längere Phase depressiver Verstimmung, aus der heraus mit vielfach erheblichen ich-stützenden Maßnahmen eine Stabilisierung und Etablierung echter Ich-Haftigkeit gelingen kann.

Wenn ich heute als Untertitel für das Tagungsthema „Innere und äußere Orte“ das Thema „Entlassung – Einladung zum Absturz“ wähle, dann deshalb, weil auch Freiheit versus Gefangenschaft als Beschreibung von innerer und äußerer Örtlichkeit verstanden werden kann. Doch nicht genug damit: In der Gefangenschaft erfährt die innere Welt eine Stabilisierung durch die künstliche Begrenztheit von außen, und solchermaßen einen Schutz vor Ich-Infarkt-ähnlichen Zusammenbrüchen, die vielfach in schweren und schwersten Delikten ihren Ausdruck fanden. Daher ist es nicht weiter verwunderlich, wenn, nicht selten, direkt proportional zur Schwere des Deliktes, die Schwierigkeiten mit dem Moment der Entlassung – sei es in Halbfreiheit oder in Freiheit – ein erhebliches Ausmaß annehmen können. Interessanterweise tauchen diese, so der Betroffene über längere Zeit eine Therapie mitgemacht hat, selten in Form von delinquenter Rückfälligkeit, vielmehr als heftigste selbstdestruktive Handlungen auf, sei dies suizidaler Art oder im Sinne ausgeprägten psychosozialen Versagens.

Trotz sorgfältigster Vorbereitung stabilisierender Faktoren in Form einigermaßen geschützter Übergangsstrukturen, halten die meisten Insassen in der Entlassungsphase höchstens wenige Tage durch. Man ist förmlich versucht anzunehmen, der Betroffene sei geradezu erpicht darauf, in ein altbekanntes Muster des Scheiterns zu verfallen.

Die Regelmäßigkeit der genannten Erfahrung erlaubt nun unseres Erachtens weniger eine Qualifikation der betreffendenen Gefangenen, sondern führt in die Definition einer weiteren Problemstellung im Zusammenhang mit umfassender, ja ganzheitlicher therapeutischer Ansätze und der daraus resultierenden Strafvollzugsplanung. Als Quintessenz wäre festzuhalten, daß es offensichtlich, bei aller sorgfältigen Arbeit innerhalb des geschlossenen Vollzuges, einen bedeutsamen Faktor X gibt, der alle bereits getroffenen Anstrengungen und Vorkehrungen der entsprechenden Dienste, ebenso wie diejenigen des zu Entlassenden auf drastische Weise in Frage stellt, vielfach sogar eine Fortsetzung des gelockerten Vollzuges mit Rückführung in das freie Leben unmöglich erscheinen lassen kann.

Zum Glück findet sich, was unsere Strafanstalt anbelangt, wenig Bereitschaft zum naheliegenden Zweckpessimismus, wenngleich auch die Frustrations-Toleranz und -Bereitschaft, selbst der geduldigsten Mitarbeiter vom Betreuer über den Sozialdienst von den Therapeuten bis zum Direktor der Anstalt gelegentlich ihre natürlichen Grenzen erreicht.

Dafür ein Beispiel: Ein Insasse verbringt, auf Grund zum Teil schwerer Delikte, einen erheblichen Zeitraum (zwischen 4 und 14 Jahren) im geschlossenen Vollzug; mit Ausnahmen verläuft dieser anstandslos, d.h. Probleme können zur Sprache gebracht und verarbeitet werden, allenfalls wurde eine Berufsausbildung absolviert (häufig mit guten bis sehr guten Ergebnissen), Urlaube werden deliktfrei und ohne große „Abstürze" verbracht – und dann naht der Termin der Versetzung in Halbfreiheit, oder sogar die bedingte Entlassung steht bevor.

Soweit – so gut, ist man versucht zu sagen; vermeintlich ist der Rahmen der neuen Lebenssituation übersichtlich und klar strukturiert, der betroffene Insasse freut sich auf die lang ersehnte Freiheit, weiß um allfällige „Gefahren" und ist guten Mutes. Auf Seiten der betroffenen Mitarbeiter, also derjenigen Menschen, die zum Teil Jahre mit dem Insassen gearbeitet haben, herrscht moderater Optimismus, so etwa nach der Art von: „Ich habe ein gutes Gefühl". Nichts läßt darauf schließen, daß diesem Ausspruch ein gewisses Maß an Beschwörung immanent sein könnte. Unter den Mitarbeitern ist neben der Zuversicht, die letztlich auch einen Ausdruck des Vertrauens in den Insassen darstellt, echte Freude darüber spürbar, zusammen mit ihm die anstrengende Zeit des Eingeschlossen-Seins überwunden zu haben und an der Freiheit ein wenig näher dran zu sein...

Und diese gemeinsame Wirklichkeit besteht zu Beginn tatsächlich: In der Regel ist eine Arbeitsstelle vertraglich verabredet, eine Wohnsituation ist ebenfalls definiert, Termine beim Therapeuten sind festgelegt – und dann erscheint der Betreffende nach zwei Tagen nicht mehr bei der Arbeit, konsumiert Alkohol oder Drogen, hält seine Verabredungen nicht ein. Wird diese Situation nicht durch Verhaftung auf Grund neuer Delinquenz unterbrochen, verfallen die ehemaligen Insassen häufig einer tiefen Lethargie, die sie dann nach einiger Zeit völlig mittellos und verzweifelt wieder in den Wirkungsbereich sozialer Institutionen führt.

Mit dem Verlassen der Anstalt geschieht unseres Erachtens in der Regel eine bedeutsame Veränderung im inneren Leben des

Patienten: Es passiert deutlich mehr als ein Wiederaufgreifen des Fadens, den er niederlegen mußte. Er ist – auch wenn der letzte Aufenthalt in der Strafanstalt nicht der erste gewesen war – plötzlich, von einer Minute auf die andere, mit der Wirklichkeit des gesellschaftlichen Lebens ohne institutionellen Schonraum konfrontiert. Dies beinhaltet jedoch eine Rückwirkung auf das seelische Geschehen des Entlassenen: Funktionen, die bis anhin im Sinne einer Mischung aus versorgender Mutter (z.B. Therapeut) und gestrengem, aber verständnisvollem Vater (z.B. Gefängnisdirektor) von der Institution übernommen wurden, sind abrupt nicht mehr gewährleistet. Der Schutz der Mauern, die ja nicht nur die Gesellschaft vor dem Insassen schützen, sondern eben die Insassen auch vor der Gesellschaft, also derjenigen Gruppe von Menschen, mit denen ein Zusammenleben bestimmten Kautelen und Regeln untersteht, bricht in wenigen Augenblicken zusammen. Ich habe verschiedentlich formuliert, daß die „heilende" Funktion der Anstaltsmauern wohl wesentlich in einem Ersatz für mangelnde Ich-Grenzen zu sehen ist. Damit meine ich, daß die Fähigkeit des Individuums, sich als ein unverwechselbares „Einzelstück" unterscheidbar von allen anderen Menschen dieser Welt sehen zu können, bei unserer Klientel zumeist sehr spärlich ausgeprägt ist und vielfach durch „Imponiergehabe" dieser Mangel auszugleichen versucht wird.

Gemäß unserer Erfahrung bedarf es enormer Geduld und der Bereitschaft, viele Male scheinbar von vorne zu beginnen, damit der in der Entlassung befindliche Insasse wahrnehmen kann, daß er nicht fallengelassen wird. Und auch dies kann bestenfalls eine Empfehlung, jedoch kein Rezept sein – denn am Ergebnis der Therapie ist nie der Therapeut allein beteiligt. Er muß dem Patienten seine Eigenverantwortung zubilligen, um entlang der daraus entstehenden Ereigniskette allenfalls weiterarbeiten zu können. Denn unabhängig von der qualitativen Ausprägung des weiteren Geschehens handelt es sich drinnen wie draußen um Botschaften aus dem seelischen Geschehen unserer Patienten, die es zu verstehen und allenfalls zu beantworten gilt.

Elfriede Kraft und Joachim Staigle

„Psychoanalytiker oder Hausmeister?"

Zum Problem des Betreuten Wohnens schwerst beziehungsgestörter Jugendlicher und junger Erwachsener

Joachim Staigle

Vorbemerkungen

Das Thema des vorliegenden Textes „Psychoanalytiker oder Hausmeister" kontrastiert in seiner holzschnittartigen Aussage Extrempositionen von Rollenverständnissen bei der zunächst sehr sozialarbeiterischen Aufgabenstellung der Betreuung von beziehungsgestörten jungen Menschen, in denen sich die betreuenden Personen in ihren Gegenübertragungspositionen im Verhältnis zu den Erwartungen der zu Betreuenden und den Betreuungserfordernissen wiederfinden. Diese Rollenbeschreibungen könnten mit gleichem Recht um die Positionen des Putzmannes/Putzfrau, Arbeitsberaters, Telefonseelsorgers, Verwalters, Finanzberaters und Vermieters, vielleicht sogar der des verbliebenen Sozialkontaktes und des geliebten Vertrauten, aber auch der des gehaßten Feindes und des ungeliebten Verfolgers von Amts wegen ergänzt werden. Sicher bemerkt jedermann bei diesen Rollenbeschreibungen, daß ihre Formulierung sowohl mit den objektiv zu erbringenden Hilfestellungen zusammenhängt, gleichzeitig aber mit Ihnen eine emotionale Reaktion von und Interaktion zwischen Betreuer und Betreutem beschrieben ist.

Welche Schwierigkeiten und Möglichkeiten an besserem Verständnis für unsere Klienten und damit auch für uns selber sich mit der sich entwickelnden tragenden und übertragenden Beziehung ergeben und wie dies auf die Betreuungsstruktur zurückwirken kann, soll unter anderem Gegenstand dieser Erörterung sein.

Was verstehen wir unter Betreutem Wohnen schwer beziehungsgestörter junger Menschen?

Diese Frage muß zumindest in zweifacher Hinsicht erörtert

werden. Zum einen fragt es sich, welchen Menschen mit welchen Lebensschwierigkeiten durch diese Form psychoanalytischer Sozialarbeit angemessen geholfen werden soll.

Zum zweiten ist mit der angegebenen Aufgabenstellung ein vorrangiges Ziel und eine diesem Ziel dienende psychoanalytisch-sozialtherapeutische Praxis benannt.

Die Ambulanten Dienste des Vereins für Psychoanalytische Sozialarbeit behandeln und betreuen unter anderem Jugendliche und junge Erwachsene, die im Zuständigkeitsbereich der institutionellen Hilfsangebote weder in die klassischen Bereiche der Jugendhilfe, der Behindertenhilfe, der ambulanten Richtlinienpsychotherapie und der herkömmlichen psychiatrischen Grundversorgung integrierbar und zuordenbar sind, da ihre spezifischen Lebensschwierigkeiten und mitunter auch ihre mittlerweile erreichte Entwicklung eine Versorgung in Standardeinrichtungen schwierig macht.

Diese Negativdefinition unserer Klientel kann positiv zumindest in drei Gruppen unterteilt werden: Zum einen handelt es sich um Personen, die im Rahmen einer stationären Einrichtung eine Entwicklung gemacht haben, die ein weiteres Verbleiben als nicht förderlich oder angemessen erscheinen läßt, ohne daß außerhalb der Einrichtung schon ein selbständiges, wenig betreutes Leben möglich oder eine angemessene Nachfolgeeinrichtung vorhanden wäre.

Zum anderen handelt es sich um Personen, deren psychische Struktur, Symptomatik und Abwehrverhalten trotz gravierender psychischer und sozialer Defizite eine stationäre Betreuung als wenig erfolgversprechend erscheinen läßt, die aber erstaunlicherweise von einem ambulanten Betreuuungsrahmen profitieren können. Vielfach sind hier schon stationäre Behandlungsangebote vor allem an mangelnder Gruppenfähigkeit gescheitert.

Eine weitere Gruppe bilden jene Klienten, die angesichts ihrer ich-selbsstrukturellen Mängel zwar reale sozialarbeiterische und eine besondere psychotherapeutische Hilfe benötigen, um sich aus ihren in psychodynamischer Hinsicht oft schwierigen Herkunftsfamilien heraus verselbständigen zu können, ohne daß eine stationäre Psychotherapie notwendig und eine ambulante Psychotherapie ausreichend wäre.

Das Ziel der Arbeit mit unseren Klienten besteht grundsätzlich darin, ihnen im Rahmen ihrer Möglichkeiten und Wünsche eine

Weiterentwicklung zu ermöglichen, ohne sie gänzlich unseren Wünschen und gutmotivierten Zielsetzungen zu unterwerfen. Wir versuchen hier einem Motto Winnicotts zu folgen, demgemäß es nicht darauf ankomme, wieviel man tun könne, sondern *wie wenig* getan werden müsse (D.W.Winnicott, 1974, S. 217). Teil dieses Zieles ist, ihnen einen Ort zum Leben zu geben und Hilfen, diesen zu erhalten. Ein weiteres Bemühen zielt auf eine Eingliederung in ein Arbeitsverhältnis, da hiermit ein wesentlicher Zugang zu bedeutungschaffenden Sozialbeziehungen und zur Selbsterhaltung im ökonomischen und auch psychischen Sinn ermöglicht wird.

Wenn wir diesen Menschen zu einer relativ selbständigen Lebensform verhelfen und auch dazu raten wollen, so müssen wir uns vor Augen halten, daß es sich in der Regel um Jugendliche und junge Erwachsene handelt, deren Prozeß von Reifung und Entwicklung, von Trennung, Ablösung und Wiederannäherung noch nicht abgeschlossen, ja in der Regel schon zu einem sehr frühen Zeitpunkt gehemmt, verzerrt oder abgebrochen wurde. Dementsprechend sind bei diesen Personen weder die psychischen, noch die sozialen Fähigkeiten so weit entwickelt, daß mit ihnen ein relativ selbstverantwortetes, nur auf sich gestelltes Leben ohne kompensatorische Hilfeleistungen möglich wäre. Es besteht häufig ein konkreter Hilfebedarf bei Beachtung der Körperpflege, der Ordnung der täglichen Bedürfnisbefriedigung, der Tagesstrukturierung, der Arbeits- oder Ausbildungsplatzsuche, aber auch im Blick auf psychische Erfordernisse wie Einordnung der täglichen Erfahrung, Unterscheidung psychischer Qualitäten, Unterscheidung von subjektiver und intersubjektiver Realität und Erarbeitung eines Verständnisses für ihren Zusammenhang usw... Es handelt sich also um Hilfs-Ich-Funktionen im weitesten Sinne auf sozialer, psychischer und körperlicher Ebene.

Diese Funktionen zur Ermöglichung einer Weiterentwicklung (oder zumindest der Aufrechterhaltung der Betreuungshilfe) mehr und mehr in Richtung eines selbständigen Lebens, Wohnens und Arbeitens bereitzustellen, ist Aufgabe jener Personen, die psychoanalytische Sozialarbeit im Sinne des Betreuten Wohnens betreiben.

Unsere Ausgangsvorstellung, psychisch kranken jungen Menschen zu einer zunehmend selbständigeren Lebensform und Integration in das gemeinschaftliche Leben mittels der Bereitstellung umfangreicher Betreuungs-und Therapieangebote zu verhelfen, zudem wenn die zur Unterstützung angebotenen Hilfs-Ich-Funktionen in zeitlicher und finanzieller Hinsicht sehr umfangreich ausgestattet sind, klingt sehr einfach und erfolgversprechend.

Läßt man sich dann im mehr oder weniger ambivalenten Einverständnis mit einem Klienten auf eine solche Betreuung ein, so macht man die allen Krankenschwestern, Pflegern, Sozialarbeitern, Ärzten und Psychoanalytikern (...) vertraute Erfahrung, daß sich trotz gut durchdachter Hilfskonzeption innerhalb der Betreuungsbeziehung oft sehr schnell und heftig Schwierigkeiten einstellen.

Die auftretenden Schwierigkeiten haben meist einen Auslöser in der real vorfindbaren aktuellen Lebenssituation des Betreuten oder in Änderungen der Rahmenbedingungen der Betreuung, egal wie geringfügig solche Änderungen nach außen erscheinen mögen. Bei genauerer Betrachtung zeigt sich, daß die sich entzündenden Beziehungsschwierigkeiten im Kern als das Resultat von spezifischen Übertragungs- und Gegenübertragungsreaktionen zwischen Betreutem und Betreuer verstanden werden können, bei denen in der Beziehung zum Betreuer vom Betreuten subjektiv eine Versagungs-, Frustrations- oder Trennungserfahrung erlebt wird, die im Betreuten einen extremen emotionalen Schmerz wiederbelebt oder erlebbar macht, den dieser glaubt, nicht aushalten zu können und als Reaktion dagegen dann archaische Abwehrreaktionen richtet. Deren Auswirkung kann sehr rasch zu einem Abbruch der Betreuungsbeziehung von beiden Seiten führen, wenn es nicht gelingt, die sich entwickelnde Beziehungsdynamik in ihrer Sinnhaftigkeit und ihre damit verbundene Schutzfunktion für das psychische Funktionieren beider Personen zu verstehen.

Erst wenn die Dynamik der Beziehungsprobleme, dies können durchaus auch schwerste Symptombildungen bei unseren Patienten sein, verstanden ist, können angemessene konkrete Handlungsvorstellungen seitens des Betreuers entwickelt werden.

Um Mißverständnissen vorzubeugen: Wir glauben nicht, daß es alleine ein Problem der angemessenen und durchdachten realen Handlungshilfe für unsere Klienten ist, die dann zu einem Erfolg der Betreuung und einem emotionalen Wachstum führt, wenn man ein für alle Mal die psychische Struktur und die Beziehungsprobleme unserer Klienten im Einzelfall richtig verstanden hat. Es ist auch nicht allein eine Frage, über welche gut angepaßte psychoanalytische Technik ein jeweiliger Sozialarbeiter verfügen sollte, um angemessen mit Schwierigkeiten und spezifischen Übertragungen und Gegenübertragungen umgehen zu können. Es ist die Frage danach, wie man Menschen helfen kann, mit unausweichlichen alltäglichen Versagungs-, Frustrations- und Trennungserfahrungen umzugehen, wenn diese Menschen infolge der spezifischen Verarbeitung ihrer Vorerfahrungen in ihrer psychischen Wirklichkeit nicht die Fähigkeit entwickelt haben, mit den sich aus Versagungserfahrungen entwickelnden schmerzhaften Affekten und ihnen bedrohlich erscheinenden Impulsen, die sich ihrerseits oft schon aus primitiven Abwehr- und Schutzmechanismen entwickelt haben, umzugehen.

Hiermit ist die Frage gestellt, an welche Personen in psychologischer Hinsicht sich unser Betreuungsangebot richtet.

Im folgenden werde ich versuchen, basale Zusammenhänge holzschnittartig auszuarbeiten, wobei ich mir bewußt bin, dabei eher die nicht-neurotischen Persönlichkeitsanteile unserer Klienten (damit auch unsere eigenen nicht-neurotischen Persönlichkeitsanteile) zu beschreiben, also jene Tendenzen, die mit ichselbststrukturellen Mängeln, primitiven Abwehr- und Schutzfunktionen auf dem Funktionsniveau der paranoid-schizoiden Position in Verbindung zu bringen sind.

Bei dieser Modellvorstellung der psychischen Struktur unserer Klienten gehe ich weiter davon aus, daß es grundsätzlich in jedem unserer Klienten ein wenn auch noch so schwach entwickeltes (fiktives) Normal-Ich gibt, auf dessen „Zusammenarbeit“ sich unser Arbeitsbündnis gründet. Es gibt allerdings nur eine scheinbare Kluft zwischen einem „Normal-Ich“, das zwischen Innen und Außen, zwischen Phantasie und Realität weitgehend zu unterscheiden weiß und Bereichen einer „pathologischen“ Persönlichkeitsstruktur, wenn man sich vergegenwärtigt, daß auch primitive sogenannte autistische und psychotische Abwehren lediglich das Ziel haben, ein Minimum an psychischer Funktionsfähigkeit aufrechtzuerhalten, auch wenn das in der Interaktion erlebbare Resultat mitunter einer psychischen Katastrophe, einer emotionalen Lähmung oder seelischen Erstarrung gleichzukommen scheint.

Wenn ich den Grund für die häufigsten und gravierendsten Störungen der positiven Betreuungsbeziehung in unintegrierten Trennungs- und Frustrationserfahrungen sehe, genauer gesagt in einer spezifischen Verarbeitung dieser Erfahrungen und der sich dadurch ergebenden Übertragungs-Gegenübertragungsbeziehung, so steht dahinter die Auffassung, es handle sich bei unseren Klienten meist um Personen, deren psychische Struktur der von präpsychotischen Charakteren, die zur Entwicklung einer Psychose oder Randpsychose (Borderlinestörung) prädisponiert sind, entspricht.

In der Beschreibung dieser Struktur folge ich in enger Anlehnung Wolfgang Lochs grundlegenden Ausführungen in seinen Aufsätzen „Zur Struktur und Therapie schizophrener Psychosen" (W. Loch, 1972, S.314 ff.) und „Psychoanalytische Aspekte zur Pathogenese und Struktur depressiv-psychotischer Zustandsbilder" (W. Loch, 1972, S. 332 ff.).

Im Kern läßt sich die Struktur so charakterisieren: Lebensgeschichtlich konnten diese Menschen in der Beziehung zu ihren ersten Bezugspersonen nicht die Erfahrung eines ausreichend guten Objektes (D.W.Winnicott, 1976, S.110 ff. und S.270 ff.) machen, was ihnen die Internalisierung der Erfahrung der Beziehung zu einem idealen Objekt[1] und in einem weiteren Schritt auch die Assimilation dieses inneren idealen Objektes in den Kernbereich der Psyche und damit die Beziehung zu einem idealen Selbst verunmöglichte oder zumindest diesen inneren Strukturbildungsprozeß erheblich verzerrte, so daß nur eine sehr schwache Beziehung zu einem inneren idealen Objekt[2] besteht.

Weil diese Menschen in ihrem Inneren nicht die Erfahrung der Beziehung zu einem ausreichend guten Objekt haben, bleiben sie hinsichtlich der Regulation und Organisation ihrer psychischen Tätigkeit – und damit auch hinsichtlich ihrer sozialen Realität und Tätigkeit – an die äußere Existenz eines idealisierten Objektes, meist der aktuell bedeutsamen Bezugspersonen gebunden.

Welche Bedeutung das Ich-Ideal für das seelische Funktionieren hat, beschreibt Wolfgang Loch so:

> „Die Verbindung zum Ideal-Objekt ist, vom intrapsychischen Blickpunkt gesehen, mit der zum Ideal-Ich bzw. Ich-Ideal identisch, und eine ... seiner wichtigsten Funktionen ist, ‚Bedingung der Verdrängung' zu sein. Das heißt: Um der Verbindung zum (sei es in der äußeren Welt gegebenen oder sei es verinnerlichten) Ideal-Objekt willen werden solche Tendenzen abgewehrt, die mit dieser Beziehung unverträglich sind, sie bedrohen oder zerstören. Eine weitere ungemein wesentliche Bedeutung kommt der Ideal-Objekt-Beziehung insofern zu, als sie für diejenigen, die sie nicht in den Kern ihrer Persönlichkeit aufgenommen haben, die sie nicht ‚ver-icht' haben, meist die ein-

zig sichere Brücke zur Welt, zur äußeren Realität darstellt... Ihre passive Abhängigkeit von der aktiven Liebeszuwendung des Objektes, ihr Angewiesensein auf dessen narzißtische Befriedigungen macht sie extrem verletzlich, empfindsam und reaktiv aggressiv. Die Tatsache, daß sie zugleich über das Ideal-Objekt ihre oft einzige gefühlshafte Verbindung mit der Wirklichkeit haben, läßt jede Kränkung, läßt jede Bedrohung dieser Verbindung zur Gefahr des Realitätsverlustes werden" (W. Loch, 1972, S.318).

Wird bei solchen Menschen, die auf der Ebene der Grundstimmung (Michael Balint) gestört sind, deren über weite Strecken gutes Funktionieren auf der Funktion eines „falschen Selbstes" ruht, die Verbindung zu einem idealisierten Objekt unterbrochen, so resultieren je nach individueller Grundstruktur verschieden weitgehende katastrophal anmutende Regressionen und restitutive erneute Identifizierungsprozesse und andere Abwehren, deren Ausformung der Art der Wechselwirkung von psychotischen und nichtpsychotischen Teilen der Persönlichkeit folgt (vgl. W. Loch, 1972, S.317 ff., S. 320 ff., S.332 ff.).

Der Verlust der Verbindung zu einem idealisierten Objekt kann durch vielerlei Faktoren ausgelöst sein. Die häufigsten Ursachen stellen in bezug auf unsere Klienten vermutlich aber Erfahrungen von Kränkungen, Trennungen, Versagungen und Frustrationen dar. Es ist hier auch zu erwähnen, daß es hierbei nicht so sehr darauf ankommt, ob real sich ein Verlust oder eine Trennung ereignet, sondern wie unsere Klienten bestimmte Umstände erleben. Solche subjektiv unerträglich scheinende Zumutungen erleben wir und unsere Klienten im Umgang mit typischen und unvermeidlichen Frustrations-, Trennungs- und Differenzerfahrungen, wie sie uns allen vertraut sind, wie z.B. zeitliche Begrenzungen der Betreuung, Versagung sexueller Triebbefriedigungen, Schutz der körperlichen Integrität, Abwesenheiten in Urlaubszeiten, Erfahrungen des Scheiterns bei hochbesetzten Zukunftsvorstellungen usw. Zu diesen Differenzerfahrungen gehören nicht zuletzt die vermeidbaren und unvermeidbaren Fehler, die wir als Betreuer machen.

Aus therapeutischer Perspektive kann allerdings auf solche Versagungserfahrungen nicht verzichtet werden, zum einen weil es illusionär und unmöglich wäre, für einen Betreuten real ein ideales Objekt sein zu wollen, das alle notwendigen idealen Züge trägt und vor allen Kränkungen dieser Erwartung schützt und zum zweiten, weil erst über die Erfahrung unserer Nicht-Omnipotenz wir es bei geeigneter Hilfestellung unseren Patienten ermöglichen, ja sie sogar dazu zwingen, uns als objektive Phänomene (vgl. Winnicott, 1985, S.21 F; Beland, 1989, S.240) außerhalb ihrer Verfügungsmacht und Kontrolle anzuerkennen.

Wenn wir diese Überlegungen zur psychischen Struktur unserer Klienten auf unser Aufgabenfeld des Betreuten Wohnens schwer beziehungsgestörter junger Erwachsener anwenden, so ergibt sich für die im Rahmen der helfenden Beziehung auftretenden Probleme, vor allem was die heftigen negativen Übertragungsreaktionen und die schweren Verzerrungen der Realitätsanerkenntnis unserer Klienten und unsere eigenen uns oft schwere Probleme bereitenden Gegenübertragungsreaktionen betrifft, folgendes Bild: Die entstehenden Probleme scheinen vor allem darauf zurückzuführen, daß unsere Klienten in der Beziehung zu uns zunächst für sie unintegrierbare Versagungserfahrungen machen, was dann bei ihnen typisch psychotische Ängste, wie z.B. Befürchtungen von Vernichtung oder Zusammenbruch, Gefühle von Leere oder psychischem Tod, Gefühle zu fallen ohne Ende oder zu zerfließen, Gefühle, anstelle eines wichtigen Körperteiles ein Loch oder eine eiternde Wunde zu haben, auslösen kann. Die dann in der Regression einsetzenden primitiven Abwehr- und Schutzfunktionen können in destruktiver Weise beinahe jegliche Wahrnehmungs- und Denkfunktion zerstören, um damit das Ich-Selbst vor jenen Wahrnehmungen zu schützen, die mit diesen Ängsten verbunden sind. Die Betreuungsschwierigkeiten können in diesem Sinne als oft nur kurzzeitige, reaktive, passagere psychotische Episoden aufgefaßt werden bzw. als Versuch von deren Abwehr.

Da unsere Klienten auf diesem Niveau der eingestellten Objektbeziehung nicht in der Lage sind, Versagungen, das heißt die Abwesenheit eines unmittelbar bedürfnisbefriedigenden Objektes zu ertragen, sind sie auch nicht in der Lage, Gedanken zu haben im Sinne von Bions Theorie des Denkens (W.R. Bion, 1963; W.Loch, 1966, S.391). Damit haben unsere Klienten auf diesem Beziehungsniveau keinen Zugang zu reifer Symbolisierung; ihrer Sprache und ihrem Denken fehlt die Eigenschaft, Symbol zu sein. Weil diese Menschen partiell die Trennung von einem idealen Objekt, zu dem wir mitunter in der Betreuungsbeziehung werden, nicht ertragen können, können Wörter und Namen auch nicht als Symbole aufgefaßt werden, die lediglich Repräsentationen eines ursprünglichen Objektes sind, aber nicht das Objekt selber. Für diese Menschen können Wörter und Namen zu symbolischen Gleichungen werden, bei denen der Name und das Wort als das Objekt selber empfunden werden oder bestenfalls als dessen Ersatz (vgl. H.A. Thorner, 1980, S.176; H. Segal, 1957, S.391 ff.).

Mit Hilfe dieser Umformung ihres Sprachgebrauches scheinen sich diese Menschen davor schützen zu wollen, daß sich der Gedanke „das gute Objekt ist nicht da“ klar herausbilden kann (vgl. W.R. Bion, 1963).

Weil Worte für diese Menschen oft nicht für ein Ding oder eine gute Beziehung stehen können, wie auch kein gutes inneres Objekt für eine gelungene Anpassung der Umwelt an die Bedürfnisse dieser Menschen steht, bedeutet Sprache für diese Menschen Handlung und Konkretion, wie auch ihre Handlung ihre Sprache ist.

Aus diesem Grunde ist man im Betreuten Wohnen schwer beziehungsgestörter Menschen auf einen handelnden Umgang angewiesen und dies nicht nur wegen der außerdem zu leistenden realen Unterstützung, sondern gerade dann, wenn man in eine Kommunikation treten will, deren Effekt ein innerer Strukturbildungsprozeß sein kann.

Welche Rolle in diesem Prozeß die Regression des Betreuers auf die Funktionsebene des Klienten spielt, welche Bedeutung dabei projektive Identifikationen, verstanden als Kommunikation, haben, welche bedeutende Rolle hierbei der Analyse der eigenen Gegenübertragung zukommt und welche Bedeutung den im therapeutischen und sozialarbeiterischen Setting fixierten Grenzsetzungen und den damit verläßlich und nicht willkürlich organisierten und schwach dosierten Versagungserfahrungen zukommt, wurde in anderen Zusammenhängen bereits ausführlich beschrieben (W. Loch, 1972; ders. 1975; ders. 1985; D.W. Winnicott, 1976; F. Tustin, 1989; M. Balint, 1970; ders. 1981; ... J. Staigle, 1987; M. Feuling, J. Staigle, U. Treier, 1989).

Was bedeuten diese Vorüberlegungen für die Grundstruktur des Betreuten Wohnens schwer beziehungsgestörter junger Menschen?

Ich fasse thesenartig zusammen:

1. Für die genannte Personengruppe verbietet es sich, ein starres und bereits konkret vorstrukturiertes Hilfekonzept zu ent-

wickeln. Die Konzeption besteht darin, daß in einem kommunikativen Prozeß mit dem Klienten gemeinsam verstanden wird, welche Formen der Hilfs-Ich-Funktionen unverzichtbar wahrgenommen werden müssen, um ein Leben außerhalb einer stationären Wohnform zu ermöglichen. Dabei kommt es darauf an, daß die institutionell zur Verfügung gestellten persönlichen und materiellen Ressourcen möglichst weitgehend sich den realen Bedürfnissen eines jeweiligen Klienten anpassen können und daß nicht die Bedürfnisse der Institution dazu führen, daß der Klient den institutionellen Rahmenbedingungen unterworfen wird. Dies heißt: Wir dürfen im voraus nichts „wissen". Unsere Klienten verfügen über alles Wissen, was ihre eigenen existentiellen Bedürfnisse betrifft. In gewissem Sinne folgen wir hier dem abgewandelten psychoanalytischen Prinzip der Abstinenz, das mit dem Motto Winnicotts für Klienten, die eine Form des „Managing" als Hilfe brauchen, heißt: Es kommt nicht darauf an, wieviel man tun kann oder tun darf, sondern wie wenig man tun muß, um eine psychische Entwicklung zu ermöglichen. Es ist nicht die unbegrenzte Befriedigung von Trieben und Bedürfnissen, die zu einem psychischen Wachstum führt. Sondern aufbauend auf der Erfahrung einer ausreichend guten Umwelt, ist es die Symbolisierung der Abwesenheit des Objektes im Gedanken, was zu psychischer Strukturbildung führt.
Diese Haltung schließt auch ein grundsätzliches Glaubenkönnen an eine Entwicklungsfähigkeit unserer Klienten ein, egal wie krank oder in ihren Objektbeziehungen beeinträchtigt sie sind.

2. Angesichts des Entwicklungsstandes und der sozialen Situation unserer Klienten ist eine umfassende materielle Versorgung, wenn notwendig, sicherzustellen.
3. Die psychoanalytische Sozialarbeit beim Betreuten Wohnen unterscheidet sich in prinzipieller Hinsicht, abgesehen von anderer Zielstellung und umfassender wahrzunehmenden realen Hilfeangeboten, nur wenig von anderen Formen ambulanter psychoanalytischer Sozialarbeit.
   Prinzipiell ist davon auszugehen, daß Betreuungen nur in einem Mehrpersonensetting durchzuführen sind, bei dem auch einzelne Funktionen, wenn möglich, an unterschiedliche Personen, Zeiten und Orte zu binden sind. Idealtypisch wären die Funktion des psychotherapeutischen Settings als Einzelstunde, der all-

tagsbegleitenden und alltagsstrukturierenden Sozialarbeit und die Aufgabe der Heranführung an schulische Bildung oder berufliche Bildung und Arbeitsintegration zu trennen.
Dieses Mehrpersonensetting stellt eine Idealvorstellung dar. In der Realität ist es umso schwieriger ein Mehrpersonensetting aufrechtzuerhalten, je beziehungsgestörter der Klient ist, ist es doch gerade das abgestufte und in den Funktionen differenzierte Setting, das unsere Klienten regelmäßig mit Versagungs- und Frustrationserfahrungen konfrontiert. Aus diesem Grunde richten sich oft heftige Angriffe gegen die Aufrechterhaltung des zur Verfügung gestellten Settings, weil damit vom Klienten versucht wird, einen oder mehrere der Betreuungspersonen in die Position eines idealisierten Objektes zu rücken, das ihm keinerlei Versagungserfahrungen abverlangt. Gerade weil sich aber keine Beziehung, auch wenn wir es wollten, ohne Abgrenzungserfahrungen gestalten läßt, kommt es unweigerlich zu Enttäuschungen und in der Abwehr auch zu massiven Entwertungen und negativen Übertragungen, die mitunter zum Ausschluß eines sehr entwerteten Betreuers aus der Beziehung zum Klienten führen. Der Wert und die Bedeutung des Mehrpersonensettings erweist sich in solchen Fällen meist darin, daß die ausgeschlossenen Beziehungsanteile dynamisch wirksam bleiben und zu einer vorübergehenden Stabilität der Beziehung zu den eher idealisierten Betreuern führen, weil durch die stabile Spaltung der Übertragung in eine positive und eine negative Beziehung es ermöglicht wird, grundsätzlich einen sozialarbeiterischen Kontakt zum Betreuten aufrechtzuerhalten, bis es möglich wird, daß eine Integration der „guten“ und „schlechten“ Objektteile in einer Beziehung gelingt. Voraussetzung ist, daß es den Betreuern gelingt, die negativen und ausgestoßenen Personen oder Beziehungsanteile in ihrer affektiven und kognitiven Wahrnehmung zu bewahren.

4. Hieraus folgt, daß es eines psychischen und realen Ortes bedarf, an dem es immer wieder zum Verständnis und zur Integration der gespaltenen, fragmentierten und projektiv-identifikatorisch ausgestoßenen Objektbeziehungerfahrungen kommen kann. Dieser Ort ist paradigmatisch die gemeinsame psychoanalytische Supervision aller Betreuer durch einen externen Psychoanalytiker.
   In therapeutischer Hinsicht findet die wesentliche therapeuti-

sche Arbeit mit Hilfe von Supervisionen in uns selber statt, z.B. über die Reflexion und Änderung unserer Einstellungen, was dann der Beziehung zwischen uns und dem Patienten neue Möglichkeiten eröffnet. Frau Schulz-Goldstein drückte dies in den pointierten Worten aus: „Die Therapie des Psychotikers ist die Wahrnehmung und Analyse meiner Gegenübertragung" (E. Schulz-Goldstein, 1987, S.19). Es geht hier um eine Spielart des Nichtausweichens gegenüber äußerst unangenehmen, hoch angstbesetzten Erfahrungen und um die damit verknüpfte Möglichkeit eines Neubeginns, wenn sich die Bereitstellung einer besonderen Umwelt mit der Regression des Klienten verknüpft (D.W. Winnicott, 1976, S. 191).

5. In der Regel sind unsere Klienten weder in realer noch in seelischer Hinsicht von ihren Eltern gelöst. Sie bewegen sich oft innerhalb sehr problematischer Familienstrukturen. Zur Aufrechterhaltung eines tragfähigen Settings bedarf es in der Regel einer sehr einfühlsamen und zugleich streng strukturierten begleitenden Beratung der Eltern oder anderer bedeutsamer Bezugspersonen.
6. In der Regel haben unsere Klienten anfangs wenige oder gar keine tragfähigen Sozialbeziehungen außerhalb der Betreuungsbeziehungen. Bildungsangebote oder die erstmalige Integration in einen Beruf im allgemeinen oder im geschützten Arbeitsmarkt sind oft Teil notwendiger Unterstützung. Es ist sehr darauf zu achten, daß möglichst die Hilfsangebote anderer öffentlicher Institutionen wie z.B. Arbeitsamt usw. genützt werden, damit die soziale Isolierung nicht noch weiter vertieft wird. Aus dem selben Grunde sollte auch bei der Eingliederungshilfe ins Leben in der Gemeinschaft mit anderen Menschen auf Beziehungsangebote außerhalb der Betreuungseinrichtung zugegangen werden, um keine regressiven Bindungen im Sinne der Befriedigung wesentlicher Triebwünsche und sozialer Bedürfnisse durch die Betreuer zu schaffen, die dann zu erneuten Frustrationen und vertiefter Vereinsamung führen.

Elfriede Kraft

Betreutes Wohnen – ein Fallbericht

Vor 2 1/2 Jahren begegnete ich Anna P., wie ich sie hier nennen möchte, zum ersten Mal. Sie lebte zu jener Zeit als Azubi im Internat eines Ausbildungsbetriebes des Arbeitsamtes und machte eine Lehre als Fertigungsnäherin, d.h. sie war gerade dabei, die Lehre abzubrechen, nachdem sie den Internatsbetrieb schon durcheinandergewirbelt hatte. Es gelang ihr, ein eigenes Zimmer zu ertrotzen, in dem sie den Tag Bilder malend, Katzen und andere Tiere pflegend verbrachte oder stundenlang für keinen zugänglich auf einem Acker stehend ausharrte. Ihre Erzieherin hatte sich ratsuchend an uns gewandt und begleitete Anna auch zu dem ersten Termin in unsere Ambulanz.

Als ich die Tür öffnete, stand ich einem schwerfälligen, dunkelhaarigen, 18jährigen Mädchen mit debilem Gesichtsausdruck gegenüber. Sie nahm am Tisch Platz, senkte den Kopf und ließ ihre Haare wie einen Vorhang herunterfallen. Sie sprach nicht, machte auf Anfrage aber deutlich, daß die Erzieherin bleiben solle. Sie verbrachte eine ganze Stunde in dieser Haltung, wobei der Kopf eher noch tiefer sank. Die Erzieherin erzählte inzwischen mit leiser Stimme, daß Anna die Lehre nicht abschließen wolle, dann aber den Wohnplatz verliere und niemand wisse, was statt dessen geschehen könne. Anna wolle nur mit Tieren arbeiten. Die Frage an uns war, ob wir zusammen mit Anna eine für diese annehmbare Arbeit und Wohnung finden könnten. Anna schwieg zu allem. Ich empfand Gefühle von Ablehnung, die sich aus dem Ablauf des ersten Kontaktes nicht erklären ließen. Nachdem mein innerer Vorbehalt gegen Anna in der anschließenden Supervision des Erstinterviews als Gegenübertragung angesprochen worden war, entschloß ich mich zu weiteren Terminen.

Die Voraussetzungen, unter denen wir zu arbeiten beginnen, haben etwas Unreales. Es gibt in Tübingen – zumindest zunächst – weder Wohnung noch Arbeit für Anna. Wie lange sie in der Einrichtung, in der sie zur Zeit noch lebt, aber nicht mehr arbeitet, noch geduldet wird, ist ungewiß, und ob sie nach einer eventuellen Entlassung von ihrem Heimatort aus – 80 km von Tübigen entfernt – Termine bei uns wahrnimmt, scheint wenig wahrscheinlich. Wir können auch nicht einschätzen, ob die stumme junge Frau sich auf eine Zusammenarbeit mit uns einlassen wird. Offenkundig ist allein ihre Notlage.

Angesichts der nicht aufzulösenden Fragen bzw. hinsichtlich unserer Verantwortung für die Folgen eines Abbruchs der Betreuung, machen wir ein Minimal-Angebot: Wir stellen Anna zwei Termine pro Woche zur Verfügung, in denen sie mit meiner Unterstützung, so weit sie dies wünscht, sich nach einem geeigneten Arbeitsplatz und einer Wohnung umsehen kann. Wir gehen davon aus, daß sie sich nur auf einen Prozeß einlassen kann, wenn sie sich selbst als Handelnde erfährt.

Zu den ersten Terminen wird Anna von ihrer Erzieherin mit dem Auto gebracht, dann legt sie den Weg mit dem Zug zurück, und ich hole sie am Bahnhof ab; schließlich kommt sie alleine und zwar zuverlässig und pünktlich.

An den Anfang des Berichtes über den Verlauf der Betreuung von Anna stelle ich – des besseren Verständnisses wegen – ihren Lebenslauf, wie wir ihn später gemeinsam während vieler Stunden erarbeitet haben:

Anna ist das zweite von zwei Kindern einer Hilfsarbeiterfamilie, die in einem angesehenen Städtchen in bescheidensten Verhältnissen in einer Sozialwohnung lebt. Der Vater gehört einer renommierten Familie an. Er gilt als aus der Art geschlagen. Infolge einer Schädigung nach Hirnhautentzündung hat er keinen Schulabschluß. Die verwandtschaftlichen Beziehungen werden gepflegt, von Anna aber immer als demütigend und diskriminierend erlebt. Ihre Mutter hält die Familie zusammen, von ständigen Alltagssorgen zermürbt. Wie Anna sagt, ist der Vater zu nichts zu gebrauchen; er geht seiner Arbeit nach, aber er trinkt, spielt, in der Freizeit angelt er. Anna hat eine Fehlstellung der Beine; sie fällt daher oft. Sie spricht schwerfällig und artikuliert schlecht. Über ihre frühe Kindheit weiß sie nichts. Mit 6 Jahren wird sie eingeschult. Sie erreicht das Klassenziel nicht und wird in die Sonderschule überwiesen. Mit 9 J. kommt sie für einige Tage ins Krankenhaus wegen Eßstörungen. Mit 10 J. werden beide Beine in einer Spezialklinik – weit entfernt von zu Hause – durch eine Umstellungsosteotomie korrigiert. Sie sitzt 2 mal 8 Wochen im Rollstuhl. Nach 1 1/2 J. kann sie sich so wie andere bewegen. Weil sie in der Schule nicht spricht, wird sie ins PLK überwiesen. Dort bleibt sie für 7 Wochen. Ein Lehrer habe das veranlaßt. Mit 14 Jahren kommt sie wieder in die Psychiatrie. Diesmal für 9 Monate.

Diagnose erneut: schulischer Mutismus. Sie spricht in dieser Zeit kein Wort, auch nicht im Unterricht der Klinikschule. Sie erhält deshalb lauter Fünfen im Abschlußzeugnis. Der Klinikaufenthalt ist für sie so unerträglich, daß sie sich von einer Tante – anläßlich eines Besuches – „entführen“ läßt. Bei dieser Tante wohnt sie dann ein weiteres halbes Jahr. Sie macht ihren Schulabschluß an der Sonderschule. Anschließend besucht sie Internat und Berufsschule einer Einrichtung außerhalb ihres Heimatortes. Dort legt sie ihren Hauptschulabschluß mit guten Ergebnissen ab. Sie macht Praktika in Gärtnerei und Tierheim. Beide Tätigkeiten gefallen ihr, sie würde gerne in ähnlich gelagerten Berufen arbeiten. Die Mutter befürwortet und/oder bestimmt, daß Anna entgegen ihrer Berufswünsche eine Ausbildung als Schneiderin macht. Anna muß überwechseln in einen Ausbildungsbetrieb des Arbeitsamtes mit angeschlossenem Internat, der weitab ihres Heimatstädtchens liegt. Nach einer sehr guten Anlaufzeit, in der sie sowohl im praktischen wie im theoretischen Bereich mit erstaunlichen Ergebnissen abschneidet, beginnt sie zunächst im Internat aufzufallen durch aufsässiges Betragen und danach verweigert sie die Arbeit; sie will nach Hause zurückkehren.

Sie macht sehr rasch deutlich, daß sie von ihren Berufsvorstellungen nicht abrücken wird. Zunächst redet sie wenig, gibt mürrisch gerade eben zu erkennen, was sie meint. Allenfalls ein: „wird mr säha, ka ma probiera“. Wir einigen uns auf tierpflegerische Arbeit, nachdem sich herausstellt, daß ihr aus medizinischen Gründen eine Ausbildung zur Gärtnerin vom Arzt des Arbeitsamtes nicht genehmigt werden wird. Anna übernimmt es nun, bei ihren Terminen in Tübingen die Tierheime im Umkreis von ca. 100 km anzuschreiben oder anzurufen. Sie führt über ihre Bemühungen Protokoll. Die Ergebnisse sind entmutigend.

Sie kommt jedoch ersichtlich gern, ihr Aussehen verändert sich, sie nimmt Blickkontakt auf und entfaltet innerhalb von wenigen Terminen das Tableau ihrer Lebensthemen.

Wenn sie nämlich nicht schweigt, ist ihr Redefluß und -bedürfnis fast unstillbar. Es geht dabei

- um die tiefe Kränkung, die sie infolge der sozialen Ausgrenzung ihrer Familie durch die Familie des Vaters erfährt,
- um den zu nichts zu gebrauchenden Vater, den man wegen seiner Dummheit und Haltlosigkeit ständig überwachen muß,

- um die Mutter, die alles überwacht und ihr nichts Eigenes zugesteht, sie auch nicht vor Operationen und Psychiatrie geschützt hat,
- um den Bruder, der die Fürsorge der Mutter genießt, ohne Gegenleistung erbringen zu müssen, der zu Hause lebt.

Davon redet sie in ohnmächtigem Haß. „Was ka mr macha?“ ist ihr einziger Kommentar. Gefühle kann sie nur zeigen, wenn sie von Tieren redet, und von Tieren kann sie reden, ohne aufhören zu müssen, die Grenzen zur Realität fast unmerklich überschreitend.

- Anna spricht nicht nur, sie schreibt ihre Geschichten auch auf und bringt die Texte mit.
- Anna malt. Sie hat eine große Mappe mit datierten und signierten Zeichnungen. Tierbilder – vornehmlich Pferde, wenige Hunde – außergewöhnlich detailgetreu, die Tiere immer in Bewegung, aber so, wie auf einem angehaltenen Film, eine bedrückende Starre – wie angehaltenes Atmen.
- Anna musiziert. Sie hat eine Blockflöte, kauft sich später vom selbstverdienten Geld ein Keyboard, sie ist aber ganz arhythmisch.
- Anna näht und kann mit jedem Material adäquat umgehen, sie hat ein gutes technisches Verständnis.

Geschichten, Bilder, Gebasteltes bringt sie nicht einfach mit, sondern diese „Beweisstücke“ für eine ganz andere Anna holt sie gerade noch vor Stundenende aus einer übergroßen Tasche. „Do hot mer (man) no ebbes g'macht“, sagt sie dann, von sich selber in der dritten Person redend.

8 Wochen nach Beginn unserer Arbeit wird ihr Ausbildungsvertrag gekündigt. Sie muß nach Hause zurückkehren, womit sie erreicht hat, was ihre erklärte Absicht war. Wir haben die Phantasie, es zöge sie magisch dorthin zurück.

Anna will an der Zusammenarbeit mit mir festhalten und kommt weiterhin nun nur noch ein Mal wöchentlich pünktlich zu unseren Terminen. Sie braucht nach mehrmaligem Umsteigen für eine Strecke 3 Stunden. Sie hat dafür wieder Zeit, denn sie sitzt zu Hause lediglich auf dem Sofa und rührt kaum einen Finger. Es ist das Sofa, auf das Bruder und Vater abends, wenn sie müde nach Hause zurückkehren, Anspruch erheben. Für die Mutter ist sie eine lästige Esserin mehr.

Unsere Arbeitssuche geht weiter. Über die Vermittlung ihres zuständigen Arbeitsamtes erhält Anna die Möglichkeit, in einem

Gestüt und Reitstall ein Praktikum zu machen. Anna wird von mir dorthin begleitet. Sie muß dort auf einer abgelegenen Hochfläche auch wohnen. Sie bekommt eine Schlafstelle angewiesen, für ihre Verpflegung hat sie selbst zu sorgen. Der Stalldienst beginnt morgens um 5.30 h. Das Ergebnis nach einer Woche ist traurig: Anna hat sich zwar bemüht, ist aber für die Arbeit mit Großtieren nicht geeignet, sie ist zu langsam und zu wenig vorausschauend. Im Publikumsverkehr kann sie nicht eingesetzt werden. Anna versteht diese Beurteilung nicht. Sie übt ihrerseits herbe Kritik an den dort üblichen Praktiken, mit Tieren umzugehen. Die Reitstallbesitzerin stellt die Frage, ob Anna überhaupt an Pferden interessiert sei. Später erzählt Anna mir dann viel und Genaues. Ihre Umgebung aber nimmt ihre Aufmerksamkeit und Teilnahme nicht wahr, sondern erlebt sie als desinteressiert bzw. unbeteiligt.

Das Arbeitsamt wird erneut aktiv für ein Praktikum in einer Gärtnerei, trotz der medizinischen Vorbehalte. Aber in den Wintermonaten ist nicht daran zu denken.

Zu Hause wird es immer unerträglicher. Anna verschwindet plötzlich und zieht vorübergehend zur Großmutter. Die Mutter teilt mir mit, daß es doch wohl wenig Sinn hätte, wenn Anna zu mir käme. Aber Anna kehrt wieder nach Hause zurück und kommt trotz der Entwertung unserer Arbeit durch die Mutter weiterhin zu unseren Terminen. Für ihr Weglaufen weiß sie keinen Grund anzugeben. Sie berichtet statt dessen etwas anderes: Jeweils mittwochs, wenn sie zu mir fahre, sei im Zug eine Frau mit einem großen Hund. Der habe ein seltenes Leiden und werde in Tübingen bei einem Spezialisten behandelt. So sieht sich Anna: Sie hat eine seltene Krankheit. Was ihr widerfährt, kann sie nur ertragen, weil es selten ist. Das Gewöhnliche, Alltägliche ihrer Situation – ein möglicherweise debiler Vater – ist viel zu traurig. Könnte es sein, daß sie zu Hause angeschweißt bleibt, weil sie in ihrer Wut – statt Trauer – den Vater so demütigt? Auf meine Verschiebung des Termins um eine Woche reagiert sie mit Weglaufen. Sie läßt mich allein, wie ich sie allein gelassen habe und überläßt es mir, etwas von ihrer Wut und Trauer über das Alleingelassenwordensein zu spüren und anzusprechen.

Die Mutter wird zunehmend unzufriedener und selbst bedürftig. Sie fühlt sich auch ganz real durch Anna bedroht. Sie wendet sich an die Sachbearbeiterin des Jugendamtes und erhält dort das Angebot regelmäßiger Gespräche.

Das Bild, das Anna von ihrem Leben zu Hause zeichnet, ist trostlos. Sie schläft mit den Eltern in einem Zimmer. Das einzige Waschbecken für die Familie befindet sich im Schlafzimmer des Bruders. Sie ist zutiefst davon überzeugt, daß sich nichts ändern lasse. Am Bruder aber ginge alles vorbei. Sie war es auch, die schon als 8jähriges Mädchen den Vater aus der Wirtschaft und vom Spielautomaten wegholen mußte. Ihre Wut und Aggression äußern sich in schmarotzerhaftem Nichtstun. Damit kann sie die Mutter zur Raserei bringen. Wie sie sich selbst fühlt, kann sie nicht sagen. Aber sie kann Wut und Haß in der Mutter hervorrufen, so wie sie auch mich es spüren lassen kann, welche Gefühle von Trauer, Hoffnungslosigkeit, Wut es in ihr gibt.

In ihrem Umgang mit Tieren wird deutlich, wie ihr Handeln mit Sprechen gleichgesetzt werden kann. Anna hat für ihre Katze ein Kummet genäht. Dieses Kummet ermöglicht es ihr, die Katze angeleint auf der Straße spazierenzuführen. Anna meint dazu, sie (die Katze – Anna?) müsse doch auch einmal an die frische Luft kommen. Wenn man sie (?) nämlich einfach so vor die Tür setze, käme sie doch gleich wieder zurück.

Über ein Tiererlebnis wird dann auch das Unerträgliche des Zusammenlebens offenbar. Die Katze erkrankt schwer. Während Anna mit dem todkranken Tier auf dem Weg zum Tierarzt ist, verabredet die Mutter mit diesem am Telefon, daß sie eine Operation nicht bezahlen wolle und er das Tier töten solle. Für Anna ist die Mutter die Mörderin der Katze. Die schwere Auseinandersetzung, die nun folgt, endet mit einem Ultimatum für Anna: Sie muß innerhalb von 4 Wochen – auf den Tag genau und zwar bis morgens 10 Uhr – mit all ihrem Hab und Gut ausgezogen sein.

Wir haben bisher weder Arbeit noch Wohnung gefunden. Die Sachbearbeiterin ist überzeugt, daß im Städtchen keiner ein Zimmer an Anna vermieten würde. Für Anna steht fest, daß die Mutter ihr alles wegnimmt, was gut ist. Die Mutter läßt sie nicht leben, sagt sie. Ausziehen zu Hause sei auch keine Lösung. Die Mutter würde sie auch noch am Ende der Welt erreichen. Die Stunden sind angefüllt mit Haß und Wut auf die Mutter und Neid auf den Bruder. Sie will gar nicht arbeiten, sie will Sozialhilfe erhalten und daheim bleiben. Sie denkt nicht daran, sich selbst um ein Zimmer zu bemühen, eher wird irgend jemand „dran glauben“ müssen, sagt sie. Ihre Drohung wirkt echt.

Kurz vor Ablauf der Frist erreicht uns ein Brief von Anna. Sie will in unsere Wohngemeinschaft in die Hagenwörtstraße einziehen. Ihre Zebra-Finken, die sie als Ersatz für die tote Katze gekauft hatte, brächte sie mit; die würden keinen stören. Aber das Haus ist belegt. Wir phantasieren in der Supervision erstmals von einer Wohnung in Rottenburg mit Anbindung an die Hagenwörtstraße. Das Ultimatum wird durch die Sachbearbeiterin des Jugendamtes gemeinsam mit Anna und ihrer Mutter in einen Vertrag umgearbeitet. Anna wird darin verpflichtet, sich vorrangig um Arbeit zu bemühen.

Wir erhalten einen Termin bei der Behindertenberaterin des Arbeitsamtes. Da es keine Ausbildungsplätze für Tierpflege gibt, schlägt sie erneut Praktika vor: beim IB als Bürokauffrau (in Anbetracht der guten Schulnoten, die Anna hat), in der Gärtnerei oder in einem Ausbildungsbetrieb für Hauswirtschaft in Reutlingen mit Internatsunterbringung. Anna läßt uns erbarmungslos auflaufen. Alle unsere Bemühungen – mit ihr zusammen natürlich – enden ergebnislos. Am Ende einer Stunde, in der wir die Ergebnislosigkeit thematisieren, bricht der Haß auf die Mutter durch:

„Die bring' ich um, die ist schuld, daß ich in die Sonderschule gekommen bin, die ist schuld an meine Füß, die soll doch mit ihrem Söhnle zusammen abhauen."

Anna ist im Haß erstarrt. Sie befindet sich im Zustand totaler Ambivalenz, in dem Liebe und Haß völlig ungetrennt erscheinen. Ihrer internalisierten Mutter kann sie nicht entweichen. Als einziger Ausweg erscheint ihr, daß die Mutter mit dem Bruder zusammen das Haus verläßt oder daß sie die Mutter umbringt.

In der folgenden Stunde spreche ich die Ambivalenz unseres Arbeitsbündnisses an: Dieses Spiel zwischen meinem Bemühen um einen geeigneten Arbeitsplatz und ihrem Widerstand gegen jede Tätigkeit, die ihr angeboten wird. Habe ich damit nicht die Rolle der Mutter übernommen, die ständig schon im voraus weiß, was für Anna das Richtige ist? Als ich dies anspreche, nickt Anna und gibt ihrem Ärger über die, wie sie meint, sinnlosen Angebote des Arbeitsamtes Sprache. Ich stelle klar, daß ich ihre Eigenständigkeit und gegebenenfalls auch ihr Scheitern respektiere und von nun an nur noch tätig werde, wenn sie meinen Beistand anfordert.

Zum nächsten Termin erscheint Anna ganz aufgeräumt. Ungewöhnliches hat sich ereignet. Sie hat ein neues Bett angeschafft und ein Nachtschränkchen. Dann redet sie vom Vater, auf den man immer aufpassen müsse, wie schon so oft! Und ich rede von meiner Wahrnehmung, daß sie ihren Vater auch liebe. Das gibt sie zu und erzählt, er habe sie nie geschlagen, wie schön es sei, wenn er Mundharmonika spiele und sie früher auf dem Heimweg von der Schule auf dem „Fahrrädle“ mitgenommen habe. Denkt sie an eine Veränderung?

Wenige Tage später bietet mir der Geschäftsführer unseres Vereins ein Einzimmer-Appartement in Rottenburg für Anna an. Um zu verhindern, daß Anna mich mit der verfolgenden Mutter gleichsetzt und sie das Angebot schon deshalb ablehnen muß, erhält sie einen offiziellen Brief von den Ambulanten Diensten, in dem ihr mitgeteilt wird, es sei eine Wohnung frei geworden, sie möge bitte kurz mitteilen, ob sie Interesse daran habe. Ihre Antwort erfolgt postwendend.

Vier Wochen später zieht Anna in ihre neue Behausung ein. Sie hat den Umzug aufs Beste vorbereitet und sich für alle Eventualitäten des Alleinlebens gerüstet. In ihrem Gepäck befindet sich ein Werkzeugkasten, eine Nähmaschine und eine Schreibmaschine. Zum ersten Mal in ihrem Leben hat sie ein Zimmer und eine Dusche für sich ganz allein.

Auf die neue Lebenssituation reagieren wir mit einem veränderten Setting. Die Einzelstunden bleiben wie bisher bei mir. Es werden zwei weitere Mitarbeiter eingeführt. Die alltagsbegleitende Sozialarbeit und später die Heranführung an Arbeit übernimmt Karl Schäfer, für alle sozialrechtlichen und finanziellen Fragen ist Joachim Staigle als Geschäftsführer zuständig.

Anna findet sich ungewöhnlich rasch zurecht. Sie richtet sich umsichtig ein, macht Gebrauch von den bereitgestellten Hilfen, benützt den Mitarbeiter als Hausmeister, den Geschäftsführer als Sekretär und übernimmt auch zunehmend eigene Verantwortung. Sie fühlt sich sichtlich wohl. Zu ihrer Familie unterhält sie einen losen Kontakt. Mit dem ihr zur Verfügung stehenden Geld geht sie sehr haushälterisch um. Sie klagt weder über Langeweile noch über Einsamkeit. Mit ihren beiden Helfern ist sie sehr zufrieden. Und doch: Die „Decke“ ist dünn. Nach dem ersten Besuch zuhause wirkt sie verstimmt. Sie findet keine Worte für ihre Gefühle, aber sie teilt mir mit, sie wolle sich im Tierheim eine Katze kaufen.

Als ich sie darauf anspreche, es könne doch sein, daß es sie wütend und traurig zugleich mache, nicht mehr daheim wohnen zu können, nickt sie mit dem Kopf und sagt ihr gewohntes: „Was ka mr mache?“

Wir gehen gemeinsam ins Tierheim. Die für die Katzen zuständige Mitarbeiterin prüft Annas Lebensumstände aufs Genaueste und findet dann, in einer Souterrain-Wohnung habe das Tier keine geeigneten Bedingungen, außerdem sei eine Katze für Anna im Unterhalt zu teuer. Sie empfiehlt ihr, kein Tier zu kaufen.

Anna ist außer sich vor Wut. Sie redet kein Wort mehr. Wir sitzen schweigend nebeneinander im Auto. Ich bin völlig ratlos und fühle mich gleichzeitig auch durch Anna bedroht. Nach einer wie mir scheint endlos langen Zeit, sagt Anna plötzlich: „Dann hol i mir halt en Zwerghas!“ Meine Reaktion auf ihren Vorschlag, mit dem sie das unheilvolle Entweder-Oder durchbricht, ist unverstellte Freude. Zu guter Letzt ist es dann ein Meerschweinchen, das in Annas Behausung einzieht.

Anna sucht keinen Kontakt zu Menschen. Wir machen sie deshalb bekannt mit Mitarbeitern und Bewohnern der Wohngruppe Hagenwörtstraße.

Anna redet auch nicht vom Arbeiten. Es gibt zwar gelegentliche Termine beim Arbeitsamt, die sie, begleitet von ihrem Betreuer, sehr widerwillig wahrnimmt. Sie erledigt auch hin und wieder rasch und zuverlässig Näharbeiten für unser Therapeutisches Heim. Aber nach einiger Zeit hat sie keine Lust mehr dazu. Sie bleibt unbeirrbar. Sie will nur mit Tieren arbeiten.

Die Krankheit ihres Meerschweinchens und damit verbunden der Kontakt zu einem Tierarzt öffnen einen Weg. Karl Schäfer unterstützt Anna in dem Wunsch, in der Kleintierklinik und -praxis ein Praktikum zu machen. Ein einwöchiges Vollzeit- und zweiwöchiges Halbtagspraktikum verlaufen recht zufriedenstellend. Anna ist pünktlich und zuverlässig. Die Arbeit macht ihr Spaß, sie erzählt voller Freude von den verschiedenen Tieren. Ihre Wahrnehmung von der Arbeit deckt sich jedoch wieder nicht mit der Einschätzung von außen. Der Tierarzt bescheinigt ihr zwar ihren guten Willen, hält sie aber für den Publikumsverkehr nicht geeignet, vermißt auch Übersicht und Arbeitsorganisation. Das Ergebnis entmutigt Anna nicht, sondern fixiert sie im Gegenteil noch mehr auf ihren Wunsch.

Wir richten uns darauf ein, Anna noch über längere Zeit wie einen Kurgast zu betreuen. Sie hat es sich bequem gemacht und kommt mit ihrer Sozialhilfe außerordentlich gut zurecht. Die Arbeitsplatzsuche bleibt entmutigend. Aber dann führt doch eine Zeitungsannonce, in der ein Tierpfleger/in gesucht wird, auf die richtige Spur. Anna kann sich wegen fehlender Qualifikation zwar nicht auf diese Stelle melden, aber wir sehen die Möglichkeit, wegen eines Praktikumsplatzes nachzufragen.

Unsere Bemühungen haben Erfolg. Anna ist sofort einverstanden und unterzieht sich den nicht einfachen Arbeitsbedingungen ohne Widerstand. Die tägliche Fahrzeit beträgt zwei Stunden, sie arbeitet zunächst 4 Wochen halbtags, anschließend noch einmal 4 Wochen vollbeschäftigt. Es ist nicht notwendig, sie zu begleiten. Wieder hat sie Freude an der Arbeit und hält ihre Zeiten ein. Sie kann sich gut vorstellen, auch weiterhin da zu arbeiten.

Inzwischen hatten wir mit der Hauptfürsorgestelle und dem Arbeitsamt abgeklärt, daß Anna in das Sonderprogramm „Mehr Arbeitsplätze für Schwerbehinderte“ aufgenommen werden kann. Für Anna würde dies eine Anstellung auf 3 Jahre, für den Arbeitgeber eine kostenneutrale Arbeitskraft bedeuten. Mit diesem Vorschlag gehen wir in das Abschlußgespräch der Praktikumszeit.

Wir wußten schon aus vorangegangenen Gesprächen mit dem verantwortlichen Leiter der Tierabteilung, daß es auch Vorbehalte gegen Anna gibt. Ihre Zuverlässigkeit wird anerkannt, was fehlt, ist die Übersicht und Arbeitsplanung. Diese Einwände wirken aber eher als Ersatz für Wahrnehmungen, die sich schwerer fassen lassen. Von Anna scheint etwas Diffuses, Angstmachendes auszugehen, das ihrem Gegenüber rät, Distanz zu halten, vorsichtig zu sein, abzuwarten. Dies aber erscheint dann in dem Gespräch über sie als scheinbar rationaler Vorbehalt: Sie rede zu wenig, gehe auf Menschen bzw. Dinge nicht zu, halte sich der Arbeit gegenüber bedeckt. Wieder wird ihre subjektive Freude an der Arbeit nicht wahrgenommen bzw. sie kann sie nicht zeigen.

Die Vorbehalte überwiegen jedoch nicht. Anna erhält den Arbeitsplatz natürlich unter der Voraussetzung, daß wir weiterhin für sie zuständig sind und als Ansprechpartner zur Verfügung stehen. Sie wird als ungelernte Tierpflegerin eingestellt und erhält ein Gehalt, das – wie sie stolz sagt – fast an das ihres Vaters heranreicht.

Inzwischen ist ein halbes Jahr vergangen. Anna arbeitet immer noch. Sie besucht ihre Einzelstunden, fährt zu ihren Eltern oder wird von diesen besucht, vor allem sucht sie zunehmend Kontakt zur Wohngruppe in der Hagenwörtstraße. Ihre Wohnung belebt sie, um der Einsamkeit zu wehren, für die sie noch keine Worte findet, durch Tiere. Inzwischen hat sie 4 Zebra-Finken, 2 Meerschweinchen und ein Aquarium.

Die Vorbehalte von seiten des Arbeitgebers sind nicht zurückgegangen, sondern konkreter geworden. Dies gibt uns die Möglichkeit, Anna anders als bisher mit der Realität ihrer Arbeitswelt zu konfrontieren. Wir werden demnächst zusammen mit ihr und ihren beiden direkten Vorgesetzten ein Gespräch führen. Der Institutsleiter meinte, zum gegenwärtigen Zeitpunkt würde er Anna nicht übernehmen wollen.

Wie die Entscheidung ausfallen wird, weiß niemand. Aber eines ist, so hoffe ich, deutlich geworden: Anna verharrt nicht mehr nur im aussichtslosen Entweder/Oder. „Was ka mr mache?" Diese in Frageform gekleidete Feststellung – ich kann nichts machen, allenfalls zerstören – die zunächst Ausdruck völliger Hoffnungs- und Hilflosigkeit war, wird zunehmend zu einer realen Frage, auf die wir gemeinsam Antworten suchen und hin und wieder auch schon gefunden haben.

Anmerkungen

1 Bei Melanie Klein ist das ideale Objekt häufig als „das gute Objekt" oder „die gute Brust" bezeichnet.

2 Die verinnerlichte Beziehung des Ich zum idealen Objekt ist identisch mit der Beziehung Ich zu Ideal-Ich bzw. Ich-Selbst zu Ideal-Selbst. Diese damit entwickelte innere Repräsentanz stellt eine Ur-Identifikation (W. Loch, 1972, S. 323) dar.

Literatur

Balint, M. (1970): *Therapeutische Aspekte der Regression.* Stuttgart.

Balint, M. (1981): *Die Urformen der Liebe und die Technik der Psychoanalyse.* Frankfurt, Berlin, Wien.

Bion, W. R. (1963): Eine Theorie des Denkens. In: *Psyche* 1963. Jahrgang 17, S.426-435.

Feuling, M., Staigle, J., Treier, U. (1989): Psychoanalytische Sozialarbeit mit schwerst beziehungsgestörten und extrem traumatisierten Jugendlichen. In: *Psychosozial*, 12. Jahrgang, Nr. 39, S.20.

Loch, W. (1972): *Zur Theorie, Technik und Therapie der Psychoanalyse.* Frankfurt.

Loch, W. (1975): *Über Begriffe und Methoden der Psychoanalyse.* Bern, Wien.

Loch, W. (1985): *Perspektiven der Psychoanalyse.* Stuttgart.

Schulz-Goldstein, E. (1987): Forschen und Helfen. Im Dialog mit psychotischen Kindern und Jugendlichen. In: *Psychosozial,* 10. Jahrgang, Nr. 32, S.18.

Segal, H. (1957): Notes on Symbol Formation. In: *International Journal of Psychoanalysis.* 38, S. 391 ff.

Thorner, H. A. (1980): Entweder/Oder. Ein Beitrag zur Symbolik und zur Problematik der Sublimierung In: Jappe/Nedelmann (Hrsg.), 1980: *Zur Psychoanalyse der Objektbeziehungen.* Stuttgart.

Tustin, F. (1989): *Autistische Zustände bei Kindern.* Stuttgart.

Winnicott, D. W. (1976): *Von der Kinderheilkunde zur Psychoanalyse.* München.

Winnicott, D. W. (1984): *Reifungsprozesse und fördernde Umwelt.* Frankfurt.

Barbara Pfleiderer

Der Körper als äußerer und innerer Ort zur Bildung von Objekt- und Selbstrepräsentanzen

Bevor ich mit meinen theoretischen Ausführungen beginne, möchte ich Sie gern etwas Persönliches fragen, nämlich, ob Sie gerne Musik hören oder vielleicht sogar in der glücklichen Lage sind, selber zu musizieren, ein Musikinstrument zu spielen oder zu singen. Wenn das so ist, dann möchte ich Sie bitten, sich zu erinnern, wann und wie Sie Musik in einer Sie besonders erfüllenden und bewegenden Weise erlebt haben. Inzwischen erzähle ich Ihnen von einem Erlebnis meinerseits. Im vorigen Jahr besuchte ich im Rahmen des Europäischen Musikfestes der Bachakademie in Stuttgart einen Konzertabend der „Camerata Bern". Trotz der Größe und Kühle des neuen, modernen und klimatisierten Hegelsaales hatte die Musik, die die etwa 20 Musiker uns spielten, etwas besonders Belebendes und Mitreißendes. Und obwohl ich mehrere Konzerte damals besuchte, blieb ein so nachhaltiger Eindruck bei mir zurück, daß ich – als „Camerata Bern" im Mai dieses Jahres wieder in Stuttgart gastierte – wieder hinging. Auch dieses Mal war es ein besonderes Musikerlebnis. Ich fragte mich, woran das liegen mochte, denn die Auswahl der Musikstücke, die brillante Ausführung und Ausdrucksfähigkeit der Musiker schien es nicht allein zu sein. Bis ich plötzlich wahrnehmen konnte, daß die Musiker alle im Stehen spielten und ohne Dirigenten so im Halbkreis stehend, eine starke Bezogenheit zueinander bildeten. Ganz offensichtlich hatten sie nicht nur eine psychisch-geistige Repräsentanz der zu spielenden Klänge in sich, sondern nahmen diese mit ihren Körpern ganz auf und gaben sie als ein ganzheitliches Klanggeschehen mit der gesamten Gruppe weiter.

Am Beispiel dieses Musikerlebnisses – und vielleicht erinnern Sie sich für sich nun an ähnliche Eindrücke – möchte ich auf eine Erlebnisqualität bei uns aufmerksam machen, die der Befindlichkeit eines Fötus im Bauch seiner Mutter und eines neugeborenen Kindes mit seiner Mutter entspricht. Erfahrene Beobachter aus der Säuglingsforschung bringen oft den Vergleich mit dem Erleben von Musik, Malerei oder Poesie, wenn Sie die Interaktion und das Beziehungsgeschehen zwischen Säugling und Mutter in den ersten Lebenswochen des Kindes beschreiben. Wobei mir das Erleben von Musik dem „Empfindungsstrom", der nach Tustin das Seinsgefühl eines neugeborenen Kindes ausmacht, am nächsten zu kommen scheint. Ingrid Biermann vergleicht das Musikerleben mit einem Mythos, der dem ursprünglichen Geschehen niemals gleichkomme, bestenfalls ein Ersatz sei. Doch sagt sie in ihrer Arbeit über „Depression und Musik" auch: „Musikerleben im Gegensatz zum bloßen Hören ist stets ein aktiver Prozeß", und weiter unten sagt sie: „So scheint mir Musikhören der frühen Beziehung zwischen Säugling und Mutter zu gleichen, in der die Mutter, angeregt durch ihr Baby, eine Rêverie (Bion) über es hat, einen adäquaten Traum, den das Baby in ihr mit seiner Eigenart auslöst". Und nochmals weiter unten hebt sie klar die Bedeutung des Musikerlebens für das Körper-Ich, für die Reparation des Körperbildes hervor. Musik hat meines Erachtens von den drei Kunstrichtungen, die gerne mit der frühen Mutter-Kind-Interaktion verglichen werden, die ganzheitlichste und integrativste Wirkung auch auf uns Erwachsene. Sie trifft nicht nur auf unsere Ohren, sondern trifft unseren ganzen Körper, vor allem, wenn sie wie bei „Camarata Bern" vom ganzheitlichen Klangkörper ausgeht, so daß alle Sinnesorgane angeregt werden können. Zugleich können Affekte und Phantasiebilder in reichem Maße belebt und ins Bewußtsein gespült werden.

Die Musiktherapeutin Gertrud Loos schreibt in ihrem Buch „Spielräume" unter anderem: „Musik in der Übermittlung von Wärme und Vertrauensschwingungen hat etwas von der ‚guten Hoffnung', die den Weg nach vorn und das Tragen hinein in Raum und Zeit kennzeichnet. Rhythmus und Harmonie ist Integration und somit Gegensatz von Spaltung" (1986, S. 61-62). Und weiter sagt sie: „Durch und mit Musik ereignen sich unbemerkt und unbenannt klanglich harmonisch rhythmische Verschmelzungsprozesse in unendlicher Wiederholung solange bis der Patient merkt, daß er unbeschädigt und aus eigenem Entschluß hinein und auch wieder hinaus gehen kann" (1986, S. 62). Ihre Falldarstellungen in diesem Buch zeigen sehr deutlich, wie verflochten die Musiktherapie mit körpertherapeutischem Verständnis und körpertherapeutischen Maßnahmen ist.

An dieser Stelle erinnere ich mich daran, daß Beate Hölscher mir einmal vor längerer Zeit erzählte, sie habe einer schwangeren

Frau zu deren und ihres Kindes Wohlergehen empfohlen, sie möge Klangkugeln auf ihrem Bauch hin und her bewegen. Und ich denke an diejenigen meiner Patienten, die in Phasen körperlich, psychisch und geistigen Wohlbefindens aus sich heraus zum Xylophon gehen und mit ganz entspanntem und in sich gekehrtem Gesichtsausdruck etwas für sich so vor sich hin und zugleich für uns beide spielen. Mich interessiert nun, wie aus dem frühesten Stadium des Säuglings während der von Winnicott so benannten „Mutter-Kind-Einheit", diesem Geschehen gemeinsamen und wechselseitigen „Musizierens", wie sich hier eine abgegrenztere eigenere psychische Struktur des Kindes herausentwickelt mit dem, was wir Objekt- und Selbstrepräsentanzen nennen können, – und vor allem, welche Rolle dabei der Körper spielt.

Es gibt viele und gute Literatur zur Erforschung und Beschreibung der Entwicklung des Säuglings. Die Bedeutung des Körpers mit seinen Triebbedürfnissen, Funktionen, Sinneseindrücken und -wahrnehmungen ist unterschiedlich gewichtet. Die einen bewegen sich auf der Verständnisebene, daß das Selbst des Kindes vor allem auf den körperlichen Erfahrungen aufbaue, Grundlage der Ich-Entwicklung sei das Körper-Ich. So wie Freud meinte, das Ich des Kindes sei „vornehmlich ein Körper-Ich", wie Montagu in seinem Buch „Körperkontakt" beschreibt und nachzuweisen versucht, und wie Anzieu im „Haut-Ich" eindrucksvoll entwickelt. Andere, wie z.B. Lotte Köhler oder D. Stern verstehen und sehen die Selbst- und Ich-Entwicklung eher auf dem Hintergrund von Interaktion und emotionalem Austausch zwischen Säugling und Mutter, auf dem sich für das Kind etwas wie ein affektiver Kern bildet, der wiederum Basis für das Selbsterleben ist. Hier ist aktives und passives Körpererleben Teil eines Ganzen. Wofür Lotte Köhler das Bild des „Zustands-Selbst" von Sander verwendet und sagt: „Das Kind lebt in seinen Handlungen" (1991, S. 9).

Die Repräsentanzen, um deren Bildung es bei meinem Thema geht, tragen Spuren aus allen Erlebnisbereichen und Befindlichkeiten des Säuglings in sich. Emotionale Zuwendung von Mutter und Vater, körperliche Versorgung wohltuender, befriedigender oder auch schmerzbereitender Art, phantasmatische Besetzung durch Mutter und Vater, Übergriffe und Einengung und Zulassen von Raum – von Seiten des Säuglings alle Arten und Intensitäten von Sinneseindrücken, Handlungserleben, Wirkung durch Gesten und Signale – auch „Effektanz" genannt, – Wechsel zwischen Ruhe und Bewegung, Schlafen und Wachzustand, fließende Entwicklung vom Sein in einem ganzheitlichen und wenig oder kaum ausdifferenzierten Empfindungszustand, hin zu sich ausdifferenzierenden inselhaften Wahrnehmungen und Gefühlsbefindlichkeiten und in der Interaktion mit der Mutter sich herauskristallisierenden eigenen sensomotorischen Aktivitäten.

Bis hierher kann man sich wohl als innere Möglichkeiten des Kindes die Bildung von Halluzinationen und Illusionen vorstellen.

Der Prozeß der Bildung von Repräsentanzen setzt meines Erachtens nun an der Schwelle ein, an welcher Winnicott die Veränderung von der Objektbeziehung zur Objektverwendung beschreibt. Der Ausdruck „Objektbeziehung" von Winnicott könnte hier etwas irritierend sein, weil er auch so verstanden werden kann, daß beim Säugling bereits innere Objekte gebildet sind. Meinem Verständnis nach meint Winnicott mit der „Objektbeziehung" des Säuglings alles das, was ich zuvor an Erfahrungsqualitäten des Säuglings mit seiner Mutter zusammengefaßt habe. Aus den unterschiedlichsten Richtungen der Säuglingsforschung gibt es ein Einverständnis darin, daß diese von Winnicott so benannte Objektbeziehung ein sehr lebendiger, von beiden Seiten, also auch vom Säugling mit zunehmender Eigenaktivität und Besetzung sich füllender Interaktionsprozeß ist, der jedoch zunächst vom Kind überwiegend als ein subjektives Geschehen erlebt wird. Alles fließt ein in die subjektive Verarbeitung des Säuglings. Es entwickeln sich Projektions- und Identifikationsmechanismen, doch alles befindet sich zunächst im Bereich der Omnipotenz des Säuglings. Um es an einem Bild von Escalona zu verdeutlichen: „Selbst wenn der Säugling sich der Brustwarze zuwendet, kommt sie auf ihn zu" (bei Montagu, 1988, S. 153). Tustin spricht vom „Empfindungsstrom, der das Seinsgefühl des Säuglings ausmacht", und von der Mutter, die als „Empfindungsobjekt" erfahren wird. Anzieu bringt für dieses frühe Stadium das Bild einer einzigen gemeinsamen Hautfläche zwischen Mutter und Kind (1991, S. 65).

Für die Wandlungen von der Objektbeziehung zur Objektverwendung vollzieht sich in einem für beide – Mutter und Kind – sehr vielfältigen und oft auch schwierigen Prozeß die Aussage Winnicotts in seiner ganzen Bedeutung: „Das Kleinkind erschafft das Objekt, aber das Objekt war bereits vorher da, um geschaffen und besetzt zu werden" (1971, S. 104). Die körperlich, geistig-psychisch konkret vorhandene Mutter wird vom Säugling mit seinen körperlichen Empfindungen und Handlungen, seinen Halluzinationen und Illusionen als Mutterobjekt erlebt und aus diesem Erleben heraus differenzieren sich „Umwelt-Mutter“ und „Objekt-Mutter“. Für diesen Schritt muß der Säugling in der Lage sein, das Objekt und nicht die konkrete Mutter zu zerstören. Nehmen wir das Bild von der Mutterbrust: Das Kind fängt an, durch die Wiederholungen eine körperlich-psychische Wahrnehmung in sich zuzulassen, daß es durch sein körperlich-psychisches Saugen, seine vitale, lebensnotwendige Aggression, die Mutterbrust entleert. Gelegentlich kann man beobachten, wie Kinder beim Stillen das eigene Händchen oder Finger davon der Mutter in den Mund stecken, als wollten sie die entstehende Leere bei der Mutter füllen. Während der Hochblüte der Veränderung von der „Objektbeziehung“ zur „Objektverwendung“ können wir auch zunehmende körperliche Angriffe auf die Mutter wahrnehmen. Das Kind krallt seine Hände in die Haut der Mutter oder zieht sie an den Haaren oder beißt in die Brust. Für eine gesunde Entwicklung ist nun entscheidend wichtig, daß die Mutter – die konkrete Mutter – die Angriffe auf das Objekt wohlbehalten übersteht. Also, wie durch ein Wunder füllt sich die Mutterbrust wieder, und die Mutter ist in der Lage, sich nach Anstrengungen wieder zu erholen, und sie kann auch Grenzen setzen, wenn die Angriffe zu schmerzhaft werden. Winnicott beschreibt das folgendermaßen: „Von nun an sagt das Subjekt: Hallo Objekt! Ich habe dich zerstört! Ich liebe dich! Du bist für mich wertvoll, weil du überlebt hast, obwohl ich dich zerstört habe! Obwohl ich dich liebe, zerstöre ich dich in meiner unbewußten Phantasie. Dies ist der eigentliche Anfang der Phantasie im Menschen. Das Subjekt kann jetzt das Objekt, das überlebt hat, verwenden. Es ist wichtig festzuhalten, daß das Subjekt das Objekt nicht nur deshalb zerstört, weil das Objekt außerhalb des Bereichs seiner omnipotenten Kontrolle steht. Es ist ebenso wichtig, dies von der anderen Seite her zu sehen: daß nämlich das Objekt erst durch die Zerstörung in den Bereich außerhalb der omnipotenten Kontrolle des Subjekts gestellt wird. So entwickelt das Objekt (die Mutter, B.P.) seine eigene Autonomie und sein eigenes Leben auf zweierlei Art und steht, wenn es überlebt, je nach eigenen Eigenschaften dem Subjekt zur Verfügung. – Mit anderen Worten: Weil das Objekt (die Mutter, B.P.) überlebt, kann das Subjekt (das Kind, B.P.) ein Leben in der Objektwelt beginnen und dadurch unermeßlich viel für sich gewinnen. Aber das Kind hat dafür einen Preis zu zahlen, der darin besteht, in bezug auf Objektbeziehungen der fortwährenden Zerstörung in seiner unbewußten Phantasie nicht ausweichen zu können" (1973, S. 105).

Die Destruktivität bekommt hier durch Winnicotts Darstellungen eine positive Bedeutung in der Entwicklung des Kindes. Und mir erscheint es sehr einleuchtend und mit allem, was ich bisher wahrgenommen habe, stimmig, daß dieser Schritt zur Objektverwendung der Beginn der Wahrnehmung von einer äußeren und inneren Realität und der Beginn der Entstehung von Phantasien und Repräsentanzen ist.

Unter Repräsentanz verstehe ich psychisch-geistig-körperliche innere Bilder von sich selbst und vom anderen Menschen, eher im Unbewußten, mit den Spuren aller Erfahrungen des bisherigen Lebens.

Nun möchte ich mich der Rolle des Körpers als Ort für diesen Veränderungsprozeß zuwenden. Bei einer gesunden Entwicklung entsteht im Kind eine Repräsentanz vom Körper als einem Ganzen mit einer umschließenden Körperoberfläche, nämlich der Haut, und einem Inneren. Dieses Innere differenziert sich im Laufe der frühen Kindheit in seine einzelnen Inhalte, Organe, Knochen, Blut, Muskeln usw., so wie sich die erogenen Zonen der Hauthülle nach und nach differenzieren und parallel dazu die psychischen Inhalte der Gesamtpsyche. Manchmal erfährt man etwas von Kleinkindern über die Zuordnung psychischer Inhalte zu Körperteilen und Organen. Sie werden alle die Kopffüßler kennen von Kindern, die sich ihrer Autonomie anfangen bewußt zu werden. Oder die vielen Herzchen von Mädchen, wenn sie verliebt sind, die sie überall malen auf ihren Heften und Büchern. Anzieu hat ein ganzes Buch der Idee des Haut-Ichs gewidmet. Für ihn geht – wie für Montagu – die Ich-Entwicklung grundlegend von den taktilen Erfahrungen, den Erfahrungen der Körperoberfläche aus. Ich möchte von ihm das Wichtigste zitieren: „Unter Haut-Ich verstehe ich ein Bild, mit dessen Hilfe das Ich des Kindes während früher Entwicklungsphasen ausgehend von der Erfahrung der Körperoberfläche eine Vorstellung von sich selbst entwickelt als Ich, das die psychischen Inhalte enthält. Dies entspricht dem Zeitpunkt, zu dem das psychische Ich auf der Handlungsebene vom Körper-Ich differenziert wird, auf der Vorstellungsebene jedoch mit ihm verschmolzen bleibt" (1991, S. 60). Weiter unten sagt Anzieu: „Jede psychische Aktivität basiert auf einer biologischen Funktion. Das Haut-Ich beruht auf den verschiedensten Funktionen der Haut. An dieser Stelle möchte ich drei Funktionen erwähnen: Als erstes hat die Haut die Funktion einer Tasche, welche in ihrem Inneren das Gute und die Fülle – dem Stillen, der Pflege und den begleitenden Worten entspringend – enthält und festhält. Die zweite Funktion der Haut ist die der Grenzfläche. Sie bildet die Grenze zur Außenwelt und sorgt dafür, daß diese draußen bleibt; das ist wie eine Barriere, die vor der Penetration als Ausdruck von Gier und Aggression anderer Menschen und Objekte schützt. In der dritten Funktion schließlich ist die Haut – nicht weniger als der Mund – Ort und primäres Werkzeug der Kommunikation mit dem Anderen und der Entstehung bedeutungsvoller Beziehungen; darüber hinaus bildet sie eine reizaufnehmende Oberfläche, auf der die Zeichen dieser Beziehungen eingetragen werden" (1991, S. 60-61). Kinder bestätigen Anzieus Theorie in ihren Bildern. In der Regel malen sie ihre ersten Bilder von sich und auch die Selbstdarstellungen in Form von Baum oder Haus mit einer umfassenden Linie. Später betonen sie einzelne, ihnen gerade sehr wichtige Eigenschaften oder Körperteile durch Vergrößerungen und farbliches Unterstreichen. Auch traumatische Erfahrungen bilden sie in ihren Selbstdarstellungen ab. Man kann sagen, in den Selbstdarstellungen finden wir die in die Zeichnungen projizierten Selbstrepräsentanzen.

Die Bildung von Objektrepräsentanzen läuft meiner Wahrnehmung nach anders herum als die Bildung von Selbstrepräsentanzen: Einzelne Körperteile, einzelne Sinneseindrücke oder Affektzustände von Mutter oder Vater werden als Vorstellungsinhalt für die ganze Person erlebt, wie z.B. die Mutterbrust. Die Stimme der Mutter oder der kratzige Bart des Vaters, der Parfümgeruch der Mutter oder der Rauchgeruch vom Vater bedeuten die ganze Mutter oder den ganzen Vater. Wir können hier am Beginn des Separationsprozesses davon ausgehen, daß das, was später zu Objektrepräsentanzen wird, für das Kind zunächst noch weitgehend vermischt sein kann mit dem, was später die Selbstrepräsentanzen bildet. Auch die Besetzungen der Objektrepräsentanzen bestehen zunächst nebeneinander. Die liebevoll zugewandte Mutter neben der bösen, schmerzzufügenden oder nicht genügenden Mutter. Bei wachsender Fähigkeit zur Objektverwendung grenzen sich die Objektrepräsentanzteile aus der Selbstrepräsentanz heraus und werden ein Ganzes, eine sich vervollständigende Objektrepräsentanz, z.B. von der Mutter oder von dem Vater, wobei auch hier letztendlich die bewahrend haltende Mutter, in deren Arm das Kind sich beim Stillen und Schlafen spürt, zur psychischen Repräsentanz verinnerlicht wird. Esther Bick hob wie Anzieu die besondere Funktion des Hautorgans als bewahrendes, haltendes Organ während des anfänglich unintegrierten Zustandes hervor. Die Haut als taktiles Organ, um die Erfahrungen zu speichern, die dann als eine bewahrende, haltende, lustspendende Repräsentanz hereingenommen werden kann, nachdem aus der einen Haut zwischen Mutter und Kind durch die Zerstörungsvorgänge am Objekt zwei Häute, eine für die Mutter und eine für das Kind, geworden sind.

Bei der gesunden Entwicklung wird der Körper ein innerer Ort zur Bildung von Objekt- und Selbstrepräsentanzen – umgrenzt von der Haut.

Anders verhält sich das bei traumatisierten Entwicklungen, wenn es in der Säuglingszeit zu medizinischen Eingriffen kommt, wie Operationen, schmerzhaften Untersuchungen, wenn der eigene Körper dem Säugling wiederholt Schmerzen und nicht nachlassende Spannungen bereitet, wenn der Säugling von Mutter oder Vater Schmerzen zugefügt bekommt, wenn die Mutter verloren wird durch Krankheit oder Tod, wenn die Mutter die Zerstörung als Mutterobjekt nicht erträgt, sich rächt, sich zurückzieht oder mit verstärkter Zuwendung den Separationsprozeß aufhalten möchte, wenn dem Säugling von vornherein der Raum für die eigene „Effektanz“ nicht zugelassen wird, dann kann es zu reaktiven Verarbeitungsprozessen kommen, die uns in Krankheitsbildern der Psychosen, des Autismus und der psychosomatischen Erkrankungen entgegentreten. Hier muß der Körper oder müssen Teile des Körpers zum Schutze des kindlichen Lebens äußerer Ort bleiben oder werden. Die Selbst- und Objektrepräsentanzen erfahren und verbleiben in Spaltungen und Zerstückelungen, werden für die Schutzmanöver des Überlebens externalisiert, wobei die Fixierung an die subjektive Objektbeziehung – nämlich alles unter der eigenen Omnipotenz zu halten – mit zunehmendem Alter des Kindes eine bedeutende Rolle spielt. So wenig wie das eigene Erleben dann oftmals vom Erleben der Mutter (oder anderer Bezugspersonen) unterschieden werden kann, können Mutter-Körper und Kind-Körper wahrgenommen und als zwei getrennt voneinander existierende erlebt werden. Oder es muß, wie Esther Bick das beschrieben hat, eine zweite Haut vom Kind gebildet werden als Ersatz für die ungenügend gespürte und ungenügend haltende und funktionierende erste, ursprüngliche und natürliche Haut.

Beim pathologischen Autismus und in der Kindheitspsychose ist nach Tustin eine Störung während der Phase des Kindes geschehen, in der das Kind sich noch weitgehend in der „Illusion einer aus Eigenempfindungen konstruierten und als Teil des eigenen Körpers erfahrenen Mutter" befand und noch nicht in der Lage war, mit den in der Störung auftretenden Spannungen fertig zu werden. Oder das Kind hielt an der „Illusion einer allgegenwärtigen, autosensuellen Mutter" weiter fest; es setzt keine Weiterentwicklung ein (1989, S. 22).

Diese Fehlentwicklungen haben zur Folge, daß das Kind entweder in einer „Auto-Immunreaktion" Teile des eigenen Körpers abzustoßen oder zu zerstören versucht, um damit das Mutterobjekt als traumatisch erfahrenes Nicht-Selbst-Objekt auszuschließen, oder das Kind bleibt in einer konfusen und zugleich verneinenden „Verknäuelung mit der Nicht-Selbst-Mutter als erster Repräsentanz der Außenwelt, um sich die Illusion zu bewahren, alles sei ganz im vertrauten Rahmen tröstlicher Eigenempfindungen arrangiert" (1989, S. 25). Bei psychosomatischen Erkrankungen wie Asthma, Herzinfarkt, Colitis ulcerosa oder Neurodermitis wird ein Organ des Körpers zum Ort der subjektiv besetzten und kontrollierbaren Objektrepräsentanzen, die aufgrund traumatischer Einbrüche nicht in die fortschreitende Ich-Entwicklung integriert werden konnten. Sie führen dort ihre traumatische Existenz weiter unter vermeintlicher Aufsicht des Besitzers dieses Körpers. Sie sind zugleich äußere Orte, indem sie medizinischen Behandlungen übergeben werden, indem sie oftmals die Gründe für Beziehungsstörungen, für Einschränkungen im Lebensgenuß und für Leistungsstörungen liefern.

Frau Biermann sagte mir in einem Gespräch, daß sie in psychosomatischen Erkrankungen autistische Abwehrmanöver der betreffenden Patienten wahrnehme und das auch so verstehe. Das kann heißen, das kranke Organ ist nicht nur Ort subjektiv besetzter Objektrepräsentanzen, sondern Ort einer Empfindungseinheit mit der Mutter, die aufgrund unerträglicher Erfahrungen von der übrigen Ich-Entwicklung isoliert bleiben mußte.

Ich möchte hier ein Beispiel von Sven bringen, den Herr Wolf

Ihnen nachher vorstellen wird, um das, was ich meine, deutlich zu machen: Herr Wolf hat mir erzählt, daß er einmal mit Sven hinausging auf die Neckargasse. Sven hatte eine Tüte in der Hand, eine Plastiktüte, darin war eine Uhr, die mit einer Plexiglashülle versehen war. Es war wohl ein Tag, an dem Sperrmüll geholt wurde; auf der Straße lagen also noch Reste herum. Sie gingen an einem solchen Resthaufen mit Glasscherben vorbei. In diesem Augenblick hat Sven angenommen, daß der Inhalt seiner Tüte, die Uhr, kaputt sei. Er sagte es dann auch zu Herrn Wolf. In diesem Augenblick hat Sven projektiv eine „Empfindungseinheit" zwischen dem Inhalt seiner Tüte und dem Scherbenhaufen draußen hergestellt.

In psychosomatischen Erkrankungen besteht eben dann die Notwendigkeit, solche Vorgänge zu isolieren, um weiterleben zu können. Frau Biermann erzählte mir in diesem Zusammenhang auch, wie sie bei Patienten die Halluzinationen und Illusionen miterlebe, die dann eine gesündere Objektbeziehung einleite.

Ich erlebe gerade bei einem asthmakranken Jungen, der schon ein Jahr bei mir in Behandlung ist, wie er im Rollenspiel mit Rittern total meine Funktionen übernimmt. Wir fangen das Spiel zunächst mit getrennten Rollen an und auch mit verteilten Ritterfiguren, und dann irgendwann im Spiel nimmt er meine Hand und bewegt damit meine Ritter, läßt sie sprechen und agieren, wobei er alle Ideen meiner Ritter schließlich in die eigene Regie übernimmt. Schließlich sitzt er vor mir – wir sitzen meistens auf dem Boden – oder geht sogar auf meine Knie, dann bin ich total von ihm „besetzt". Er hat das ganze Geschehen unter seiner Omnipotenz.

Mit der Falldarstellung von Herrn Wolf im Anschluß an meine theoretischen Ausführungen werden sie beispielhaft miterleben können, wie es für Sven zur fixierten Besetzung eigener Körperteile kommen mußte, wie darin die pathologische Verschmelzung mit den für ihn bedrohlichen Anteilen seiner Mutter konserviert bleiben mußte und wie im Laufe der Behandlung die Rückauflösung und eine Nachreifung stattfindet über die subjektive Besetzung von Herrn Wolf bis hin zur Zerstörbarkeit des „Objektes: Herr Wolf", die er überlebt und miterlebt.

Zum Schluß möchte ich noch einmal auf das Erleben von Musik zurückkommen: Hören von Musik, selber Musizieren oder Tanzen zur Musik führt uns in einer guten Weise auf ein Stadium zurück, in welchem wir uns in einer mythologischen Einheit mit der Empfindungsmutter befinden, eine für die meisten von uns – glaube ich – wohltuende Regression, die es uns ermöglicht, aus dieser ganzheitlichen Erfahrung mit restaurierten und reparierten Selbst- und Objektrepräsentanzen wieder aufzutauchen. Dazu gehört, daß es möglich ist, das Erleben von Musik zu zerstören und zur Phantasie werden zu lassen. Die Musik spielt in der Behandlung von Sven bis jetzt keine konkrete Rolle, aber ich bin sicher, auch Sie werden – wie ich – die Begegnungen von Herrn Wolf und Sven wie ein gemeinsames Musizieren miterleben können!

Literatur

Anzieu, D. (1991): *Das Haut-Ich.* Frankfurt/Main.

Biermann, I.: *Depression und Musik* (nicht veröffentlichte Arbeit).

Bott Spillius, E. (Band 1: 1990; Band 2: 1991): *Melanie Klein heute.*

München, Wien.

Erdély, Z. E. (1989): *Wie sag ich's meiner Mutter.* Das enteignete Selbst. Frankfurt/Main.

Freud, W. E. (1987): Pränatale Beziehung und Bindung. In: *Kind und Umwelt.* Nr. 56. Fellbach.

Köhler, L. (1991): Ergebnisse und Auswirkungen der Säuglingsbeobachtung auf Theorie und Praxis der Psychoanalyse. *Arbeitskreis DGPT/VAKJP.* Heft 4. Ohne Ortsangabe.

Lazar, R. A. (1991): 10 Jahre Babybeobachtung – ein Rückblick. *Arbeitskreis DGPT/VAKJP.* Heft 4. Ohne Ortsangabe.

Lazar, R. A. (1987): Die Trennung und ihre Bedeutung im frühesten Lebensalter. In: *Kind und Umwelt.* Nr. 56. Fellbach.

Loos, G. (1986): *Spiel-Räume.* Stuttgart, Kassel.

Moser, T. (1989): *Körpertherapeutische Phantasien.* Frankfurt/Main.

Montagu, A. (1988): *Körperkontakt.* Stuttgart.

Storck, J. (1986): *Zur Psychologie und Psychopathologie des Säuglings.* Stuttgart.

Tustin, Fr. (1989): *Autistische Zustände bei Kindern.* Stuttgart.

Tustin, Fr. (1988): *Autistische Barrieren bei Neurotikern.* Frankfurt/Main.

Winnicott, D. W. (1973): *Vom Spiel zur Kreativität.* Stuttgart.

Winnicott, D. W. (1973): *Die therapeutische Arbeit mit Kindern.* München.

Reinhold Wolf

Der Speer im Auge des Anderen

Prozesse der psychischen Strukturbildung in der psychoanalytisch-sozialtherapeutischen Betreuung eines elfjährigen Jungen

Ich möchte einige Erfahrungen schildern, die ich in der Betreuung eines jetzt elfjährigen Jungen gemacht habe. Ich möchte ihn hier Sven nennen. Diese Erfahrungen beziehen sich auf den Prozeß psychischer Strukturbildung, so wie ich sie im Binnenraum der Betreuung und unserer sich verändernden Beziehung mitverfolgen konnte.

Psychische Struktur bildet sich im Prozeß der Entstehung „innerer Realität“ und geht einher mit einer Konturierung von Grenzen zwischen „innen“ und „außen“, zwischen Phantasie und Realität und zwischen „Ich“ und „Du“. Dieser Prozeß ist fundamental verbunden mit dem Körper und Körpererfahrungen und mit dem Raum, bzw. Raumerfahrungen. Daneben ist der soziale Ort mit seinen jeweiligen raum-zeitlichen und sozialen Strukturen eine wesentliche Grundlage für den Prozeß der Konstituierung innerer Orte und innerer Strukturen.

Ich hoffe, daß in meinen Ausführungen etwas davon lebendig werden kann, wie Sven begann, zum Subjekt seiner selbst zu werden; zum Subjekt seines Namens, seiner eigenen Geschichte und zum Subjekt seiner eigenen vitalen und aggressiven Kräfte.

Der Titel meines Vortrages, „Der Speer im Auge des Anderen“, soll auf folgendes verweisen:

Bei Sven sind die Augen der Körperteil, an dem sich von außen betrachtet seine Gestörtheit oder besser Verstörtheit am sichtbarsten zeigte. Er kniff seine Augen zusammen, verdrehte sie oder sie flackerten unruhig. An seinen Augen kristallisierten sich auch seine narzißtische Verletztheit und erlittene Traumatisierungen.

Darüber hinaus markiert der Titel eine Entwicklung im Verlauf der Betreuung, die dazu führte, daß Sven mir immer mehr mitteilen konnte über seine Verletztheit. Er fing an, seinen eigenen

Wahrnehmungen mehr zu trauen und für sie wie für seine Erfahrungen und Gefühle eine authentische Sprache zu finden.

„Wenn Dir mal ein Speer in die Augen fliegt, dann weißt Du, wie das ist!"

Mit diesem von Sven in einer Stunde im 3. Jahr der Betreuung geäußerten Satz, den ich wie einen Speerwurf in meine Augen empfand, konnte er mit mir, dem anderen, etwas von seiner seelischen Verletztheit teilen; nicht, indem er sich in Gegenwart des anderen ausgelöscht oder vernichtet fühlen mußte, sondern indem er sich in Gegenwart des anderen ein Stück selbst erkannte. Doch davon später.

Sven kommt seit 3 Jahren zu mir in die Ambulanz des Vereins für Psychoanalytische Sozialarbeit. Ich sehe ihn für jeweils 1 Stunde an 4 Tagen in der Woche. Eine längere Zeit brachte ich ihn an 2 Tagen nach unserer Stunde mit dem Auto in die Sonderschule G, in die er geht. Ich lernte ihn kennen, als er 7 Jahre alt war.

Mit den Eltern von Sven habe ich 14-tägige Gespräche. Auch mit den Lehrern seiner Schule habe ich Kontakt. Die Betreuung wird von regelmäßiger Supervision begleitet; sie ist für mich der wesentliche Ort, an dem ich mich dessen vergewissern kann, was ich in den Betreuungsstunden erlebe, es versuche zu verstehen und über meine Einstellung bzw. Haltung in die Stunden zurücktrage.

Zur Vorgeschichte von Sven ist folgendes zu sagen:

Sven hat einen Zwillingsbruder. Beide kamen durch eine verfrühte und schwere Kaiserschnittgeburt zur Welt und mußten eine Zeitlang unter dem Sauerstoffzelt liegen. Im Unterschied zu seinem gesunden Zwillingsbruder kam Sven mit einer Sehstörung auf die Welt, die in starkem Schielen und einem Nystagmus bestand. Mutmaßungen über eine zusätzliche hirnorganisch bedingte Störung seiner Wahrnehmungsverarbeitung wurden seitens der Ärzte ausdrücklich angestellt, konnten in Untersuchungen jedoch nicht nachgewiesen werden.

Über die erste Lebenszeit von Sven erfuhr ich, daß der Aufbau von Kontakt und Beziehung zwischen Sven und seiner Mutter nicht gelang.

Er litt unter starken Ernährungsproblemen, trank extrem hastig und kam zu keinem ruhigen Sättigungserleben. Er schrie viel, ließ sich nicht beruhigen und entwickelte eine autistische Abwehr mit Symptomen wie monotones Hin- und Herwiegen, Kopfschlagen, Produzieren ständiger monotoner Geräusche etc.

Später – und so lernte ich Sven kennen – nachdem die Eltern, wie sie mir erzählten, mit äußersten Anstrengungen erreicht hatten, daß Sven eine Bezogenheit auf sie herstellte, verfestigte sich bei ihm eine ständige Unruhe und Verknäuelung mit anderen Personen. Anzieu spricht in seinem Buch über das Haut-Ich im Zusammenhang von autistischen Störungen von einer „Haut aus Unruhe". Sven spielte nicht, hatte keine Beziehungen zu anderen Kindern außerhalb der Familie und entwickelte dann masssive Lernprobleme, die seine Einschulung auf die Schule für geistig Behinderte notwendig machte.

Sven verfügte zwar über Teilfähigkeiten wie Sprache, Gedächtnis und motorische Fähigkeiten, auch über soziale Fertigkeiten; aber er konnte diese Teile nicht zu einem Ganzen zusammensetzen, das auf einem authentisch erlebten Selbstgefühl und einem integrierten Zusammenhang von Fähigkeiten und Entwicklungslinien gefußt hätte.

Diagnostisch schienen uns die Probleme von Sven dem zu entsprechen, was Francis Tustin als den konfusen Typ einer autistischen Psychose bezeichnet. Sie schreibt in ihrem Buch „Autistische Zustände bei Kindern": „Und obwohl es vorgekommen ist, daß Kinder vom Zustand autistischer Konfusion aus die Ebene des Narzißmus erreicht haben, wird sich auf dem Grunde ihrer Psyche eine Schicht von Autismus nachweisen lassen, der durch traumatische Erfahrungen körperlicher Getrenntheit gestört und dadurch pathologisch geworden ist. Doch geschah dies nicht in solchem Maße, daß die Entwicklung tatsächlich zum Stillstand gekommen wäre, wie bei den verkapselten Kindern. Bei konfusen Kindern setzt sich die Entwicklung in prekärer Weise auf der falschen Grundlage eines pathologischen Autismus statt auf der authentischen Grundlage des normalen primären Autismus fort".

Ich möchte nun in drei Teilen schildern, welchen Verlauf der Betreuungsprozeß nahm und wie er zu psychischen Strukturbildungen führte;

- wie sich zwischen Sven und mir eine Beziehung konstellierte, die Züge einer mit dem Objekt verschmelzenden Nähe und Gemeinsamkeit annahm;
- wie Sven im Schutze dieser narzißtischen Übertragung den Bereich der Aggression in unsere Beziehung einbrachte;
- und wie er anfing, seine aggressiven Kräfte zu nutzen, um sich

von inneren – und äußeren, quälenden und festhaltenden Objekten zu befreien.

In der Anfangszeit der Betreuung zeigte Sven mir gegenüber sein durch äußerste Unruhe, Konfusion und aggressive Übergriffe beherrschtes Verhalten:

Sven lief in den Stunden aufgeregt im Zimmer hin und her, wechselte sprunghaft von einer Aktivität zur nächsten und öffnete Tür und Fenster. Ein Gefühl für seine eigene Identität und ein von anderen abgegrenztes Selbst schienen ihm weitgehend zu fehlen. Der eigene Name war Sven fremd, in seiner Redeweise imitierte er oft andere Kinder seiner Klasse oder schlüpfte blitzschnell und beinahe nahtlos in die Rolle eines ihm vertrauten Erwachsenen. So, wie Sven Grenzen überschritt, bzw. nicht wahrnehmen konnte und mich mit Übergriffen attackierte, indem er zum Beispiel versuchte, meine Tasche, Schlüssel etc. wegzunehmen oder mir mit einer Lampe in Mund und Augen zu leuchten, so entgrenzt und leer schien er in sich selbst zu sein. Im Klang und Charakter seiner Sprechweise gab es auffallend abrupte Wechsel. In seinem körperlichen Erscheinungsbild und Ausdruck schien eine stabile Mitte zu fehlen zwischen staksig angespannter und weich zerfließender Körperlichkeit. Seine Augen flackerten unruhig.

Diese Eindrücke und viele andere Verhaltensweisen von Sven wurden mir verständlich als sein Versuch, über das Schaffen ständiger Unruhe, Konfusion und einer spannungsgeladenen Verknäuelung seiner Person mit anderen Personen, sich selbst zu schützen vor der Wahrnehmung seiner eigenen, tiefen Verunsicherung und vor überwältigenden Ängsten.

In meinen anfänglichen Aktivitäten Sven gegenüber spielten äußere Grenzsetzungen, die Räumlichkeiten betreffend, und im bezug auf grundlegende äußere Grenzen zwischen seiner und meiner Person, eine wichtige Rolle.

Parallel dazu versuchte ich, Svens Ängste und Sicherheitsbedürfnisse zu verstehen und ihm zu vermitteln. Dabei ging es um Verlassenheitsängste und Ängste vor vernichtenden Aggressionen. Es wurde bald deutlich, daß mit Svens Ängsten vor aggressiven Übergriffen und mit seinen eigenen aggressiven Impulsen die Qualität von etwas Maßlosem, Unbegrenzten und Vernichtenden verbunden war. Vor seinen eigenen aggressiven Impulsen konnte er sich nur so schützen, indem er sie abgespalten auf mich projizierte: Bei geringsten Anlässen von Konflikten beschimpfte er mich als „gewaltiges Untier, Affe“ und ähnliches. Er konnte mich dann nur als vollständig böse erleben. Gut und böse waren für ihn Merkmale, die nur völlig getrennt voneinander existieren konnten und sich im Sinne eines strikten Entweder/Oder abwechselten.

Eine ähnliche Qualität des Unbegrenzten und Maßlosen war mit einer Thematik verbunden, die Sven von Anfang an einbrachte und die lange Zeit eine zentrale Rolle einnahm: Er äußerte einen großen, unstillbaren Hunger. Auf der realen Ebene erfüllte ich seine Essenswünsche nicht, aber sein Hunger wurde von uns in ausgedehnten Gesprächen und Phantasien thematisiert.

Langsam konnte Sven die äußeren Grenzen unseres Raumes und basale äußere Grenzen zwischen uns mehr akzeptieren und sich vermehrt mit seinen Wünschen auf mich beziehen. Ich erlebte zunehmend Svens innere sich körperlich äußernde Angespanntheit und seine Versuche, sich davon in den Stunden bei mir zu befreien. Er ließ sich z.B. für kurze Momente auf die Matraze fallen und lag dort reglos. Oder er setzte sich auf meine Knie und beugte sich unter Stöhnen, meine Hände festhaltend, hin und her.

Sven machte mich in der Übertragung zu einem guten, mit omnipotenten Fähigkeiten ausgestatteten Objekt, mit dem er untrennbar verbunden war. Ich hatte in dieser Zeit häufig das Gefühl, von ihm gegessen und verschlungen zu werden; wie ein „knuspriges Brötchen“, wovon er oft sprach, wollte er mich spüren und in sich hineinnehmen.

In meiner Phantasie entstand in bezug auf unsere Beziehung die Metapher einer Haut, die uns beide umschloß und in der Sven sich geborgen fühlte. Diese Zustände kamen zum Beispiel zum Ausdruck beim gemeinsamen Malen: Sven malte schwebende, fließende, schöne Bilder in farbigen Flächen, die scheinbar grenzenlos zwischen uns hin- und zurückflossen. Später fing er an, einfache Umgrenzungen zu malen.

Ein Traum, den ich in dieser Zeit hatte, und den ich als Gegenübertragungstraum verstand, da ich ihn unmittelbar auf die Stunden mit Sven bezog, hatte zum Inhalt eine Art ausgedehnte, fast flächige Körperlandschaft, die ich vor mir sah und nur mit meiner Empfindung erforschte. Es gab in der Landschaft so etwas wie zwei Brusterhebungen und eine dritte, spitzere, vielleicht phallische Erhebung.

Die Autofahrten von Sven und mir in seine Schule, die sozusagen eine Verbindung herstellten zwischen dem Ort der Betreuung und dem Ort des Lernens, liebte Sven sehr. In dem hier benannten Übertragungszusammenhang könnte man die Autofahrten in Verbindung mit einer Körperphantasie und Körperempfindung bringen: Gemeinsam in einer Körperhülle, einem Körperbehälter zu sein und bewegt zu werden, verknüpft mit der Illusion, selbst der Beweger zu sein.

In späteren Zeiten fing Sven an, vielleicht selbst mehr seine eigenen Körpergrenzen spürend, viele Fragen nach dem Funktionieren dieses Körperautos zu stellen.

Mit dieser Suche von Sven nach einer verschmelzenden Nähe ging sein Versuch einher, konflikthafte und aggressive Erlebnisse aus unserer Beziehung herauszuhalten. Bei Erfahrungen von Frustration oder einer Getrenntheit, die eine „harte" Empfindungsqualität besaßen, reagierte er mit äußerster Wut, die er in oben genannter Weise auf mich projizierte. Er selbst fiel dann in sich zusammen und auf den Boden; Tränen flossen aus seinen Augen, ohne allerdings mit einem Affekt verbunden zu sein; oder er rief laut „nein", wobei auch dieses nein von einer gefühlshaften Qualität abgekoppelt schien.

Langsam fing Sven an, unsere Stunden als Genuß zu erleben. Dieser Prozeß entwickelte sich in einem stetigen, oft abrupten Wechsel von konfuser Beziehungsabwehr und distanzlosen Einverleibungstendenzen; von Konfliktinszenierungen und Wunschäußerungen nach Nähe und Ausruhen.

Im Schutz der Übertragungsbeziehung einer „gemeinsamen Haut" und meiner wichtigen Funktion, einen „Behälter" darzustellen für Spannungen und Affekte; und über unsere ausgedehnte Beschäftigung mit Svens Hunger und Essensphantasien, kam es dazu, daß der Name von Sven eine subjekthafte, gefühlshafte Qualität bekam und daß überhaupt Inneres thematisiert wurde:

Sven stellte zum Beispiel viele Fragen und beschäftigte sich mit den Körpervorgängen der Nahrungsaufnahme, des Verdauens und Ausscheidens.

In Auseinandersetzung mit den unvermeidlichen Trennungen, die durch die äußeren Strukturen von Raum und Zeit vorgegeben waren, wurde das enorme Mangelgefühl sichtbar und erlebbar, das es in Sven gibt; seine Verlorenheit und die Unstrukturiertheit seines psychischen Eigenraumes.

Die Zeit und der wiederkehrende Rhythmus von Tag und Nacht, den Wochentagen usw. fing an, ihn zu interessieren.

Er äußerte Gefühle von Traurigkeit und Sehnsucht und brachte seine Schwierigkeit zum Ausdruck, die Zwischenräume unserer Stunden mit inneren Vorstellungen symbolisch zu überbrücken. Wiederholt stellte Sven traurig fest, etwas sei so schwierig für ihn; oder er beschäftigte sich mit dem Kaputtsein von Dingen und seinem Wunsch, „es in Ordnung zu bringen".

Diese und weitere Themen stellten für Sven eine anstrengende und seine tiefe Unsicherheit berührende Suche nach der Wirklichkeit seiner Person und seiner Beziehungen dar. In dem in dieser Zeit so intensiven gemeinsamen Malen schien Sven aufzutanken und sich einfach wohl zu fühlen.

Einen weiteren Aspekt stellten unsere Versuche dar, Verwirrung und konfuse Verknäuelung von Sven mit mir oder anderen Personen zu ordnen und, so weit möglich, zu entwirren. Dabei wurde ersichtlich, wie Svens Beziehung zu seiner Mutter ein Grundmuster darstellte in seiner Vermischung von Subjekt- und Objekt-Repräsentanzen:

Eines Tages beispielsweise kam Sven mit einem leicht geröteten Gesicht in die Stunde und erzählte aufgeregt und verwirrt, er leide an der gleichen Krankheit wie seine Mutter und habe eine schwere Allergie. Nachdem wir mit viel Mühe herausgefunden hatten, daß die gerötete Haut von einem Sonnenbrand herrührte, lief Sven zu einem Spiegel, betrachtete sein Gesicht und rief erleichtert, jetzt ginge es ihm wieder gut.

Insgesamt verlief der weitere Betreuungsprozeß in eine Richtung, die es möglich machte, daß sich langsam bei Sven mir gegenüber mehr von seiner körperlichen Vitalität und Spontaneität meldete, die er bisher angstvoll versucht hatte, in Schach zu halten. Davon möchte ich jetzt – im 2. Teil – berichten:

Der Bereich der Aggression kam anders ins Spiel, und zwar in zweierlei Hinsicht:

Zum einen zeigten sich bei Sven aggressive, anale und phallische Strebungen, die mir gegenüber nicht mehr nur die Qualität hatten, mich mit grenzenlosem Hunger und oraler Aggression auszurauben und aufzuessen, sondern – in weniger verschmelzender Weise – mich zu beherrschen, zu dirigieren und zu attackieren.

So wie Sven mit seinem Körper und Körperäußerungen umging, schien er seinen Körper mehr ganzheitlich zu spüren und eine körperliche Spontaneität zuzulassen, die er selbst genoß.

Er liebte es beispielsweise, laute Rülpser loszulassen, die er mit

Lachen begleitete und einem genauen Blick auf mich und meine Reaktion. Er schien mir damit sagen zu wollen: „Hier bin ich! mit meinem Körper, neben Dir!, und Dir gegenüber!“

Ich hatte den Eindruck, Sven wollte zum Subjekt seiner ganz gesunden phallischen Triebe werden.

Zum anderen zeigte sich das ganze Ausmaß an unintegrierter, archaischer Aggression mit einem oft schwer erträglichen Sadismus und übergriffsartigen Attacken, die sich in unseren Spielen, von denen ich gleich etwas schildern möchte, entluden. Es wurde immer verständlicher, wie sehr es in Svens frühen Objektbeziehungen Bedrohungen und Traumatisierungen gegeben haben muß.

Svens Mutter hatte das Gefühl, besonders in der frühen Lebenszeit von Sven durch ihn bis weit über ihre Grenzen hinaus ausgelaugt und in ihrem psychosomatischen Gleichgewicht zerstört worden zu sein. Die Eltern versuchten dann ihrerseits, Sven mit starker Kontrolle zu bändigen und ihn mit Druck in eine Bezogenheit zu bringen.

Sven seinerseits hatte das Grundgefühl, „immer an allem schuld zu sein“ bzw. alles „kaputt zu machen“. Diesbezüglich äußerte er einmal, er habe eben eine „unglückliche Hand“.

Ich denke, daß diese Aggressionen, die Sven früher nur projektiv identifkatorisch als „das gewaltige Untier“ bei mir unterbringen konnte, aus einer Verbindung resultierten von primitiver, archaischer Aggression mit einer reaktiven Aggression auf ihn quälende, innere und äußere Objekte.

Diese Hereinnahme der Aggression in unsere Beziehung und ansatzweise sozusagen unter den Schild der Ich-Herrschaft bei Sven, wurde ermöglicht durch das Wachsen von Grenzen zwischen „innen“ und „außen“ und eines Innenraumes mit Vorstellungsinhalten, die sich in Richtung einer wachsenden Symbolisierungsfähigkeit entwickelten.

Damit konnte ein Spiel-Raum zwischen uns entstehen, der u.a. auch einen Schutz beinhaltete durch die Anerkennung von Grenzen zwischen Spiel und Realität; phantasierter und wirklicher Zerstörung oder Verletzung.

Wie wenig selbstverständlich und instabil diese Vorgänge allerdings waren, zeigt folgendes Beispiel:

Im Zuge der Entfaltung seiner körperlichen Spontaneität und phallischer Kräfte war bei Sven der Wunsch aufgetaucht, mit einem Gewehr oder Pistolen spielen zu können. Ehe dieser Wunsch in der Betreuung realisiert wurde durch den Kauf zweier Spielzeugpistolen, beschäftigte Sven zum Beispiel die Gefährlichkeit der Gedanken an ein Gewehr. Dies entsprach Svens konkretistischer Auffassung von Vorstellungsinhalten und der bei ihm gerade erst wachsenden inneren Grenzen zwischen Phantasie und Realität. Auf seinen Wunsch hin malte ich eines Tages ein Gewehr auf ein Blatt Papier. Sven geriet daraufhin in Panik, durchkreuzte das Gewehr mit dicken Strichen und zerriß das Blatt, weil er meinte, ein reales, gefährliches Gewehr liege vor ihm.

Hanna Segal beschreibt den Prozeß der Symbolbildung als eine Ich-Leistung im Zusammenhang der Beziehung des Ich zu seinen Objekten, d.h. im Zusammenhang der Entwicklungsprozesse in der paranoid-schizoiden bzw. der depressiven Position.

Wenn Sven die symbolische Darstellung des Gewehrs wie das Gewehr selbst empfindet, entspricht das dem, was Hanna Segal die „symbolische Gleichsetzung" genannt hat. Sie ist Ausdruck einer Störung der Differenzierung zwischen Ich und Objekt, besonders im Zusammenhang der Versuche des Ich, anhand von Spaltungs- und Projektionsmechanismen mit der Angst vor bösen Objekten oder der Angst vor dem Verlust guter Objekte umzugehen.

Die Möglichkeit des Spielens und einer symbolischen Darstellung seiner inneren Welt erschloß sich für Sven darüber, daß er das Spiel mit den Handpuppen entdeckte. Es entwickelte sich eine lange Fortsetzungsgeschichte, die zu einem Medium wurde, in dem Sven sich mit seinen Erlebnisweisen, Konflikten und Wünschen darstellte und auseinandersetzte und in dem er auch deutlich zeigte, welcher Stand der Beziehung zwischen uns herrschte, bzw. was er von mir wünschte oder brauchte.

Kaspar, den Sven spielte, und Zauberer, den ich spielte, wurden zu externen Stellvertretern bzw. Spiegelbildern seiner inneren Repräsentanzen und Vorstellungen von sich selbst und meiner Person.

Ich kann hier nur einiges andeuten:

Das Puppenspiel begann lange Zeit ritualhaft damit, daß Kaspar in Zauberers Haus kam und der Zauberer ein Feuer machte, um für Kaspar etwas zu kochen und es gemütlich warm zu machen. Kaspar und Zauberer traten lange in einer harmonischen Einheit auf, wobei Kaspar sich vom Zauberer versorgen ließ, dessen Zauberkräfte zur Erfüllung seiner Wünsche nutzte oder ihn wie als Verlängerung seiner eigenen Impulse und Bedürfnisse gebrauchte.

Später baute Kaspar sich ein eigenes Haus, ließ den Zauberer hin und wieder allein, hatte sein eigenes Motorrad usw. Auch die Zauberkräfte waren nicht mehr so gefragt.

Je mehr Sven seine Vitalität und seine aggressiven Kräfte in das Spiel und in die Beziehung zu mir einbringen konnte, desto deutlicher konnte er mir auch etwas von seiner Verletztheit, seinen traumatischen Erfahrungen und pathologischen Erlebnisweisen zeigen.

Im Puppenspiel waren Kaspar und Zauberer zum einen gemeinsame Zeugen und Akteure in Rettungsaktionen bei sich endlos wiederholenden schrecklichen Unfällen mit toten oder schwer verletzten Kindern, Männern und Frauen; oder in Feuerwehreinsätzen, bei denen Menschen aus brennenden Häusern gerettet wurden.

Zum anderen wurden heftigste Konflikte und Affekte zwischen Kaspar und Zauberer ausgetragen. Im Spiel dargestellte Auseinandersetzungen endeten zwangsläufig in Messerstechereien, in gefährlichen Verfolgungsjagden und tyrannischen Strafen. Es kam zu Aktionen, in denen der eine vom anderen geknebelt, gebraten und verstümmelt wurde. Es wurde sichtbar, wie extrem in Svens innerem Erleben eine Seite völliger Ohnmacht, Ausgeliefertheit, psychischer und personaler Ausgelöschtheit vorhanden war, neben einer korrespondierenden Seite sadistischer und omnipotenter Macht- und Kontrollimpulse.

Wichtig für die Verarbeitung dieser Erlebnisweisen und Phantasien war die wiederholte Vergewisserung, daß das jetzt im Spiel passierte und nicht in der Wirklichkeit und daß, wenn Kaspar und Zauberer im Spiel stritten und kämpften, Sven und ich uns dabei nicht wirklich weh taten.

Ein wesentliches Element in diesen Spielen war die „Wiedergutmachung".

Es passierte wiederholt, daß in heftigen Kämpfen das Glöckchen von Kaspars Mütze abriß. Da erlebte ich Sven auf dieser Grenze zwischen Spiel – und Realraum; zwischen konkretistischer und symbolischer Auffassung und Erleben. Es ergab sich eine zwingende, existenzielle Notwendigkeit, das Glöckchen sofort wieder anzunähen; eine Wiederherstellung zu leisten, bei der Sven sich auffallend beruhigte und entspannte.

Eine in meinen Augen wesentliche Differenzierung trat ein, als die Figur der Hexe einen wichtigen Stellenwert in den Spielen bekam und die Seite der sadistischen Machtimpulse sich zunehmend in ihr repräsentierte. Zu ihr trat Kaspar später einerseits als Gegenspieler in Erscheinung, mit dem machtvollen Willen beseelt, sich aus dem Bannkreis der Hexe zu lösen und nicht mehr als ihr kleines „Fledermäuschen" oder „Dummerchen" zu fungieren.

Andererseits vertrat die Hexe auch einen Selbstanteil von Kaspar, nämlich seine eigene Lust und Weltsicht, mit omnipotenten und magischen Kräften andere in grenzenverletzender Weise zu beherrschen.

Insgesamt ließ sich eine Differenzierung von Selbst- und Objektrepräsentanzen auf dem Spielfeld dieser Handpuppenspiele verfolgen.

Mit den wiederholten Erfahrungen der „Wiedergutmachung" bzw. „Wiederherstellung" und Svens wachsendem Bewußtsein für den Unterschied von Spiel und Realität ging auch eine Integration der Aggression einher. Ich war nicht mehr nur hauptsächlich mit den aufnehmenden und bewahrenden Aspekten der Container-Funktion im Hinblick auf die inneren „Untier"-Teile von Sven befaßt; es ergab sich ein mehr wechselseitiger Austausch und Kommunikation unter einer allerdings meinerseits wachsamen Beachtung der Grenzen dieser mehr ganzheitlichen Objekterfahrungen.

Wenn man vielleicht sagen kann, daß sich in den Spielen mit den Handpuppen die spezifische Wirklichkeit eines „Spiel-Raumes" (Winnicott) ausgebildet hatte, so gab es in Svens Verhalten in seinen verschiedenen Realräumen einen deutlichen Zuwachs an Strukturiertheit und Selbständigkeit. Svens Beziehungen in der Familie hatten sich ein Stück entspannt und beruhigt. Besonders in seiner Beziehung zur Mutter trat so etwas wie Abstandnahme und Verselbständigung ein.

Svens Körperbewegungen wurden fließender und gesteuerter; sein Blick war merklich klarer und gerichteter geworden, und das Zucken und Verdrehen seiner Augen schien seltener und dann vorzugsweise in Momenten starken Affektes aufzutreten.

Die Zeitordnung der Wochentage und einzelnen Stunden beschäftigte Sven sehr. Über einen langen Zeitraum hinweg arbeitete er z.B. von sich aus daran, die richtige Reihenfolge der Wochentage reproduzieren zu können. Der Stundenrhythmus mit den täglichen Trennungen und Wiedersehen bekam eine Kontinuität auch über die Zwischenräume hinweg.

Zunehmend kam in den Stunden auch die Sprache auf Svens Lebenswirklichkeit, so wie er sie erlebte: Die Realität seiner Beziehungen in Familie und Schule; die schmerzhafte Anerkennung seiner Lernschwierigkeiten; und die tastende Erweiterung seines Bewußtseins für seine persönliche und besondere Geschichte.

Die Übertragungsbeziehung zwischen uns war zum einen weiterhin gekennzeichnet durch das Herstellen einer möglichst unzertrennlichen Nähe. Zum anderen gab es daneben diese phallische Bewegung und die Angriffe auf mich mit nachfolgender Wiedergutmachung und dem so wichtigen Erleben, daß wir beide als reale Personen unversehrt blieben trotz der Angriffe und Kämpfe in den Spielen.

Die größere Getrenntheit zwischen uns und die zunehmende narzißtische Besetzung seines Körperselbst mit den ihm eigenen Grenzen wurde für mich u.a. auch sichtbar in der sich täglich wiederholenden, ganz beiläufigen Situation des Stundenbeginns.

Früher war es so, daß Sven so stürmisch, wie er klingelte, auch die Treppen hinauf in mein Zimmer lief. In der von mir hier geschilderten Phase der Betreuung genügte ihm meistens ein Klingeldruck. Vor dem Hereinkommen verharrte er einen Augenblick an der Zimmertür, berührte mit seiner Hand kurz den Knopf eines vor meinem Zimmer an der Wand hängenden Feuerlöschers, dann kam er herein. „Na?“ begrüßte er mich dann häufig. „Es geht weiter!“

Bela Grunberger hat – wie ich meine – sehr einleuchtend die dialektische Bewegung zwischen Triebreifung und der Ebene des Narzißmus in der psychischen Entwicklung beschrieben. In dem Zusammenhang beschäftigt sich Grunberger mit der Bedeutung von „phallischen Bildern“, bildhaften Repräsentanzen im Unbewußten, die für die narzißtische Integrität des Subjektes bei der Aneignung der Triebreifung stehen; die aber auch die Schwierigkeiten des Subjektes, sich im Zeichen dieser Integrität zu konstituieren, zum Ausdruck bringen und damit die Kastration repräsentieren.

Ich führe das an, weil die immer machtvolleren Versuche von Sven, sich mit seinen aggressiven Kräften von inneren und äußeren quälenden und festhaltenden Objekten zu befreien und ein neues Seins-Gefühl in sich aufzubauen, einen durch die Gedanken von Grunberger für mich plausiblen Zusammenhang zu seinen Augen und zu seinem Umgang mit seinen Wahrnehmungen bekamen.

Darauf möchte ich im folgenden letzten Teil meines Vortrages noch kurz eingehen.

Trotz der Beruhigung und Stabilisierung in Svens Augenbewegungen und seiner fortgeschrittenen Fähigkeit, einen klaren Blick auf etwas zu richten, versprachen sich Svens Eltern von einer schon lange geplanten Augenoperation, zu der auch von einem Augenspezialisten geraten worden war, eventuell weitere Verbesserungen für Svens Lernprobleme. Die komplizierte Operation – eine Verkürzung der Augapfel-Muskulatur – wurde durchgeführt und ist medizinisch wohl erfolgreich verlaufen, ohne aber zu einer Verbesserung der Lernprobleme zu führen.

Sven hat diese schwere Operation vom äußeren Ablauf her mit Hilfe seines Vaters, der in der Klinikzeit bei ihm war, gut überstanden und gemeistert.

In der Folgezeit konnte Sven in den Betreuungsstunden jedoch auch zeigen, wie viel Angst er erlebt hatte und wie die Operation auch die seelische Bedeutung einer großen Verletzung hatte. Die Bedeutung dieser Operation schien im Zusammenhang einer Wiederholung traumatischer, narzißtischer Verletzungen zu stehen, die sich für Sven m.E. in der seelischen Besetzung seiner Wahrnehmungsfunktionen und dem Körperbild seiner Augen verdichtet haben.

„Wenn Dir mal ein Speer in die Augen fliegt, dann weißt Du, wie das ist!“ Dieser von Sven in einer der Stunden, in denen ihn die Operation beschäftigte, mir gegenüber geäußerte Satz, war ein Ausdruck und momenthafter Teil seiner Bemühung, sich – um im Bild zu bleiben – den Speer aus der Wunde zu ziehen und zurückzuschleudern, bzw. die Speere seiner eigenen Wahrnehmungen, Gedanken und Gefühle treffsicher dahin zu werfen, wohin sie gehörten.

Vielleicht nicht umsonst, und dank der engagierten Mitarbeit der Eltern in den die Betreuung begleitenden Elterngesprächen, deckte sich in dieser Zeit ein wichtiger, lebensgeschichtlicher Zusammenhang auf, der Sven und seine Mutter umfaßt und m.E. ein Angelpunkt für die unbewußte Beziehung zwischen beiden darstellt.

Der Großvater von Sven, der eine mächtige patriarchale Position bis heute in der Familie innehat, und der für Svens Mutter mit extremen Angsterfahrungen besonders in ihrer Kindheit verbunden ist, ist seinerseits ein offensichtlich verletzter Mann: Er hat einen Arm im Krieg verloren. Das, was Sven punktuell über ihn erzählte und phantasierte, ließ erkennen, daß er einerseits mit ihm – als verletztem Mann – identifiziert war; andererseits war im Bild dieses Mannes der Mechanismus von Macht und Ohnmacht verkörpert, der in den unbewußten Phantasien zwischen Sven und seiner Mutter im Zusammenhang von Svens früher Lebenszeit wahrscheinlich wiederbelebt wurde und zu den extremen Ängsten bei beiden und ihren Versuchen, sich vor ihnen zu schützen, beitrug.

Meines Erachtens spielten diese Aspekte der Familiengeschichte, die punktuell in den Stunden auftauchten und am ehesten in den Supervisionen zusammengesetzt und verstanden werden konnten, immerhin eine entscheidende Rolle dabei, daß für Sven seine eigenen Ängste greifbarer und bezogener werden konnten und er nicht immer wieder nur bei seinem eigenen Gefühl, für alles schuldig zu sein, landen mußte.

Als eine konstruktive Folge erlebte ich bei Sven seine Versuche und Fähigkeit, Ängste oder Sorgen, die sich die Eltern wegen ihm machten, an bestimmten Punkten auch zurückzuweisen, und nicht mehr in identifikatorischer Verschmelzung in sich hineinzunehmen.

Ein für Svens Familie außergewöhnliches Ereignis geschah, als Sven eines Tages bei einem Familientreffen sehr mutig gegen den Großvater aufstand und ihm sagte, er solle doch nicht so streng sein.

In den Elterngesprächen, in denen Svens Mutter von ihren Kindheitserfahrungen erzählte, war eine Folge, daß beide Eltern ein Stück näher „zusammenrückten“. Vielleicht konnte das unbewußte Dreieck Mutter-Sven-Großvater etwas von seiner starken Wirksamkeit verlieren und die Position des Vaters eine Stärkung erfahren.

Sven ist dabei, vehement für seine Selbständigkeit einzutreten und sie weiterzuentwickeln. Er tut das mit seiner „vollen Kraft“ und „schleudert die Speere“ in verschiedene Richtungen. Sie treffen immer wieder „ins Schwarze“.

Er bemüht sich um Fortschritte beim Lernen, auch wenn es ein sehr mühseliger Prozeß mit kleinen Schritten ist.

Sven und seine Eltern versuchen sehr ernsthaft, in den häuslichen Auseinandersetzungen mit dem Zirkel von Schreck, Angst und Aggression so umzugehen, daß versöhnliche Momente die Situation entschärfen, bzw. zu einer Wiedergutmachung führen können.

Die Betreuung ist nicht zu Ende. Als Fundament möglicher Weiterentwicklungen wird es m.E. von zentraler Wichtigkeit sein, inwieweit es Sven und mir innerhalb unserer Beziehung zu erreichen gelingt, daß Sven immer wieder auch an die „frühen" Stellen seiner Erfahrungen, an die sprachlich schwer zu fassenden, eher körperlich zu empfindenden Zustände und Erlebnisse von schmerzvoller Getrenntheit zurückkehren kann. Bei Sven sind sie punktuell zu erleben als Zustand von innerer Leere, von: „Ich weiß nicht, was ich tun soll", als Angst, den Anderen als äußeres und inneres Objekt in sich zu verlieren. Es berührt das, was Winnicott benannt hat als „die Fähigkeit, allein zu sein in Gegenwart des Anderen".

Sven selbst thematisiert diesen Punkt inzwischen, indem er von der „toten Ruhe" spricht, wenn es darum geht, in der Beziehung mehr Zwischen-Raum zuzulassen und für-sich sein zu können.

Als vielleicht hoffnungsvolles Zeichen möchte ich zum Schluß Sven sprechen lassen, der im Zusammenhang einer vehementen Stunde, in der er sich mit dem beschäftigte, was seine eigenen Angelegenheiten und die Angelegenheiten der Anderen seien, voller Überzeugung sagte: „Ich habe Mut im Bauch!"

Literatur

Anzieu, D. (1991): *Das Haut-Ich.* Frankfurt/M.

Grunberger, B. (1976): Das phallische Bild. In: *Vom Narzißmus zum Objekt.* Frankfurt/M.

Rosenfeld, H. (1990): Zur Psychopathologie psychotischer Zustände. Die Bedeutung der projektiven Identifizierung. In: *Melanie Klein heute.* Band 1. München, Wien.

Segal, H. (1990): Bemerkungen zur Symbolbildung. In: *Melanie Klein heute.* Band 1. München, Wien.

Tustin, Francis (1989): *Autistische Zustände bei Kindern.* Stuttgart.

Winnicott, W. (1987): *Vom Spiel zur Kreativität.* Stuttgart.

Winnicott, W. (1974): *Reifungsprozesse und fördernde Umwelt.* München.

Christel Geißendörfer und Barbara Heinzmann

Grenze, Raum, Behälter

Die Dimensionen im Körpererleben und in der psychischen Entwicklung

Das Thema dieses Beitrags soll die Dimensionalität im Körpererleben und deren Zusammenhänge mit der psychischen Struktur bzw. der wechselnden Dynamik der Beziehungen bei psychotischen und autistischen Kindern und Jugendlichen sein. Grundlage unserer Überlegungen sind dabei unsere Beobachtungen und Erfahrungen in der Körpertherapie mit diesen Patienten. Unter Körpertherapie verstehen wir eine Form der Psychotherapie, in der die subjektive Wahrnehmung, das Erleben des Körpers und der Körperausdruck als Medium für die Erfassung von unbewußten Prozessen dient. Im Gegensatz zur klassischen psychoanalytischen Technik in der Neurosenbehandlung, der freien Assoziation, erfordert die Methode der Körpertherapie vom Patienten sehr viel weniger Symbolisierungsfähigkeit und weniger Sprache. Auf eine ausführliche Beschreibung des körpertherapeutischen Ansatzes möchten wir verzichten, hoffen aber, daß implizit einiges über diesen therapeutischen Zugang deutlich wird (siehe dazu Geißendörfer und Heinzmann, 1990, S. 89 ff).

Wir gehen davon aus, daß das subjektive Körpererleben mit einem unbewußten Körperbild zusammenhängt, das die Geschichte eines Subjekts und seiner Beziehungen repräsentiert.

Wenn wir von Dimensionalität im Körpererleben sprechen, haben wir eine Vorstellung, die der der Geometrie ähnlich ist. Die erste Dimension weist Punkte und Linien auf, die nicht miteinander verbunden sind. Es gibt keine Begrenzungen und somit nur eine Bewegungsmöglichkeit, die zu einem gedachten Zentrum hin oder davon weg führt, also zentrifugal oder zentripetal ist.

Kommt die zweite Dimension hinzu, so entsteht durch die Verbindung von Punkten und Linien eine Fläche, welche man sich als eine Membran oder Grenze, die ein Hier von einem Dort trennt, vorstellen kann. Erst die dritte Dimension schafft einen Raum im Raum, der ein bestimmtes Volumen umschließt und einen abgegrenzten Körper bildet, welcher Inhalte enthalten kann.

Diese Vorstellung von verschiedenen Dimensionen im Körpererleben ist kein rein theoretisches Konstrukt, sondern hat sich über viele Jahre aus unseren Erfahrungen und Beobachtungen in den Therapien mit autistischen und psychotischen Patienten gebildet.

Was wir erörtern wollen, sind die Verbindungen zwischen diesen Dimensionen im Körpererleben und der psychischen Struktur bzw. der jeweils vorherrschenden Beziehungen der Patienten. Dabei haben wir versucht, uns in unseren theoretischen Überlegungen vorwiegend auf Bion zu beziehen, der in seinen Schriften psychische Vorgänge und Strukturen häufig mit räumlichen Vorstellungen und Begrifflichkeiten darstellt. Aus Gründen der Einheitlichkeit der Darstellung haben wir auf viele mögliche Querverweise auf andere Autoren, die zu unserer Thematik grundlegende Beiträge geleistet haben, verzichtet. Wir denken dabei in erster Linie an Freud und Paul Federn, aber auch an Winnicott, Francis Tustin und andere.

Wir möchten versuchen, diese Verbindungen anhand der Behandlung eines Patienten zu zeigen, der neben psychotischen Abwehrstrukturen auch viele autistische Züge aufwies.

Der Patient wechselte sehr stark zwischen einer autistischen Isoliertheit und projektiv identifikatorischen Mechanismen. Obwohl es dadurch etwas schwierig ist, einen Behandlungsverlauf nachzuvollziehen, haben wir diesen Patienten gewählt, weil es uns nicht auf die Darstellung einer abgeschlossenen Kasuistik ankommt, sondern auf Detailbeobachtungen der Zusammenhänge zwischen körperlichem und psychischem Erleben. Trotzdem haben wir versucht, Entwicklungslinien von einigen Aspekten der Persönlichkeit des Patienten darzustellen, die, wie wir denken, in sich eine bestimmte Kohärenz aufweisen.

Bernhard, wir wollen ihn hier so nennen, war 16 Jahre alt, als er zur stationären Aufnahme kam. Seit seinem elften Lebensjahr war er in verschiedenen ambulanten Behandlungen. Die Eltern berichteten, er sei schon seit seiner frühen Kindheit sehr auffällig gewesen, was sie aber nur schwer beschreiben konnten. Im Vordergrund standen erhebliche, unfaßbare Ängste, er zeigte phasenweise Tics, war immer äußerst kontaktarm. Er sei häufig motorisch sehr unruhig gewesen, sei durch manierierte, fahrige

Bewegungen aufgefallen. Er habe schon im Kindergarten schnell aggressiv reagiert und auf andere Kinder eingeschlagen. In der Schule habe er sehr gute Leistungen gezeigt, er besuchte das Gymnasium. Er interessierte sich ausschließlich für klassische Musik und hatte hier geradezu ein Spezialistentum entwickelt. Vor Orgelmusik hatte er seit seiner Kindheit panische Angst.

In der vorangegangenen ambulanten Therapie äußerte Bernhard seit langem Verfolgungsideen, fühlte sich von seinen Klassenkameraden bedrängt. Er sprach mit sich selbst und manchmal mit einer „Stimme", perseverierte stark. Immer wieder äußerte er große Angst vor dem Tod, vor Krankheiten, speziell vor Krebs und Aids. Bei jeder kleinen Hautritzung hatte er Angst vor einer Blutvergiftung. Der damals behandelnden Therapeutin gegenüber wurde er zunehmend aggressiver, schrie herum, warf mit Gegenständen und drohte sie anzuspucken. Wegen immer größeren Ängsten und aggressiven Erregungsdurchbrüchen kam es dann zur stationären Aufnahme.

Der damals 16jährige Junge war für sein Alter sehr groß, hatte eine grobgliedrige Statur und wog 80 Kilogramm. Er bewegte sich plump und unförmig, die Arme und Beine ausfahrend und unkoordiniert. Seine Muskulatur war schlaff, selbst die Rumpfbewegungen wirkten ungesteuert, ähnlich wie bei einer Rumpfataxie. Seine Gesichtszüge waren weich, seine Haut blass und pastös. Er zeigte keine mimischen und gestischen Äußerungen. Beim Gehen konnte er die Beine kaum vom Boden abheben, machte riesige Schritte und strich auf seinem Weg oft mit den Händen an den Wänden entlang. Er hatte Mühe über Türschwellen zu gehen, es gelang ihm oft erst beim zweiten Anlauf.

Stets war er warm angezogen, hatte sich die Ohren mit Watte verstopft, da er immer in der Angst lebte, gefährliche Bakterien könnten in ihn eindringen. Er schaffte es kaum an offenen Türen vorbeizugehen, da er befürchtete, es würde ziehen. Seine Kleidung wechselte er sehr selten, sie war oft sehr schmuddelig und verschmiert. Außerdem trug er immer seinen Schlafanzug unter seiner Tageskleidung, wie eine zweite Haut.

In der ersten Therapiestunde ging Bernhard in den Therapieraum, kontrollierte sofort alle Fenster, ob sie geschlossen waren, berichtete von seinen Ängsten, zu erkranken und dar an zu sterben. Er interessierte sich nicht für die Ausstattung und die Geräte des Therapieraumes, legte sich geradewegs in die

Hängematte, schloß die Augen und sprach die ganze Stunde kaum noch.

Bernhard kam also in die erste Stunde und schien den Raum, die Hängematte und die Therapeutin sofort als einen Behälter zu begreifen und zu benutzen, in den er sich hineinbegab, nachdem er zuvor kontrolliert hatte, ob dieser „dicht" ist, ob nicht von außen etwas, das er als gefährlich phantasierte, eindringen könnte. Er projizierte sein Körperbild auf den äußeren Raum; die Fenster und Türen entsprachen seinen Körperöffnungen, die es abzudichten galt. Der Raum, die Hängematte und die Therapeutin wurden wie sein Schlafanzug zu einer zweiten Haut, die ihn barg und umschloß. Alles Neue und andere wurde von ihm negiert.

In der ersten Zeit der Therapie wurde sehr klar, daß Bernhard ein äußerst schlechtes Körperempfinden hatte. Er konnte die harten Teile in seinem Körper, wie Knochen, kaum als etwas Festes, Haltgebendes wahrnehmen, insbesondere hatte er überhaupt kein Gespür für seine Wirbelsäule. Selbst wenn er sich z.B einen Holzstab zur Reizverstärkung für längere Zeit unter seine Wirbelsäule legte, erlebte er diesen nicht als etwas Schmerzhaftes oder Unangenehmes. Er konnte ihn kaum spüren. Sein Schmerzempfinden war insgesamt erheblich herabgesetzt. Er hatte wohl wenig Orientierung in seinem Körper, es gelang ihm beispielsweise nicht, mit der Schulter einen Widerstand zu geben, er konnte dies nur als undifferenzierte Massenbewegung des ganzen Rückens. Wollte er nachspüren, wie er mit dem Körper auf dem Boden auflag, so konnte er allenfalls einen oder zwei Punkte als Kontaktstelle angeben, eine flächige Verbindung zwischen diesen Punkten existierte für ihn nicht. Klare, formgebende Körpergrenzen waren für ihn nicht erlebbar. So punktuell wie seinen Körper nahm er auch den Außenraum wahr. Er konnte nur den Bewegungsraum vor sich nutzen, ein Raum hinter ihm oder über seinem Kopf schien für ihn nicht zu existieren. Es gab keine Rotationsbewegungen in seiner Wirbelsäule. Seinen Körper als einen dreidimensional ausgedehnten Raum mit einem Volumen wahrzunehmen, war ihm völlig unmöglich. Man kann also sagen, daß Bernhards Körperbild weder klare innere haltgebende Strukturen, die sich deutlich hätten lokalisieren lassen, noch formgebende Körpergrenzen aufwies, so daß auch keinerlei räumliches Erleben für ihn möglich war. Der erste äußere Eindruck, den man von Bernhard hatte, nämlich, daß sein Körper einer ungeformten

Masse glich, entsprach somit auch seinem subjektiven Körpererleben.

Auf Station lag er sehr viel im Bett, wobei seine Gedanken darum kreisten, wie er Rache nehmen könnte an irgendwelchen Menschen seines Heimatortes, die ihm vor vielen Jahren „etwas angetan" hätten. Es kamen Äußerungen von ihm wie: „Ich könnte jeden totschlagen", wobei er auch ständig Angst hatte, daß jemand an ihm Rache nehmen würde. Nie bezog sich seine Wut oder Rache auf die momentane Situation, so daß es für sein Gegenüber völlig unvorhersehbar war, wann Bernhard einen Wutausbruch bekam oder in einen Erregungssturm geriet. Diese dann real sehr gefährlichen Situationen waren die einzigen, in welchen er aus seiner Passivität herauskam. Es war sehr eindrücklich, daß der Patient in diesen wütend erregten Momenten plötzlich über eine erstaunliche motorische Koordination verfügte. Der Austausch mit der Umwelt, den er eingehen konnte, beschränkte sich auf die basalen Grundfunktionen des Körpers wie das Essen, welches er maßlos in sich hineinstopfte und, als ob es durch ihn durchlief, auf Kotschmierereien und fortwährendes Furzen.

In der Körpertherapie lag Bernhard sehr passsiv in der Hängematte und füllte viele Stunden mit Gähnen und Furzen, wobei es nicht möglich war, diese Handlungen mit einem Affekt oder einer Beziehung in Verbindung zu bringen. Alle Deutungen in dieser Richtung hatten keinerlei Folgen, veränderten nichts.

Ausgehend davon, versuchte die Therapeutin, auf ganz basale Funktionen zurückzugreifen, also auf eine Ebene, wo es darum geht, eine Sinnesempfindung überhaupt mit einem Affekt zu verknüpfen, und zwar zunächst mit einem Affekt, den wir Daniel Stern (1986, S.83 ff.) folgend als Vitalitätsaffekt bezeichnen würden. Vitalitätsaffekte haben im Unterschied zu den kategorialen oder diskreten Affekten wie Freude, Wut, Traurigkeit, Furcht etc., sozusagen organismischen Charakter, lassen sich am ehesten mit dynamischen, kinetischen Begriffen oder Spannungszuständen beschreiben, wie heftig, anschwellend, abklingend, flüchtig, träge, zäh oder ähnliches. Sie sind auch mit einem Gefühl des Wohlbefindens oder Unwohlseins verbunden.

Die Therapeutin versuchte also mit dem Patienten an einen Punkt zu kommen, an dem es darum ging, daß er einem empfundenen Druck etwa ein angenehmes oder unangenehmes Gefühl hätte zuordnen können. Der Patient konnte aber darüber keine

Aussagen machen. Auch die Therapeutin hatte den Eindruck, daß er tatsächlich solche Gefühle nicht hatte. Dies ging sogar so weit, daß der Patient kaum in der Lage war, zu sagen, ob er zum Beispiel etwas als hart oder weich, glatt oder rauh empfand. Dies gelang ihm praktisch nur über einen Vergleich eines sensorischen Eindrucks auf der kognitiven Ebene. Das heißt, er konnte zum Beispiel äußern, daß ein Ball nicht so hart ist wie eine Metallkugel. Er konnte aber spontan nicht sagen, ob er den Ball subjektiv als hart oder weich empfand. Er konnte also in seinem Erleben auch nicht mit Polaritäten umgehen.

Hier wurde deutlich, daß der Patient einen Gegenstand zunächst nur mit einem Sinneskanal wahrnahm. Er konnte beispielsweise visuell wahrnehmen, daß der Ball rund und gelb ist, aber nicht gleichzeitig taktil wahrnehmen, daß er leicht und glatt ist.

Es war auch auffällig, daß die Therapeutin über lange Zeit in der Behandlung gegenüber dem Patienten sozusagen ein Nicht-Gefühl hatte, obwohl man ja bei dem ständigen Furzen des Patienten hätte vermuten können, daß Ärger oder Wut bei ihr hätten auftauchen können. Nicht nur beim Patienten trat also kein Gefühl auf, sondern auch bei der Therapeutin nicht.

Erst in diesen zuletzt geschilderten Stunden, in denen auf so basale Funktionen zurückgegangen wurde, tauchte bei der Therapeutin erstmals ein starkes Gefühl der Verzweiflung darüber auf, wie wenig dem Patienten möglich war und wie leer er ihr erschien. Sie konnte dabei auch beobachten, daß, sobald sich beim Patienten die kleinste Veränderung zeigte, die eine Entwicklung hätte bedeuten können, sie dazu neigte, dieser sofort übergroße Bedeutung beizumessen.

*

Wir können also bei diesem Patienten eine Störung bis an einen Punkt zurückverfolgen, an dem es ihm unmöglich war, bestimmte sensorische Eindrücke mit Affekten oder Emotionen zu verbinden. Diese Unmöglichkeit heißt aber auch, daß die Sinneseindrücke nicht in eine Beziehung eingeführt werden können.

Die Emotionen sind das, was belebt und unbelebt unterscheidet. Belebtes ist dadurch gekennzeichnet, daß es einen Austausch mit der Umwelt benötigt. Wird dieser Austausch unterbrochen, so stirbt es ab. Die Notwendigkeit dieses Austauschs, das ständige Nicht-Fertigsein, Ungesättigt-sein, zeigt sich durch die Emotion oder den Affekt.

Der Sinneseindruck, der völlig von Emotionen entkleidet ist, leugnet die Existenz eines Wunsches, der eine Unvollkommenheit des Subjekts implizieren würde. Das Subjekt nähert sich aber damit einem Zustand des Unbelebten.

Was die Menschen miteinander in Beziehung treten läßt, sind die Emotionen und Affekte, die signalisieren, daß es im Subjekt etwas „Ungesättigtes" gibt, das einen Wunsch erzeugt nach einem anderen, einem Objekt, das diesen Wunsch sättigen könnte.

Der pure Sinneseindruck ohne Emotion ist eindimensional, oder wie Bion (1962, S.52 f. und S. 61) es ausdrückt, er bleibt ein Ding-an-sich, ein Konkretum, ohne Ober- und Untertöne, das nicht erkennbar ist, und das nicht als Element, das zum psychischen Wachstum und Denken benutzbar ist, taugt. Er eröffnet keine Möglichkeit, mit einem anderen, einem Gegenüber in Beziehung zu treten. Er schließt den anderen und damit die Realität aus, weil es im Subjekt keine offene oder unvollkommene Stelle gibt, die den Wunsch nach einem anderen und die Wahrnehmung eines anderen zulassen würde. Es ist tatsächlich ein Zustand der Eindimensionalität, da es außer der monadischen Existenz nichts außerhalb gibt, das ein Bezugspunkt wäre.

Wie wir bei diesem Patienten sehen können, ist er nicht nur nicht in der Lage, eine sensorische Empfindung mit einem Affekt zu verknüpfen, sondern er kann auch äußere Objekte, also auch unbelebte, nicht mit verschiedenen Sinneskanälen gleichzeitig wahrnehmen. Es fehlt ihm also das, was man unter intermodaler Verknüpfung versteht. Auch seine Wahrnehmung ist vorwiegend eindimensional, so wie sein Körpererleben sich zunächst nur auf Punkte und noch nicht auf Flächen bezog. Diese fehlende intermodale Verknüpfung ist ein Befund, der bei autistischen Menschen von Entwicklungspsychologen schon lange beschrieben wurde. Allerdings ging man noch bis vor kurzer Zeit davon aus, daß die normale Säuglingsentwicklung von einem Zustand am Anfang des Lebens ausgeht, in dem die einzelnen Sinneseindrücke zunächst isoliert und unverbunden nebeneinander bestehen, also sozusagen noch fraktioniert sind. Diese isolierten Eindrücke und Wahrnehmungen, so dachte man, werden allmählich erst zu einem Gesamtbild integriert, so daß das Kind erst nach und nach einen Zusammenhang zwischen zunächst unverbundenen Teilen herstellen muß. Die neuere Säuglingsforschung, wie sie etwa von Daniel Stern beschrieben wird (1986, S. 74 ff.), hat aber gezeigt, und diese Ergebnisse scheinen überzeugend, daß dies nicht so ist. Die Säuglinge sind schon von Anfang an in sehr großem Ausmaß in der Lage, eine solche intermodale Verknüpfung zu leisten, bzw. verfügen über die Fähigkeit einer amodalen Wahrnehmung, das heißt einer Wahrnehmung, die nicht über einen speziellen Sinneskanal erfolgt, sondern über einen bisher nicht erklärbaren Modus der Wahrnehmung, der die Einheitlichkeit und Ganzheit eines Objekts oder einer Situation erfaßt. Es werden somit nicht etwa Bruchstücke der Sensorik zu einem sinnvollen Ganzen zusammengesetzt und erlangen dann die eine oder andere psychische oder kognitive Bedeutung. Es ist vielmehr so, daß das Neugeborene schon in Ganzheiten wahrnimmt.

Diese Fähigkeit der amodalen Wahrnehmung, die auch zu einer intermodalen Verknüpfung führt, wird aber, wie Stern vermutet, durch einen affektiven Bezug geleistet und zwar durch die Affekte, die wir vorhin als Vitalitätsaffekte bezeichnet haben. Vielleicht ist dies durch ein Beispiel von Stern zu verdeutlichen (ebd. S. 74 ff.):

Man hat beobachten können, daß Neugeborene, die längere Zeit an einem mit Noppen besetzten Schnuller, den sie aber nicht zu Gesicht bekamen, gesaugt hatten, diesen Schnuller sofort von anderen glatten Schnullern visuell unterscheiden konnten, obwohl sie ihn vorher nie gesehen hatten. Das, was den Säugling diesen Schnuller erkennen läßt, scheint der sowohl vom visuellen Bild als auch der taktilen Wahrnehmung ausgelöste Vitalitätsaffekt zu sein.

Das bedeutet aber auch, daß es sinnlos ist, mit autistischen Menschen kognitive Trainingsprogramme durchzugehen, die eine sensorische Integration erreichen sollen. Die einzige Möglichkeit, eine solche Integration zu fördern wäre die Heranführung an einen Affekt und dessen Integration. Damit ist natürlich noch keine Aussage darüber gemacht, warum bei autistischen Menschen die Emotionen schon an einem so grundsätzlichen Punkt unverbunden sind, und wir können dazu auch keine Antworten geben. Aber vielleicht hat es doch etwas mit einer tiefgehenden Unfähigkeit, Unvollkommenheit zu ertragen, zu tun, eine Unvollkommenheit, die auf den anderen verweisen würde. Eine Unerträglichkeit von

„Löchern“ wie Francis Tustin (1981) dies beschrieben hat oder von „Leere“, so daß diese Löcher oder diese leeren Stellen sofort mit etwas Konkretem verstopft werden, mit einem harten autistischen Objekt oder eben einem puren Sinneseindruck, der keine Nebenbedeutungen eröffnen kann, sondern diese verschließt.

Und hier sind für uns auch die Verbindungen zu Bions Überlegungen, zu den Anfängen der psychischen Strukturbildung und des Denkens. Der Anfang des Gedankens ist das Ertragen dieser Löcher oder leeren Stellen. Loch formulierte (1970, S. 253), „daß keine Milch zum ersten Gedanken wird.“ Bion (1962) versucht, über die Beschreibung der Wirkungen einer von ihm alpha-Funktion genannten Möglichkeit im Menschen, diese Anfänge von psychischer Strukurbildung zu erfassen. Bion gibt hier einer Abstraktion einen Namen, um eine Funktion zu beschreiben, deren Natur er noch nicht kennt, deren Wirkung man aber beobachten kann (ebd., S. 72). Die alpha-Funktion wandelt Sinneseindrücke, die mit einer emotionalen Erfahrung verknüpft sind, in Elemente um – Bion nennt sie alpha-Elemente –, die man sich vorstellen kann als mit Emotionen verknüpfte visuelle Bilder, akustische Muster oder Geruchsmuster, wie sie z.B. als Elemente der Träume, als Traumgedanken auftreten. Erst solche umgewandelten Sinneseindrücke und Emotionen sind eigentliche Elemente des psychischen Lebens und können zu Erfahrungen werden, die speicherbar sind (ebd., S. 54). Sie werden zu Erinnerungsbildern und bilden so die Grundlage für psychisches Wachstum. Wenn die alpha-Funktion gestört ist, bleiben die Sinneseindrücke und die Emotionen unverändert, im Urzustand, Bion nennt sie beta-Elemente. Auf der Ebene der beta-Elemente kann eine psychische von einer materiellen Qualität noch nicht differenziert werden. Diese beta-Elemente sind zwar speicherfähig, aber nicht als Erinnerungen, die für das Denken verfügbar gemacht werden könnten, sondern sozusagen als unverdaute Fakten (ebd., S.53). Man kann sich das vielleicht so vorstellen, daß solche beta-Elemente nicht einem Assimilationsvorgang unterworfen wurden und damit keinen Platz in einer psychischen Struktur gefunden haben, was zu Wachstum führen würde. Bion (1970, S. 12) schreibt, daß der Mangel von alpha-Funktion die Abwesenheit von Punkten, Linien und Raum einschließt, da die Ausstattung dafür fehlt, die Realisierung des seelischen Raumes auf eine Landkarte einzutragen. Die fehlende ‚Verdauungsfunktion‘ läßt die Sinneseindrücke und Emotionen also sozusagen ungeortet liegen. Die beta-Elemente taugen auch nicht zu Traumgedanken; ein Versagen der alpha-Funktion führt deshalb dazu, daß der Patient nicht träumen kann, was wir ja bei psychotischen Patienten beobachten können (1982, S. 53). Die unverdauten beta-Elemente bleiben also entweder ungeortet als Rohmaterial liegen oder können ausgestoßen werden (ebd., S. 53), z.B. über den Mechanismus der projektiven Identifikation, sofern der Patient einen Behälter zur Verfügung hat, in den er diese Elemente ausstoßen und unterbringen kann. Dort können sie dann entweder „verdaut“ oder entgiftet werden z.B. durch die Mutter oder den Therapeuten und – so erträglich gemacht – dem Kind/dem Patienten zurückgegeben werden, damit sie dann vielleicht integriert werden können. Die Mutter bzw. der Therapeut übernimmt dann die fehlende alpha-Funktion für das Kind/den Patienten (1963, S. 57). Übernimmt der Behälter diese Funktion nicht, so kehren die unerträglichen Gefühle unverdaut als Verfolger zurück. Steht ein solcher Behälter nicht zur Verfügung, so breiten sich die unerträglichen Gefühle, werden sie ausgestoßen, sozusagen in einen unermeßlichen Raum aus (1970, S. 12 f.), der durch seine Grenzenlosigkeit und fehlenden Orientierungspunkte nicht erlaubt, daß diese Elemente erkennbar wären. Wir möchten hinzufügen, ebensowenig wie der Raum selbst damit erkennbar wäre.

Die Entwicklung einer Linie innerhalb der Behandlung unseres Patienten war, daß er bis auf eine Ebene zurückging, auf der er die Verbindung zwischen einem Affekt und einem Sinneseindruck nicht zuließ. Die Zerstörung dieser Verbindung birgt aber keine Voraussetzung, daß die alpha-Funktion wirken könnte. Das heißt aber auch, daß der Weg zum Gedanken und zum Denken von vornherein blockiert ist. Wir kommen darauf später noch zurück.

Hier läge vielleicht auch der Punkt, warum schwer autistisch gestörte Kinder, also diejenigen, die man als Kannnersche Autisten diagnostiziert, alle Anzeichen einer geistigen Behinderung aufweisen.

Es gelang dem Patienten zunächst auch nicht, unerträgliche Gefühle in der Therapeutin unterzubringen – die Therapeutin hatte lange Zeit ein Nicht-Gefühl. Seine Gefühle fanden noch keinen Behälter, der Mechanismus der projektiven Identifikation funktionierte noch nicht. Erst das Gefühl der Verzweiflung bei der Therapeutin deutete hier eine Veränderung an.

*

Daneben, daß auf ganz basale Funktionen zurückgegangen werden mußte, an Punkte, an denen der Patient keinerlei Affekte und Beziehungen zuließ, zeichnete sich gleichzeitig eine andere Entwicklung ab. Bernhard begann es manchmal zu genießen, in der Hängematte zu liegen und sich von der Therapeutin schaukeln zu lassen. Dabei gähnte er unablässig mit weit aufgerissenem Mund. In solch einer Situation sagte die Therapeutin zu ihm, er wolle sie wohl auffressen mit seinem Löwenmaul. Er lachte und sagte: „Dann hätte ich Dich in meinem Bauch, das wäre toll." Als sich die Therapeutin kurze Zeit später von seinem Gähnen anstecken ließ, äußerte er: „Oder Du frißt mich auf, dann wäre ich in Deinem Bauch, das wäre noch besser."

Wegen der ständigen Wiederholungen des Patienten tauchten bei der Therapeutin Gefühle des Ärgers auf und über längere Zeit ein Gefühl des Ekels gegenüber seiner Schmuddeligkeit. Sie fühlte sich abgestoßen, im Unterschied zu einer langen Zeit davor, in der diese Gefühle nicht in ihr entstanden waren, obwohl der Patient sich äußerlich wenig verändert hatte.

Wir denken, daß diese Gefühle in der Therapeutin ein Zeichen dafür waren, daß der Patient hier versuchte, für ihn unerträgliche Gefühle bei ihr unterzubringen. Er benutzte sie also als einen Behälter, der diese Teile seiner Person aushalten und entgiften sollte, im Unterschied zu dem Zustand davor, wo er solche Gefühle ebenfalls versuchte aus sich herauszukatapultieren, diese aber nicht an einen konkreten Ort bzw. in ein Objekt lokalisierte und sie damit auch nicht bei ihr auftraten.

Auf Station gab es aber in dieser Zeit öfter heftige aggressive Attacken, die sich nach wie vor nicht vorhersehen ließen. Der Patient entleerte seine Wut und seinen Haß plötzlich aus sich, ohne daß eine konkrete Verbindung zur Situation oder einer Person präsent gewesen wäre. Insofern war es auch nicht möglich, dafür einen „Behälter" anzubieten. Ansonsten lag er auf Station vorwiegend im Bett, immer die gleiche Witzkassette von Otto hörend.

Es fiel immer wieder auf, wie wenig motorische Fähigkeiten er entwickelt hatte, auch in ganz alltagspraktischen Bereichen. Zum Beispiel gelang es ihm kaum, einen Lappen auszuwringen oder ein Glas Saft einzuschenken, ohne die Hälfte zu verschütten. Langsam schien Bernhard aber eine Wahrnehmung dafür zu entwickeln, wie wenig er konnte.

Dies entsprach einer Entwicklung in den Stunden, in denen er begann, in bezug auf sein Körpererleben offenbar so etwas wie einen Mangel wahrzunehmen. Er war also bereit, einen Zustand der Unvollkommenheit anzuerkennen. Der Wunsch, etwas ändern zu wollen, kam in einer Stunde zum Ausdruck, als er formulierte: „Eigentlich möchte ich lieber in die Hängematte, aber wir schaffen doch lieber auf der Decke weiter". Mit der Hängematte verband der Patient zu diesem Zeitpunkt Passivität bzw. ein Sich-hinein-Begeben in einen Behälter, wobei er selber nichts zu tun brauchte. Mit der Decke verband er Arbeit, Auseinandersetzung mit sich selbst.

Dies war für den Patienten etwas ganz Außerordentliches und Neues. Er konnte sich erstmals dazu entscheiden, eine Entbehrung auf sich zu nehmen zugunsten einer möglichen Entwicklung. Der Patient, der ansonsten „gut" ausschließlich mit Ruhe gleichsetzte und der als einzige Zukunftsperspektive äußern konnte, er wolle am liebsten sein Leben lang im Bett liegen, formulierte einen Wunsch nach Veränderung, nach Entwicklung. Er war in dieser Situation bereit, sich von der engen Umhüllung der Hängematte zu trennen und forderte dann von sich aus von der Therapeutin, das Körpergrenzerleben durch Abrollen mit einem Ball zu verstärken. Auffällig war dabei, daß er insgesamt schmerzempfindlicher wurde und ihm schon leichter Druck unangenehm war, im Gegensatz zu früher. Das heißt, daß Bernhard seine Körpergrenzen wesentlich deutlicher spürte und auch affektiv besetzte, wobei in der darauffolgenden Zeit erkennbar wurde, daß er dies nicht konstant aufrechterhalten konnte und die Körpergrenzen meist nicht als eine durchgängige, geschlossene Hülle empfand. Es schien aber so, daß er jetzt zumindest eine Vorstellung von einer Begrenzung, einer Größe seines Körpers in bezug auf den ihn umgebenden Raum hatte. Er lief zum Beispiel die Decke ab und schätzte ein, wie oft seine Fußgröße in die Länge oder Breite der Decke passte, oder wie oft seine Körperlänge in der Raumlänge Platz hatte. Er bekam allmählich eine Vorstellung von einem Anfang und einem Ende. Er setzte seinen Körper in Beziehung zu etwas anderem oder äußerem, was eine Trennung zwischen Selbst und anderem zumindest im Ansatz impliziert.

*

Wir möchten an dieser Stelle nochmals zu den Gedankengängen Bions über die menschliche alpha-Funktion zurückkehren.

Der Patient konnte jetzt eine sensorische Empfindung mit einem Affekt verknüpfen, was zu einer Erfahrung werden kann, die wir mit dem Bild der Körpergrenze bezeichnet haben.

Bion beschreibt (1962, S. 62 ff.) als eine Fähigkeit der alpha-Elemente ihre Möglichkeit, zusammenzuhalten oder sich zusammenzuschließen. Über den Zusammenschluß vieler alpha-Elemente kann sich dann eine von ihm sogenannte Konktaktschranke bilden. Diese Kontaktschranke erfüllt „die Funktion einer Membran, die durch die Art ihrer Komposition und Permeabilität geistige Phänomene in zwei Gruppen trennt, von denen die eine die Funktion des Bewußtseins erfüllt und die andere die Funktion des Unbewußten" (1962, S. 68). Und weiter „erlaubt die Kontaktschranke eine Beziehung sowie die Bewahrung des Glaubens an die Beziehung als tatsächliches Ereignis, das den Naturgesetzen unterworfen ist, ohne daß diese Sicht von Emotionen und Phantasien überschwemmt wird, die innerpsychisch entstehen. Umgekehrt bewahrt sie Emotionen innerpsychischer Herkunft davor, durch die realistische Sicht überwältigt zu werden. Die Kontaktschranke ist daher verantwortlich für die Bewahrung der Verschiedenheit von Bewußtem und Unbewußtem und für ihre Entstehung" (1962, S. 73).

*

Zurück zum Patienten: Bernhard begann wieder, wie früher lange Zeit, in den Stunden zu furzen. Die Therapeutin fragte ihn, ob er sich vorstellen könne, daß es auch noch etwas anderes in ihm gäbe außer Fürzen. Er überlegte sehr angestrengt und zählte dann einige Organe wie Herz, Lunge usw. auf. Als er das nächste Mal furzen mußte, schickte er sie vorher weg.

Der Patient zeigte hier erstmals den Wunsch, die Therapeutin vor seinen aggressiven und zerstörerischen Impulsen zu schützen. Er konnte hier auch mit diesen Impulsen kontrollierter umgehen. Dies, nachdem durch die Frage der Therapeutin etwas Gutes, gute Introjekte, phantasiert werden konnten.

Einige Stunden später hatte die Therapeutin einen starken Schnupfen und rechnete damit, daß Bernhard, wie bisher immer, wegen Ansteckungsgefahr auf keinen Fall zum Termin kommen würde. Zu ihrer großen Überraschung ging er jedoch ohne Zögern mit. Im Therapieraum wollte er sich dann in die Hängematte legen, weil er, wie er sagte, noch so schwach von seiner soeben durchgemachten Erkältungskrankheit sei. In der Hängematte war er jedoch für seine Verhältnisse sehr aktiv, spürte und bewegte die Wirbelsäule und war viel wacher als sonst. Er konnte seinen Bewegungsraum besser ausnutzen und es fiel wieder seine veränderte Schmerzempfindlichkeit auf, er war fast überempfindlich.

*

Was der Patient in dieser Stunde zeigt, ist, daß er „böse Objekte" nicht mehr nur im Gegenüber lokalisiert und als ihn verfolgend erlebt (also den Schnupfen der Therapeutin, der in ihn eindringen und ihn anstecken könnte). Er kann etwas Schlechtes (seine eigene Erkältungskrankheit) in sich selbst wahrnehmen, was zwar schwächt, offenbar aber nicht zerstört. Durch diese Art der Integration konnte er auch aktiver werden. Eine innere Strukturbildung zeigte sich daran, daß der Patient in dieser Situation seine Wirbelsäule klar spüren kann. Dies könnte man als ein gutes inneres Objekt, das ihm Halt und Sicherheit gewährt, übersetzen. Obwohl er dazu noch den Schutzraum der Hängematte benötigte, wurde die Hängematte als Behälter nicht wie zuvor dazu benutzt, die Grenze zwischen Subjekt und Objekt völlig zu verwischen. Man kann sehen, daß die Bildung der Körpergrenze und deren Empfindlichkeit sehr eng damit verbunden und Voraussetzung dafür ist, daß der Patient eine Bewegung weg von der paranoid-schizoiden Position hin zur depressiven Position machte, als er in der Lage war, etwas Schlechtes in sich zu lokalisieren und dieses Schlechte nicht sofort über den Mechanismus der projektiven Identifikation in das Objekt ausstoßen mußte.

So wie die Realisierung der Körpergrenze ein Hier von einem Dort trennt und damit eine Wahrnehmung von Flächen zur Voraussetzung hat – ein nur punktförmiges, punktuelles Körpererleben reicht hierfür nicht aus – so hat die Bewegung zwischen paranoid-schizoider und depressiver Position die Anerkennung eines

Anderen, die Anerkennung einer Trennung zwischen Subjekt und Objekt zur Vorausetzung. Die Existenz einer Trennung zwischen hier und dort, Ich und Nicht-Ich möchten wir als zwei-dimensional bezeichnen.

*

In der nächsten Stunde wollte sich Bernhard ausdrücklich nicht in die Hängematte legen. Die Therapeutin arbeitete mit ihm auf der Decke, er sollte seinen Körper in der Vorstellung gedanklich umfahren und die jeweiligen Körperteile benennen. Es gelang ihm ein wenig, allerdings brauchte er sehr lange Zeit und die verbale Hilfe der Therapeutin. Er schien sich schlecht konzentrieren zu können. Er sagte spontan:„Das liegt nicht an meinem Willen, da ist einfach eine völlige Leere in meinem Kopf."

Auch in den folgenden Stunden, in welchen die Therapeutin einen bevorstehenden Urlaub ankündigte, konnte er mit etwas Unterstützung seine Körpergrenzen sehr klar spüren und es tauchte auch erstmals deutlich ein räumliches Erleben des Körpers auf. Er konnte beim Nachspüren der Atmung die Ausdehnung des Brustkorbs in alle Richtungen wahrnehmen und dadurch den Brustkorb als Raum erleben, der ein Volumen umfaßt. Beim Bewegen der Arme und der Erfahrung der Bewegungsmöglichkeiten in seinem Umraum benutzte er nicht mehr nur, wie früher, eine Bewegungsebene, sondern schloß alle drei Ebenen mit ein. Auch ein Raum hinter seinem Rücken war für ihn besser erlebbar, was sich darin äußerte, daß er viel mehr Rotationsbewegungen in der Wirbelsäule zuließ. Es erschien also im Körpererleben des Patienten die dritte Dimension.

Immer wieder beschrieb er seinen Kopf als völlig leer. In einer Stunde fing er plötzlich an, mit seinen Händen in die Luft zu greifen und meinte:„ Ich muß meine Gedanken wieder einfangen".

*

Wie brüchig noch die zuvor geschilderten Ansätze von Integration sind, können wir hier sehen. Wir denken, daß die Leere, die der Patient in seinem Kopf erlebt, damit zu tun hat, was Bion über die

Entstehung des psychischen Raumes beschrieb (1970, S. 10). In der paranoid -schizoiden Position wird die abwesende Brust beim Patienten zur bösen Brust. Die gute, anwesende und die böse abwesende Brust haben dabei sozusagen denselben Realitätsgehalt. Die böse Brust wird, da sie unerträgliche Gefühle vermittelt, sofort aus dem Selbst ausgeschieden und in das Objekt projiziert, das dann als verfolgend erlebt wird. Bei diesem Mechanismus muß das Objekt nicht als wirklich abwesend anerkannt werden. Der erste Schritt der Anerkennung der Abwesenheit des Objekts oder der guten Brust ist die Wahrnehmung der Leere als Platz, wo die gute Brust war, aber nicht mehr ist. Erst das Aushalten dieser Leere führt zu einem Gefühl der Trauer und Depression. Bion beschreibt diesen Schritt als denjenigen, an dem psychischer Raum entsteht und durch den wirkliche Gedanken gebildet werden können, die das abwesende Objekt durch ein Symbol ersetzen. Er betont, daß ohne die Anerkennung der Abwesenheit des Objekts, Worte und Gedanken nicht die symbolische Repräsentanz eines Objekts sind, sondern vom Patienten als konkretes, dingliches Objekt gesehen werden (1970, S. 18).

An diesem Schnittpunkt scheint sich der Patient zu dieser Zeit zu befinden. Auf der einen Seite kann er die Leere ein Stück weit aushalten und versucht, die Wahrnehmung der Abwesenheit des Objekts nicht sofort über den Weg der projektiven Identifikation zu lösen, wie er es bisher durch seine Verfolgungsphantasien getan hat. Auf der anderen Seite ist er noch nicht in der Lage, ein Gefühl der Depression zuzulassen. Die Gedanken, die er handgreiflich einfangen will, sind noch ganz die „Gedanken" eines Psychotikers, die noch dingliche Qualität haben und keinen symbolischen Wert. Wo Bion die Entstehung des psychischen Raumes lokalisiert hat, scheint sich im Körpererleben oder Körperbild ein Sprung in eine dreidimensionale Ebene zu vollziehen. Bei dem Patienten wird hier der eigene Körper zu einem Behälter, der zunächst allerdings noch leer ist.

*

In der letzten Stunde vor dem Urlaub der Therapeutin wollte sich der Patient in die Hängematte legen. Plötzlich sagte er zu ihr:„ Ich habe eben einen Furz zurückgehalten." Sie deutete ihm den Furz in Zusammenhang mit ihrem bevorstehenden Urlaub. Er könne wohl mit seinem Ärger darüber besser umgehen, ihn besser kontrollieren und ihn auch in sich ertragen. Daraufhin sagte Bernhard, daß er es schade fände, daß sie jetzt so lange weg sei. Dies war das erste Mal, daß der Patient ihre Abwesenheit gedanklich anerkennen und sogar kurz ein Gefühl des Bedauerns zulassen und äußern konnte. Er ließ also kurz ein Gefühl der Depression zu und übernahm damit selbst die Funktion eines Behälters, der einen Inhalt bewahrt.

Was sich bei dem Patienten als eine Entwicklung abzuzeichnen schien, eine ansatzweise Integration und Übernahme einer Behälterfunktion, muß man sich als eine Linie in dieser Behandlung vorstellen, die in der gleichen Zeit von vielen anderen Aspekten begleitet wurde, bei denen dem Patienten eine solche Integration nicht gelang. Dies vielleicht auch deshalb, weil, wie während der ganzen Behandlung deutlich wurde, ungeheure Quantitäten von Haß und Wut in dem Patienten steckten, welche letztlich auch zum Abbruch der Behandlung führten. Auf Station kam es immer wieder zu sehr gefährlichen, aggressiven Attacken. Als er dann über längere Zeit sehr konkrete Morddrohungen gegenüber der Putzfrau aussprach, sahen sich die Mitarbeiter nicht mehr in der Lage, den Patienten zu halten. Er mußte auf eine geschlossene Station einer Erwachsenenpsychiatrie verlegt werden.

Wir haben uns hier auf die Darstellung bestimmter Detailbeobachtungen innerhalb der körpertherapeutischen Stunden beschränkt und wollten keinen Bericht über den Behandlungsverlauf dieses Patienten insgesamt nachzeichnen. Dieser müßte natürlich viele andere und wichtige Aspekte mit einschließen, so auch die Reflexionen über den Abbruch der Behandlung. Wir mußten aus Zeit- bzw. Platzgründen darauf aber verzichten.

*

Wir fassen – etwas schematisch – zusammen: Ist das Körpererleben vorwiegend eindimensional, so wird der eigene Körper und die Umwelt nur punktuell erfaßt, es existieren keine Körpergrenzen. Auf der psychischen Ebene entspricht dies einer autistischen Isoliertheit, in der die Affekte nicht mit sensorischen Wahrnehmungen in Verbindung gebracht werden. Es gibt keine äußeren Bezugspunkte, keine wirklichen Beziehungen, der Mechanismus der projektiven Identifikation kann nicht vollzogen werden. Es existiert kein Unterschied zwischen Behälter und Inhalten.

Die zweite Dimension zeigt sich im Körpererleben durch das Herausbilden der Körpergrenze als flächige Membran. Dies hat eine Verbindung zwischen sensorischen Empfindungen und Affekten zur Voraussetzung. Damit wird ein Hier von einem Dort getrennt, was auf der psychischen Ebene einer Trennung zwischen Selbst und Anderem entspricht. Wir finden die Mechanismen der projektiven Identifikation, in der der andere zu einem Behälter wird, aber noch nicht das Selbst. Eine Bewegung zwischen paranoid-schizoider und depressiver Position kann sich entwickeln.

In der dritten Dimension wird der Körper in seiner räumlichen Ausdehnung erlebt, er wird zu einem Raum im Raum, der ein bestimmtes Volumen umfaßt. Er bildet einen Behälter, der Inhalte bergen kann, zunächst aber meist als leer empfunden wird. Im Psychischen geht dies parallel mit dem Sich-Einstellen der depressiven Position, was die Anerkennung der Abwesenheit des Objekts und das Ertragen des damit verbundenen Gefühls der Depression bedeutet. Das Subjekt übernimmt damit selbst die Funktion eines Behälters.

Literatur

Bion, W. R. (1962), deutsch: *Lernen durch Erfahrung.* Frankfurt/M. 1990.

Bion, W. R. (1963), deutsch: *Elemente der Psychoanalyse.* Frankfurt/M. 1992.

Bion, W. R. (1965): *Transformations.* New York.

Bion, W. R. (1970): *Attention and Interpretation.* New York.

Geißendörfer, Ch. und Heinzmann, B.: Möglichkeiten des therapeutischen Zugangs bei psychotischen Patienten über die Körperlichkeit, In: Lempp, R. (Hrsg.) (1990): *Die Therapie der Psychosen im Kindes- und Jugendalter.* Bern, Stuttgart, Toronto. 89-99.

Loch, W. (1970): Zur Entstehung aggressiv-destruktiver Reaktionsbereitschaft. In: *Psyche* 24. 241.

Stern, D.N. (1986), deutsch: *Die Lebenserfahrung des Säuglings.* Stuttgart. 1992.

Tustin, F. (1981), deutsch: *Autistische Zustände bei Kindern.* Stuttgart. 1989.

Die Autorinnen und Autoren

Baethe, Birgit, Dipl.-Psych. Mitarbeiterin des Vereins „Hilfe für das Autistische Kind, Landesverband Berlin e.V." Adresse: Nikolsburger Platz 6, 10717 Berlin 31.

Becker, Stephan, Dr. rer. soc., Psychoanalytiker der Deutschen Psychoanalytischen Vereinigung (DPV/IPV); Fachpsychologe für analytische Psychotherapie der Deutschen Gesellschaft für Psychotherapie, Psychosomatik und Tiefenpsychologie (DGPT). Von 1978 bis 1992 Initiator, Mitbegründer und 1. Vorstandssprecher des Vereins für Psychoanalytische Sozialarbeit e.V. Rottenburg. Zur Zeit Aufbau eines vergleichbaren Vereins in Berlin und Brandenburg. Psychoanalytische Supervision, Konsultation und Lehrtätigkeit im In- und Ausland. Forschung und Publikationen auf dem Gebiet der Psychoanalyse und Psychotherapie, insbesondere der psychoanalytischen Sozialarbeit. Seit 1990 Gastprofessor für Psychoanalyse, Psychotherapie und klinische Sozialarbeit an der Humboldt-Universität Berlin. Anschrift: Hermsdorfer Damm 211, 13467 Berlin.

Federn, Ernst, M.S.W., Professor, Studium der Sozial- und Geschichtswissenschaften. Ausbildung zum psychoanalytischen Sozialarbeiter, psychoanalytischer Sozialarbeiter der ersten Stunde. Herausgeber der vollständigen Protokolle der Wiener Psychoanalytischen Vereinigung, 1976-1981. Sozialpsychologischer Konsulent der Österreichischen Regierung im Strafvollzug, Dozent und Supervisor in der psychoanalytischen Erwachsenenbildung weltweit. Zahlreiche Publikationen zur Geschichte der Psychoanalyse und zur psychoanalytischen Sozialarbeit. Anschrift: Kolingasse 20/11, A-1090 Wien.

Feuling, Martin, Dr. phil., Dipl. Päd., Psychoanalytischer Sozialarbeiter. Seit 1988 Vorstandsmitglied des Vereins für Psychoanalytische Sozialarbeit e.V. Rottenburg und Tübingen. Mitarbeiter der Ambulanten Dienste des Vereins für Psychoanalytische Sozialarbeit. Anschrift: Neckargasse 9, 72070 Tübingen.

Fuchs, Karin, Dipl.-Päd., Psychoanalytische Sozialarbeiterin, Mitarbeiterin der Wohngruppe Hagenwört des Vereins für Psychoanalytische Sozialarbeit e.V. Rottenburg. Anschrift: Hagenwörtstr. 65, 72108 Rottenburg a.N.

Geißendörfer, Christel, Körpertherapeutin. Adresse: Villastr. 4, 72138 Kirchentellinsfurt.

Goudriaan, Allique, Dipl.-Psych., Psychoanalytische Sozialarbeiterin, Mitarbeiterin der Wohngruppe Hagenwört. Anschrift: Hagenwörtstr. 65, 72108 Rottenburg a.N.

Grohmann, Frank, Dipl.Soz.Päd., Psychoanalytischer Sozialarbeiter. Mitarbeiter im Therapeutischen Heim für Kinder und Jugendliche. Anschrift: Niedernauerstr. 11, 72108 Rottenburg a.N.

Gschwender, Adelinde, Erzieherin. Psychoanalytische Sozialarbeiterin. Mitarbeiterin im Therapeutischen Heim für Kinder und Jugendliche. Anschrift: Niedernauerstr. 11, 72108 Rottenburg a.N.

Harle, Ulrike, Erzieherin. Mitarbeiterin des Vereins „Hilfe für das Autistische Kind, Landesverband Berlin e.V.“. Adresse: Nikolsburger Platz 6, 10717 Berlin 31.

Heinzmann, Barbara, Dr.med., Ärztin für Kinder- und Jugendpsychiatrie und Psychotherapie. Adresse: Auchterstr. 10, 72127 Jettenburg.

Helmrich, Daniel, lic.phil., I. Klinischer Psychologe/Psychotherapeut (Zusatztitel der Schweizerischen Vereinigung klinischer Psychologen SVKP und der Föderation Schweizer Psychologen FSP). 1983-1991 hauptamtliche psychotherapeutische Tätigkeit bei der Justizdirektion des Kantons Zürich (Kantonale Strafanstalt Regensdorf / Psychiatrisch-psychologischer Dienst). Seit 1992 in eigener Praxis tätig. Dissertation zum Thema „Psychotherapeutische Behandlung von Patienten mit Tötungs- und Gewaltdelikten im Strafvollzug“, 1992, unveröffentlicht. Adresse: Langwattstr. 19, CH-8125 Zollikerberg.

Hoffmann, Florian, Lehrer an Sonderschulen. Mitarbeiter im Schulhort des Vereins „Hilfe für das autistische Kind“. Adresse: Waldstr. 37, 10551 Berlin.

Kraft, Elfriede, Grund- und Hauptschullehrerin, Psychoanalytische Sozialarbeiterin. Vorstandsmitglied des Vereins für Psychoanalytische Sozialarbeit e.V. Rottenburg. Mitarbeiterin der Ambulanten Dienste des Vereins. Anschrift: Neckargasse 9, 72070 Tübingen.

Lempp, Reinhart, em. Prof., Dr. med., Kinder- und Jugendpsychiater. Langjähriger Direktor der Abteilung Kinder- und Jugendpsychiatrie der Universitätskliniken Tübingen. Umfangreiche Lehr- und Forschungstätigkeiten, zahlreiche Publikationen. Adresse: Hauptmannsreuthe 65, 70193 Stuttgart.

Maas, Michael, Dipl.-Päd., Psychoanalytischer Sozialarbeiter, Mitarbeiter der Wohngruppe Hagenwört. Anschrift: Hagenwörtstr. 65, 72108 Rottenburg a.N.

Michels, André, Dr. med., Psychoanalytiker und Psychiater. Adresse: 55, Boulevard de la Liberté, L-1931 Luxembourg.

Nielebock, Friedel, Sonderschullehrerin. Lehrerin an der Außenstelle der Klinikumsschule der Universität Tübingen im Therapeutischen Heim für Kinder und Jugendliche in Rottenburg. Anschrift: Niedernauerstr. 11, 72108 Rottenburg a.N.

Nonnenmann, Horst, Dipl.-Päd., Psychoanalytischer Sozialarbeiter, Mitarbeiter der Wohngruppe Hagenwört des Vereins für Psychoanalytische Sozialarbeit e.V. Rottenburg. Mitglied im Vorstand des Vereins. Anschrift: Hagenwörtstr. 65, 72108 Rottenburg a.N.

Pfleiderer, Barbara, Kinder- und Jugendlichenpsychotherapeutin, Supervision, Dozentin an der Akademie für Tiefenpsychologie Stuttgart. Anschrift: Kremmlerstr. 49, 70597 Stuttgart.

Ramminger, Edith, Sonderschullehrerin. Lehrerin an der Außenstelle der Klinikumsschule der Universität Tübingen im Therapeutischen Heim für Kinder und Jugendliche in Rottenburg. Anschrift: Niedernauerstr. 11, 72108 Rottenburg a.N.

Schäfers, Bernd, Sozialarbeiter. Leiter des Schulhortes des Vereins „Hilfe für das autistische Kind, Landesverband Berlin e.V.“. Adresse: Nikolsburger Platz 6, 10717 Berlin.

Schmidt, Olaf, Psychoanalytischer Sozialarbeiter. Mitarbeiter im Therapeutischen Heim für Kinder und Jugendliche. Anschrift: Niedernauerstr. 11, 72108 Rottenburg a.N.

Staigle, Joachim, Dipl. Päd., Psychoanalytischer Sozialarbeiter. Mitarbeiter der Ambulanten Dienste und Geschäftsführer des Vereins. Anschrift: Neckargasse 9, 72070 Tübingen.

Stiepel, Michaela, Diplom-Psychologin in der Jugendstrafanstalt Berlin. Adresse: Friedrich-Olbricht-Damm 40., 13627 Berlin.

Stotko, Gaby, Lehrerin an Sonderschulen. Mitarbeiterin im Schulhort des Vereins „Hilfe für das autistische Kind“. Adresse: Manteuffelstr. 51, 10999 Berlin.

Wolf, Reinhold, Dipl.-Psych., Psychoanalytischer Sozialarbeiter. Mitarbeiter der Ambulanten Dienste des Vereins für Psychoanalytische Sozialarbeit. Adresse: Neckargasse 9, 72070 Tübingen.